U0005510

彩圖珍藏版

The Story Of Chinese Characters

中文字的故事

李　梵◎編著

好讀出版

CONTENTS

第一章

中文字的起源

中文字的誕生，是我們的祖先由蒙昧進入文明時代的標誌。
中文字是用於記錄漢語，進行書面交流，傳承民族文化的書寫符號系統，
同時它的誕生也標誌著中國的歷史由傳說時代進入信史時代。

▌字聲：文字是語言的延伸

清代學者陳澧說：「蓋天下事物之象，人目見之，則心有意，意欲達之則口有聲。意者，象乎事物而構之者也；聲者，象乎意而宣之者也。聲不能傳於異地，留於異時，於是乎書之為文字。文字者，所以為意與聲之跡也。」

語言是人們交際和交流思想的工具。這個工具有兩種形式：口頭的和書面的。現在一個人講話（口頭的），可以隨時用文字記錄下來（書面的）；也可以先用文字寫成發言稿（書面的），然後再去演講或廣播（口頭的）。可是，就起源來說，口頭語言比起書面語言，卻不知道要早多少萬年。口頭語言是隨著人類社會的產生而產生的，「會說話」是人和動物的主要區別之一。歷史上沒有任何一個人類社會，哪怕是最落後的社會，會沒有自己的有聲語言。我們的漢語有萬年以上的歷史，而中文字的歷史，從甲骨文算起是三千四五百年，從早期零散的原始文字算起，大約也只有五六千年，五六千年的歷史算得上「悠久」了，可是它在人類社會歷史的長河中，只不過佔了一小段而已。

地球的存在距今已有四十六億年，人類的出現則大約是四百萬年前的事。隨著遠古人類的進化，人腦越來越發達，發音器官也越來越完善，人類已開始發明和學會使用一些比較複雜的工具，並出現了群體勞動。在群體內，以及群體和群體之間，需要有一種語言來進行表達，相互之間進行交流，於是，逐步產生了語言，這是人類不同於其他動物的一個很大的進化，是人類所有，且超越任何動物的一大進化。

原始社會的早期和中期，人類社會生活簡單，交際範圍有限。作為社會細胞的氏族公社，地理的空間，不過幾十平方里，氏族成員的生息、勞動、分配、消費，主要活動在這狹小的天地內，很少和外界接觸。氏族組成的胞族、部落規模也有限，所謂「小國寡民，雞犬之聲相聞，老死不相往來」，有聲語言基本上能夠滿足這樣社會條件的人們交際的需要。

口頭語言有口頭語言的優點：比如可以借助於手勢和面部表情，可以用重音或高聲表示強調等等。但是，它也有

黃河被稱為中華文明的搖籃，黃河沿岸是許多遠古人類生活之所在。

局限性：一個人在這裡說話，五十米之外就聽不清楚，不要說更遠的地方了；語音一發即逝，說過了就聽不見，更不要說傳之久遠。口頭語言的這種局限性，就是在現代科學技術的條件下——有了擴音器、答錄機和電話等，也是無法完全克服的。書面語言是用文字記錄下來的語言，它不受時間和空間的限制。在人類發展史上，當人們感到口頭語言的不足，感到自己的語言有必要告訴給異時異地的人，有必要保存下來的時候，創造文字的工作就開始了。

▋ 擺擺弄弄：八卦與中文字

許慎《說文解字・敘》論中文字的起源說：

「古者庖犧氏之王天下也，仰則觀象於天，俯則觀法於地，視鳥獸之文與地之宜（儀），近取諸身，遠取諸物，於是始作易八卦，以垂憲象。及神農氏，結繩為治而統其事，庶業其（繁）繁，飾偽萌生。黃帝史官倉頡，見鳥獸蹄迒之跡，知分理之可相別異也，初造

書契，百工以乂，萬品以察，蓋取諸夬。」

許慎認為，在中文字產生之前，曾有過一些過渡階段。起初是庖犧（伏羲）氏創作八卦符號用來表示「憲象」，即反映客觀世界。其後有神農氏結繩記事，由於不能適應日益繁多的事物，巧飾作偽的事也逐漸萌生了。至黃帝的史官倉頡創造了書契文字，百官由此得到治理，萬民由此得到督察，這大約是由易卦中的卦得到的啟示。從八卦到結繩到書契，這種文字起源的模式雖不見得符合文字起源的客觀實際，但也並非毫不相關。

八卦是古代占筮的符號，共有八種：

乾　　兌　　離　　震　　巽　　坎　　艮　　坤

任意兩卦相合，就可得八八六十四重卦。一為陽爻，代表奇數，一為陽爻，代表偶數，占筮時，筮者用四十九根蓍草莖（古稱為算籌）按某種法則進行演算，若得數為六，稱為老陰，得數為八稱少陰，得數為九稱老陽，得數為七稱少陽，按《周易·繫辭傳》的法則進行演算，得數只有六、七、八、九這四種可能性。凡老陽少陽都屬陽，用陽爻表示，老陰少陰都屬陰，用陰爻表示。這樣，演算三遍就可得一單卦，演算六遍就可得一重卦。

筮者再根據重卦的卦象爻象分析，並結合《易》辭，就可以占測吉凶禍福。由此可知，八卦的卦爻與數有關，但八卦只不過是三個奇數或偶數的排列符號，與中文字的起源是沒有關係的。過去曾有人認為「水」字（篆文作 ⅋）來源於坎卦，「坤」的古文來源於坤卦等等，這完全是膚淺皮毛的比附，現在已不再有人相信了。

八卦用算籌進行演算，而蓍草或小

計數的甲骨文

竹棍之類的籌策，是起源於原始時代的計數工具。《老子》云「善數不用籌策」，正說明一般人計數都用籌策。以甲骨文的數字看，八以內的數似乎都是用一至四根算籌擺成的：

一　二　三　四　五　　　　六　　七　八

其中「五」「六」兩個數寫法有繁簡兩體，凡卜兆序數多用簡單體（由兩根算籌擺成），反映了更古老的記數法。現在已發現的商周時代的八卦（包括重卦），恰恰都是由記數符號構成的。這類符號全由原始記數符號構成，其中由三位數構成的是單卦，由六位數構成的是重卦。

採用的數字共有一、五、六、七、八（其中「五」具有三種不同的寫法）五種，但就同一地區發現的八卦符號而言，只用四種（一五六八，或一六七八，或五六七八），含兩陰兩陽，與易卦相仿。可見，原始的八卦符號與數字記號有著相同的來源，都源於用算籌記數的古老記數法。

中文字中，跟原始占筮術有關的一些文字，也採用了原始記數符號。例如「爻」字甲骨文作爻，由兩個「五」構成；「教」字甲骨文作教，也含有由兩個「五」構成的「爻」字；學字甲骨文作學，像兩手擺弄爻的形象，其中的爻由「五五六」三數構成，相當於八卦中的巽卦。這說明中文字中確有個別文字採用了原始八卦符號作為構字偏旁。但決不能因此認為中文字起源於八卦，因為八卦與中文字是兩種性質完全不同的符號系統學。

甲骨文中的十進位計算法

摸摸結結：結繩起源説

語言受時間和空間的限制，對於這一點，原始社會的人們很早就感覺到了。但是，文字這樣一種最有效的輔助語言工具，不是一下子找到的，而是經過了相當長時間的摸索，最後才創造出來的。在文字產生以前，原始人類經歷了一段用實物幫助記憶的漫長時期。根據古代傳説，主要有結繩、刻契等。

結繩是原始民族普遍採用的一種記事法，中國的許多少數民族和國外的一些民族至今仍有採用結繩法來幫助記憶事情（特別是與數有關的事）的，古文獻中也有一些關於結繩記事的記載。

《易‧繫辭下》説：「上古結繩而治」。《莊子‧胠篋篇》説：「昔者容成氏、大庭氏、伯皇氏、中央氏、栗陸氏、驪畜氏、軒轅氏、赫胥氏、尊盧氏、祝融氏、伏羲氏、神農氏，當是時也，民結繩而用之。」許慎《說文解字‧敘》説：「及神農氏，結繩為治，而統其事。」古代典籍中都認為黃帝時始創文字，故將結繩記事的年代截止到神農氏時代。實際上，到了近現代在有些閉塞的、尚沒有文字的民族地區，仍有用結繩記事的。

據記載，古埃及、古波斯、古代日本都曾有過結繩之事。人類學家和民俗學家考察，近代美洲、非洲、澳洲的土人，中國的藏族、高山族、獨龍族、哈尼族……也都有用結繩記事的風俗。

黃帝像

結繩的方法，據鄭玄《周易注》説：「事大，大結其繩；事小，小結其繩。」這話很籠統。從古代南美洲祕魯的印第安人那裡能瞭解到古代結繩的一些情形：用一根木棒，棒上拴著長長短短的像纓子一樣的繩子，繩子上面打著許多結頭。結頭離棒越近，所指的事越緊要。黑結表示死亡，白結是銀子或和平，紅結是戰爭，黃結是金子，綠結是穀類。如果結上完全沒有染色，就是代表數目：單結是「十」，雙結是「百」，三結是「千」。

結繩的用途是多種多樣的。一般認為：最初是用來記數，如五斗米，打五個結，七尺布，打七個結；進而表示事物的性質，如記米用禾莖作繩，記布用麻縷作繩。遠古的時候，酋長管理部落事務，人民進行交易，都會發生數量關係，所以用結繩幫助記憶，可以避免造

成錯誤和發生糾紛。

　　從少數民族採用的結繩記事法看，結繩只能起到幫助回憶的作用，它本身還不可能獨立地完整地記錄事情，更不可能表示語言中的讀音。因此，結繩法只能算是原始的記事法，而不具備文字的性質。

　　不過，正如原始文字可以採用籌策記數符號和一些卦畫符號作為構字元素一樣，也可以採用結繩符號作為構字元素。比較明顯的是代表「十」和十的倍數的文字，都像結繩的形象。在商周金文中，「十」寫作 ￨，「廿」寫作 ㄩ，「卅」寫作 ㄩㄩ，「卌」寫作 ㄩㄩㄩ，像打結的繩繫在一起。甲骨文分別寫作 ￨ㄩㄩㄩ，有繩無結，這只是為了契刻方便而節省了筆劃而已。從這幾個數

古代祕魯人的結繩記事

字，我們可以推測一些原始的記數法。原始人沒有抽象的數概念，也無法抽象地計數，只能把具體要數的物品加以點數。

　　如果遇到沒有辦法用物體點數時，只好依賴手指幫助點數，假如兩手的十個指頭都點數了一遍而要數的事物還沒有數完，為了避免記憶失誤，就往往採取放置一根草莖或在繩上打一個結的辦法來代表十之數，由此便形成十進位，「十」及其倍數的代表字也由此形成。

　　間接取形於結繩的中文字有「世」字，金文作 ㄩ，篆文作 世，是由「卅」略加變形構成的。《說文解字》：「世，三十年為一世。」經傳舊注也屢見類似的說法，因此造字取形於「卅」。

　　個別中文字採用結繩形象作為構字元素，說明結繩記事法對於中文字的產生有一定的影響，但不能由此得出中文字起源於結繩的結論。中文字既是以象形符號為基礎的文字，從原則上說，它的字形可以任何事物的形象作為構字元素，結繩只不過是萬事萬物中的一種而已。

　　人們把結繩與文字連在一起，是因為人類創造結繩記事的方法與發明文字的想法是很一致的。一件事情要想保留在人的腦子裡，只有在記憶所能達到的時間和準確度之內，才是可能的。但記憶的延續時間和可負荷的容量都是有限的，只有用外部的標誌來提示它。

人們在相互約定某一事情後，也需要有一種客觀憑據以便長期遵行。前者是記錄某種思想內容，後者是記錄某種交往內容，使這些內容超越時間的限制，這正是激發人類發明文字的動因。

也就是說，到了結繩時代，文字產生的主觀要求已經具備了。繩結的區別性很低，只能用結大結小來標記大事小事，像秘魯土人用不同彩色的繩串在一起，再加上彩色與繩結位置的區別，最多也只能傳遞十幾種至幾十種資訊，所以，它的記錄功能是很弱的。但是，它既有記事的作用，後來又用於約誓之事，能夠「各執以相考」，因而也必然具有一種約定的內容。

原始社會的人群活動範圍還不很大，對記事符號的交際功能要求不高，突破語言的時間限制比突破空間限制更迫切一些，結繩作為一種視覺的記事符號，在記事的數量和明確性上雖然極為寥寥，但它是一種成功的嘗試。從結繩到文字，雖然發展了幾千年，但在性質上，距離已不很遙遠。

古埃及壁畫中也有用繩子打結的方法來記數的場景

▌刻刻劃劃：刻契起源說

刻契也是古代幫助記憶的一種方法。中國歷史上有許多關於刻契的記載。《釋名·釋書契》說：「契，刻也，刻識其數也。」《列子·說符》說：「宋人有遊於道，得人遺契者，歸而藏之。密數其齒，告鄰人曰：『吾富可待矣』。」

所謂刻契，是在木板或竹片上刻些缺口或其他記號，用來記載財務的數量；或向別人傳達什麼事情，留作記憶的憑藉；或作為向有關人員作解釋的依據。刻契有一方獨存的，也有兩方共有的。兩方共有的，把竹木板劈成兩半，各拿一半，並以齒的互相吻合為依據。

刻契為約的辦法，產生於原始時代發明文字之前。那時候人們在木塊上刻劃一些簡單的紋路或缺口以幫助記憶，其作用與結繩相似。這種辦法至現代還保存在一些少數民族中。如紅河哈尼族農民交租給地主，按租金多少在木片或竹片上刻缺口，然後一剖為二，地主和農民各執其一。每一缺口的代表數不一，一般是一缺代表一秤（十五斤穀子），有時還代表更大的數。契木為約作為一種傳統憑信手段，在文字產生以後仍然繼續被採用。例如考察者在雲南孟連傣族土司衙署見到一個具結木契，上面除刻有四道缺口以外，還有中文字；四缺代表多少錢糧數不得其詳，另三邊各用筆墨畫三道，應是為了正副本對合以防偽造而畫的標記，具有「騎縫

章」的作用。

　　木契上的簡單刻劃，有幫助記憶的作用，當然不能算是文字。不過，契刻的這種形式，卻很可能是最早的文字書寫形式之一。古人利用這種形式把一些數字記號或象形符號刻劃在陶器或竹木片上，用以傳遞某種資訊，就有可能逐漸演化成類似青銅器上的族徽文或是竹簡木牘這類的文書，文字和文獻也就逐漸地形成了。從這點說，刻契比八卦和結繩都更具有促進文字產生的條件。

▎中文字神造：倉頡造字的傳說 ・・・・・・

　　文字是怎麼來的呢？世界各民族有不同的傳說。在西方有「上帝造字」之說，而在有關中文字來源的傳說中，「倉頡造字」是最流行的。說倉頡是黃帝的史官，他有四隻眼睛，看東西非常清楚。他抬頭看見天上的月亮有時圓有時彎，低頭看見地上鳥獸的腳印各式各樣，從中得到啟發，創造了中文字。這個行動驚動了天地鬼神。

　　關於倉頡造字之說，在古代的一些著述中多處可見。如：《荀子・解蔽》說：「好書者眾矣，而倉頡獨傳者，一也。」《呂氏春秋・君守篇》說：「奚仲作車，倉頡作書，後稷作稼，皋陶作刑，昆吾作陶，夏鯀作城，此六人者所作當矣。」《韓非子・五蠹篇》說：「倉頡之作書也，自環者謂之私，背私謂之公。」

　　把前人傳說吸收後加以整理，正式寫入早期中文字史的是東漢的許慎。他在《說文解字・敘》裡說：「及神農氏結繩為治而統其事，庶業其繁，飾偽萌生。黃帝之史倉頡，見鳥獸蹄迒之跡，知分理可相別異也，初造書契。」又說：「倉頡之初作書，蓋依類象形。」《文心雕龍・練字》沿襲許慎的說法，才有了「文象立而結繩移，鳥跡明而書契作」的名句。

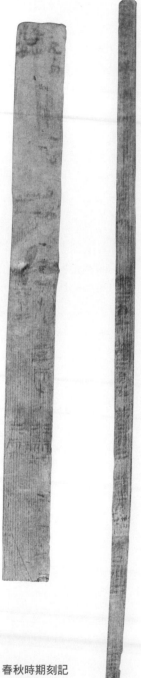

春秋時期刻記
數量的竹片

13

那麼，「倉頡造字」說有多少可信度呢？中文字真的是倉頡創造的嗎？歷代研究文字的學者對此比較一致的看法是：中文字不可能是某一個人造出來的，而是漢族先人集體創造的結果。

　　荀子說：「好書者眾矣，而倉頡獨傳者，一也。」這就是說，倉頡之所以傳名後代，是由於他作了搜集、整理、統一的工作。由於傳說倉頡是黃帝的史官，這種說法是比較合乎情理的。魯迅曾經明確指出：「要之文字成就，所當綿歷歲時，且由眾手，全群共喻，乃得流行，誰為作者，殊難確指，歸功一聖，亦憑臆之說也。」我們從殷商的甲骨文異體繁多的事實中，也可以看出文字絕不是一個人創造的。

　　因為如果文字是一個人創造的，那麼，一個字就不可能有許多不同的寫法。而且甲骨文連「倉頡」這兩字都沒有，如果倉頡創造了文字為什麼連自己的名字還沒有創造出來。

　　另外，歷史上是否確有「倉頡」其人，也是值得討論的問題。原始人並不像文明社會的人一樣有明確的私名，傳說中的上古人物名稱，大抵是後人根據某種特徵另起的名字。其中很重要的一個起名因素是發明創造的功績，例如「有巢氏」指發明建造房屋的最早祖先，「燧人氏」指鑽燧取火的發明者，「裂山氏」（或寫作「厲山氏」、「連山氏」）指最早發明裂山造田的民族，「神農氏」指最早開創農業的民族，《周禮》所謂「先牧」、「先炊」、「先卜」「先巫」、「先嗇」、「馬祖」、「田祖」、「先蠶」、「先師」、「先造食者」之類，也都是同樣性質的名稱。由此推測，「倉頡」也很可能是同樣性質的名稱。有學者認為，由古音看，契與頡音近，「倉頡」也許就是「創契」的意思。如果這個推測不錯，那麼，所謂「倉頡」乃是後人對創造文字的古代史官的追稱。當然，這樣說並不妨礙我們把最早的文字創造者當作「倉頡」。或者說，中文字是

傳說有四隻眼睛的倉頡

東漢石壁畫中的神農氏

南宋馬麟繪製的伏羲氏畫像

由千千萬萬個「倉頡」們創造的。

▌考古：撩起中文字起源神秘面紗 ‧‧‧‧‧‧‧‧‧‧‧‧

三千三百年前，中國商朝晚期遺留下來的甲骨文字，已經是較為成熟的文字，說明在甲骨文字形成之前，必然是已經經歷了一個漫長的產生和演變過程；在甲骨文形成之前，必然還存在著比甲骨文更早的、更原始的一種文字形式。這就不得不讓人們思考這樣一些問題：在甲骨文形成之前的文字形式是什麼樣的？甲骨文是怎樣形成的？中文字的產生最早在什麼時候？

大汶口文化的陶器符號

考古學家和文字學家在研究這些問題，並作出了種種解答。世界上幾種最古老的文字，都是在近代被發現，並經過專家們的研究，才認識它們的過去。兩河流域的蘇美楔形字，產生於五千五百年前，在二千三百年前這種文字就已經消失了，人們已不知道它的存在。

楔形字泥版在地下埋藏了一千五百年，直到十九世紀才被發現和解讀出來；與此相似的是五千多年前的古埃及聖書字，也被人們遺忘了一千幾百年，於 1799 年在埃及羅塞塔地方發現的一塊刻有聖書字的碑銘體、大眾體和希臘文等三種文字的紀念碑，到十九世紀二十年代才被解讀出來；中國商代晚期的甲骨文字，也在地下埋藏三千多年，到 1899 年才被發現，經過長達近百年的研究，大部分甲骨文字才被解讀出來。

在甲骨文字之前，肯定還會有逐步形成甲骨文的更原始的文字，有待考古工作者的不斷發現。已發現的可能跟原始中文字有關的資料，主要是原始時代遺留下來的器物上所刻劃、描畫的符號。這些符號大體上可以分為兩類。第一類形體比較簡單，大都是幾何形符號，見於仰韶等原始文化的陶器上。第二類是像具體事物之形的符號，見於大汶口等原始文化的陶器上。據專家考證，原始社會時代普遍使用的幾何形符號還不是文字，大汶口象形符號，則可能已經具有文字的性質。

仰韶文化是中國新石器時代的一種文化，分佈地區很廣，以關中、豫西北、晉西南的黃河中游為中心，西至甘肅西部的洮河，北起河套地區，南達漢水中上游。

仰韶文化的陶器殘片上已有幾何圖形

1921 年首次發現於河南省澠池縣仰韶村，仰韶文化因此得名。由於常在遺物中發現有彩繪成幾何形圖案和動物形花紋的陶器，因此，也曾被稱為「彩陶文化」。

1953 年，又在西安東郊半坡發現了仰韶文化時期的村落遺址。中國科學院考古研究所自 1954 年秋到 1957 年夏，在這裡進行了五次大規模的發掘工作。發掘面積一萬平方米，約占遺址總面積的五分之一。

1958 年，在這裡建起了半坡博物館。這裡是黃河中游地區一個六千多年前典型的氏族公社的村落，屬於母系氏族公社時期。他們已會製造各種石器、骨器和燒製各種陶器，已從漁獵發展到原始的農業和畜牧業，過著原始共產的社會生活。發掘中發現了刻畫在陶器上的各種符號，都是刻畫在環底口沿外面的一道黑色紋彩中。這些符號大部分是在陶器燒製以前刻畫的，只有少數是在陶器燒成以後刻上的，共有五、六十種。

這些遠古時期遠古人類在陶器上刻畫下的符號，究竟是不是中文字的起源，學者們對此有截然不同的看法。

郭沫若、于省吾都認為是原始文字。郭沫若說：「彩陶上的那些刻畫符號，可以肯定地說就是中國文字的起源，或者說是中國原始文字的孑遺。」于省吾說：「這種陶器上的簡單文字，考古工作者以為是符號，我認為這是文字起源階段所產生的一些簡單文字。仰韶文化距今有六千年之久，那麼，中國開始有文字的時期也就有六千年之久，這是可以推斷的。」于省吾還把這些符號與商周古文字相比附。

有些學者認為這些刻畫符號不屬原始文字。裘錫圭在《文字學概要》中認為：「這種符號表示的決不會是一種完整的文字體系。」並認為甚至連原始文字的可能性也非常小。他和李學勤都反對把這種刻畫符號與商周文字相比附。李學勤在《古文字學初階》中提出：「凡對簡單的幾何線條形符號用後世的文字去比附，總是有些危險的。」

距今五千五百多年前的山東地區大汶口文化，是古代少昊文化。少昊的國都在魯，即現在的山東曲阜。蚩尤就是少昊民族的有名英雄。作為中國歷史序幕的炎黃二帝，曾戰於阪泉之野，蚩尤參與了炎帝一方，共同和黃帝作戰。後炎、黃二帝講和，黃帝和蚩尤戰於涿鹿，蚩尤被殺。之後，受黃帝之命少昊清繼續統治少昊。因此，這是華夏文化的另一個源頭。

大汶口文化屬於中國新石器時代晚期的文化，主要分佈在黃河下游的山東、江蘇和安徽的北部地區；此外，在河南的平頂山地區、偃師、鄭州及遼東半島的廣大地區也有發現。山東地區

仰韶文化的陶器上已有許多符號

的大汶口文化，已經發掘的有泰安的大汶口，寧陽的堡頭村，曲阜的西夏侯，鄒縣的野店，滕縣的崗上，安丘的景芝鎮，莒縣的陵陽河，日照的東海峪，臨沂的大范莊等。在發掘出來的陶器上發現有六個刻畫符號，唐蘭、于省吾都認為是早期中文字，裘錫圭認為這些刻畫符號「跟古中文字相似的程度是非常高的，它們之間似乎存在著一脈相承的關係，大汶口文化象形符號應該已經不是非文字的圖形，而是原始文字了」。但是有的學者否定大汶口陶文是文字的可能性。

西安半坡仰韶文化遺址出土彩陶缽口刻畫的符號及大汶口文化遺址出土陶文

此外，湖北省考古工作者1994年在宜昌楊家灣遺址發現中國最早象形文字，把文字起源推到六千年前。楊家灣遺址是新石器時代遺址。考古隊員從該遺址中發掘出大量石器、玉器，還發現一百七十餘種刻畫在陶器上的符號。這些符號記錄當時人們對生活中事物的描述和描繪，代表固定的含義，有一定的規則；從筆劃運用看，不僅有直筆，還有大量運用圓筆，殷墟甲骨中的許多符號與之十分接近。

專家們認定，這些符號是迄今為止發現的中國最早的象形文字。這些文字符號是從遺址中一處直徑十米、文化層厚度三米多的大灰坑出土的陶器上發現的，均刻畫在陶器的圈足底外面，其象形性可劃分多種類型，有的如水波、閃電、太陽升起等自然景觀，有的似穀穗、垂葉、花瓣、大樹等植物，有的像長蛇、貝殼等動物，有的像魚鈎、魚網、弓箭、叉具等生產工具，還有的反映了房屋建築和人類勞作的情景。

這一新發現，又為中文字的起源提供了重要的依據。文字的起源，總是在對遠古時期遺物的不斷發現中，逐步得到更多更新的瞭解的。

文字的源頭：圖畫記事

大量的考古發現證明，圖畫的產生比文字早得多。世界上幾種古老文字，如蘇美人的楔形字，古埃及的聖書字，古印度的文字，它們字形的原始形式，都和中文字一樣，是圖畫性的。在不同國度，不同時間獨立發生發展的一些文字，彼此不謀而合地具有的共同原始狀貌，說明人類文字起源有共同的規律，都是脫胎於圖畫。用圖畫再現客觀事物的形象，用指稱事物的語詞來說明事物的圖畫，再反過來用事物的圖畫來書寫指稱事物的語詞，一正一反，這是符合人們認識事物的規律的，也是當時歷史條件下人們最現成的用來表記語言的方法。

不過，圖畫畢竟只是圖畫，它與文字之間有著本質的區別，其間隔著一條非常深的鴻溝。大量研究表明，人類完成從圖畫到文字的演變過程中，經歷了一個非常重要的過渡階段——圖畫文字。

有人不講衛生，隨地小便。有人就在不應該小便的地方畫上一個烏龜，表示禁止。這雖然是個「以毒攻毒」的惡作劇，但從這個惡作劇中也可以想像文

大約為西元前二千年左右的楔形文字

字起源於圖畫的道理。當用結繩、刻契等實物幫助記憶，不能滿足需要時，人們又創造了畫畫的方法。

圖畫不僅可以幫助記憶，而且在一定程度上可以幫助交流思想。例如：關於人的事就畫上個人形，記載打獵的收穫就畫上個象，畫上個鹿，畫上個野牛，或者別的什麼。

魯迅在談到圖畫的記事作用時說：「畫在西班牙的阿爾塔米拉洞裡的野牛，是有名的原始人的遺跡，許多藝術史家說，這正是『藝術的藝術，原始人畫著玩玩的。但這解釋未免過於『摩

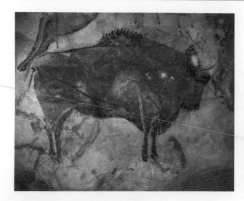

登』，因為原始人沒有十九世紀的文藝家那麼悠閒，他的畫一隻牛，是有緣故的，為的是關於野牛，或者是獵取野牛，禁咒野牛的事。」古人這種畫圖記事、畫圖示意的辦法，和現在有的出租汽車公司門口的招牌上畫一輛小汽車、車馬店門口畫一匹吃草的馬，意思差不多：這些圖畫都有文字的作用。

阿爾塔米拉洞裡的野牛壁畫

傳說太平天國戰爭時期，清朝大臣曾國藩的部將鮑超被太平天國軍隊圍困在某地。圍城的太平軍將領是外號叫「四眼狗」的陳玉成。鮑超是個除了他的姓「鮑」字外什麼也不認識的大老粗，他在慌忙中自己畫了一張圖畫叫人送給曾國藩。曾打開一看，在紙的當中畫了一個圓圈，圈裡歪歪斜斜地寫了一個「鮑」字，圈周邊圍著幾隻狗。曾看完大吃一驚地說：「鮑超叫四眼狗陳玉成包圍了！」立刻下命令派兵去救。

又例如，北美洲達科塔人曾經用圖畫記載他們發生過的大事：圖（1）一個人滿身是斑點，記載了 1800 年在達科塔流行過天花；圖（2）一個人張嘴咳嗽，記載了 1813 年在達科塔流行百日咳；圖（3）兩隻手五指伸開、互相接近，記載了 1840 年達科塔人和外族和好。

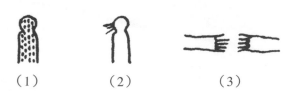

（1）　　　　（2）　　　　　（3）

為了表達比較複雜的事情，人們又把許多單幅畫連綴起來，像連環畫一樣。例如，金文中有下面的圖形：

一個人，上面有一把斧頭，像要殺頭的樣子；一隻仰倒的豬，在肚子上面有一隻手拿著一把刀，是拿刀殺豬的樣子。

　　這種圖畫和岩畫不同，沒有像岩畫那樣形態逼真，比較細緻，因為那樣畫要花費較多時間，也不是每個人都能畫得出來的。作為傳遞資訊的圖畫，要求少花時間，很快就能將所要表達的意思畫下來、傳遞出去，因此，所畫的圖像十分簡單，如畫牛只畫牛的頭，畫羊突出羊角；畫其他東西也是如此，只畫出個大概的形象，只要對方能夠理解就行，因此，幾乎已接近符號的形式。

　　由於僅僅是用圖畫的形式來表達想要說明的事物，傳遞所要表達的資訊，使對方可以根據圖畫內容來理解所包涵的意義，已近似文字所要起的作用，因此，後人把這種形式叫做圖畫文字；又因為它是用圖畫的形式，記錄下人類所要表達的話（語言），因此，後人又將這種形式稱之為圖畫記事。

　　前蘇聯學者伊斯特林，在其《文字的產生和發展》一書中，給了一個非常有趣的圖畫記事例子，被稱為文字圖畫信，由四幅連續圖畫組成。它的意思是：塔斯馬尼亞總督給土著人的圖畫文字信建議和解，同時指出破壞和平者會遭遇的後果（見右圖）。

為了更好地說明圖畫文字的具體形式和所隱涵的意思，下面以三幅圖畫文字為例進行解析。

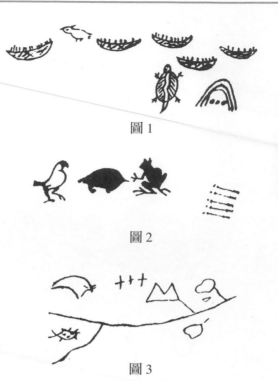

圖 1

圖 2

圖 3

第 1 幅畫：畫面上有五隻船，一隻鳥，一隻龜；右下角是一個圖案形符號，三條弧形線條代表河，三個黑點代表三個數。這幅畫所要表達的意思是：漁王率領了五隻船，船上各有若干人，用了三天時間渡到了對岸。

第 2 幅畫：畫面上有一隻鳥，一隻土撥鼠，一隻青蛙，還有正對著它們的五支箭。這幅畫據說是古代斯基泰人（居住在俄國南邊）寄給波斯國王的一封信。這幅圖畫信的大概意思是：「如果你們波斯人不像鳥那樣飛上天，像青蛙那樣逃跑，像老鼠那樣躲藏，那麼你們必將在我們的箭下完蛋！」

第 3 幅畫：這幅畫圖形簡單，符號性很強。這是一封著名的北美印第安女子奧傑布娃刻在赤楊樹皮上的圖畫文字情書，約會男方在什麼地方見面。圖畫左上方畫的是一隻熊，這是女子的圖騰；左下方畫的是一條泥鰍，這是男子的圖騰；三個「十」字代表的是天主教的十字架，山形的圖代表的是帳篷，表示帳篷的附近住有天主教徒；右邊畫的是三個湖沼。這幅圖畫清楚地表明瞭約會的地點。

在中國現在還沒有發現這麼生動傳情的文字圖畫，但是從地下挖出的青銅或陶器上有些族徽跟文字圖畫差不多。例如在一個人們命名「子執弓尊」的酒器上刻畫著這樣的花紋：

⌂是古代四合院的樣子，表示「家」。

朿像一個人一手高舉，一手拿弓射箭的樣子

戉是古代一種武器的象形。

全圖表示這是一個軍人家庭。

仰韶文化遺址出土的彩陶上，就畫有魚蛙鳥鹿等圖畫（見下圖）。考古學家認為這些圖像，有的是用於圖飾，有的可能就是氏族的族徽，它們為中文字的產生提供了造字的藍圖，準備了技術條件。

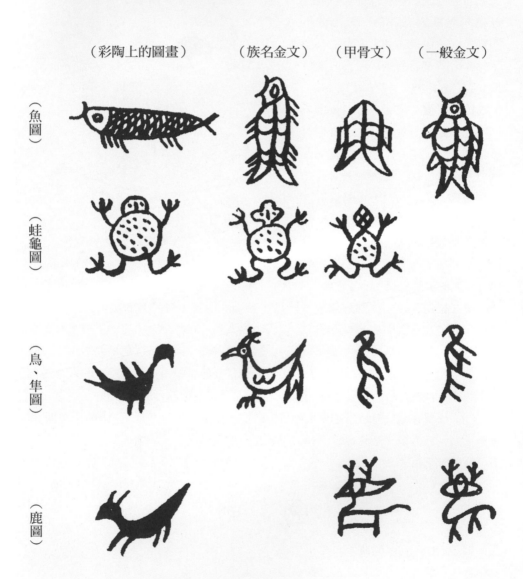

	（彩陶上的圖畫）	（族名金文）	（甲骨文）	（一般金文）
（魚圖）				
（蛙龜圖）				
（鳥、隼圖）				
（鹿圖）				

把這些圖畫，和金文中的族名寫法及甲骨文裡有關的字形相對照，就顯示出它們之間一脈相承的關係。

圖畫文字，並不是真正的文字，它的個體圖形和符號，不能和語言的詞語完全對應起來。圖形和符號的組合排列，也不和相關的詞語在句子裡的語法序位元相一致。它記錄語言，只能是「近似值」，表達語意是「公約數」。

但它表記性的功能，以事物的形象做為事物本身代表的辦法，對真正文字的產生，卻起了啟發、誘導的作用。人們一旦把特定的符號和圖形，同一定的語詞穩定地結合起來，每個語詞都獲得這種書寫形式，這些圖形、符號書寫的順序，按詞的語法序位元作線性排列，便形成真正的文字。所以，在真文產生之前，人類使用的圖畫文字，是孕育真文的母體，是真文起源的源頭。

▌文字與圖畫的界限 ‧‧‧‧‧

就表面形式來看，原始文字與圖畫並沒有太大的區別。那麼，怎樣的算是圖畫，怎樣的算是文字？即判斷文字和圖畫的界限是什麼呢？

對於這個問題，有的學者這樣認為：「畫得太多，寫得太少，仍只能說是畫，而不是象形文字。」如果按這種原則來判斷，那麼，圖形複雜也即「畫」得多的就是圖畫，圖形簡單也即「寫」得多的就是文字。這種方法顯然並不科學，也靠不住。事實上，原始圖畫中也有些形體很簡易，而商周族徽文字中也有些形體很複雜，但前者是圖畫而後者卻是文字。

我們知道，文字是記錄語言的符號，而語言則是由音義相結合的詞構成的，所以，判斷文字或圖畫的尺規，就是看它是否用於記錄語言或可以構成語

內蒙古陰山岩畫

言的單詞。一般來說，圖畫也是包含了某種意義的，不過，圖畫的含義純粹通過它的藝術形象來表達，並不同語言一一對應互相結合；至於文字，儘管它起初可能與圖畫很相似，但它的含義是通過讀音來表達的。當然，與圖畫相似的文字，它的形體具有重要的表義功能，然而，這種功能是間接的，也就是說，它先通過形體特徵使人們能夠知道它的讀音和所代表的詞，然後再轉化為語言（書面語言）表達意義。圖畫表達意義是直接的，文字表達意義是間接的，乍看起來似乎用文字表達意義不如用圖畫來得方便。其實，圖畫不僅比較繁雜，而且不可能準確無誤地表達複雜的資訊。

文字由於不必直接用形體傳達資訊，因此形體可以大大地簡化，向記號字的方向發展；而且，一旦與語言相結合，就可以表達比較複雜的資訊，特別是可以表達比較抽象的資訊，這是圖畫所無法實現的。

文字所以能表達複雜抽象的資訊，很重要的一個原因是文字由形表音又由音表義，這就可以採用借音表義的辦法。文字一旦出現，就通過讀音與語言相結合，這是圖畫做不到的，這便是文字與圖畫的本質區別。唐蘭先生說：文字本於圖畫，最初的文字是可以讀出來的圖畫，但圖畫卻不一定能讀。所謂「可以讀出來的圖畫」，也就是指那些表面上看像是圖畫，但本質上已是記錄語言的符號即文字了。

文字起源於圖畫，但圖畫不等於文字。記事圖畫的特點是：整幅的圖畫表示一定的意思，沒有固定的讀音，也不能分解為字。圖畫越畫越簡單、越線條化，當它能夠讀出來，代表語言裡一定

新疆阿爾泰山岩畫

的詞的時候，這圖形就變為最初的文字了，從圖畫到文字是個「飛躍」。

　　文字和圖畫的界限可以概括為以下三點：第一，圖畫的特點是「逼真」，而且這個人這麼畫，那個人那麼畫，兩個人畫牛，畫法各不一樣；文字線條簡單，而且寫法要求大體一致，為大家所公認。

　　第二，圖畫沒有固定的讀音，不和有聲語言相聯繫；文字是記錄語言、代表語言的，它有固定的讀音。第三，記事圖畫的意義是不確定的，比如畫一頭野牛，是「獲得了一頭野牛」、「這裡有野牛」，還是別的什麼意思，其意義是不確定的；文字表示語言裡的詞，意義是確定的。「牛」，中國的甲骨文作𜵔，像正面的牛頭。拿它和西班牙阿爾塔米拉洞裡的壁畫「野牛」比較一下，文字和圖畫的界限就清楚了。

　　圖畫文字孕育了原始文字的雛形，後來逐漸出現了初期的象形文字。我們拿大汶口文化晚期的山東莒縣陵陽河遺址發現的象形符號，同甲骨文、金文對比，可以看出早期中文字發展的脈絡。下面是大汶口文化遺址發現的器物上的一個象形符號和甲骨文、金文的「旦」字：

大汶口文化的象形符號　　　　　甲骨文　　　　金文

　　大汶口文化的象形符號，有的像太陽在雲氣上面；有的像在太陽和雲氣下面有五峰並立的高山。意思是太陽在雲氣中上升，高出山頂。甲骨文、金文的「旦」字，同它非常相似，顯然是從它演變來的。于省吾認為，「**這是原始的旦字，也是一個會意字。**」可見，大汶口文化的象形符號已經不是一般的文字畫，而是原始文字了。

第二章

中文字的造字法則

最初原始文字的數量肯定不會太多，
那麼，後來如此龐大的中文字體系是怎麼創造出來的呢？
先秦和漢代的學者們，從古文字結構的分析中，
推測出中文字造字的主要幾種方法，即所謂的「六書」。

▍何為「六書」

　　涉獵了一點文字學的人，都會接觸到「六書」這個名稱。「六書」的具體內容是什麼呢？就是象形、指事、會意、形聲、轉注和假借。它是周代晚期到漢代，人們分析周代以前的造字方法而歸納出來的六種條例。「六書」這個名稱最早見之戰國時期儒家學者編纂的《周禮·地官·保氏》中所說：「保氏掌諫王惡，而養國子以道，及教之六藝：一曰五禮，……五曰六書，……」後來，古文經學家、目錄學家劉歆在他編著的《七略》中列出了「六書」的細目。

　　到了東漢時，許慎在《說文解字·敘》中說：「周禮八歲入小學，保氏教國子，先以六書。一曰指事，指事者，視而可識，察而見意，『上』『下』是也。二曰象形，象形者，畫成其物，隨體詰詘，『日』『月』是也。三曰形聲，形聲者，以事為名，取譬相成，『江河』是也。四曰會意，會意者，比類合誼，以見指為，『武』『信』是也。五曰轉注，轉注者，建類一首，同意相受，『考』『老』是也。六曰假借，假借者，本無其事，依聲托事，『令』『長』是也。」

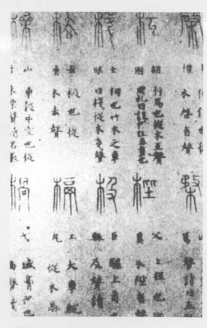

　　許慎比較清楚地講明了六書的含義。六書之說源於劉歆之說。許慎所提出的名目概括得比較正確，後來為大家所公認的六書名目和次序為：象形、指事、會意、形聲、轉注、假借。

　　中文字並不是在有了「六書」這個造字、用字法則以後，才據此創造了中文字；而是

《說文解字》內頁

先有了中文字，後來才有了「六書」的理論。「六書」是古人根據中文字結構歸納出來的中文字構造理論，也就是後來的造字、用字法則。古稱「六書」是「造字之本」，後世學者認為：象形、指事、會意、形聲等四書是造字之法，而轉注、假借並不產生新的中文字，因此只是用字之法，概括「四體二用」之稱。

「六書」理論自古以來在文字學方面產生了很大的影響，但畢竟也有它不足的方面。由於許慎所處的年代已看不到商周的甲骨文字，不知道它的存在，所能看到的只是春秋以後的文字。有些字形已經發生了變化，許慎不瞭解它們的早期字形，不能正確地瞭解它們的本義，因此，《說文解字》中在解釋有的字義時，就會發現解釋不當的問題。

例如：一個「為」字，甲骨文的「🐾」字十分形象地顯示出一隻手牽著一頭象的形狀。古代人類使用大象來幹活，古書有「役象以助勞」的說法，指的就是這件事。

甲骨文的字左上從爪（手）、右側從象，是個會意字（許慎將它列為象形字）。演變成小篆字體的「為」字，已看不出原來大象的形狀，因而，許慎在《說文解字》中將「為」字作了錯誤的解釋。在《說文解字》中，「為」字歸入「爪」部，解釋為：「*母猴也。其為禽好爪。爪，母猴象也，下腹為母猴形。*」這顯然是由於許慎因為沒有見到甲骨文「為」的本字，以小篆字體的「為」字形狀來解釋所導致的誤釋。

「六書」中關於轉注之說，許慎也僅是作了簡單的解釋，在將《說文解字》所列字進行字形分析時，也未指明何字為轉注，因此，對轉注含義的理解，後人產生了各種不同的看法。

由於「六書」存在著某些缺陷和不足，有些學者在研究「六書」的基礎上，提出了各種新的理論，有「三書說」、「新六書說」等種種。近代學者唐蘭提出了「三書說」。「三書」即象形文字、象意文字、形聲文字。唐蘭認為象形、象意、形聲「*足以範圍一切中國文字，不歸於形，必歸於意，不歸於意，必歸於聲*」。

學習中文字，明白當初它們是怎樣構造出來的，造字時的用意是什麼，可以幫助我們更好地掌握中文字。結合造字方法去掌握眾多的中文字，可以提綱挈領，以簡馭繁，觸類旁通，收到比較理想的學習效果。

▍許慎和《説文解字》

許慎字叔重，東漢汝南郡召陵縣（今河南郾城）人。今郾城縣許莊村東一里處，有許慎及其子許沖的墓塚。據清人考證，許慎大約生於漢明帝永平（58～75）初年，卒於漢桓帝建和（147～149）初年，享年80餘歲。許慎最初是在汝南郡做功曹，繼而被推舉

為孝廉，以後任縣長，再後到京都洛陽，在丞相府任職。

許慎是賈逵的弟子。賈逵是東漢著名的經學大師，既通曉今文經，又精於古文經。漢章帝元年（西元 76 年），賈逵奉詔與諸儒講學北宮白虎觀。建初八年，皇帝又命令賈逵等人挑選一批「高材生」，在黃門署為弟子門生講授《春秋左氏傳》、《谷梁傳》、《古文尚書》和《毛詩》。許慎「從逵受古學」，可能就在這期間。

許慎像

許氏創作《說文解字》一書，與他跟從賈逵學習古文經有很大關係。賈逵卒於漢和帝永元十三年（西元 101 年），時年七十二歲。《說文解字·敘》作於永元十二年正月，也就是賈逵去世的前一年。漢安帝永初四年（西元 110 年），「詔謁者劉珍及《五經》博士，校定東觀《五經》、諸子、傳記、百家藝術，整齊脫誤，是正文字。」南宮東觀是宮中藏書的地方，也就是皇家圖書館，這是歷史上一次大規模的圖書整理工作。許慎參加了這次校書工作，並在這期間結識了著名經學家、文學家馬融，馬融很稱讚他的為人和博學。安帝建光元年（西元 121 年），許慎於病中，派他的兒子許沖把《說文解字》一書奉獻給朝廷。

因為許慎做過太尉南閣祭酒，所以後人稱他「許祭酒」，或只稱「許君」而不呼其名。他的《說文解字》一書，長期以來，人們也親切地稱為《說文》、《許書》。許慎的著作除《說文解字》外，還有《五經異義》和《淮南子注》等，今皆亡佚無存。

《說文解字》是中國古代第一部分析字形、說解字義、辨識字讀的大型字書。

許慎前後用了二十多年的時間，搜集了大量的文字資料，差不多耗費了他一生的主要精力，才完成了這部了不起的著作。

許慎撰寫《說文解字》，其主要目的還不在於析字訓詁本身，而是為了說字解經。漢代，今、古文之爭是十分激烈的，許慎立足於古文經的觀點，痛斥「諸生」「詭更正文」「鄉壁虛造」的行徑，希望通過析字訓詁，從而貫通經義，發揚五經之道，為當時的政治統治服務。「文字者，經義之本，王政之始」，他在自序裡所說的這句話，集中反映了他撰寫《說文解字》的目的：一心想從語言文字的角度去探索聖王之治。可是成書以後，其客觀作用、影響和社會價值，卻是許慎生前萬萬沒有估計到的，以古代文獻為主要研究物件、

具有民族特色的語言文字學便由於《說文解字》的問世而正式形成。

　　《說文解字》之名包括兩層意思，一是「說文」，一是「解字」。「文」和「字」不是同一的概念，它們反映了中文字發展的兩個階段，即圖畫符號階段和標音符號階段，古代文字學家稱獨體的字為「文」，稱合體的字為「字」。獨體的結構當然不能再分解，故說明之，這就是「說文」的意思；合體的結構有兩個或兩個以上的偏旁，故剖解之，這就是「解字」的意思。以上兩層意思合在一起，就是《說文解字》之名的含意。為了稱述的方便，《說文解字》亦常簡稱《說文》。

　　《說文解字》以小篆為主要研究對象，同時參照籀（ㄓㄡˋ）文古文。全書收字 9353 個，另有異體字 1163 個。要學會查檢《說文解字》，首先得瞭解《說文解字》的體例。

　　《說文解字》首創中文字部首，按「分別部居」、「據形繫聯」的原則排列中文字，全書十五卷五四〇部，將收錄的中文字歸併到五四〇個部首之內，通過字的形體結構上的特徵（部首相同）而串聯起來。部首從「一」開始，終於「亥」部，意義上有聯繫的儘量排在相近的位置上；部首內部也以字義為聯繫的紐帶，意思相近的字大多排列在一起。部首是打開《說文解字》的鑰匙，弄清《說文解字》的部首對於查檢《說文解字》是極為重要的。部首居全部之首，同部字的第一個字就是部首，並用「凡某之屬皆從某」標明。

　　《說文解字》是古代語言文字學的集大成者，對後世的影響極為深遠，我們今天討論中文字，仍以《說文解字》作為重要的參考書。這裡姑且不說《說文解字》保留了大量珍貴的文字資料和古代社會各個領域的重要史料，就是《說文解字》首創的字形、字義、字音綜合研究的方法，今天研究中文字仍在運用這一寶貴經驗。《說文解字》所發現的中文字部首系統，對後世影響更大，今天討論中文字結構，仍主要從部首入手。而且《說文解字》所提供的諧聲偏旁，又是上考周秦古音，下連唐宋

《說文解字話本》

語音的重要依據。

《說文解字》也有謬誤和訛失，這是由於歷史的局限。《說文解字》探求字源、解釋字義的主要依據是篆文和少數籀文古文，許慎生活的時代，不僅甲骨文沒有出土，就是金文所見也極少，因而有時候存在與殷周初文不盡吻合之處。加之漢代經學大盛，許氏的目的又在於說字解經，因而也常留下牽強附會的地方，並流露出封建的、陰陽五行的觀點。甲骨文、金文的研究考訂了《說文解字》的訛誤，但是，怎麼也不應該苛求古人，沒有《說文解字》的研究和它所保存的篆文、古籀，甲骨文、金文的研究也就失去了重要的歷史階梯。

《說文解字》對後世語文學的影響非常之大。許慎派其子許沖將《說文解字》奉獻給朝廷後不久，這部書就流行於世了。東漢末年，鄭玄注《三禮》，注文多次引用許氏《說文解字》。後來，應劭著《風俗通義》、晉灼注《漢書》，也都稱引其書。至於仿照《說文解字》而作字書的，魏初有張揖撰《古今字詁》，西晉有呂忱撰《字林》，南北朝時有顧野王撰《字林》、江式撰《古今文字》等，北齊顏之推《顏氏家訓·書證》裡有一段話說：「客有難主人曰：『今人經典，子皆謂非，說文所言，子皆云是，然則許慎勝孔子乎？』主人拊掌大笑，應之曰：『今之經典，皆孔子手跡耶？』客曰：『今之說文，皆許慎手跡乎？』答曰：『許慎檢以六

文，貫以部分，使不得誤，誤則覺之。孔子存其義而不論其文也。……大抵服其為書，隱括有條例，剖析窮根源，鄭玄注書，往往引以為證；若不信其說，則冥冥不知一點一畫，有何意焉。』」把許慎和孔子相提並論，這可以說明許慎和他的《說文解字》，在當時學術界的聲譽。

唐代以《石經》、《說文解字》、《字林》取士，《說文解字》成為學者必修的科目，這就進一步提高了《說文解字》的地位。

自《說文解字》問世以來，研究《說文解字》的著作蜂擁而出。這其中，以唐代李陽冰刊定的《說文解字》最早。及至五代時南唐徐鍇曾對《說文解字》整理、注釋，名為《說文繫傳》，四十卷，世稱「小徐本」。到了北宋初年，徐鍇的哥哥徐鉉等又奉詔整理、審定《說文解字》，世稱「大徐

段玉裁畫像

本」。但只有到了清代，對《說文解字》的研究，才是全盛時期，水準最高，成績最大。清代研究《說文解字》有成就的學者有二百零三人。這其中成就比較突出的有段玉裁、桂馥、王筠以及朱駿聲，段、桂、王、朱，合稱《說文解字》「四大家」，他們都是當時的著名學者。

▋ 畫鳥為何不點睛——象形字

《紅樓夢》裡賈寶玉吟過一首描寫竹子的詩，其中兩句是：「竿竿清欲滴，個個（个个）綠生涼」

後人修訂翻印時曾將「個個（个个）」字改成「各各」，有人對此提出非議，意見是說「個個（个个）」多像青翠欲滴的竹葉啊，觸字生景，為什麼要改呢！

象形字為數不多，卻是中文字造字

的基礎，後來的合體字有相當一部分是用象形字構成的。由於中文字的字形變化是漸進的，十分有趣的是，至今許多中文字還留有象形的尾巴，仔細琢磨就可以看出它的原形來。

魯迅說，中文字的基礎是象形。象形字就是畫物像它的形狀，以此形狀表達它的含義。

在《說文解字》裡，「鳥」字寫作 ，「烏」字寫作 ，與「鳥」字相比，正好缺去鳥頭上表示眼睛的一短橫。畫鳥不點睛，這是為什麼我們曉得，古人在造字時，對於象形字，需要抓住形象的特徵。烏通體黑色（頸下有一些白羽毛的，古人稱鴉）。烏的黑眼睛因和羽毛的顏色相同，看上去就不分明瞭。所以「鳥」字點睛，「烏」則不見其睛。

據說在南北朝時，有一位畫家張僧繇，在牆上畫了四條龍，後來經人多番要求，給其中兩條畫了眼睛，這兩條龍便騰飛升天了。成語「畫龍點睛」即來源於此。「烏」字耐人尋味的地方，恰在這不點睛上。以上所述雖然是兩件事，但道理是一樣的。

據說，小烏雛出生後，其母要餵養它六十天，待羽毛豐滿可以獨立覓食時，它要叨食六十天報養其母。這叫反哺。因此，烏在古詩文中成

《紅樓夢》的用字遣詞生動絕妙，為中國最具代表性的古典名著之一。（圖為好讀出版《紅樓夢》）

為孝道的象徵。在傳說中也有許多烏的故事。

浙江省有個義烏縣（現為義烏市），在漢代稱烏傷縣。相傳有個叫為烏的孝子，當父親去世後，獨個兒一筐一筐地背來黃土，為父親造墳。這時群烏也趕來相助。試想烏的嘴能叼多少土呢？結果烏的嘴都受了傷。人們便將這個縣取名為烏傷。到唐武德年間，改為義烏縣，名字顯得更為典雅含蓄。

烏是一種喜歡群居的鳥類，它們在田野中生活。有這樣的一個故事：春秋時代鄭國和楚國交戰，楚國在夜裡偷偷撤了兵，故意留下軍帳沒有拆除，以便迷惑鄭軍。鄭國並不瞭解楚軍的底細。這時鄭軍中有個士兵遠遠眺望一下，便肯定地說：楚軍撤走了。別人問他：楚國的軍帳尚在，何以見得楚軍退走了？（當時沒有望遠鏡，肉眼是無法看清楚的。）他說：楚軍帳幕上落滿了烏鴉，如軍隊尚在，是不可能有這種現象的。由此可見，古人對烏的生活習性是觀察得何等細微。

中國考古工作者從地下挖出的陶器或青銅器上發現了一些花紋，有些花紋原來是造東西的人所打的記號，後來演變成了文字。例如 1954 年，考古工作者在陝西省一個叫「半坡」的地方挖出的一些陶器上刻著∽的花紋，人們一看就知道這是魚的圖畫，後來變成了魚的中文字。

1973 年，考古工作者在河北省一個商代的舊址也挖出一些陶器。有的陶器上刻著凵凵的花紋。學者們認為這是腳丫的形狀。又經過長期演變，最後變成「止」字。現在的「止」，字形和字義都有很大的變化，只作為「停止」的意思了。

許慎說：「象形者，畫成其物，隨體詰詘，『日』『月』是也。」

象形，就是把實物的外形輪廓勾畫出來，文字像實物的形狀，以形表義，使人一看就知道它表示什麼。如：

　　　　（龜）、　（人）、
　　　　（牛）、　（羊）、　（齒）

「龜」是烏龜的正面形象，「人」是人的側面形象。象形，只求「象物之形」，正寫、側寫都可以。正寫也好，側寫也好，「人」都是實物的整體形象。有的時候，不畫實物的整體，只畫具有特徵的一部分，看的人也知道它指的是什麼，例如「牛」字像牛頭，「羊」字像羊頭。牛區別於驟馬的是頭，頭上有兩角，所以畫牛只畫頭就夠了。羊也有兩角，但兩角下曲（綿羊的兩角常是這樣的）。雖不畫

整個牛、羊，但人們一看就知道這是「牛」字，那是「羊」字。也有的時候，把整個物體都畫出來也讓人莫名其妙，只有把它和它所連帶的東西一起畫出來，別人才知道畫的是什麼。

又如「齒」字，如果只畫方框裡的上下牙，別人也莫名其妙，必須連嘴（方框）一起畫出來。有的象形字則以抽象化的象形形式形成，如：草、木、禾、竹等字。以抽象化的形體符號形成眼睛上面的眉，如果僅僅以眉毛的形狀勾勒成文字，很難象徵眉毛的「眉」字，因此，甲骨文的「眉」字，是勾勒出「目」字的象形，而後在「目」上畫上兩條眉毛形狀，從而勾成了「眉」字。這個「眉」字就是用附托方式形成的象形字。

中文字裡象形字不多。《說文解字》裡象形字只有 364 個。漢代以後，一千多年來只造了「傘、凹、凸」等少數幾個象形字，現在已不再用這種方法造字了。象形字為數不多，卻是中文字造字的基礎，後來的合體字有相當一部分是用象形字構成的。例如「人」是「企、伐、佺、儉、仙」等字的構字成分，「貝」是「財、購、貿、狽、敗」等字的構字成分，「馬」是「驢、駄、駕、媽、罵」等字的構字成分。因此，從字源上瞭解象形字的形、義、音，可以幫助我們掌握一大批現代通用中文字的字義和讀音。

經過長期變化，很多象形字都變得不象形了，可是，中文字從產生到現在還沒有發生文字體系的大變動。在同一文字體系中，字形的變化是漸進的。因此至今有些中文字還留著一條象形的尾巴，仔細琢磨一下就可以看出它的影子來。例如口、身、耳、手、山、田、井、日、月、水、火、雲、雨、電、氣、木、禾、竹、韭、果、象、龜、鼠、羽、毛、卵、爪、巾、網、臼、刀、勺、舟、門、囪、回、傘、凹、凸等。

前邊談的象形字是就字的來源來說的。有些字不管它的來源，單就它現在的字形來說，也有很強的象形性。

例如「笑」，不管東漢許慎說它的字形來源是「打竹板奏樂使人笑得直不起腰（夭）來」也好，也不管宋朝蘇東坡說它的字形是「用竹子打犬（狗）不可理解」也好，人們就字形一端詳，一樣會覺得它就是喜眉笑臉的樣子。

「哭」字，不管《說文解字》說它是「從『吅』獄省聲」也好，還是「犬的叫聲像人哭」也好，我們一看它，就會覺得它像個玩童在張口大哭。

「甩」不是很像一隻手用力往外扔東西嗎？「風」不是

商代的甲骨文殘片

很像橫掃落葉的狂飆嗎？「喜」字不是很像人們張口喜樂的樣子嗎？

甲骨文中的象形字，隨著後來字體變化，原來的象形字就逐漸不象形了，有的演變成為形聲字。如「囿」字。甲骨文「囿」字是象形字，像一塊方形的田裡種的苗，金文則變成為形聲字，以「口」為形旁，「有」為聲旁。「囿」的本義是園林，也可引申為菜園。

古老的象形字是一種表形的文字。「象物之形」，這種方法具有很大的局限性。且不說抽象的意義無形可象，就是具體的東西，也不是都可以「象形」出來的。例如「樹」可以畫作 米（木），可是蘋果樹和梨樹怎為區別？又如狼和狗外形相似，「狗」可以畫作 丸（犬），可是「狼」怎麼畫出用「象形」的方法只能造出有限的一些字來。用這種方法構造中文字沒法滿足記錄語言的需要，中文字由表形向表意發展，於是指事字和會意字應運而生。

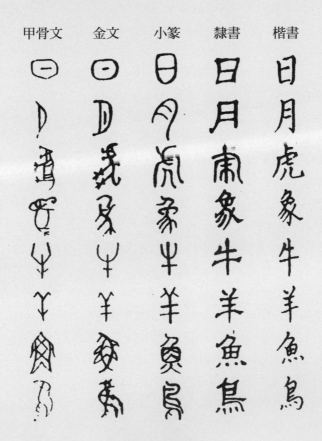

甲骨文	金文	小篆	隸書	楷書

象形字字形演變

▌指點所示──指事字

　　1954 年在陝西省半坡挖出的陶器上還發現刻有 一二 三三×| 等符號。一些學者認為這就是一、二、三、四、五、十等數目字的初文。

　　其他在甲骨上發現的 ⌣ ⌢ 等古字現在寫作上、下，也是用象徵性符號組成的指事字。有些指事字是象形字加象徵性符號。例如表示樹根的 ✳（本），表示樹梢的 ✳（末），表示刀鋒的 ✦（刃）等。

　　1960 年，考古工作者在山東省莒縣挖出一些刻著花紋的陶器，其中有些花紋是 ☺ ☷，一些學者認為這是「旦」字的初文。你看，畫得多麼生動啊！上邊像太陽，中間像雲彩，下邊像大山，太陽從大山中間升起來了，天亮了。

　　下面是一些指事字的例子：

　　（1）「刃」字。甲骨文是在一個「刀」的象形字上，在表示刀的刃口的地方加上一個點，指出這裡是刀刃。這一個點就是指示符號，因而構成了「刃」字。《說文解字》說：「刃，刀堅也，象刀有刃之形。」

　　（2）「本」字。這個「本」字原義是樹根。用什麼方式來表示樹根呢？甲骨文的「本」字是在「木」這個象形字的下面畫上三個小圓圈，這三個小圓圈「˙」就是指事符號，用以表明這是樹木的根部，因而構成了甲骨文的「本」字。演變為小篆字體的「本」字，三個小圓圈簡化成為在「木」字下的一橫（一），故《說文解字》說；「本，從木，一在其下，木下曰『本』。」後來，作為「根」的本義的「本」字，又有了多種字義。如：引申為事物的根源的「本」，溯本窮源；此外，還有本錢的「本」，本意的「本」，本地的「本」，版本的「本」，本領的「本」等等各種字義。

　　（3）「末」字。「末」字的本義是樹梢。在甲骨文中「末」字是在象形字「木」的上部加一個「˙」，這個點就是指字元素，用以表示在這裡就是樹木的末梢。金文以後，將這個「˙」改為「一」，小篆、隸書、楷書均將定橫寫或長橫，下了一弧形或平直的短橫。

　　《說文解字》說：「末，木上曰『末』，從木，一在其上。」「末」字後由本義樹梢引申為最後的，如：末日，末了；非根本、主要的，如：捨本逐末；自謙之稱，如：末將、末技；細粉、碎屑，如：粉末，藥末，茶葉末；等等。

　　（4）「寸」字。「寸」字在甲骨文中的寫法，和甲骨文中的「又」字是一樣

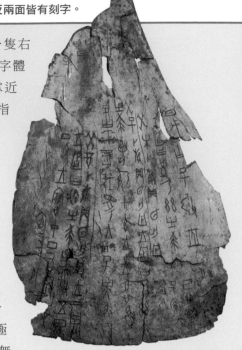

的。「又」字在甲骨文中是像一隻右手的文字符號。「寸」字的小篆字體是在象徵右手的文字符號的手掌近處，加上一條短橫線，這是一個指事符號，表明這裡就是寸口之處，構成「寸」字。《說文解字》中說：「又，手也，象形。」說明「又」字就是「手」的象形字。

《說文解字》又說：「寸，十分也，人手卻一寸動脈謂之寸口。」意即一寸是十分，人的手掌往後退一寸的地方就是寸口。「寸」字的本義指長度單位，十分為一寸。後又引申為形容極小或極短，如：寸步難行，鼠目寸光，手無寸鐵。

（5）「朱」字。甲骨文的寫法是在「木」這個象形字中間加一短橫，這條短橫就是指事符號。《說文解字》說：「朱，赤心木，松柏屬，從木，一在其中。」在「木」字的中心用一短橫，指出這個樹心是紅色的，據此構成了「朱」字，「朱」的本義是松柏屬的紅心木，引申為紅色，如：朱紅、朱砂、朱筆、朱門。又作為姓。

指事字和象形字不同。象形字是一個獨體實物的形象；指事字是在獨體實物形象（象形字）上加指事符號，或者是純粹的抽象符號。象形字的特點是「象物之形」，因此一看就知道它表示什麼；指事字靠符號「指點」，表意沒有象形字那麼明顯，因而需要猜想。象形字所表示的東西是具體的，整體性強，一般可以單獨畫出來的；指事字所表示的東西是抽象的，或者雖不抽象，卻是局部的，不便單獨表示出來的。

用簡單的符號表示抽象的、複雜的、不能象形的意義，終究是比較困難的。而且，真正抽象的意義，既然無形可象，也就難以「指點」出來。例如「休息」的「休」、「忍耐」的「忍」，這些「事」怎麼「指」出所以，中文字裡指事字比象形字還少。《說文解字》中，指事字只有一百二十五個。漢代以後，基本上也沒有再造指事字。

甲骨文	金文	小篆	隸書	楷書

指事字字形演變

▌拉郎相配──會意字 ·········

　　有一次蘇東坡去金山寺看望佛印和尚，步近禪房便聞到一股
酒肉香味。原來，佛印不戒酒肉，性情放蕩不羈，詼諧幽默。
這天，他把一條黑狗殺掉了，靜悄悄地躲在房裡低斟淺酌，
大嚼狗肉。正當吃得起勁，一聽到蘇東坡的叫聲，便慌忙把
酒肉藏了起來。

　　蘇東坡早看清楚，卻佯作不知，想和他開個玩笑。便對
佛印說：「我今天寫了一首詩，有兩個字一時想不起來是怎樣
寫的，所以特來請大師指點。」佛印說：「不敢，不敢！請問

蘇軾，號東坡居士，故又被稱為蘇東坡。

是哪兩字？」東坡說：「一個是『犬』字，一個是吠字。」佛印哈哈大笑說：「學士，你真會尋開心，小僧以為是什麼疑難字，這個『犬』字的寫法是『一人一點』嘛！」東坡又問：「那麼吠字呢？」佛印回答道：「犬字旁邊加個『口』就是『吠』了！」蘇東坡聽罷也哈哈大笑說：「既然如此，那你快把藏起來的酒與肉端出來，一人一點，加上我這一口來吃吧！」說吧，兩個朋友不由相視而笑。

有一天，蘇東坡在書房裡吃飯，桌上擺了一大盤香噴噴的鮮魚，他拿起筷子剛要吃，忽然發現佛印和尚來了，心想：好個趕飯和尚，口福倒不淺。上次你把狗肉藏起來，虧我妙語出唇，方逼出你的狗肉，這回我也要難難你。於是，趕忙把魚藏在書架上頭。

佛印在門外早看見了蘇東坡的藏魚舉動，也佯裝不知。蘇東坡笑嘻嘻地招呼佛印坐下，問道：「大和尚不在寺院念經，到舍間何事？」佛印一本正經地說：「有一個字不會寫，特來求教。「但不知何字？」蘇東坡問。就是貴姓『蘇』字。」佛印答道。

蘇東坡一聽，便知佛印要開玩笑，但卻裝著認真的樣子說：「『蘇』字是上邊一個草字頭，下邊左面一個『魚』，右面一個『禾』。」佛印假裝糊塗地問「『魚』放在右面，『禾』放在左面，行嗎？」蘇東坡說：「這也行。」佛印接著說：「『魚』放在上面呢？」蘇東坡忙道：「那有這樣的放法，當然不行啊！」佛印哈哈大笑說：「既然『魚』放在上面不行，那就趕快拿下來一起吃吧！」蘇東坡這才恍然大悟，明白了自己中了佛印和尚的圈套，笑著把鮮魚端了下來，與老朋友同進午餐。

用符號表示意思的指事字並不是萬能的，有時表達得很不清楚。於是我們聰明的祖先又想出了一個迫于的辦法：以上這則文史故事，實際上是拿會意字相互開得玩笑，會意字是另一種造字方法。這種造字辦法叫會意。許多會意字是很有趣的，透射出先民們的豐富聯想和率真的態度。這也是後世文人墨客以字作遊戲的基礎。

蘇軾《赤壁賦》局部

會意字如何會意

會意，是把兩個或兩個以上的實物形體會合起來，從它們的聯繫或配合上表示出一種新的、通常是抽象的意義。例如：把「日」和「月」合在一起造成一個光明的「明」字，把「鳥」和「口」合在一起造成一個鳥叫的「鳴」，把「刀」「牛」「角」三個字合在一起造成了一個解剖的「解」字。

有些會意字的字素，看起來不像是一個字，倒像個符號，其實是個古字的變形，現在我們叫它偏旁或部首。例如「家」字上的「宀」，古時寫作△，是屋子的象形。下邊的「豕」就是豬，那時候，人和豬常住在一個屋子裡，所以有豬的地方就常有人家。

會意是為了補救象形和指事的局限而創造出來的造字方法。和象形、指事相比，會意法具有明顯的優越性：第一，它可以表示很多抽象的意義；第二，它的造字功能強。《說文解字》中收集會意字 1167 個，比象形字、指事字多得多。會意字是由兩個或兩個以上的形體組合而成的，組合的方式多種多樣，交叉錯綜，這就是會意的方法之高、會意字所以多於象形字和指事字的原因。拿「人」和「木」來舉例：「人」和「人」可以組合為「從」，「人」還可以和其他形體組合為「保、伐、戍、付、伍」等；「木」和「木」可以組合為「林、森」，「木」還可以

和其他形體組合為「杲、析、相、采、困」等。因為會意字是兩個或兩個以上形體的會合，所以可以表示許多抽象的、用象形或指事的方法難以表示的意義。

有些會意字，其造字之意頗能反映古人的某些概念，如「盜」字繁體作。上半部分「次」表示張口流出口水之意。下部分是「皿」，皿指盛食物的器皿。「盜」即古代之偷。如何用文字來表示偷的意思？古人用「次」、皿二字來表示：好吃的東西是偷的對象，這是一種頗為特殊的聯想，由此亦見古人造字時表情達意，十分大膽率真，也頗具幽默感。在用字的時候，偷的物件自然不可能有固定的範圍了。

會意字有兩類，一類是異體會意，另一類是同體會意。異體會意字是由兩個或兩個以上不同形體的字組合而成，例如：莫、盥、典、鳴、休、焚、取、伐、陟、志、忈等字；同體會意字是由兩個或兩個以上相同形體的字組合而成，例如：炎、林、森、晶、轟、焱、雙、多、哥、從、比、赫、棘、磊等字。

下面是幾個會意字例：

（1）「莫」字。甲骨文「莫」字的寫法是：上下都是草，中間是個太陽，意思是太陽已落入草叢之中，天色已暮。是「草」和「日」兩個象形字的會意字。隸變以

後簡化為「莫」。「莫」的本義是日落的時候，後又引申出「不」、「不要」、「沒有誰」、「沒有哪一種東西」，以及表示揣測或反問等詞義，如：莫如、一籌莫展、莫不、莫不是、莫惱、莫非、莫測、莫逆、莫若等詞。作為本義日落時候的「莫」，後又被新創的「暮」字所替代。

（2）「盥」字，盥洗、洗手的意思。甲骨文的寫法下部是只盆的形狀（皿），上部是隻手的象形伸入盆內，表示在洗手，是「皿」和「手」兩個象形字組合而成的會意字。金文和小篆表示得更為明白，左右雙手在盆（皿）中洗，盆（皿）中還有水，是「皿」、「雙手」和「水」三個象形字組合而成的會意字。隸變以後，已不再象形，盆的形狀已寫成「皿」字。

（3）「典」字。甲骨文的寫法上部是個「冊」字，下部是兩隻手。「典」字由「冊」、「手」兩個象形字會意組合而成。小篆的寫法已簡化了兩手的象形。《說文解字》說：「典，五帝之書也，從冊，在兀上，尊閣之也，莊都說典大冊也。」由於許慎沒有見到過甲骨文，他是根據小篆字形來解釋的。《尚書·多士》中早就提到過這個「典」字，說：「惟殷先人，有冊有典。」「典」和「冊」不同，「典」是大冊，是五帝之書，本義是經典、重要文獻。後引申為典常、典刑、典章、大典、典故、典雅等詞義。

（4）「鳴」字。甲骨文的寫法由「口」和「鳥」兩個象形字會意組合而成。「鳥」字十分象形地表達為一隻正在引頸而鳴的鳥。《說文解字》說：「鳴，鳥聲也。從鳥從口。」「鳴」字的本義是鳥叫。引申為：昆蟲或獸類的鳴叫，如蟬鳴、蛙鳴、猿鳴；大的聲響，如：雷鳴；發表意見，如：百家爭鳴。

（5）「伐」字。甲骨文的寫法是由「戈」和「人」兩個象形字組成。左邊是一個人，右邊是一把長戈，戈刃正砍在人的脖子上，這就是「伐」字。許慎由於沒有見到過甲骨文，他根據小篆的字形，在《說文解字》中作了如下解釋：「伐，擊也。從人持戈，一曰敗也。」按照甲骨文的字形，「伐」的

本義是「砍殺」，後引申為對樹木的「砍伐」，戰爭的「征伐」、「討伐」，自誇的「伐善」，不自大自誇的「不矜不伐」。

（6）「林」字，由兩個「木」字組成，甲骨文的寫法是兩棵樹的象形字。《說文解字》說：「林，平土有叢木，曰林。從二木。」「林」字是由兩個「木」的象形字組合而成的會意字。雙木「林」，三木「森」，表示樹木眾多的意思。因此，「林」字的本義是「樹林」。後又引申為儒林、藝林、碑林、林立等詞。

【疊羅漢式會意字】

有些會意字是兩個或幾個同樣的字素重疊組成的。二字重疊的多是左右的並列結構，三字重疊的多是塔型的上下結構，看起來像體操活動中的疊羅漢。例如三個「人」組成「众」；三個「火」組成「焱」；三個「木」組成「森」；三個「日」組成「晶」；三個「直」組成「矗」；三個「水」組成「淼」；三個「口」組成「品」；三個「車」組成「轟」等。

- **北**——二人相背，是「背」的會意字。
- **步**——兩腳一前一後，表示步行。
- **炎**——火上有火，表示火光大。
- **磊**——三石相合，表示石多成堆。
- **卉**——三草相合，表示為草（草的總名）。

這類會意字的意義一般具有比原來字素加強的意思。例如三個「白」組成的「皛」是很白的意思；三個「毛」組成的「毳」是很細的意思。毳毛就是人體上看不清楚的汗毛。

傳說，宋朝文學家蘇東坡和史學家劉攽曾用這兩個字互相開過玩笑。蘇東坡曾對劉攽說他最喜歡吃白色的飯菜。一天劉對蘇說要請他吃飯，蘇高興地來了。到吃飯時，家人端來了三樣東西：一碟白鹽，一碟白蘿蔔絲，一碗白米飯，說這就是飯。雖然這飯菜不太好吃，蘇還是勉強吃了一些。回家前他對劉攽說，第二天要請劉攽吃「毳飯」。到了第二天，劉攽來了，想嘗嘗毳飯的味道。可是兩人談話一直談到中午以後還不見有人送飯來。劉攽餓極了，問蘇為什麼還不拿毳飯來吃。蘇說：鹽也毛（發音近似「沒」），蘿蔔也毛，米飯也毛，毳飯就是什麼也毛（沒

的飯，是細得什麼也看不見的飯。

有些會意字則很難理解。例如「奔」的異體字「犇」，「粗」的異體字「麤」。

據說，蘇東坡就問過當時喜歡分析中文字的政治家和文學家王安石。蘇說：牛又粗又大，走路很慢，為什麼用三個牛來表示快跑的「奔」？鹿又細又高，跑起來很快，為什麼用三個鹿來表示粗大的「粗」？這兩個字調換一下不更合理嗎？問得王安石張口結舌，答不出來。

【破體會意字】

有些會意字由於字形的變化太大，現在已經看不出它們的字源了。

例如婦女的婦字，這個「婦」字左邊的「女」旁指婦女，女邊「帚」是掃帚，前後合在一起的意思是婦女拿著掃帚在家裡勞動。「女、帚為婦」和「力、田為男」是符合當時「女內男外」、「男耕女織」的社會情況的。

再比方說，東西南北的「東」字的字源，「東」是「日」和「木」組成，意思是太陽（日）從樹（木）後邊升起來的方向正是東方。又比如「學習」的「習」字，也很難看出它的字源。「習」由「羽」和「白」組成。「羽」指鳥的翅膀，「白」是「自」的變形，合起來是小鳥自己用翅膀反復練習學飛的意思，引申為學習的「習」。

再如「買賣」的「買」字，很難看

王安石像

出它的字源。「買」由「四」和「貝」組成，「四」是網的變形，古人曾用貝殼當錢，「四」和「貝」合在一起表示在集市網集財物的意思，引申為買東西的買。

這類不容易看出字源的字相當多，人們叫作「破體字」。

會意字是合體字，會意的方法比象形、指事具有明顯的優越性。會意突破了象形和指事的某些局限。可是它本身的局限性也很大。首先，它所表示的意義是含混、不確定、不準確的。例如：「莫」是日在草中，表示「日暮」，怎麼就不可以理解為「日出東方」；又「休」表示人在樹旁休息，怎麼就不可以理解為「人在樹旁勞動」？第二，代

詞和虛詞沒法會意，很多抽象意義也沒法會意。例如：代詞「我」、副詞「很」，怎麼會意？「銳利」的「銳」、「停止」的「停」，怎麼會意？象形、指事有局限性，會意也有其局限性。

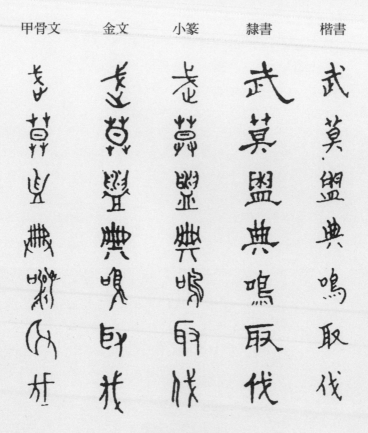

甲骨文	金文	小篆	隸書	楷書

會意字字形演變

秀才識字認半邊——形聲字

1. 形聲字如何形聲

形聲，「形」即形旁，也叫形符或意符；「聲」即聲旁，也叫聲符或音符。形聲字是由「形」和「聲」兩部分組成的：形旁表示形聲字的意義是屬於哪一類的，它是形聲字的表意成分；聲旁表示這個形聲字該怎麼讀，它是形聲字的表音成分。

例如「一唱一和」的「和」：「口」是形旁，表示「和」是口的動作；「禾」是聲旁，表示「和」的讀音。又如「忍耐」的「忍」：「心」是形旁，表示「忍」屬於心理活動；「刃」是聲旁，表示「忍」的讀音。再如「袒胸露臂」的「袒」：「衣」是形旁，表示「袒」和衣服有關；「且」是聲旁，表示「袒」的讀音。

　　純表意的象形字、指事字和會意字就是它的造字素材：形旁的來源主要是象形字，如「口、心、衣」等；聲旁的來源主要是象形字（如「禾」）、指事字（如「刃」）和會意字（如「且」）。後起的形聲字也有用原來的形聲字作聲旁的，例如「影」字的聲旁「景」，本身就是個形聲字：「日」是形旁，「京」是聲旁。

　　形聲字有兩大優點：第一，它有表聲成分；第二，它的造字方法簡單。語言裡的詞是「聲音意義」的結合體，選擇一個同音或近音字作聲旁，再配上一個合適的形旁，就可以造出一個新字來，這種方法是很簡便的。而且，同一個聲旁加不同的形旁、同一個形旁加不同的聲旁，就是不同的字。例如：用「方」作聲旁，配上不同的形旁，就是「訪、防、芳、房、放」等等；用「木」作形旁，配上不同的聲旁，就是「柏、機、槍、楓、架」等等。

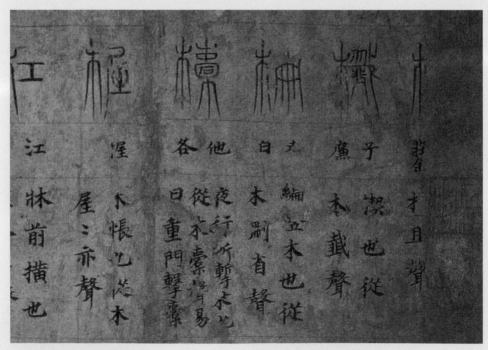

《說文解字》中的形聲字相當多

44

　　形聲字的形旁在另一些字裡還可以作聲旁。例如「山」：在「嶼、峰、岐、峙、嶇」諸字中，它是形旁；在「汕、訕、疝、仙、氙」諸字中，它是聲旁。再如「土」：在「場、坦、埂、城、堡」諸字中，它是形旁；在「吐、肚、杜、牡、徒」諸字中，它是聲旁。原有的形聲字還可以用作聲旁，組成新的形聲字。例如：「召」字從「口」、「刀」聲，「景」字從「日」、「京」聲，它們都是形聲字。以這些形聲字為聲旁，再加上個形旁，又是新的形聲字：招、影。同樣的形旁和聲旁，還可以通過部位的變換產生新的形聲字。例如：「吟──含、暉──暈，紋──紊、枷──架、部──陪」等等。形聲字的出現為中文字的發展開拓了一條廣闊的道路，形聲字成為中文字發展的主流，後代造字大都屬於形聲字。

　　由於人類社會的不斷發展，語言的內容越來越豐富，原有的文字為適應語言的發展，需要創造和增加大量的新字，但由於象形、指事、會意等三種造字方法都有著很大的局限性，而形聲字則是創造新字的一個很好形式，於是，形聲字應運而大量產生。甲骨文字裡，形聲字僅占 20%，而在《說文解字》中，形聲字占總數的82% 強；在《康熙字典》中，形聲字約占總字數的 90%；在現代中文字中，形聲字所占比例在 90% 以上。由此可見，在中文字中，形聲字具有強大的生命力和繁殖力。在現代漢語中，許多新出現的名詞都可以用形聲組合的方法產生新字。

　　下面是一些形聲字的例子：

（1）「召」字。甲骨文的字體是：上面是個「刀」字，是為聲旁；下面是個「口」字，是為形旁。本義是「呼喚」。

（2）「盂」字。甲骨文的字形是：上面是個「于」字，是為聲旁；下面是個「皿」字，是為形旁。「盂」是個圓口器皿。

（3）「牲」字。甲骨文的字形是：左邊是個「羊」字（金文改成「牛」），是為形旁；右邊是個「生」字，是為聲旁。「生」字甲骨文的字形是：下面一橫表示地面，地面上長的是棵草或樹苗，用以表示生長的「生」。「生」是個象形字，本義是「草木生長」。在這裡，「生」字作為「牲」字的聲旁。「牲」字的本義是指供祭禮和食用的「家畜」。

（4）「麓」字。甲骨文的字形是：左右兩邊都是「木」字，中間是一隻鹿在奔跑。這是個會意兼

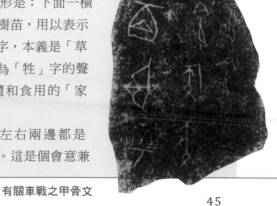

有關車戰之甲骨文

形聲字。「麓」字的本義是「鹿奔林中」，引申為「山麓」（山腳下）的意思。

2. 秀才識字認半邊的是與非

中國有句俗話說「秀才識字認半邊」。這主要是對形聲字說的。意思就是從形旁可以認識字的意思，從聲旁可以念出字的聲音。這句俗話對不對呢？我們說對一部分形聲字來說是對的，但不全對。為什麼呢？

比方說，一個「湘」字：看字的右半邊「相」，知道它讀ㄒㄧㄤ；看字的左半邊「氵」，知道它的意義跟水有關，是水的名稱（湘水、湘江）。乍看起來，這種「識字認半邊」的方法還挺有用，挺方便，可以推而廣之。像「筷」字，讀下半邊——ㄎㄨㄞ丶，望上半邊——用竹子做的。

「湘」和「筷」都是形聲字，而形聲字占中文字的大多數。這樣，中文字不是很容易學的嗎？然而，中文字從古到今，無論字形、字音、字義，都有了很大的變化，這些變化絕不是三言兩語能說清楚的，必須用文字學、音韻學、訓詁學的專門理論來作科學的解說。而使用中文字的人不可能都是文字學家、音韻學家、訓詁學家，因此，對於今天的「秀才」來說，讀中文字的半邊，不一定能讀出正確的字音來，望另外半邊，也不一定能望出真正的字義來。例如「深圳」的「圳」不讀ㄐㄩㄣ。

看來魯迅那句話還真有道理：「人生識字糊塗始」。從中文字本身來說，讓「認半邊字」的「秀才」們糊塗的主要有以下幾點：

第一，聲旁和形旁沒有一定的標誌，形聲字和會意字形式上沒有什麼區別。

形聲字和會意字都是由兩個或兩個以上的形體符號或字組合而成的，形聲字的兩個部分一個表音、一個表意，會意字的幾個部分都表意。例如：「沐」是形聲字——「水」是形旁，「木」是聲旁；「休」是會意字——人在樹旁，表示休息。同一個「木」字，在「沐」中表音，在「休」中表意，形式上沒有什麼標誌。無法區別它是聲旁還是形旁，怎麼照此讀出字音呢？再如：「救」是形聲字——從「攴」、「求」聲，「牧」是會意字——手持棍棒趕牛；「陡」是形聲字——從「阜」、「走」聲，「陟」是會意字——邁步登山；如此等等。只認識「救、陡」而不認識「牧、陟」的人，很可能照「讀半邊」的辦法，把「牧」讀作「牛」、把「陟」讀作「步」。形聲字和會意字形式上沒有區別，區別它們要靠我們自己動腦子：如果根據組成一個字的幾個形體符號或字能夠「會出」一個新的意義，它就是會意字；如果不能，它就是形聲字。

第二，聲旁和形旁沒有一定的位置，知道某字是形聲字也難以確定哪是

古文爲之左証得重文一千一百六十三字其
云古文籀文者明本字篆文其云篆文者本字
即籀古文如古文爲式爲弍必先有一字二字
知本字即古文而世人以說文爲大小篆非也
倉頡之始作先有文而後有字六書象形指事
多爲文會意諧聲多爲字轉注假借文字兼之
象形如人爲大鳥爲於龜爲黽之屬有側視形
正視形牛羊犬豕馬兕之屬有面視形後視匋
視形如龍之類从肉指事以童省諧聲有形兼
事又兼聲不一而足諧聲有省聲轉聲社土聲

《說文解字》中對六書的解釋

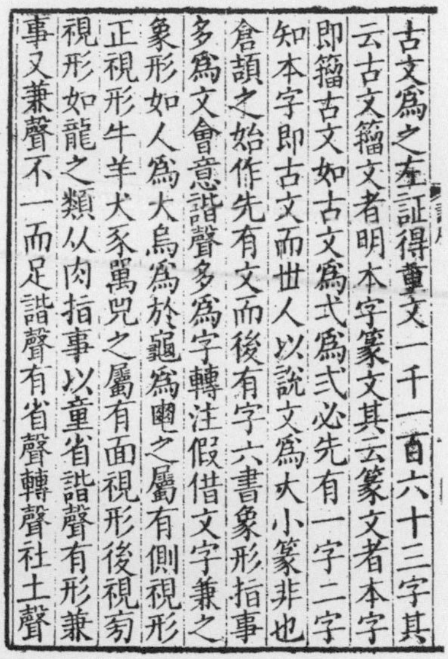

「聲」，哪是「形」。

形聲字的聲旁和形旁沒有分居一定的部位，過去有所謂「右文說」，認為聲旁總在右邊，這個結論是靠不住的。拿從「令」得聲的字說：「領」聲旁在右邊，「瓴」聲旁在左邊，「零」聲旁在下邊，「囹」聲旁在中間。再拿從「其」得聲的字說：「淇」聲旁在右邊，「期」聲旁在左邊，「基」聲旁在上邊，「箕」聲旁在下邊，「旗」聲旁在一角。碰上一個生僻字，即使知道它是個形聲字，有時也難以確定該照哪「半邊」來讀。還有，同樣的聲旁和形旁，部位不同，有時是一個字，有時不是一個字。例如：「峰＝峯、略＝畧」，可是「吟≠含、暉≠暈」。如果見「峰、峯」是一個字，讀一個音，因以斷定「吟、含」也是一個字、讀一個音，那就錯了。總之，聲旁和形旁的配合是相當複雜的。當然，也不是毫無規律。聲旁和形旁的配合大體有以下十種形式：

- **左形右聲：**媽、惜、梧、嶇
- **左聲右形：**頂、錦、攻、欣
- **上形下聲：**篇、草、宇、罟
- **上聲下形：**盒、裝、駕、篤
- **外形內聲：**固、圍、閣、病
- **外聲內形：**聞、問、悶、輿
- **形居一角：**荊、穎、匙、修
- **聲居一角：**徒、徙、旗、爬
- **形被拆開、聲居中間：**衙、裹、彥、衷
- **聲被拆開、形居中間：**辯、辮、隨、哀

這十種形式中，最常見的是左形右聲，其次是上形下聲。難於分辨的是後四種。最後兩種，聲旁或形旁被拆開，看不出是一個字，這

是最難分辨的。

　　形聲字的聲旁和形旁怎樣配合，各放在什麼位置，在一個方塊裡占多大面積，這是字體演變的結果，是結構平衡和書寫方便的需要。在甲骨文、金文裡，形聲字的聲旁和形旁，位置是比較自由的。小篆以後，部位逐漸固定下來，寫法也逐漸統一。

　　第三，「省形」、「省聲」弄得形旁或聲旁不成一個字，或者成為另外一個字。用一個字作形旁或聲旁，可是又嫌它筆劃太多，不取全字，只取它的一部分，這就是所謂「省形」或「省聲」。省形，是只取作形旁的那個字的一部分。例如「喬」字：聲旁是「夭」，形旁是「高」——「高」在字中省了上邊的一點、一橫。其他如：「考」從「老」省、「丂」聲，「屨」從「履」省、「婁」聲。省聲，是只取作聲旁的那個字的一部分。例如「恬」字：形旁是「心」，聲旁是「甜」——「甜」在字中省了右邊的「甘」。又如「疫」從「疒」、「役」省聲，「紂」從「糸」、「肘」省聲。「省形」、「省聲」的結果是筆劃減少了，字的結構勻稱了，但增加了辨認形旁或聲旁的困難。「高、老」省後不成一個字，「甜、肘」省成「舌、寸」了。拿「紂」來說，它從「肘」得聲，因為省了「月」，聲旁變得和「村、忖、時」諸字的聲旁沒有區別了。不認識「紂」這個字的人，很容易把它讀作「寸」。

秦始皇統一六國後，也以小篆字體統一了文字。

認識「紂」這個字的人，如果不瞭解它是個「省聲」字，也會為它讀「肘」音感到奇怪。

　　第四，形旁不能準確表意，有的連個「類別」意義也不能正確表示。

　　形旁是形聲字的表意成分，但它並不表示字的具體意義。如果形旁能夠表示具體的字義，那就用不著用它來構造形聲字了。形旁只表示字義的類屬或某種相關的意義，用「木」作形旁的字和木有關，如「楊、杆、桌、椅、櫃」等，用「言」作形旁的字和言語有關，如「語、讀、說、詩、謊」等。「木、言」之類的形旁，並不表示「桌、椅、

說、詩」這些字的具體意義。形旁相同的字不但不一定同義，例如「杆」和「桌」是不相干的兩種東西；有時意義倒是相反的，例如「遠」和「近」、「快」和「慢」。

還有些字的形旁連個「類別」意義也不表示，或者不能正確表示。這有三種情況：

第一，社會發展了，詞所標示的客觀事物或人們的觀念改變了，而表示這個詞的形聲字形旁沒有跟著改變。例如：「碗、砝、碼」諸字從「石」，「本、樓、機」諸字從「木」，「妖、奸、妄」諸字從「女」，現在都很難理解。

第二，同音假借和詞義的延伸。使原形聲字的形旁失去了表意性。例如：「特別」的「特」為什麼從「牛」（「特」本義是公牛）「比較」的「較」為什麼從「車」（「較」本義是車上的一種橫木）又如：「檢查」的「檢」為什麼從「木（「檢」本義是書籤）」「管理」的「理」為什麼從「玉」（「理」本義是對玉進行加工）如果不懂得同音假借和詞義的引申，這些字形是很難理解的。

第三，有些形旁的配備，原來就是不科學、不恰當的。例如：「玫瑰」是花，為什麼從「玉」；「虹」是一種自然現象，為什麼從「蟲」。

第四，聲旁一般不能準確表音，有的連個「近似」音也不表示。照聲旁讀字，往往讀錯。第一，聲旁並不是字母，同一個聲音可以用不同的聲旁來表示，表音本不精確。例如：ㄉㄧ一這個音可以寫成「滴、荻、抵、遞、締」等；第二，語言是發展的，實際的語音變了，而聲旁照樣是那個聲旁，所以同一個聲旁常常不只一個讀音。例如：「合」作聲旁有「盒、鴿、答、恰、拾」等讀音；第三，中文字的字體幾經變化，有些字的聲旁變得看不出來了。例如「春」字，小篆作為 𡗜，聲旁是「屯」（從草、從日、屯聲）。楷書「春」，「屯」字不見了。又如：「成」字從「戊」、「丁」聲，「在」字從「土」、「才」聲，「更」字從「肼」、「丙」聲，「急」字從「心」、「及」聲，這些字的聲旁現在都看不出來了。

3. 形聲字的識字規律

從上面的敘述可以看到，「秀才識字認半邊」正確率是不高的。在生活和學習中，我們應該避免用「認半邊字」的方法識字。當然，我們說不能「認半邊字」，並不是說占中文字大多數的形聲字就毫無規律可循了。其實，我們從形聲這種中文字的造字法則中，還是能找出一些識字規律的。

（1）聲在形先：「聲旁是生母，形旁是晚娘」

形聲字的形成規律大多數是先有聲

49

旁，後有形旁，後加的形旁是為了區別意思的。古時候，字數很少，一個字可以做幾個字用。例如「女」字通常表示婦女的意思，但有時念ㄖㄨˇ，表示「你」的名字。再比如「右」字，通常表示方位，但有時又表示「保護安全」的意思。後來分別加了形旁和，派生了「汝」和「佑」等形聲字。所以有人說「聲旁是生母，形旁是晚娘」。有個歷史故事：

北宋文學家歐陽修像

宋朝有個名叫韓莊敏的人，革天請當時的文學家、史學家歐陽修給他起個字。歐陽修寫了「玉女」兩字派人送去。韓看了很不高興，認為歐陽修把自己當作婦女來侮辱了。過了幾天，兩人遇見了，韓還面帶慍色。歐陽修就解釋說：古書上有「玉女於成」一語，「玉女」就是「玉汝」，是「成全」的意思，你怎麼見怪呢？說完便拿起筆來在「女」旁添上了「水」，「玉女」成了「玉汝」，韓也就轉怒為喜了。

從象形字、指事字或會意字轉變成形聲字，大多數是加表旁，也有先加聲旁後又加表旁的。

例如「網」，初文是象形字「網」，後來加了個聲旁「亡」組成形聲字「罔」，「罔」作為「聲旁」又加了個形旁「系」組成新形聲字「網」。

有人鬧文字笑話，除了文化水準不高和粗心大意等原因外，還跟缺乏分析形聲字的常識有關。

傳說，過去有個人跟幾個朋友到一個叫江心寺的地方去遊玩。有人在寺院牆上寫了一首詩，題目是「江心賦」。這個人一見「江心賦」三字，回頭就跑，邊跑邊喊：「這裡有江心賊，快走快走！」他的朋友說：「這是詩賦的賦，不是賊。」他搖頭說：「他富是富，但我看有些賊樣子！」

（2）從形旁猜字義的訣竅

「擒賊先擒王，認字先認娘」形聲字先有聲旁後有形旁的形成規律，並不表示形旁不如聲旁重要。在瞭解字義方面，形旁是非常重要的。有些小學生雖然識字不多，但能大概看懂生字生詞較多的小說如《水滸傳》、《西遊記》

等。一個奧秘就是這些小學生能結合上下文，從形旁猜出這些生字生詞的大意。

所以人們又說「擒賊先擒王，認字先認娘」。

隨手抄錄《水滸傳》第三十三回中的一小段話：

> 當下宋江等四人在鰲山前看了一回，迤邐投南。走不過五七百步，只見前面燈燭熒煌，一夥人圍住在一個大牆院門首熱鬧，鑼聲響處，為眾喝采。

文中的迤邐和熒煌肯定是小學生的生字生詞。但是人們可以結合上下文從（「走」的變形）這個形旁猜出「迤邐」有「不斷走向」的意思，從「火」這個形旁猜出「熒煌」有「燈火輝煌」的意思。

養成了分析形聲字的習慣，還可以少寫錯別字。否則就容易寫錯別字甚至引起誤解。

4. 在形旁上做文章

因為形聲字的形旁能表示一定的意思或者類別，所以自古以來就有人在形旁上做文章。例如歷史上一些中原統治者看不起周圍的少數民族，很早的時候就叫南方人「南蠻」，叫北方人「北狄」。「蠻」的形旁是「蟲」，「狄」的形旁是「犬」，把人當成蟲子和狗來看待。

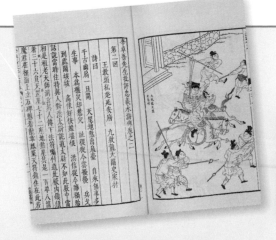

《水滸傳》為中國四大名著之一

孫悟空神通廣大，是《西遊記》一書的主要角色。

宋朝有個大奸臣高太尉，年輕的時候喜歡踢毬球），人們都叫他「高毬」。後來他做了太尉，自己把毬字改成「俅」，表示自己是人，不是東西，可是人們恨他，還是寫成高毬。《西遊記》裡，我們大家都知道有個惹人喜愛、神通廣大的「孫悟空」。據《西遊記》作者吳承恩老先生「考證」，「孫」本是「猢猻」的「猻」，後來成了「齊天大聖」才改成「孫」的。

　　形旁還有區別性別的作用。在五四運動前，第三人稱不管是女性或男性都寫作「他」，五四運動前後受了外語第三人稱區別性別的影響，表示女性寫作「她」，表示人以外的事物開始寫作，後來又改成「它」。有人也把「你」分寫作「妳和您」，這就有點畫蛇添足了。兩人對面談話或直接通信，性別是不言自喻的。

甲骨文	金文	小篆	隸書	楷書

形聲字字形演變

▍他人做嫁衣裳——轉注字

轉注是怎麼回事，歷來說法不一。許慎在《說文解字‧敘》中給它下的定義是：「建類一首，同意相受，考、老是也。」「建類一首」是說，轉注出來的字和本字屬於同一個部首；「同意相受」是說，轉注字和本字意義相同；從「考、老」的舉例可見，轉注字和本字聲音相近。形似、義同、音近，這就是轉注的條件。

文字是記錄語言的符號，而語言是發展變化的。一個詞，讀音變化了，或者各地方音不同，為了在字形上反映這種變化或不同，因而給本字加注或改換聲符，這就是轉注。

例如「老」，甲骨文作ᚠ，像長髮、屈背老人扶杖的樣子。後來讀音有了變化，為了反映這種變化，於是加注聲符「丂」，成為「考」。「老、考」同屬「老」部，意義相同，可以相注釋（《說文解字》：「老，考也」、「考，老也」），聲音相近。先有「老」，後有「考」，「考」是「老」的轉注字，是從「老」分化、派生出來的。

又如「豕」，甲骨文作ᚱ，是豬的象形字。由於各地方音不同，有的地方讀如「者」，便加注聲符「者」，寫作（現作「豬」）。先有「豕」後有「豬」，「豬」是「豕」的轉注字。

老、豕都是象形字，本身沒有表音成分。還有些本來就有表音成分的形聲字，由於語音變化了，要在字形上標示出來，因而改換原字的聲符。中文字裡，凡屬於同一部首，意義相同，可以互相注釋，而用聲音相近的不同聲符注音的一對或一組字，都是轉注造字的結果。例如：「顛、頂」同義，又同屬「頁」部。「顛」「真」聲，「頂」「丁」聲，「真、丁」聲音相近；「諷、誦」同義，又同屬「言」部，「諷」為「風」聲，「誦」為「甬」聲，「風、甬」聲音相近，從象形字分化出轉注字來，本字（如「老、豕」）在先，轉注字（如「考」）在後，我們從字形上看得很清楚。從形聲字分化出轉注字來，誰在先、誰在後，現在不容易看出來了，但是它們必有先後。

轉注的三個條件——同部（形似）、同義、音近，其中「音近」是個值得注意的條件。所以要「轉注」，就是為了使文字反映語音的變化或方音的不同。如果「音同」，那就沒有必要造轉注字了。「音近」即所謂「一音之轉」，「轉注」就是把這「一音之轉」在字形上「注」（標示）出來，不是兩個字「可以互相注釋」的意思。「轉注」這個名稱，古人是作為「造字法」提出來的。

許慎是以「考」、「老」兩字作為轉注字的字例提出的，而實際上，這兩個字一為形聲字，一為會意字。這又作何解呢？所以一些學者認為，轉注和假

借都是用字的方法，不是造字的方法。清代學者戴震認為：「指事、象形、形聲、會意四者，字之體也；轉注、假借二者，字之用也。」說的就是這個意思。所以，在《說文解字》中的所收的字下面，許慎沒有注明哪一個字是轉注字，就因為沒有用轉注方法造的字，而只是用在這些象形、指事、會意、形聲中的字去轉注。

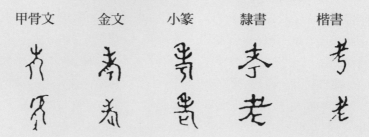

| 甲骨文 | 金文 | 小篆 | 隸書 | 楷書 |

轉注字字形演變

▌假作真時假亦真──假借字

讀古代作品最難的恐怕是假借字了。

現代辭彙裡有時也有假借字問題。某地公園飛來兩隻白天鵝，好事者以獵槍擊斃其中一隻，另一隻亦即哀傷而死。某地報紙在報道此事時用了這樣的話：「另一隻天鵝也傷心地喋血而死。」喋血云云，使人啼笑皆非。「喋」是「蹀」的假借字，指「踩」，喋血，腳踩著血為意思是殺人很多，血流滿地。《漢書·文帝紀》：「今已誅諸呂，新喋血京師」，這裡記載漢初清除呂后的勢力，殺人很多。一隻天鵝有何喋血可言？編輯顯然誤將「喋」作「滴」看待了。

假借的使用有其習慣性，例如「請柬」的「柬」，它是「簡」的假借字。簡，竹

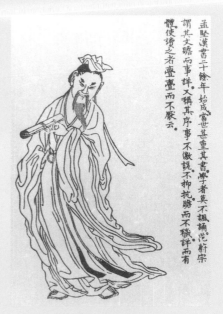

孟堅漢書二十餘年，始成當世甚重其書學者莫不諷誦焉。新宗謂其文贍而事詳文稱其序事不激詭不抑抗贍而不穢詳而有體使讀之者亹亹而不厭云。

《漢書》作者班固，字孟堅。

簡，古人將字寫在竹簡上，所以把請帖稱作「簡」，但偏偏不寫「簡」，而要寫另一個同音字「柬」，成了習慣，誰要是寫本應該寫的「簡」，作「請簡」，反被認為是寫別字了。「柬」本來的意思是挑選，就是後代的揀字，但選擇的意思，古籍中多用「簡」字。諸葛亮《出師表》：「**侍中侍郎郭攸之、費褘董允等，此皆良實，……是以先帝簡拔**」。簡拔，即柬拔，選拔。官吏有特任、簡任、薦任等，簡任，單純從字意上講實為選拔任命的意思。柬、簡在上述意義上屬互相借用。許慎在《說文解字·敘》中說：「**假借者，本無其字，依聲托事，『令』『長』是也。**」什麼是「**本無其字，依聲托事**」？

語言中產生了新詞，要有新字去記錄，為了不去增加太多的新字，就在已有的字中，選取聲音相同的字去記錄，這就是「本無其字，依聲托事」。這種字就叫做假借字。例如：「我」甲骨文作 ✝，本是一種武器，假借為第一人稱代詞：「自」甲骨文作 ፊ，是鼻子的象形字，假借為「自從」的「自」；「亦」本義是腋下，假借為文言虛詞；「北」本義是二人相背，假借為「東西南北」的「北」；「汝」本是水名，假借為第二人稱代詞；「權」字從「木」，本義是黃花木，假借為秤錘（又引申為衡量）如此等等。

許慎用「令」、「長」兩字為例，來說明假借的方法。「令」、「長」兩字是怎麼假借的呢？下面分別加以介紹。

（1）「令」字。甲骨文的寫法是：上面是一個大屋頂的象形，下面是一個跪坐著的人，似乎正在屋內向別人發佈命令。可見「令」字的本義是發佈命令。後來，這個「令」字被假借去用在與它聲音相同的語詞上，如作為官名之稱的縣令、太史令；「令」字後又用作「使」講，如：令人髮指，令人肅然起敬；又作為敬詞之用，如：令尊、令堂、令兄、令妹、令郎、令媛等之稱。

（2）「長」字。甲骨文的寫法是：像一個頭上有著長髮，手持拐杖的人。本義是長途、長遠。後來假借為對地位高於一般人的稱呼，如：縣長、市長、家長、兄長；「長」用於時間相隔之久遠，如：長期；路程之長短，如：長途跋涉；經常的意思，如：細水長流；以及生長、專長、擅長等。除「生長」的「長」音ㄓㄤˇ外，其餘均音ㄔㄤˊ。

根據假借的原則造不出新字來。從字形的構造看，假借字或者是象形字（如「我、自」），或者是是指事

字（如「亦」），或者是會意字（如「北」），或者是形聲字（如「汝、權」）。在這個意義上說，假借是「用字法」，不是「造字法」。不過，文字是記錄語文的符號，所謂「造字」，無非就是給語言裡的詞找個書寫符號。一個詞原來沒有書寫符號，現在有了。所以有人說，假借是一種「以不造字為造字」的方法。

假借，有以下幾種借法：

（1）一個字被借，借而不還，本義另造新字，另造新字的方法之一，是在本字上加表示本義的形旁。例如：「孰」本義是食物加熱到可吃的程度，後借為疑問代詞，為了區別本字和借字，本字加形旁「火」而為「熟」；「其」是畚箕的象形字，後借為代表詞，本字加「竹字頭」而為「箕」。又如：「新——薪，莫——暮，然——燃，隊——墜，縣——懸」等等。創造新字的方法之二，是另造一個和本字構造全然不同的新字。例如：「亦」本義是兩腋，借為虛詞後，本字另造了一個「腋」字。

（2）一個字被借，借而又還，借義另造新字，另造新字的方法之一，是改換本字的

形旁。例如：「解說」的「說」（本字），借為表示喜悅的「說」（借字），後來改「言」為「心」，為借字造了個新字「悅」；「奔赴」的「赴」（本字），借為表示告喪的「赴」（借字），後來改「走」為「言」，為借字造了個新字「訃」。創造新字的方法之二，是在本字上加表示借義的形旁。例如：「究竟」的「竟」（本字），借為表示邊境的「竟」（借字），後來加「土」，為借字造了個新字「境」；「解剖」的「解」（本字），借為表示水中動物的「解」（借字），後來加「蟲」，為借字造了個新字「蟹」。其他如：「禽——擒、內——納、弟——悌、昏——婚、田——畋」等等。

以上兩類，「孰、其、莫、說、赴、竟」等出現在前（先造字），叫古字；「熟、箕、暮、悅、訃、境」等出現在後（後起字），叫今字。「孰熟、其箕、莫暮、說悅、赴訃、竟境」等，稱為古今字。

（3）一個字被借，身兼二職，本義和借義並行。例如：「征」的本義是征伐，假借

為徵稅以後，本義和借義都沒有另造新字：「會合」的「會」借為「會計」的「會」以後，也沒有另造新字，本義和借義一直並行至今。他如：「長（長短、長官），行（行路、行列），舉（舉起、舉國上下），率（率領、效率）」等等。這類假借字，為了避免意義混淆，用於本義和用於借義，讀音常常不同。

（4）一個字被借，本義消失，借義獨存。例如：「難」字從「隹」，本是鳥名，假借為「難易」的「難」，本義消失，借義獨存；「騙」字從「馬」，本義是「躍而上馬」，假借為「欺騙」的「騙」，本義消失，借義獨存。又如：「之（本義是草出土），即（本義是就食），在（本義是草木初生），笑（本義和竹有關），演（本義是長長的流水）」等等。

甲骨文	金文	小篆	隸書	楷書

假借字字形演變

▋形聲制的確立 ‧ ‧ ‧ ‧ ‧ ‧

當初造字不是先規定好了「六書」，而後才造字的，「六書」是後人分析中文字的構造，從中歸納出來的造字或用字方法。這些方法的出現不可能是同時的，造字法有一個發展的過程。

至於誰先誰後，過去人們沒有一致的意見。現在看來，有兩點是可以肯定的。第一，前邊說過，文字是由表意而表音的。從文字的發展說，中文字可以分為兩大類：象形字、指事字、會意字完全沒有表音作用，它們是純粹的表意字；形聲字、假借字、轉注字有表音作用，它們是有表音作用的表意字。總體說來，純表意字出現在前，有表音作用的表意字出現在後。第二，從結構形式著眼，中文字也可以分為兩大類：會意字、形聲字可以拆開（如「相」可以拆「木、口」），它們是合體字；象形字、指事字不能拆開（如「目、本」），它們是獨體字。至於假借字和轉注字，它們不是獨體的象形字和指事字，就是合體的會意字和形聲字。合體字是由獨體字組合而成的，沒有獨體就沒有合體。總的說來，獨體字出現在前，合體字出現在後。不過，各種造字方法的出現和運用，不能截然劃分時段。

象形、指事、會意、形聲、假借、轉注這些方法，互相聯繫，互相配合，互相補充，而又各有各的特點和作用，它們是一個系統。不能把它們分裂開來，孤立起來，也不能把它們等同起來，並列起來，認為「都是一樣的造字法」。

第一，古人認為「六書」都是「造字之本」。其實，可以稱為「造字之本」的，只有象形、指事、會意、形聲四書。假借和轉注的方法不能產生新型構造的中文字，假借字和轉注字的構造方法不外象形、指事、會意、形聲四種。第二，在各種造字方法中，象形是最古老的方法，用這種方法構造出來的象形字是最古老的中文字，是後來中文字造字的基礎。指事一般是在象形字的基礎上增加指事符號，會意通常是把兩個或兩個以上的象形字組合起來，形聲字的多數形旁和很多聲旁也是象形字。中文字發展到今天以形聲制為主導的文字體系，這裡面的社會歷史原因和文字本身的內在規律值得探討。

假借的最大弊病是造成一字多義，意義容易相混。為了避免意義混淆而在原字上加意符，這就成了形聲字。形聲字克服了假借的弊病，而且既能表音，又能表意，所以後起字大都是形聲字，原來的象形字和會意字很多也加聲旁或形旁而成為形聲字。形聲字造字方便，後來形聲字盛行，假借的方法慢慢變得不那麼重要了。甲骨卜辭裡有相當多的假借字，先秦的古書裡假借字也很多（這是古書難讀的原因之一），後來假借字卻越來越少了。在中文字發展的過程中，由於種種原因，也由於形聲字

《禹貢》是先秦古書之一，是《尚書》中的一篇，假託大禹所作，實際成書時間於戰國時期。

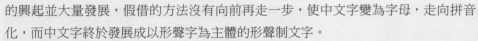

的興起並大量發展，假借的方法沒有向前再走一步，使中文字變為字母，走向拼音化，而中文字終於發展成以形聲字為主體的形聲制文字。

中文字造字法的發展走過了「表形（象形）——表意（指事、會意）——趨向表音（形聲）」三個階段，最後是形聲制文字的確立。

中文字的字體演變

人們常說：篆書如圈，隸書如蠶，楷書如站，行書如走，草書如跑。
這形象地說明了中文字字體的特點。
一部中文字字體的演化史，實際也蘊含了華夏民族的文明發展史。

金文象形文字

中文字是世界上最古老文字中的一種，也是在這些最古老的文字中，至今仍然在使用的唯一一種。而中文字自三千二百年前的甲骨文字，一直到現在的現代中文字，儘管在形體上、讀音上或字義上發生了一些變化，但在性質上並沒有發生根本性的變化。現代的中文字和古代的中文字是一脈相承的，現代中文字是在古代中文字的基礎上逐漸演變、發展而來。

中文字的正式文字自甲骨文字始，中文字字體演變的過程可以概括為：甲骨文→金文→篆書→隸書→楷書。這是中文字的主要字形，除此以外，還有兩種輔助性字形，即草書和行書。

甲骨文是三千三百年前殷商時期契刻在甲骨上的一種古老文字，甲骨文的發現是近百年前的事。在此之前，人們不知甲骨文的存在，甲骨文在殷商、西周以後，已經湮沒於地下。從近現代發掘出來的大量甲骨來看，甲骨文已是相當成熟的文字體系，由此可以推斷甲骨文字的產生一定遠在三千三百年前的殷商時代以前。

金文和甲骨文一脈相承，字體與甲骨文十分相近。但是，甲骨文和金文的字體又各有其特點。由於甲骨文是用刀在甲骨上契刻出來的文字，甲骨面積不大、不平，因此，所刻文字線條細瘦，筆劃有稜有角，字形長方，在同一塊甲骨上，字體大小不一，疏密相同，參差不齊；金文是鑄刻在青銅器上的一種文

字，是和青銅器一起，先製成模型而後冶鑄而成。金文線條粗壯，筆劃圓轉，字體勻稱，字形長圓。在青銅器上鑄刻文字起於商周，與甲骨文同期。由於甲骨文、金文尚處於新創時期，因此，它們的字形結構尚未定型，異體字較多。在《甲骨文編》中就收錄有五十多個不同寫法的「龜」字，在《金文編》中收錄有七十多個不同寫法的「鼎」字等。

金文之後，到了春秋戰國時期，列國稱強，字體各有異同，統稱之為古文。春秋戰國時期流行於秦國的字體叫做籀文，後又稱之為大篆，字體比金文更為工整。秦時的石鼓文是為大篆的代表作。當時，楚、齊、燕、趙、魏、韓六國使用的文字字形各有分歧，秦始皇統一六國後，實行「車同軌、書同文」的政策，下令全國統一文字，明確以小篆為統一的文字字體。小篆是在大篆的基礎上演變而來，字體較大篆省改，並淘汰了甲骨文、金文中眾多的異體字。小篆字體筆

西周青銅器上的銘文

漢隸作品——《張騫碑》

劃圓轉流暢，較之大篆更為整齊。秦始皇東巡時，所立的泰山刻石等秦刻石，上面所刻的文字字體就是小篆，相傳為秦丞相李斯所書。

秦時又產生了隸書，當時篆、隸並用。隸書在字形上又較小篆大為省改，筆形比小篆簡化，筆劃由小篆的圓轉變為方折，書寫更為方便簡捷，是為秦隸。到了漢代，隸書成為書寫的主要字體，漢隸的寫法上與秦隸相比又有不同。漢隸的字體筆尾有「波勢」和「挑法」。隸書的產生是中文字簡化過程中的一次重大變革，故後世稱之為「隸變」。文字學家一般將中文字的演變過程分為兩大階段，自甲骨文至

小篆稱之為古文字階段；自隸書以後的文字，稱之為今文字的階段。隸書奠定了今文字的基礎，「隸變」成為中文字古今文的分水嶺。

漢初時期，又由漢隸演變產生了草書字體。草書字體形式較多，但主要有章草、今草和狂草三種。草書的出現，表明了人們的要將中文字字體進一步簡化和書寫便捷的願望，但由於草書字體較難辨認，因此不能廣泛使用。

漢末時期，又出現了楷書。楷書也是在漢隸的基礎上演變而來的一種字體，楷書改變了漢隸的「波折之勢」和「挑法」，筆劃平直勻稱，字體明晰方正，是為名正言順的「楷模之書」。由於楷書容易書寫，便於辨認，字體規範，形成為真正的「方塊中文字」，故為人們所普遍接受，因而取代了各種字體而成為一種通行的中文字，自漢以來，一直通用至今，不僅在書寫上，而且在書籍印刷上也均普遍使用這種字體。

此外，還有一種行書，它始於東漢而盛於魏晉。行書是一種介於楷書和草書之間的字體，比楷書書寫方便，比草書容易辨認，因此，行書也一直流行至今，成為人們日常使用的一種手寫字體。

由於甲骨文和金文非常古老，屬於中文字的初創階段，看起來更像圖畫。所以，甲骨文和金文已成為博物館中文字專家的研究物件，現實生活中下再曾見到。而篆書、隸書、草書、行書、楷書這五種字體，我們生活中或天天使用或者有時也能見到用到。有人把這五種字體作了一個比喻：篆書如圈，隸書如蠶，楷書如站，行書如走，草書如跑。又有人把這五種字體比作衣服的樣子，說：篆書像古裝，隸書像禮服，楷書和行書像便服和工作服，草書像泳衣。作為這五種字體中最古老的篆書，也很難寫難認，現在很少人使用它了。但也還有少數老人喜歡使用。

章草作品──《急就章》

從以上情況可以看出，三千三百多年來，中文字是在字形逐步統一整齊、筆劃逐步省改簡化、書寫逐步方便簡捷的原則下演變和發展的。中文字演變的結果，許多象形字不再象形了，而形聲字則大量地應運而生。中文字的總數由殷商甲骨文的四五千字，發展到現代已有八九百萬字。經過長期的演變和發展，中文字已逐步實現了定型化、規範化，中文字已成為十多億人統一使用的文字。

中文字是世界上最美的字體之一，用甲骨文、金文、大篆、小篆、隸書、草書、行書、楷書等字體寫成的文字，形成了一種書法，各種字體的書法大放異彩，成為與畫並稱的一種高超精美的藝術，高水準的書法成為一種精湛的藝術珍品。

甲骨文	金文	小篆	隸書	楷書	草書	行書
				日		
				月		
				人		
				目		
				車		
				馬		
				上		
				下		
				至		
				刀		

甲骨文	金文	小篆	隸書	楷書	草書	行書
				旁		
				妹		
				教		
				牲		
				征		
				老		
				孝		
				令		
				長		

甲骨文	金文	小篆	隸書	楷書	草書	行書
				出		
				行		
				從		
				衆		
				採		
				步		
				逐		
				武		
				洛		
				冀		

中文字字體演變的規律 • • •

　　中文字字體演變的規律是由繁趨
簡。

　　中文字的形體從甲骨文到小篆，再
從小篆到隸書、楷書的演變，主要經歷
了由繁到簡的變化，演變的總趨勢是在
表義明確的前提下由繁趨簡。

　　中文字形體的演變包括字體和字
形兩個方面。字體演變的過程可分為兩
大階段：從甲骨文到小篆（甲骨文、金
文──籀文──戰國古文字──小篆）
屬於古文字；隸書出現後，改變了古文
字的面貌，使中文字的形體發生質變，
所以把隸書和以後出現的真書（楷書）
及其草書和行書都稱作今文字。

　　甲骨文的象形程度是很高的，有些
字就是直接描摹實物的形狀得來的。古
人為了書寫的方便，逐漸把這些圖畫性
很強的字元改為比較平直的線條，使字
元的象形性減弱，符號化加強，重複、
多餘的部分被刪去。

　　在從古文字演變為隸書的過程中，
字元的寫法發生了更大的變化。它們絕
大多數變成了完全喪失象形意味的，由
點、橫、撇、捺等筆劃組成的符號，無
規則的線條變成了有規則的筆劃；從字
形上看，通過合併、省略、省併等方
式，中文字結構被簡化，筆劃減少了。
這種隸變使中文字形體大大簡化。

　　隸變以後中文字的演變，主要表現
在字形方面。楷書把隸書的波勢挑法變
得平穩，把隸書的慢彎變成了硬勾，筆
劃書寫起來比隸書更加方便。但隸變後
的中文字，仍有一部分結構複雜、筆劃
繁多，於是民間漸漸出現了群眾創造的
俗體字，這些俗字一般比規定的正字形
體簡單、筆劃少、容易寫。在中文字形
體趨於穩定的發展階段，與正體相對的
俗體仍呈現出簡化的趨勢。

漢隸《華山廟碑》

當然，在中文字形體演變過程中，也存在一些字形繁化的現象。這主要有兩種情況：一種純粹是外形上的繁化，如「上」、「下」二字在古文字裡本來都寫作「二」，為避免相互混淆及與「二」字相混，後來各加上豎寫作「上」「下」；另一種繁化是文字結構上的變化所造成的，最常見的是增加偏旁，如：吳公──蜈蚣、尚羊──徜徉、師──獅。這種增加了偏旁的字，大部分與原來的字已不是一個字，各自表達的意義也有所不同，等於是增加了新字，而不是單個字元筆劃的增多。

總之，中文字形體演變的規律是由繁趨簡。繁化的現象雖然部分存在，但不占主導地位。

字體的演變和中文字結構的變化 · · · · · · · · ·

從甲骨文演變為現在的楷體中文字，其間大的變化有兩次。甲骨文和金文統稱「殷周古文」，它們比較接近。從殷周古文變為小篆，這是第一次大變化：由異而同，大量的異體字被淘汰，字形比較統一了；由字無定形（隨物畫形）而為清一色的長方塊，從而奠定中文字「方塊形」的基礎；由方筆而圓筆，文字線條化了。

至此，中文字的「象形」特點消失了大半。從小篆變為隸書，這是第二次大變化：隸書變小篆的長方形為扁方形，變長線條為點畫，變圓筆為方折，變瘦筆為肥筆，而且有了粗細、波勢。至此，中文字的圖畫意味完全消失。楷書和隸書比較接近，由隸而楷只是進一步的簡化。文字要便於應用，字體演變的總趨勢是由繁而簡，一次比一次簡單

殷周古文

易寫。

字體的演變影響到中文字的結構。常常是：筆劃變了，字的結構跟著也就變了，筆劃的簡化帶來結構的簡化。字體的演變對於結構的影響，可以概括為以下四種情況：

1. 刪繁就簡

文字要便於書寫，書寫要求簡便。在中文字演變的過程中，許多字的重複部分被省去。例如：「星」甲骨文作（五個小方塊兒表示繁星，「生」是聲符），小篆省去兩個星作，隸、楷又省去兩個星作「星」。

中文字是方塊形的，方塊形體的筆劃和結構要求平衡。「省」的目的就是為了使字的各個部分之間保持平衡，不使一部分太臃腫。還有些字寬度太大，在一個方塊、尤其是小篆的長方塊裡，這類字往往要省去一部分。例如「投筆從戎」的「戎」字，金文作，像一個人一手拿戈，一手拿盾，小篆省去人形作，隸、楷作「戎」。凡此種種，都屬「刪繁就簡」，或者叫做「部分刪除」。

2. 變換部位

甲骨文、金文圖畫性強，字形隨所畫人、物而定，小篆劃一為長方形。有些筆劃不勻稱的字，不得不打破原來的結構，以適應「方塊」的要求。例如「保」字，金文作，小篆作。還有

些獨體的象形字，為了適應「方塊」的要求而被拆開。例如「㫃（ㄧㄢˇ）」字，甲骨文作，像飄揚的旗子，小篆把它拆成㫃和㐅兩部分，作。

小篆是長方形，隸書是扁方形。一些由上下兩部分疊合起來組成的合體字，在小篆裡寫起來很方便，到隸書不好辦了，於是變上下結構為左右結構。例如：——峰，——蛾。另有些字，它們的偏旁安排和筆劃不便於書寫，隨著毛筆的廣泛應用，這些字也改變了原來的結構或寫法。例如：小篆的、，隸、楷分別寫作「有、今」。

3. 由同而異

有些偏旁，在篆書裡不管放在什麼部位，它們都是一樣的寫法，在隸書和楷書裡則會改變。

例如在小篆中以水字為部首的、、、、五字，水字不管放在上、下、左、右都是一樣的寫法；但在隸書和楷書裡則因部位不同而改變了水的字體，變成了「水、淼、江、泰、益」。

在甲骨文、金文裡，和在篆書裡一樣，偏旁也不因部位而形體不同。只是甲骨文、金文異體字較多，寫法本來就不完全一致罷了。

4. 由異而同

和前一種情況相反，有些構字成分（偏旁或獨體字的某些筆劃），在小篆裡完全不同，而在隸書和楷書裡變成了

一個。

　　例如「鳥、魚、馬」，小篆分別作 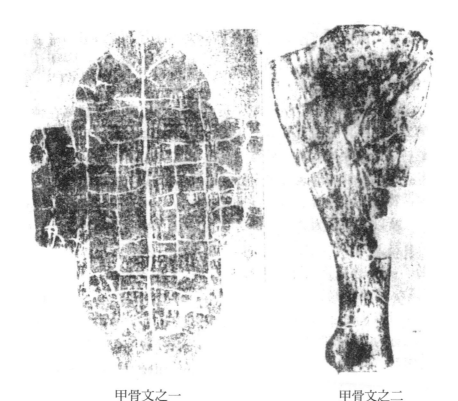、，可見鳥的兩腳，魚的尾巴，馬的四條腿，但在隸書和楷書裡變成同樣的四點毫無區別。

甲骨文：刻在龜甲獸骨上的文字 ·········

　　甲骨文是迄今發現的中國最古老、而且是已經比較成熟的一種文字，由於這些文字是契刻在龜甲獸骨之上，故稱之為甲骨文，又叫「契文」，這是殷商時期的一種文字。

　　殷商時期使用甲骨來占卜記事。「甲」就是龜甲，主要是用龜的腹甲；「骨」就是獸骨，主要是用牛的肩胛骨，其他獸骨也使用。占卜用的甲骨事先都要經過一

甲骨文之一　　　　　　　　　甲骨文之二

甲骨文

番整治，磨刮平整，而後在甲骨的背面鑽鑿出一些凹穴，占卜時，用燃燒著的樹枝在甲骨鑽鑿處燒灼，甲骨的正面就會出現各種不同形狀的裂紋，豎的裂紋稱之為「兆幹」，橫的裂紋稱之為「兆枝」，兆幹、兆枝很像個「卜」字，故又稱之為「卜兆」。占卜者根據這些裂紋的不同形狀來判斷吉凶禍福，並將所卜內容用文字契刻在甲骨上，這種文字就被稱為甲骨文。

甲骨文的最早發現地在今河南省安陽市城西北五里的小屯村，這裡就是「盤庚遷殷，至紂之滅，二百七十三年，更不徙都」的晚商都城所在地。商代年代不可確考，一般認為約於西元前1700年，商的國王商湯打敗了夏朝的王夏桀，夏朝滅亡，商朝建立。商朝從建國到滅亡長達五百多年。商朝原建都於亳（今山東曹縣南），後又多次遷移。至商晚期，商湯的第九代孫、商朝的第十九個王盤庚遷都至殷（今河南安陽小屯村），後再未遷，至殷紂失國，前後共二百七十三年，經歷了八世十二王。由於這些文字大多是殷商王室用甲骨占卜後，將卜辭契刻在占卜用的甲骨上的文字，故又稱之為「甲骨卜辭」。

周公像

至秦漢時期，殷都遺址淪為一片廢墟，故又將這一地區稱為「殷墟」，將在這裡發現的甲骨文稱之為「殷墟甲骨文」或「殷墟卜辭」。後又將在周遺址發現的龜甲上的甲骨文稱之為西周甲骨文」。

甲骨文字已基本具備了許慎在《說文解字‧敘》中所提出的象形、指事、會意、形聲、轉注和假借等「六書」的造字、用字法則，可見先人們的智慧已達到了一定的水準。

▍吃藥吃出來的考古大發現——發現甲骨文的故事 • • • • •

雖然甲骨文形成於三千多年前的商代，但發現甲骨文才一百多年。

中國古籍中有一些關於殷商和西周甲骨文字的記載。如《尚書‧多士》：「惟殷先人，有冊有典，殷革夏命。」周武王在滅商以後兩年，就因病去世。周成王年幼，武王的弟弟周公旦攝政，決定於洛邑（今河南洛陽）建立新都，是為東都。上面這段話是周公旦對不願隨遷的殷商遺民說的。意思是：「你們的先人，是有冊書典籍的，記載著殷革夏命的道理。」

周公旦告誡殷商遺民，現在周革了殷命是同一道理，要他們服從遷徙的命令。這段記載證明殷商時期已有了冊典，但沒有說明這些「冊典」的具體形式、內容。

除此以外，在《詩經、大雅》中有以下一段詩句：「周原膴膴，菫荼如飴。爰始爰謀，爰契我龜。曰止曰時，築室於茲。」「周原」是指現陝西岐山下的平原；「膴膴」是肥美的意思；「菫荼」指的是菫菜、荼菜，這兩種菜都略有苦味，但詩中卻說吃著甘如飴糖。「周原膴膴，菫荼如飴」兩句，表達了人們對周原土地肥沃給他們帶來美好生活的一種愉快心情；後面四句的意思是：用龜甲來占卜，卜辭表明，此時可以在此地築室居住。這首詩記載了周代有用龜甲占卜的事。

殷商甲骨文最初發現於清朝末年的光緒年間。關於它的發現經過，長期以來流傳著這樣一個十分有趣的故事：

1899 年（光緒二十五年），北京城裡國子監祭酒王懿榮得了瘧疾，他到處求醫找藥，後來延請太醫診治。太醫診脈後隨即給他開了一張處方，其中有一味是醫生經常用以澀精補腎的中藥「龍骨」。王懿榮打發家人到一家明代開張的老中藥店「達仁堂」按方抓藥。家人買回藥以後，王懿榮親自開包一一審視，無意中發現藥中的「龍骨」上刻有一種歪歪扭扭的好似篆文但又不認識的文字。王懿榮平素喜好金石學，精通銅器銘文，對古文字學有較深的素養和造詣，這一偶然的發現，他立即悟覺此味「龍骨」決非一般藥材，於是他又派人到藥店查問「龍骨」的來源，並將藥店裡所有帶字的「龍骨」全部買回。

這一事情轟動了當時的文化界，尤其是研究歷史的不少學者對此產生了濃厚的興趣。後來人們才得知，北京城裡幾家著名的中藥店，凡是「龍骨」這味藥材的貨源，幾乎都是河南等地的藥材經紀商販運進京的。這些所謂的「龍骨」是河南安陽小屯村的農民在種地時偶然發現的，農民們以為是中藥「龍骨」，就賣給了當時的藥材商販。藥販們也一直把這些甲骨當中藥「龍骨」來收購。後經王懿榮等學者的精心研究，初步斷定這些東西根本不是什麼「龍骨」，上面刻畫的歪歪扭扭的東西應當是比當時已知的各種古文字還要古老的一種文字。

於是舉世聞名的甲骨文就在這樣一個偶然的機會被人們發現。因為這些文字刻寫在龜甲獸骨上，所以後來人們稱之為「甲骨文」。

王懿榮是中國歷史上第一個發現和確認商代甲骨文的人。後據現代學者王國維進一步考證，安陽小

殷商甲骨文

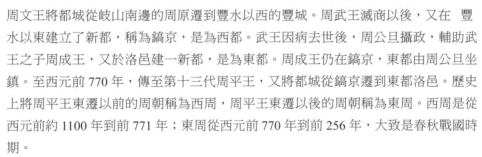

屯一帶「蓋即盤庚以來舊都」。這樣，商代甲骨文的發現，不僅對中文字學而且對商代歷史和社會研究都具有重大意義。吃中藥吃出來的商代甲骨文也成為中國近百年來最重大的考古發現之一。

西周甲骨文的發現比王懿榮發現商代甲骨文要晚半個多世紀。

周朝有西周和東周之分。周武王約於西元前1100年消滅了商朝，建立了周朝，是為西周。在西周建立之前，周文王將都城從岐山南邊的周原遷到豐水以西的豐城。周武王滅商以後，又在豐水以東建立了新都，稱為鎬京，是為西都。武王因病去世後，周公旦攝政，輔助武王之子周成王，又於洛邑建一新都，是為東都。周成王仍在鎬京，東都由周公旦坐鎮。至西元前770年，傳至第十三代周平王，又將都城從鎬京遷到東都洛邑。歷史上將周平王東遷以前的周朝稱為西周，周平王東遷以後的周朝稱為東周。西周是從西元前約1100年到前771年；東周從西元前770年到前256年，大致是春秋戰國時期。

商代甲骨文被發現後，學者們對周代甲骨文就頗多猜測。根據古書上的一些記載，推想在陝西可能會發現周代的有字甲骨。到了五十年代，西周甲骨終於重見天日。

中國的考古工作者在1954年於山西洪趙縣坊堆村周代遺址發現了楔刻有甲骨文字的甲骨，經學者考證為西周初期的甲骨；後又在西周豐（豐城）鎬（鎬京）遺址的張家坡、北京昌平白浮村、周原遺址陝西岐山縣鳳雛村和扶風縣齊家村發現西周有字甲骨。據不完全統計，以上五處發現的有字甲骨共三百零六片，字數在一千個以上。

西周甲骨文字的特點是：甲骨上的文字一般都很少，有些字體十分纖細，小如粟米，需要五倍放大鏡才能看清楚。可見早在周代，微雕技術已達到了相當高的水準。

西周有字甲骨雖然發現的數量尚不是很多，有待於以後進一步發掘，但已發現的西周甲骨，為研究西周的歷史和社會提供了寶貴的資料，對研究中文字的演變也是十分重要的依據。

近現代學者對甲骨文的研究

　　甲骨文的特點是：圖畫性強，象形字和會意字居多，有些字筆劃繁多，例如：月（舟）、🐅（虎）、🦌（鹿）；因為使用的工具是金屬刀，用刀在堅硬的龜甲獸骨上刻寫，所以筆劃細瘦，方折筆劃居多（圓筆不易刻）；寫法沒有完全定型，一個字異體很多，例如「羊」字就有 🐏🐏🐏🐏 等多種寫法；字無一定格局，形體隨所畫物體而定，同一篇文字，筆劃多的字就大、少的就小；字的個別差異不太大，有時幾個字擠在一起，好像一個字，有時一個字又寫得很散，好像幾個字。因此，準確辯認甲骨文的難度是可想而知的。

　　不過，自甲骨文發現以來，一些學者仍孜孜不倦地對甲骨文進行了深入的考證和研究，並取得了許多研究成果。

　　隨著殷商甲骨文的不斷發現，中國一些學者對甲骨文進行了不懈的研究，陸續出版了一批專著。同時，日本、美國、加拿大等國的專家學者也加入了對甲骨文研究的行列，出版了各種研究專著。各種有關甲骨文的論著在三千種以上，可見中外學者對甲骨文研究的重視。

　　甲骨文研究學者最著名的，是學術界的四位學者，他們是羅振玉、王國維、郭沫若、董作賓。

　　在各種著作中，特別要提出的是由郭沫若主編、胡厚宣總編的《甲骨文合集》一書，這部書是商代殷墟甲骨文資料的彙編，是自甲骨文發現以來，收集資料最豐富、最全面，並經過科學整理的一部集大成的甲骨著錄。全書共十三冊，收甲骨文四萬一千九百五十六片，按甲骨刻辭中所反映的商代社會歷史面貌，參照前人著錄的分類經驗，將所收甲骨文分為四大類三十一小類，基本上包括了政治、經濟、文化等三個方面。

　　自 1899 年發現甲骨文字以後，已出土甲骨約十五萬片，每片甲骨字數多的有八九十字，少的僅幾個字。經過專家學者考證研究，已發現甲骨文字的單字總數有四千五百多個，其中已認識的近兩千字，常用而無爭議的達一千多字，在甲骨文字研究方面已取得了很大成就。

郭沫若照

金文：鑄刻在青銅器上的字

如果在某種程度上說甲骨文是占卜文字，那麼金文則是祭祀文字，無論是在書寫材質上，還是字形上，金文都有了巨大進步。

金文是指殷商、周、春秋戰國時期鑄刻在青銅器上的文字。古人稱銅為「吉金」，故稱青銅器上的文字為「金文」或「吉金文字」，此外，也稱之為「鐘鼎文」、「銅器銘文」（或「銘文」）為「彝器款識」等。

稱之為「鐘鼎文」，是由於這種文字主要鑄刻在鐘鼎上。古代青銅器有禮器、樂器、兵器、食器和日用器具等多種，一般分為禮器、樂器兩大類，其中禮器以鼎的形式居多，樂器以鐘的形式居多，故「鐘鼎」便成了古青銅器的總稱，鑄刻在青銅器上的文字也就統稱為「鐘鼎文」。

所以又稱之為「銅器銘文」，見之於《禮記·祭統》：「夫鼎有銘。」東漢經學者鄭玄注：「銘，謂書之刻之，以識事者也。」故又稱在青銅器上鑄刻的文字為「銅器銘文」（或「銘文」）。後將書刻在石碑或器物上的文字也叫銘文。

所以又稱之為「彝器款識」，是由於古代青銅器中的禮器又通稱為「器」或「尊」；「款識」兩字見之於《漢書·郊祀志下》：「今此鼎細小，又有款識，不宜見於宗廟。」唐代訓詁學家為師古注：「款，刻也；識，記也。」後也以「款識」兩字用於書畫上題寫「某某款識」之類。

商周銘文的內容，主要是一些吉祥、勉勵或慶功的話。現在收錄的金文有三千多字，其中兩千多個字已可識。

金文是上承甲骨文、下開大小

青銅器《毛公鼎》銘文

篆的一種字形結構比較成熟的文字。它的形體和結構，與甲骨文非常相近。所不同的是：金文大多是用模子鑄的，鑄時先把字刻在模板上，可以細細加工，所以筆劃粗壯、圓轉；字的大小比較勻稱。

例如「旦」字在甲骨文裡寫作◷或◳在金文裡寫作◷或◳。談到金文，不禁想起「司母戊鼎」的故事：

1939 年，正值日本侵華時期。河南安陽縣村的農民在耕作時從地下挖出一個四條腿的方形青銅器來，高有 1.3 米多，重有 875 公斤，四面都鑄有凸起的獸面花紋，裡面鑄有「司母戊」三個金文。學者們認為這是三千多年以前商代的青銅器，是商王文丁為了祭祀他母親戊鑄造的。

剛開始，農民不知道這是什麼東西，看起來像個馬槽子，就叫它「馬槽鼎」。北京的考古工作者聽說後趕來，才認出這原來是一件非常貴重的古文物。當時日本人也聽說了這件事，也想要來拿走這件國寶。民眾為了保護它，就把它埋在地下，另外造了一個假大鼎來代替。抗日戰爭勝利後，人們才又把它從地下挖出來。現在，「司母戊鼎」陳列在北京中國歷史博物館裡。

殷商晚期，青銅器冶煉技術已達到較高水準，青銅器的製作規模也更為擴大。當時，在殷都附近有一個很大的冶鑄青銅器的作坊，在這裡從事冶煉勞動的奴隸有上千人，鑄造出了一些大型的和精美的青銅器。青銅是銅、錫的合金，主要成分是銅，因鑄造出來的器皿呈青灰色，故稱之為青銅器。這些青銅器的所有者是殷商的貴族統治階級，他們死後也往往用青銅器殉葬。青銅器也是貴族地位高低的象徵，有些大鼎甚至被視為國家的「重器」、國家權力的象徵。在戰爭中，勝利的一方往往將戰敗的一方的重器搬走，並毀掉他們的宗廟。《孟子‧梁惠王下》中所說的「**毀其宗廟，遷其重器**」，說的就是這種情況。歷史傳說夏禹曾鑄九鼎，以此來象徵九州，夏、商、周三代均奉為國寶，可惜至今尚未發現此九鼎實物。

從已發現的青銅器來看，在青銅器上鑄刻金文有如下情況：殷商時期，在青銅器上銘刻金文的字數較少；到了西周時期，在青銅器上鑄刻的金文字數多了起來；到了春秋戰國時期，在青銅器上銘刻的金文字數也較多；秦以後，以刻石（在石上刻寫銘文）為

司母戊鼎

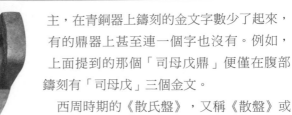

主，在青銅器上鑄刻的金文字數少了起來，有的鼎器上甚至連一個字也沒有。例如，上面提到的那個「司母戊鼎」便僅在腹部鑄刻有「司母戊」三個金文。

西周時期的《散氏盤》，又稱《散盤》或《先人盤》，是周厲王時的青銅器，現藏故宮博物院。此盤上鑄刻有金文十九行、三百五十字。內容是記載先人將田地移付於散氏時所訂的約契。

西周時期的《毛公鼎》，在清道光末年於陝西岐山出土，經考證是鑄於西周末年第十二個帝王宣王姬靜時的文字較長的大鼎，上鑄有銘文三十二行、四百九十七字。這些文字記述了周宣王誥誡和褒賞其臣下毛公的事，文中反映了當時西周統治已經很不穩定的情況。此鼎現藏故宮博物院。

西周時期的《盂鼎》，也稱《大盂鼎》，是西周第三個帝王康王釗時鑄造的，清道光年間出土於陝西岐山禮村。此鼎上刻有銘文十九行、二百九十一字，記載了西周第三個帝王康王姬釗二十三年策命其臣盂，並賞賜盂以「邦司四伯，人鬲千又五十夫」。文中所說「邦司」、「夷司王臣」都是管家奴隸，「人鬲」、「馭」、「庶人」都是奴隸。此鼎現藏於北京中國歷史博物館。

商、周以後，青銅器上鑄刻文字多的尚有春秋時代的《齊侯鐘》，鑄刻有銘文四百九十二字。春秋時晉國的刑鼎，是晉國大夫趙鞅和荀寅，於周敬王七年（西元前513年），把前執政范宣子所制定的刑法鑄在鼎上，公佈於為。此鼎原文已失傳。

從以上介紹情況，可以看出在青銅器上鑄刻文字，其目的一是表明鼎名；二是記載約契；三是記載賞賜情況；四是記載刑法。

殷商時代的青銅器很早就有發現，宋代時已有關於青銅器上銘刻文字的著錄，稱為金石學。近代由於考古工作的較大規模挖掘，出土的青銅器日益增多，商、周兩代已出土的有銘文銅器約五千件，主要是周代銅器。這些青銅器在造型上，所鑄刻的花紋上，均呈現了中國古代藝術的高水準；此外，所鑄刻的文字，成為研究金文和當時社會情況的寶貴資料。

篆書：與秦始皇相關連的文字

篆書可以說是中國歷史上受到政治干預最強烈的字體，鐵腕皇帝秦始皇使中文

字統一為小篆，並將原先的籀文稱為大篆。自此，漢民族兩千多年以來就使用同一種文字，逐漸形成了政治、文化以及民族心理的大一統。

篆書包括大篆和小篆，秦始皇統一天下後，下令統一全國文字，推行小篆，將原來的籀文稱為大篆。於是有了大小篆之分。

1. 大篆：秦始皇統一中文字後對籀文的稱呼

大篆是秦始皇統一中文字後對籀文的一種稱呼。籀文得名於《史籀篇》。史籀是周宣王的史官，歷史上稱之為「史籀」，《史籀篇》據傳是史籀的作品，當時是為教兒童而編寫的，此書所用的字體就被稱為籀文。

東漢班固在《漢書・藝術志》中說：「史籀十五篇」。又自注：「周宣王太史作大篆十五篇，建武時亡其六篇矣。」建武是漢光武帝劉秀的年號，班固生於建武八年，他本人後來見到的《史籀篇》只存有九篇。

東漢許慎在《說文解字・敘》中也說：「宣王太史籀著大篆十五篇，與古文或異，至孔子書六經，左丘明述春秋傳，皆以古文，厥意可得而說。」又說：「壁中書者，魯恭王壞孔子宅而得《禮記》、《尚書》、《春秋》、《論語》、《孝經》。」

在這裡，許慎提到了大篆和古文，兩者有不同處。「大篆十五篇」指的就是《史籀篇》；古文指的是《六經》、《春秋傳》，這些著作是用古文寫的。也就是許慎所說的「壁中書」。「壁中書者，魯恭王壞孔子宅而得……」這段話是什麼意思呢？這是說漢景帝時，魯恭王（西元前 155 年～前 129 年）為了擴大府第，拆除了孔子的故宅，在舊壁中發現了一批簡書，這批簡書是當年為避秦始皇「焚書坑儒」而砌在牆壁中的，故稱「壁中書」，這些書後稱為《孔壁古文經》，是用古文寫的。

古文就是戰國時期秦以東各國所使用的文字字體，大篆則是始於西周晚

大篆

期、春秋戰國時期秦國通行的文字字體，當時各國的文字字體尚未統一，均有差異，秦滅六國後，秦始皇下令統一全國文字，推行小篆，為志區別，將原來的籀文稱為大篆，於是有了大小篆之分。

《史籀篇》於魏晉後全部亡佚，許慎作的《說文解字》中收入籀文（即大篆）二百二十三字，是根據當時許慎尚能見到的《史籀篇》所存九篇收集的，為後人留下了寶貴的文字研究資料。

清乾隆五十五年（西元 1790 年），乾隆到國子監時，看到了石鼓，大為讚賞，下詔另選十塊好石，照此仿製，將原鼓收藏在孔廟內保護起來。所仿製的石鼓稱為《乾隆石鼓》，乾隆還為此立有碑文。

到了抗日戰爭時期，原石鼓又從北平遷移至南京，後又遷移至四川，抗戰勝利後又運回北平，現藏北京故宮博物院。可以看出，這十塊石頭，很不平凡，經歷過不少苦難，現在很少有人瞭解這些了。

十個石鼓原來大概刻有六百多字，現在只有三百多個字了。石鼓上的字體有的比甲骨文和金文還要複雜。比方「行」字，金文寫作𣥠，很像個十字路口。石鼓文卻寫作𧗝，在十字路口又添了個「人」字，跟古文字書《史籀篇》上寫的籀文近似。所以學者們認為石鼓文和籀文是同時代的古文字，石鼓是東周到戰國初年之間的刻石。

石鼓文字體方正均勻，舒展大方，詩韻風格類似《詩經》。由於石鼓文體和文體之優美，受到了歷代書法家和文學家如杜甫、韓愈、蘇東坡、歐陽修等的稱頌。唐代詩人韓愈在《石鼓歌》讚譽石鼓文書法為：「文字郁律蛟蛇走」。

2. 小篆：秦始皇統一中文字的成果

小篆是秦始皇為統一全國文字所創的標準字體，故也稱秦篆。小篆之稱是因與大篆相對而言。

秦始皇統一全國後實行了一整套的改革措施，其中之一就是下令統一全國文字。戰國時期，秦、燕、趙、韓、魏、齊、楚七國相互爭戰，各據一方，因而「言語異聲，文字異形」，秦始皇滅六國一統天下以後，接受了李斯的建議，實行了「書同文」的政策，這是對中文字改革方面的一項重要措施，也是秦始皇的一大功績。

許慎在《說文解字·敘》中記述了這項改革的過程：「其後諸侯力政，不統於王（指周王），惡禮樂之害己，而皆去其典籍，分為七國。田疇異畝，車途異軌，律令異法，衣冠異制，言語異聲，文字異形。秦始皇帝初兼天下，丞相李斯乃奏同之罷其不與秦文合者。斯作《倉頡篇》，中車府令趙高作《爰曆篇》，太史令胡毋敬作《博學篇》，皆取史籀大篆或頗省改，所謂小篆者也。」

▎ 歷經苦難的石鼓和石鼓文 ▎

石鼓文是指在春秋戰國時期,秦國刻在石上的一種文字。原來的名稱是《獵碣》、《雍邑刻石》,這是中國現存最早的文字刻石。

石鼓共十個,是用岩石鑿刻成鼓形,上狹下寬,頂圓底平,高約三尺,直徑一尺多,形狀好像北方人吃的「窩窩頭」。

每個石鼓上刻有四言韻文的詩一首,十個鼓共十首。詩的內容主要是歌頌貴族的田獵遊樂生活。十個鼓上原刻約七百字,所刻字體為籀文(即大篆),因刻於石鼓,故稱石鼓文。

此十個石鼓曾曝棄於荒野達一千三百多年,一直到唐朝初期,才於岐州雍縣的三原(今陝西寶雞地區)荒野中發現。後來經過變亂,全部丟失了。到了宋朝找回了九個。有一個失落民間,被人鑿成搗米的米臼了。傳說,宋朝皇帝非常重視這些東西,找到後,便派人把它們運到當時的首都河南開封,存放在皇宮裡,並且讓人在字縫間填塗上金子,加以保護。後來北方少數民族金人侵入開封,搶走石鼓,運到北京並且剔掉金子拿走。後又經多次「悲歡離合」,才於元仁宗皇慶初年終於「定居」元大都(今北京)國子監孔廟。

石鼓文《車工》

從許慎這段文字所述，說明小篆是在「史籀大篆」的基礎上「或頗省改」而來，並不是新創，而是整理統一，並由李斯等分作《倉頡篇》、《爰曆篇》和《博學篇》，這三「篇」都是四言韻語，用小篆書寫，作為小篆字體的樣板，也是教學童識字的書。

漢初將這三「篇」合併，斷六十字為一章，共五十五章，統稱為《倉頡篇》。東漢以後，又將《倉頡篇》和西漢揚雄的《訓纂篇》、東漢賈魴的《滂喜篇》合為三卷，以《倉頡篇》為上卷，《訓纂篇》為中卷，《滂喜篇》為下卷，晉人合稱為《三倉》，唐以後亡佚，現存的僅有王國維等人的幾種輯存本。當今能見到的古代小篆字體，有現存的秦始皇東巡時所立的記功刻石，以及許慎所作的《說文解字》和為字頭的 9353 個小篆字體。

石鼓文《車工》

小篆是由大篆簡化而成的，「小」是簡化的意思。許慎在《說文解字‧敘》中說：「皆取《史籀》大篆，或頗省改，所謂小篆者也。」「省改」就是簡化。從大篆到小篆，「省改」的痕跡是很明顯的。

小篆以秦刻石的文字為代表。「泰山刻石」的文字，據說是李斯的手跡，那是標準的小篆。

泰山刻石，也稱《封泰山碑》，是秦始皇於二十八年（西元前 219 年）東巡登泰山時所刻立。四面刻字，三面為秦始皇詔，一面為秦二世元年（西元前 209 年）詔與從臣姓名。現置於山東泰安岱廟，原石後僅存十字。

小篆是大篆的簡體，它們具有一些共同的特點：筆劃勻稱，線條粗細一樣；寫法型態，再不像甲骨文和金文那麼多異體了；字形呈長方，奠定了中文字「方塊形」的基礎；字的大小劃一，文字的圖畫意味在很大程度上消失了。

▌ 隸書：古今中文字的分水嶺 ●●●●●●●●●●

中文字字體從篆書到隸書的演變，所以叫做「隸變」，是因為隸書在字形結構

上發生了顯著的變化，並且從此奠定了現代中文字字形結構的基礎。從篆書到隸書的變化，是中文字演變史上的一個重要轉捩點，是字形結構變化的一大飛躍，是古今中文字的一個分水嶺。

隸書有秦隸和漢隸之分。秦隸又稱「古隸」，實際上就是小篆的一種潦草寫法。這種草體篆書，是當時老百姓手頭上寫的俗字。小篆固然比它以前的文字簡易，但它那粗細一樣、彎曲圓轉的長線條，還是很難書寫的。秦王朝統一中國後，政務繁忙，官府裡經辦普通文書的「徒隸」們應急求快，便採用民間的俗字，把小篆簡化了，為「徒隸」們所用，「隸書」的名稱就是這樣來的。

傳說，那時有個叫程邈的人，原來也在秦朝作官，因為一件事情，得罪了秦始皇。秦始皇把他關進監獄，一關就是十年。他在監獄裡閒著沒事就收集整理當時在隸人中流行的隸書，最後編成了一本書，送給秦始皇看。秦始皇看了很高興，就把他放出監獄。

秦隸變小篆的曲線條為直筆，變小篆的圓轉筆劃為方折，以秦權（秤錘）量（量器）銘文為代表。秦時篆、隸並用，但隸書不算正式字體，比較莊重的場合一般用小篆，而不用隸書。秦始皇四處刻石，用的都是小篆，就是證明。

到了漢代，隸書才取代小篆而成為正式的書寫體，這就是「漢隸」（也叫「今隸」）。秦隸唯求簡易，漢隸講求波勢、美觀、工整，晚期漢隸字字有稜角。漢隸風格多樣，主要有兩種形式：一種以方筆為主；一種以圓筆為主。

一般認為中文字從甲骨文演變到小篆是一個階段，這個階段屬於古文的範疇，故稱之為古文字階段。從殷商甲骨演變到秦代小篆，前後歷時約一千一百六十年；從秦漢時起，隸書的形成和使用，開始了今文字的階段，也可以稱做「隸楷階段」，這個階段從秦代隸書至漢末興起的楷書，至現代中文

秦隸

字，至今也已經歷了約二千二百年。

從古文字到今文字，中文字在字形結構上發生了很大變化；而從隸書演變為楷書，到現代中文字，在形體上沒有太大的變化。所以，「隸變」是中文字演變中的一個重要的階段。

隸書與小篆相比較，在字形上發生的主要變化大致有以下六個方面：

第一： 隸書從小篆的圓轉綿長線條演變為平直方折的筆劃。

第二： 隸書的字形從小篆的豎長方形變為扁方形。

第三： 古文字屬於線條文字，隸書已演變成為初期的筆劃文字，已具有橫、豎、撇、捺、點、折等筆劃（楷書則是成熟的筆劃文字）。

第四： 隸書的筆劃，從小篆的粗細一律演變為粗細不一。

第五： 隸書的字形與篆書相比，已發生了顯著的變化，字體結構比小篆簡省。

第六： 隸書已從根本上改變了中文字象形的特徵，象形的特徵在隸書中已完全消失。

一般又將「隸變」的特點歸納為形變、省變、訛變三種。

形變，指字體的結構基本不變，而是指從小篆的線條形狀到隸書筆劃形

漢隸《曹全碑》

狀的變化；省變，指在形變的同時，對小篆的繁複字體到隸書字體的簡化；訛變，指隸書的字形較之小篆發生了顯著的變化。

▌草書：速寫的字體

字體總要便於書寫，書寫總要求有個速度，所以每一種字體都有自己的快寫體——草書。草書筆劃簡易，書寫迅速。東漢崔瑗在《草書勢》中說：「草書用於卒迫。」由此可見草書之稱的緣

由。

關於草書的起源時間，歷史上各說不一，一般贊同漢初說。東漢許慎在《說文解字·敘》中說：「漢興有草書。」草書有多種，如有草篆、草隸、槁草、章草、今草、狂草等種種，但主要的是章草、今草、狂草三種。

1. 章草

最早的草書是章草，是從漢隸演變而來。章草始於西漢，盛於東漢、西晉，延續至東晉中葉。大書法家杜度的出現是章草形成的標誌。三國時代吳國書法家皇象學習杜度的書法，書寫過一篇《急就章》，可以作為章草的代表。章草「解散隸體粗書之，存字之梗概，損隸之規矩，縱任奔逸，赴速急就」，它還保留著隸書筆劃的形為，隸、草之間的源流關係是很清楚的。

關於章草命名的由來，歷來紛說不一。大致有以下幾種說法：

第一是「章草興於漢章帝」。唐韋續在《五十六種書》中說：「章草書，漢齊相杜伯度援槁所作，因章帝所好，名焉。」唐張彥遠在《法書要錄》中說：「章草本漢章帝書也。」

第二認為與章奏有關。唐張懷在《書斷》中說：「杜度善草，見稱於章帝，上貴其為，詔使草書上事，魏文帝也令劉廣通草書上事。蓋因章奏，後世謂之章草。」

第三認為章草就是起草章程用的書

章草作品──漢章帝《千字文斷簡》

體，章草就是「章程草」或「章表草」之意。並對「章」字進行了解釋，認為「章」就是「程式」、「法式」的意思，「章草」就是合乎程式、法式的草書。

第四認為是由於西漢元帝時，史遊作《急就章》而得名。

以上四種說法，似乎第一種更被後人認可，本身理由也最充分。

關於章草字體的獨特之處，東漢崔瑗在《草書勢》中作了如下評述：「觀其法象，俯仰有儀。方不中矩，員不副

規；抑左揚右，望之若崎。竦企鳥時，志在飛移；狡獸暴駭，將奔未馳。……就而察之，一畫不可移。機微要妙，臨時從宜。」崔瑗對章草作了淋漓盡致的描述，突出了章草的獨特奇妙之處。

古代著名的章草有西漢史遊的《急就章》、漢章帝的《千字文斷簡》，東漢張芝的《秋涼平善帖》，三國吳皇象的《急就章》，晉索靖的《月儀章》，晉陸機的《平復帖》，晉王羲之的《豹奴帖》，晉王獻之的《七月二日貼》，元趙孟「頫」的《急就章》、《千字文》等等。

2.「草聖」張芝的今草

今草是在章草基礎上，結合楷書書法發展而來。今草不再含有隸意，筆劃連帶，每字相呼應或相連。字或大或小、或長或扁、或圓或方，自由靈活，有如一氣呵成，書寫上比章草更為簡捷。同一字可有多種寫法，有些字不易識別。

相傳今草創於東漢張芝，世稱張芝為草聖。唐張懷《書斷》卷上說：「章草之書，字字區別，張芝變為今草，如流水速，拔茅連茹，上下牽連，或借上字之下而為下字之上，奇形離合，數意兼包，若懸猿飲澗之象，眾鎖連環之狀，神化自若，變態不窮。」《書斷》卷中說：「張芝尤善章草書，出諸杜度、崔瑗。龍驤豹變，青出於藍。又創為今草，天縱穎異，率意超曠，無

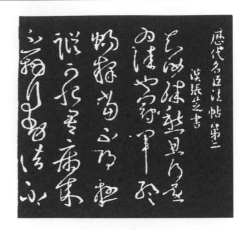

今草作品——張芝《冠軍帖》

惜是非。若清澗長源，流而無限，縈回崖谷，任於造化，至於蛟龍駭獸奔騰拿攫之勢，必手隨變，窈冥而不知其所知，是謂達節也已。精熟絕妙，冠絕古今。」據張懷此番論述，可見張芝是在學習杜度、崔瑗的章草書法的基礎上，既超過了杜、崔，又創今草，並繪述了今草字體的特點，和張芝今草書法的高超。

傳說，張芝寫草書比寫楷書還要費時間。他每次用楷書給朋友寫信，最後總是說：「因為忙來不及草書，請原諒！」可見，他的草書毫無潦草的意思了。

到了東晉時，今草的發展達到了高峰。王羲之兼善真、行、草各體，世稱王羲之為書聖。王羲之變張芝今草寫法，融合楷書、行書書法於草書，別具一格，後世稱之為新草。

王羲之傳世今草較多，有《喪

亂帖》、《得示帖》、《頻有哀禍帖》、《初月帖》、《寒切帖》、《秋月帖》、《行穰帖》、《袁生帖》、《十七帖》等。其子王獻之繼承其父書法，並有所發展，與其父並稱「二王」，傳世今草有《鴨頭丸帖》、《十二月帖》、《中秋帖》、《江州帖》等。

3. 狂草

狂草是在今草的基礎上發展而來。狂草的「狂」，說明了這一種草書的特點，狂草如行雲流水，龍飛鳳舞，上下貫串，連綿不斷。狂草字形變化繁多，很難辨認。

狂草相傳開創於唐代張旭，張旭曾為顏真卿之師；後唐代高僧懷素繼承了張旭的狂草風格，謂之「以狂繼癲」。此兩人均嗜酒，好狂飲，喜酒後疾書，世稱張旭為「張癲」，懷素自號為「醉僧」，故世有「癲張狂素」之稱。

唐文宗對張旭草書給予高度評價，稱張旭草書、李白詩歌、裴旻劍舞為「三絕」。韓愈對張旭草書作了淋漓盡致的描述：「往時張旭善草書，不治他伎。喜怒窘窮，憂悲愉佚，怨恨思慕，酣醉無聊，不平，有動於心，必於草書發之。觀於物，見山水崖谷，鳥獸蟲魚，草木花實，日月列星，風雨水火，雷霆霹靂，歌舞戰鬥，天地事物之變，可喜可愕，一寓於書。故旭之書，變動猶鬼神，不可端倪。以此終其身，而名

狂草作品──張旭《肚痛帖》

後世。」

據說，懷素和尚在他住的寺院裡種滿了芭蕉，每到夏天，就把芭蕉葉子摘下來曬乾當作紙來寫字。他練字非常刻苦，把很多毛筆上的毛都磨禿了，他把禿筆埋在土裡成了一個大土堆，好像一座墳墓，人們叫作「筆塚」。

草書發展到狂草，只有藝術欣賞的價值，很少記錄語言的實用價值了。傳說宋朝有個叫張商莫的大官也喜歡狂草，找他寫字的人希望他在草字後邊加注楷書。一次他在寫草書時，一邊寫，一邊念，讓他侄子在旁邊加注楷書。寫

著寫著，有一個字，侄子沒聽清楚，請他再說一遍。他看了一下自己剛寫過的草書也不認識了，就責怪侄子說：「你為什麼不早點問，讓我也忘了。

▎楷書：中文字字體的楷模

楷書也叫「真書」、「正書」、「今隸」，是從隸書演變而來。楷書一改漢隸「一波三折」、「蠶頭雁尾」和字形扁方的字體，而是筆劃平直、結構方正，成為一種成熟的筆劃文字。

由於楷書便於書寫，字體端正，因此一直流傳至今，成為當今中文字的通用字體。唐代張懷在《書斷》卷上「八分」中說：「本謂之楷書，楷書者法也，式也，模也。孔子曰：『今世行之後世，以為楷式。』故凡有法度之書皆可稱『楷書』。」

古書《水經注》上有個關於楷書的神話，說是在秦始皇統治時期，有個叫王次仲的人創造了楷書字體，秦始皇下命令讓他來參見，叫了三次，他都不來。秦始皇生氣了，就叫人把他抓起來關進囚車拉向咸陽。囚車在路上走著走著，王次仲的頭忽然從囚車裡掉在地上，變成一隻大鳥飛走了。兩根空翅膀變成了兩座大山。很清楚，這個神話是人們批評秦始皇對文人實行封建專制的做法的。

有人說王次仲不是秦朝人，是漢朝人，說他有個學生師宜官，學寫楷書寫得最好。師宜官喜歡喝酒，家窮沒錢買酒，就在酒店的石板牆上寫字，讓學他寫字的人出錢替他買酒喝。他喝完酒就把石板牆上的字洗掉，下次再寫。有個叫梁鵠的人很喜歡師的字體，就在石板牆上加了一層白木板，讓師宜官寫在上面。等師喝醉睡覺時就把木板拿回家臨

著名楷書作品——王羲之《黃庭經》

84

寫，最後也成了一個有名的書法家。

　　還有人說，三國時期的大書法家鍾
繇創造了楷書。這些不同的說法正說明楷
書也是為人創造的，不是某一個人創造
的。但是，應該承認，鍾繇在從隸書轉入
楷書方面作出了極大貢獻。傳說，他在青
少年時期練字很刻苦。平時跟人談話時常
常一邊說一邊用木棍在地上寫。夜晚睡前
和醒後，也用手在被褥上練習寫字。時間
長了，連被褥都給磨破。

　　楷書自漢末興起以來，繼鍾繇之
後，至東晉時，王羲之的楷書又有很大
發展，傳世有《樂毅論》、《黃庭經》
等。王獻之書有楷書《洛神賦十三行》
等。楷書至唐代則大盛，唐代楷書書法
已徹底消除了南北朝時楷書中尚帶有的
隸書筆意，唐人楷書是歷史上又一高
峰。唐楷書名家輩出，歐陽詢、虞世
南、褚遂良、薛稷並稱「初唐四家」，
後又有名家如顏真卿、柳公權，各成一
體，世稱顏、柳、歐、趙（元趙孟頫）
楷書四大家，所書楷書被稱做顏體、柳
體、歐體和趙體。

　　中國當代歷史學家范文瀾在所著
《中國通史簡編》中說：「初唐的歐、
虞、褚、薛，只是二王書體的繼承人。
盛唐的顏真卿，才是唐朝新書體的創造
者。」顏、柳、歐、趙四體各具特色，
體方正寬博，厚重雄健；柳體遒媚勁
健，骨瘦有力。顏、柳兩本並稱為「顏
筋柳骨」；歐體則剛勁蒼秀，意態精
密；趙體則流美生動，圓轉遒麗。「四

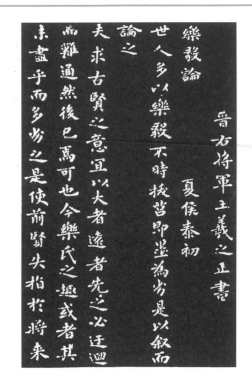

王羲之《樂毅論》

體」均為後人學習楷書的極佳範本。

　　楷書自漢末興起，至今已有約
一千七百年的歷史，成為歷代正規使用
的一種典範文字。楷書所以能在這麼長
的時期中被人們廣泛使用，就在於楷書
字體端正秀麗，方便易認。從楷書始，
中文字的筆劃形式和方塊字形，均已基
本定型。楷書已成為當代書報刊印刷用
字的主要字體。

▌行書：亦楷亦草的中間體

　　行書是介於楷書和草書之間的一種
字體，它既有楷書便於記認的優點，又

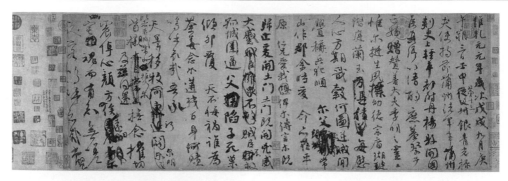

著名行書作品——顏真卿《祭姪文稿》

有草書便於書寫、飄逸俊秀的優點。

行書和楷書、草書有什麼區別的呢？在一些古代書法著述中講得很清楚。

唐代張懷在《書斷》中說：「行書，即正書之小為，務以簡易，相間流行，故謂之行書。」又在《書議》中說：「夫行書，非草非真，離方遁圓，在乎季孟之間。兼真者謂之『真行』，帶草者謂之『草行』。」

宋《宣和書譜》中說：「自隸法掃地，而真幾於拘，草書幾於放，介乎兩者行書有焉；於是兼真則謂之『真行』，兼草則謂之『行草』。」

以上說法是一致的，這說明：

（1）行書是介於楷書（真書）、草書之間，與楷書相近（兼真）的叫做「真行」（也可叫做「楷行」、「行楷」）；與草書相近（兼草）的叫做「草行」或「行草」。

（2）行書既不像楷書那樣拘謹，又不像草書那樣縱放，書寫比較簡易。

清劉熙載在《藝概》中說：「行書行此之廣，與真書略等，篆、隸、草皆不如之，……蓋行者，真之捷，草之詳。」說明行書流行的程度幾乎與楷書相等。行書書寫起來要比楷書快捷，比草書要詳明，故而為人們普遍接受。

行書這種字體，傳說是東漢有個叫劉德升的人創造的。其實，楷書寫快了就是行書，說劉是創造者只不過是他在這方面作過較大貢獻罷了。晉朝大書法家王羲之的楷書，草書寫得都很好，行書尤其出名，後人尊稱他是「書聖」。

王羲之最著名的行書字帖是一千二百多年前在紹興蘭亭寫的《蘭亭集序》。傳說，唐太宗特別喜歡《蘭亭集序》的字體，為了得到這本字帖的真跡，他曾派人到處尋找，最後用高價買到，如獲至寶。他在臨死時還一再囑咐後人把這本真跡埋在他的墳墓裡。因此，真正就

被譽為天下第一行書的王羲之《蘭亭集序》

失傳了。現在我們看到的《蘭亭集序》字帖，都是別人臨寫，刻在石碑上又拓印下來的。

「此書雖向昭陵朽，刻石猶能易萬金。」意思是說這本字帖的真跡雖然爛在唐太宗的墳墓裡了，但是刻著這些字的石碑還能價值萬兩黃金呢！

清朝乾隆皇帝也非常喜愛王羲之和他兒子王獻之的字體，曾把他們父子兩人以及另一位書法家王珣的字帖收集放在一個宮殿裡，給這個宮殿起名叫《三希堂》，意思是存放三種「稀世之寶」的地方。你要是到北京故宮去參觀，就可以看到這個地方。

王羲之為什麼在書法上有這麼大的成就呢？這是和他平時勤學苦練分不開的。傳說他在休息時也在琢磨字形，經常用手指在衣襟上比劃，久而久之把衣襟都劃破了。還說他家門前有個水池，他練完字常到這個水池裡洗涮筆硯，竟使這個清可見底的水池變成了黑的，至今在山東臨沂市還完整保留著洗墨池遺跡。此外還傳說，一次他給一個朋友在木板上題了幾個字，朋友回家請來一個刻工，讓他照字雕刻出來，留作紀念。刻工在刻木板時發現這些字這已經滲入木板約有三分深，於是由此產生了「入木三分」的成語。

一千多年來，行書已成為人們日常普遍使用的一種字體，現今人們的手寫體基本上是行書字體。而篆、隸、草不適宜於時代所要求的簡捷詳明的需要，因此，已為楷、行所代替。篆、隸、草為為書法藝術，仍然具有重要的保留價值。

第四章

「望字生義」的是和非

中文字是一種只需用眼睛看就能知道其字義，
即使語言不同也能理解其意思的唯一文字。
這是因為較早的中文字來源於對事物的描摩。
但由於字體的演變，
現在有些字已經很難從形體上看出它表示什麼意義。

漢武帝時，有次北方匈奴要進攻中原，遣人先送來一張「戰表」。漢武帝拆開一看，原來是「天心取米」四個大字。滿朝文武大臣，沒有一個解得此謎。漢武帝無法可想，只得張榜招賢。這時，宮中一個名叫何瑭的官說，他有退兵之計。漢武帝便宣何瑭上殿。

何瑭指著「戰表」上的四個字對漢武帝說：「天者，吾國也；心者，中原也；米者，聖上也。天心取米，就是要奪中國江山，取君王之位。」漢武帝急道：「那怎麼辦呢？」何瑭說：「無妨，我自有退兵辦法。」說著，提筆在手，在四個字上各添了一筆，原信退給了來人。

匈奴的領兵元帥，本以為中原不敢應戰，可是拆開一看，頓時大驚失色，

漢武帝像

急令退兵。

原來，何瑭在「天心取米」四個字上各加幾筆後，變成了「未必敢來」。

這實際是利用中文字拆裝的字形變化引起的字義變化在外交上的一個小小遊戲。

中文字是形、義、音的統一體。中文字的形體包括兩個方面的內容：一是它的構造方法，二是它的外部形態。一個中文字有一個中文字的特定形體，它表示一定的意義。怎樣通過中文字的形體來尋求它所表示的意義呢？

▎字形和字義

字義，即一個中文字所表示的單音詞的意義。古漢語以單音詞為主，一個字通常就是一個詞。例如「人、山、

水、唱、高」等，它們既是一個字，也是一個詞，字和詞、字義和詞義是一致的。

中文字是表意文字，造字之初，中文字的形體一般都能說明它所表示的意義——具體的意義或「類別」意義。象形字的字形具有直接的表意作用，因為它所表示的大都是些常見的東西，所以意義一般容易理解；指事字的意義是用「指點」的方法表示出來的，只要稍加分析，意義一般也不難領悟；會意字的意義是由幾個形體聯合起來表示的，只要「想一想」，意義一般也能意會出來；形聲字的意義和它的形旁有關，形旁表示形聲字的意義是屬於哪一類的。

這就是中文字析字法中的字源分析法。該方法就是分析某字的來源和演變，以達知字義的目的。

例如「兵」的字源分析是：古時「兵」寫作斤、𣥂、、斤像鑄（𠃌𠃌），像雙手，合起來就像是兩手拿著斤砍東西，也就是動武的意思。後來字形變成了「兵」。

現代漢語以複音詞（主要是雙音詞）為主，複音詞是由兩個或兩個以上的中文字來表示的，例如「人民」、「熔煉」、「曙光」、「行走」、「望遠鏡」等。組成複音詞的兩個或幾個中文字，原來大都是一個單音詞。

瞭解這些中文字的字義，不但可以避免出現錯別字，而且可以幫助我們更好地理解複音詞的整體意義。例如：

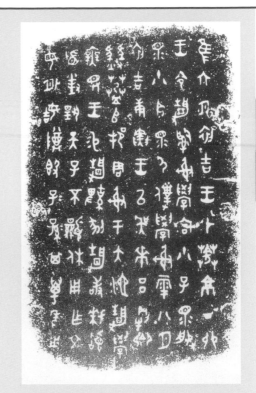

西周的金文

「熔煉」的「熔」（固體受熱到一定溫度而變成液體）字從「火」，「火」字旁不能寫作三點水；「曙」（天剛亮）字從「日」，「日」字旁不能寫作「目」。

又如：對於好的詩文或事蹟為大家所稱讚或傳誦，人們常說「膾炙人口」。「膾」是細切的肉，「炙」是烤肉，「膾、炙」都是可口的、人們愛吃的東西。弄清了字義，才能真正理解「膾炙人口」這個成語的含義和用法，才不至於寫錯用錯。

中文字的形體大都可以說明字義。看一看甲骨文、金文，這是很清楚的。看一看小篆，也大體清楚。但是，由於字體的演變，現在的楷體中文字變成了一個個的方塊，從形體上很難看出它表示什麼意義了。

怎樣通過形體構造來瞭解現行楷體中文字的字義呢？一個一個地上溯古文原貌，然後逐個分析它們的構造方法，是難以做到的。比較簡便的、切實可行的辦法是分析部首，通過部首來瞭解中文字的字義。部首字不多，掌握起來不難，通過部首分析字義可以事半功倍，能夠從一個部首字的意義推知許多字的意義類屬。

▍字義和部首 ． ． ． ． ． ．

部首只表示「類別」意義，但這類別意義可以幫助我們瞭解字（詞）的具體意義。一個字，看一看它的形體，再聯繫它的讀音，這個字的具體意義也不難確知。

名篇《岳陽樓記》的作者范仲淹是北宋時期的政治家、軍事家和文學家。他在中年時，因接連上書議論國事，譏切時弊，得罪宰相呂夷簡，被貶離京。

他在西溪任鹽官時，向泰州

范仲淹像

知州張綸提議修建捍海堰。張綸接受了他的提議，立刻籌備動工，並親臨現場，面對潮水奔湧的江面，不知什麼時候動工下基石會好，深怕躲不過浪潮衝擊，毀壞基石，勞民傷財。於是便派人到附近的人民中請教熟悉地理情況的百姓。

不久，有一差官回報說地岸有位漁翁提供下基石的時間，捎來一張字條。張綸接過字條，見那字條上只寫一個「醋」字，不知是什麼意思。問遍左右，沒有一人能解釋。

這時候，正好范仲淹來了，張綸急忙把字條給范仲淹看。范仲淹對著那個醋字，略加思索，便說：「漁翁是告訴你在二十一日酉時動工。」張綸便按時下了基石，果然直到建成也未遭潮襲。

這個故事很形象地道出了字義與部首、筆畫的關係。中文字有獨體和合體的區別。象形字和指事字是獨體，會意字和形聲字是合體。合體字是由獨體字組合而成的，合體字的每個組成部分叫「偏旁」。

偏旁有兩種：表示字音的叫聲旁，表示字義的叫形旁。形聲字必有一個表意偏旁（形旁），會意字的每個偏旁都是表意的。以表意偏旁（形旁）為部首，凡含有同一形旁的字隸屬其下，這就是一部。

部首字（有些部首字現在不成字了）放在一部的開頭作為一部之首，故名「部首」。中文字的形體構造能夠說明字（詞）義，字的形、義一般是統一的。同一部首的字，和部首字所表示的事物或行為有關，例如「人」部的字和人有關，「木」部的字和木本植物有關，「心」部的字和人的心理活動有關。因此，分析部首有助於我們尋求字（詞）義。

　　當然，部首只是表示「類別」意義。不過，這類別意義可以幫助我們瞭解字（詞）的具體意義。一個字，看一看它的形體，再聯繫到它的讀音（聯繫到語言裡的詞），這個字的具體意義就清楚了。

　　例如「慕」字從「小（心）」，讀音為ㄇㄨˋ，我們就知道這是「羨慕」的「慕」字。還有些字，它的具體意義和部首字所表示的類別意義很接近，看一看它的形旁，其具體意義就不難理解。例如「軀」字在「身」部，從「身」旁便可推知「為國捐軀」的「軀」是什麼意思。「軀」、「身」意義並不相等，「軀」專指人身，「身」指人身，也指物身，如說「船身」。

　　此外，部首還可以幫助我們區別和確定一個字（詞）的多種意義：本義、引申義、假借義。一個中文字常常表示多種意義，如果一個字具有兩種或兩種以上的意義，其中必有一個是本義。

　　我們知道，先有語言，而後才有文字。所謂本義，就是為語言裡的詞造字時的字形能夠說明的意義。當一個字被借去表示他詞時，他詞的意義就是這個字的假借義。

　　例如「道」字，字典上有道路、方法、道理、學說、訴說諸義。「道」在「辶」部，由此可知「道路」是本義，其餘都是引申義。又如「騙」字，一般字典注明兩種含義：一是「躍而上馬」，二是「欺蒙」。「騙」在「馬」部，由此可知第一種含義是本義，「欺蒙」和「馬」無關，它是假借義。

▋ 部首・偏旁・部件 ·······························

　　明朝祝枝山的草書名震江南，登門求書者絡繹不絕。鄉紳華太師屢次求他書寫條幅，祝枝山平生藐視權貴，每次都婉言謝絕。

　　有一天，唐伯虎有事去華府，祝枝山作伴前往。華太師一見祝枝山不請自來，硬要祝枝山為書齋題匾。枝山知道華太師膝下有兩個公子，不學無

祝枝山像

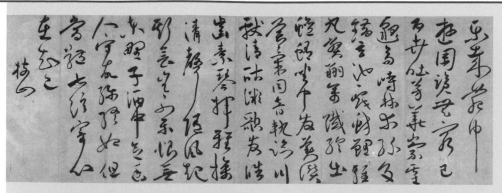

祝枝山《嵇康酒會詩》

術，只知尋花問柳，表面上衣冠楚楚，實際上腹內空空，草包兩個，他便有意借此機會，嘲諷他一番。想著筆走龍蛇，書「竹苞堂」三個大字。

太師一看匾額所書與眼前景物極為相配，連聲稱好。祝枝山卻手捻鬍鬚哈哈大笑。回去的路上，唐伯虎對祝枝山說：「你膽子真大，竟敢出語嘲弄太師府的公子。」原來「竹苞堂」隱喻當前個個草包。

中文字是表意文字，中文字的部首可以幫助我們尋求和分辨字（詞）義。祝枝山正是利用合體字的偏旁部首拆開後各自獨立成義的特點，好好地戲弄了華太師一通。

部首、偏旁、部件都可以用來稱說中文字的構成成分，但它們是有區別的，並不相同。

1. 部首

部首是許慎創建的，他的《說文解字》是最早按部首編排的一部字書。

許慎按照不同的表意偏旁，把這些篆體中文字分為五四○部。從「人」（以「人」為形旁）的字，例如「企、仕、儒、俊、伴」等，都放在人部。然後又把形體或意義相近的部首放在一起，成為一類，五四○部歸併為十四大類，也就是十四篇。

《說文解字》是通過中文字形體構造的分析來闡述本義的。每一個字下，都是先說造字時的意義，然後分析造字方法為證。象形字指明「象形」。例如：「魚，水蟲也，象形。」指事字常說「象某某之形」。例如：「刃，刀堅也，象刀有刃之形。」會意字不直言「會意」，而說「從某」，「從某、從某」，「從某某」。例如「杲，明也，從日在木上」；「相，省視也，從目、從木」；「夫，丈夫也，從大、一」。形聲字也不明言「形聲」，而說「從某、某聲」。例如：「忠，敬也，從心，中聲」。至於「省形」、「省聲」的字，則加注「省」字字樣。例如：

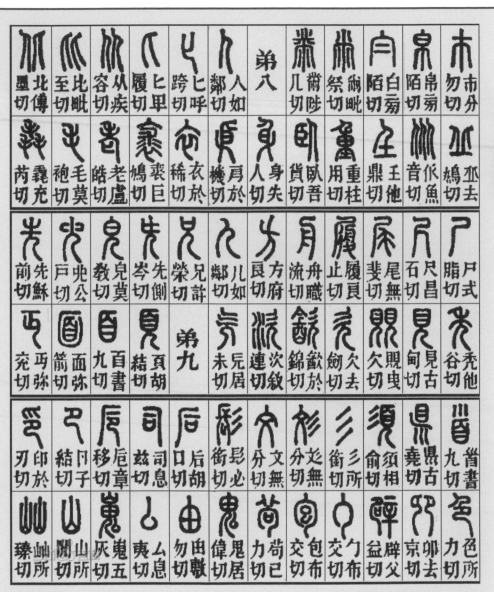

《說文解字》人部

「考，老也，從老省、丂聲」，這是省形；「恬，安也，從心、甜省聲」，這是省聲。

　　《說文解字》把字的形旁（意符）作為部首，所以它的部首一般能夠說明所屬諸字的字義。每一部的開頭，許慎都是先從形和義兩方面解釋部首字，然後說「凡

某之屬皆從某」。這就是告訴讀者：凡是以這個部首字為形旁的字，字義都和這個部首字的意義有關。例如米部，開頭先解釋「米」字：「米，粟實也，象禾實之形，凡米之屬皆從米。」又如人部，開頭先解釋「為人」字：「人，天地之性最貴者也，比籀文象臂脛之形，凡人之屬皆從人。」

《說文解字》部首的缺點是分部太多，編排太亂，不易查找。具體說：第一，有些部首重複，可以合併。第二，有些部首不是字的形旁，解釋穿鑿附會。第三，部首的編排靠形似或義近，界限不清，規律難尋，不像現代字典部首按筆畫多少排列先後那樣容易查找。不認識篆文的人，很難說清哪個部該挨著哪個部。

明清以後，部首的數目變了，具體字的歸部也有很大變化。明代梅膺祚的《字彙》把部首壓縮為二百一十四個，後來的《康熙字典》、《辭源》和舊《辭海》都是仿照《字彙》的，二百一十四部是從檢字方便出發，和《說文解字》部首有所不同。

《說文解字》部首和所屬諸字字義相關，所以人們說它是「文字學原則」的部首；後代部首和所屬諸字字義不一定有關，所以人們稱它是「檢字法原則」的部首。

例如「甥」字：《說文解字》在男部，「從男、生聲」，「男」能說明「甥」字字義；後代字典在生部，

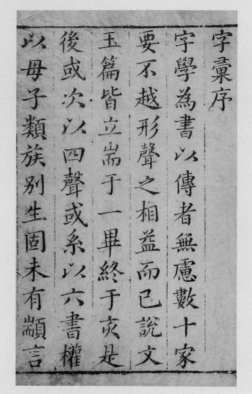

梅膺祚《字彙》

「生」和「甥」字字義無關。這說明後來的檢字部首和《說文解字》部首確有不同之處。不過，二百一十四個檢字部首是把《說文解字》部首加以歸併和調整的結果，其中大多數部首還是所屬多數字的形旁（意符），部首還是多少能夠說明字義的。

2. 偏旁

中文字有獨體字與合體字之分。象形字和指事字為獨體字，會意字和形聲字為合體字。過去稱合體字的左方為

「偏」，右方為「旁」。現在習慣上把合體字的左右、上下、外內統稱為偏旁。如「打」字的「扌」和「丁」，「椰」字的「木」和「耶」，「霜」字的「雨」和「相」等等，都是偏旁。偏旁是合體字的構成成分，但並不都是合體字的最小筆畫結構單位。

3. 部件

部件是構成合體字的最小筆畫結構單位，其下限必須大於基本筆畫，上限小於複合偏旁。從功能上看，部件並不一定具有音義；從存在形式看，它是一個獨立的書寫單位，不管筆畫多為複雜，凡是筆畫串連在一起的，都作為一個部件看待，如事、秉、串、重、出等。

總體來說，部首是對中文字檢索而言的，大多數部首就是偏旁。偏旁和部件則是對合體字而言的，只不過偏旁不都是合體字的最小筆畫結構單位，而部件卻是構成合體字的最小筆畫結構單位。如「掘」有兩個偏旁「扌」和「屈」，有三個部件「扌」、「尸」、「出」。

▎中文字的字素分析

明末，李自成起義軍進逼京師，崇禎帝朱由檢束手無策。一日，喬裝平民步出宮禁，經一測字攤前，想測個字問問凶吉。那測字先生與眾不同，沒有現成的字卷，說只要問事人說一個字便能測得。朱由檢自以為皇帝金口，不肯啟齒，就用腳在地下畫了一下。那測字先生早已看出是當今皇帝微服來此，見狀立刻跪下，連呼「萬歲」。

朱由檢大為奇怪，忙問何以見得。測字先生說：「土上加一，非王而何？」朱由檢哪知測字先生是故弄玄虛，十分相信，就承認身份，要測字先生為他測字。

測字先生要他說個字出來，他也顧不得身份，說了一個「友」字。測字先生說：「不好，反出頭了。」朱由檢大驚失色，連忙說：「你弄錯了，我說的是『有』字。」測字先生說：「更壞了，大明已去一半。」朱由檢越發慌亂，分辯說：「不，不，我說的是『酉』字。」測字先生說：「哎呀！至

崇禎皇帝朱由檢像

尊斬頭截足。」朱由檢哪知測字先生因明室大勢已去，才利用字形增損，有意作出大凶的預言，卻感到天意如此，無法挽回，便頹然回到紫禁城內，不久，就在景山自縊了。

前文我們已提到中文字析字法中的字源分析法，另一種析字方法便是字素分析法。字素分析法不管字源，只從現代中文字的字形出發來進行分析。雖然字素與部首是兩個不同的概念，但它們之間也有關係，因此，把字素分析法放在這裡討論也是順理成章的。並且，通過字素分析，對中文字的部首也會有更深的認識。

測字先生就是借字素分析，結合當時的形勢，作了一次政治預言。不過測字先生的文字功底和隨機應變能力，我們是不得不佩服的。

以前有個學生在學到「射」字時對老師說：倉頡把這個字造錯了。「身」體只有一「寸」不是個矮子嗎！而「矮」字分開是「矢」和「委」，「矢」就是箭，「委」有放的意思，合起來不是射箭的意思嗎。建議把射跟矮這兩個字的意思調換一下。顯然，這是對「射」和「矮」的字素分析。

又比方「謝」，字源分析應該是「言」是形旁，「射」是聲旁，這是個形聲字。字素分析是「言、身、寸。」

清代吳敬梓名著《儒林外史》第三十二回中就有這樣一段對話：

張俊民道：「鬍子老官，這事在你作法便了。做成了，少不得『言、身、寸』」。王鬍子道：「我那（哪）個要你謝！你的兒子，就是我的小侄，……」

字素分析法有不少用處，常見的一種是用來記寫中文字和辨別同音或近音字詞。

大家都知道，組成中文字的最小單位是筆畫，次小單位是字素。整個中文字像一部機器，字素是部件，筆畫是零件。人們記寫中文字有個發展過程：初學時是記一筆一筆的筆畫，隨著識字量的增加，就過渡到記字素。如記寫「李自成」的「李」時常說「木」字下加個

吳敬梓像

「子」。

當然，字素分析可粗可細，所以也有人把「李」字分解成「十、八、子」。特別是對有些叫不出名稱的字素只好細分。比方有人把「昔」字分解成「艹一日」，把「青」字分解成「十二月」，把「朝」字分解成「十月十日」等。

從記寫筆畫到記寫字素是個躍進。很像用積木或預製構件蓋房子比用磚瓦要快得多，又像用部件安裝機器比用零件要快得多一樣。有的老師還把字素分析編成析字口訣來幫助學生記寫中文字。如把「笑」字編成「頭戴竹字帽，撇下大聲笑」，把「魏」字編成「禾字頭、女字尾，右邊站著個小鬼」。

漢語中的同音或近音字詞比較多，因此人們在談話中也常利用字素分析來加區別。比如姓張（章），就會進一步利用字素分析，解釋自己是弓長張，或是立早章。

▌中文字的辨析和古書的閱讀

人們常說，讀書以識字為先，不識字談不上讀書，這當然是對的。但認得了現在通用的文字卻又未必能讀懂古書。有些作品，有些篇章或句子，字字認得，連在一起卻看不懂，「不知所云」，真要讀懂它們，還得具備一些有關文字的知識及辨析的能力。這裡僅從文字學的角度，就辨析文字與閱讀古書

的關係談點看法，希望能對讀者們閱讀古書有所幫助。

辨析文字，當然首先要弄清文字的本義。中文字的形體結構，在小篆時代便已趨向規範化，演變為隸書以後，便固定下來，直至楷書，可說沒有什麼大的變化了。但古今字義的變化卻很大。有許多字，現在只是用它的引申義或假借義，人們並不熟悉其本義，而在古書中又偏偏常用它的本義。不瞭解這一點，古書中有一些句子就會無法讀懂。

如《周禮‧周官‧掌客》：「凡諸侯之禮，上公豆四十，侯伯豆三十有二，子豆十有四。」《禮記‧鄉飲酒》：「鄉飲酒之禮……六十者三豆，七十者四豆，八十者五豆，九十者六

《周禮》相傳是周公所作

豆，所以明養老也。」《周禮·考工記·梓人》：「食一豆肉，飲一豆酒。」這麼多的「豆」，如按現在通行的字義去理解，就無論如何也講不通：八九十歲的人才得吃五六顆豆，算什麼「養老」。

但如瞭解豆字的本義——像高腳盤一樣的盛肉類食物的器皿，懂得豆字本是這種器物的象形字，那麼這幾段話就好懂了。同樣，《左傳·昭公三年》說的「豆、區（ㄡ）、釜、鍾」，「豆」也是不能吃的，「區」也不是現今區域的區，兩者都是量器的名稱（古四升為一豆，四豆為一區）。

又如《莊子·徐無鬼》：「運斤成風」。《左傳·哀公二十五年》：「皆執利兵，無者執斤。」《孟子·告子上》：「中山之衛嘗美矣，以其郊於大國也，斧斤伐之，可以為美乎？」

這些「斤」，顯然不是公斤、市斤、幾斤幾兩的斤，而必須追溯其本義——原來是像鋤頭一樣鋒利的器物，斤字本身便是這種器物的象形。

再如《詩·王風·兔爰》：「雉離于羅。」《唐書·張巡傳》：「睢陽食盡，至羅雀掘鼠，煮鎧弩以食。」兩個

唐代名將張巡像，其死守睢陽的事蹟千古流傳。

羅字，一指捕鳥的工具（網），一指張網捕雀，可說用的都是本義，與現在姓氏的羅以及羅扇、羅衣、綾羅的羅意義差別也很大。

與字的本義相關連的，還有古本字的問題。由於字義的演變、分化，字的偏旁有所增加或改易，通用於今日，但在古書裡卻往往仍保留著它原來的字形。像要——腰，縣——懸，禽——擒，獸——狩，莫——暮，等等，都屬於古今字。

鑒於古書中多用本字本義，我們閱讀時若遇到不能用現在通行的意義去解釋的字，就要考察它的本義究竟是什麼了。這就要運用六書理論進行分析，看看它究竟是象形字、指事字還是會意字或形聲字。考察的辦法是查閱《說文解字》等工具書。《說文解字》是東漢時許慎編著的中國第一部系統分析中文字形體結構的字典，對我們瞭解本字本義很有用。這部書在解釋字義方面雖然有不少錯誤，但畢竟只占極少數，總體看來，絕大部分還是正確的。如覺《說文解字》的解釋不夠詳盡，還可參考段玉裁的《說文解字注》，這部書是研究《說文解字》的權威著作，直到目前為

止，絕大多數注釋仍然是正確的，是本十分重要的工具書。

那麼，是否弄清了文字的本義或本字就能讀懂所有古書了呢？那也不見得。因為文字除了其造字時的本義外，在實際使用中又常有引申、假借，一字多義的現象十分突出。這造字與用字的矛盾，給我們閱讀古書造成很多困難。

例如之乎者也的之字，古書中觸目皆是，論其本義，當是前往的意思，《說文解字》的解釋有誤。《孟子·滕文公上》「滕文公為世子，將之楚，過宋而見孟子」，《漢書·王褒傳》「皆之太子宮」等即其例。但古書中「之」用其本義的畢竟是少數，大量的之字用為結構助詞、代名詞、指示形容詞，還可作語助詞，置於句首句中或句末，並無具體的意義。有時在同一段文章裡，出現幾個之字，但意義不同，便須注意分辨。

如著名的《莊子·逍遙遊》裡的一段話：「蜩與學鳩笑之曰：『我決起而飛，槍榆枋而，時則不至，而控於地而已矣；奚以之九萬里而南為？』適莽蒼者三而反，腹猶果然；適百里者，宿舂糧；適千里者，三月聚糧。之二蟲，又何知！」

「笑之」的「之」，是代詞，指鯤鵬；「之九萬里」的「之」，是動詞，義同「到」；「之二蟲」的「之」則是指示形容詞，義同「這」。三個「之」字三種用法，絕不能混淆。

又如「休」字，從人木會意，像人倚樹而息之形，本義當為休息，停止，如《漢書·郊祀志上》「秦始皇之上泰山，中阪遇暴風雨，休於大樹下」，如《詩·周南·漢廣》「南有喬木，不可休思」。休又引申為休美，像《書·武成》「侯天休命」，《易·大有》「順天休命」，《詩·大雅·江漢》「對揚王休」諸例的「休」即有美好之意。又由美好之義引申為歡喜之喜，如《國語·周語下》「其心休休焉」，《書·呂刑》「雖休勿休」的「休」便是。「休」又有禁止、不要等義，如杜甫《諸將》詩「休道秦關二百重」，李商隱《寄令狐郎中》詩「休問梁園舊賓客」，「休」字便與本義相去甚遠了。

這種一字多義現象在古典文學作品特別是詩、詞、曲中是大量存在的，閱讀時須注意分辨，遇有疑難不決的，除查《辭源》、《辭海》等書外，還可查閱張相的《詩詞曲語辭彙釋》。

與一字多義緊密相關的，還有「通假」的問題。古人著書立說，遣字造句，一般都很嚴謹，

莊子像

但有時又不太嚴格，常可通融。在用字方面，有時忘記了某個字的寫法，就用聲音相同或相近的字，或用聲旁相同的字來代替一下。嚴格說起來，這也是寫別字，現在一般算作通假字，與「本無其字，依聲托事」的假借字稍稍有別。

閱讀古書，遇到讀不懂，實在無法按字面意義解釋的字，就得考慮它可能是通假字，應該讀作另外一個字。

如《鶡冠子．學問》：「中河失船，一壺千金，貴賤無常，時使物然。」其中的「壺」便應讀作瓠（ㄏㄨˋ），也就是葫蘆瓜。這是說在河中心失足落水，平時不值錢的葫蘆成了救命之物，價值千金，十分寶貴。如拘泥於「一壺」的字面意義，當然莫名其妙。

而《史記．屈原賈生列傳》「斡棄周鼎兮寶康瓠」句的瓠，又必須讀作壺，康瓠即已經破裂的空瓦壺。可見壺、瓠兩字本義雖有別，只因聲音相同而可通用。有時一段文字裡同一個字兼具本字和通假字兩種性質，稍不注意，便易弄錯。

例如《大戴禮記．帝系篇》裡有這麼一段話：「黃帝居軒轅之邱，娶於西陵氏之子，謂之嫘祖，氏產青陽及昌意。昌意娶於蜀山氏，蜀山氏之子，謂之昌濮，氏產顓頊。」

這裡一共用了四個氏字，但意思並不一樣。「西陵氏」、「蜀山氏」的氏，是姓氏的氏，而「氏產」的氏卻是「是」的通假字。

《漢書．地理志》：「非子至玄孫，氏為莊公。」為師古注：「氏與是同，古通用字。」如不加分辨，把「氏產」的氏混同於姓氏的氏，勢必以「嫘祖氏」「昌濮氏」連讀，那就錯了。

古書歷經傳抄，總有訛誤錯漏，這也是造成閱讀困難的因素之一。先秦古籍，本來都是用古文字寫的，後來改用隸書抄寫，有些形似的字便不免抄錯，如此以

訛傳訛，傳到今日，給讀者增添不少困難。但這類錯字，一般讀者不易發現，往往要經過深入研究才能作出判斷。

如《論語．鄉黨》中有一段話：「色斯舉矣，翔而後集。曰：『山梁雌雉，時哉時哉！』子路共之，三嗅而作。」

《史記》作者司馬遷像

自漢以來箋注家所作的解釋都牽強附會，有的學者懷疑有缺文，有的又臆測前後有錯誤。關鍵在於無法圓滿解釋「色」、「嗅」二字。

其實，根據中國古文學家商承祚的研究，色是危的錯字，嗅是嘎的錯字。因為古文危與色、嘎與嗅在形體上大同小異，由於簡冊的不斷舒卷，簡與簡之間彼此摩擦，致令某些筆畫模糊，傳抄者一時粗心大意，就造成了筆誤。弄清了色、嗅二字危、嘎二字之誤，這段文字就容易理解了。

文字的辨析包括許多方面，以上所述，只是其中與閱讀古書關係較大的幾點。在文字方面作了這些努力之後，「文字關」應算基本功課，閱讀古書的能力自然會有較大的提高。閱讀能力提高，又能反過來增強辨析文字的能力。二者是相輔相成的，都要在實踐中不斷的提高。

《論語》是一本記錄孔子言行的經典

國學大師王國維曾說，六藝之中，《詩經》、《尚書》最難讀，他讀《尚書》約有一半不能解，讀《詩經》有十之一二不能解。這恐怕是真話。讀古書之難，也由此可見。王國維尚且如此，我們「不能解」的部分就多得多了。這就得不斷地學習、摸索、研究，以求逐步減少「不能解」的部分，增加能解的部分。

《詩經》是中國最古老的詩歌集，圖為《詩經‧小雅‧鹿鳴之什》字畫。

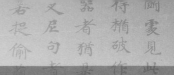

第五章

無矩不成方

俗話說：「無規矩不成方圓」，而落實到中文字這種獨特方塊形文字的書寫規律上可以說成「無矩不成方」。
中文字的書寫有其特定的規律，掌握了內在規律，
無論在練就一手好字上，還是在電腦文字鍵入上都會得心應手，
從而把書寫昇華為藝術和事業的利器。

　　中文字是字形、字音和字義的有機統一體。在這個統一體中，字形是很重要的，因為離開了字形，字音和字義就無所寄託。幾萬個中文字，全靠筆畫、偏旁、結構部位等所表示的字形來區別。如果字形寫錯了，或寫得雜亂無章，就會叫別人不認識，因而達不到交際的目的，甚至會引起誤解。

　　怎樣才算把字寫好了呢？根據交際的需要，書寫中文字一般應該做到以下三點：

　　第一，要寫得正確。就是說筆畫、偏旁、筆順、部位要準確無誤，不能寫錯。

　　第二，要寫得勻稱。就是說，筆畫合乎法度，間架安排得當，佈局設計精到。

　　第三，要寫得熟練。就是說，書寫時得心應手，迅速無誤。

　　在這三項要求中，第一項是基本的。做不到第一項，其他兩項便沒有意義。在保證寫得正確的基礎上，再切實做到後兩項，就能大大提高文字的書寫水準。三項要求相輔相成，應該突出重點，全面實現。

　　中文字書寫和中文字書法有區別，也有聯繫：前者屬於正字範圍，後者屬於藝術範圍；前者是後者的基礎，後者是前者的發展和提高。

▌中文字的筆畫

　　明朝有一位文人名叫徐渭，字文長，不但能詩善畫，且好燈謎。當時紹興有個開點心鋪的商人，慕名請他給書寫一塊牌匾，徐渭便揮筆寫了「點心店」三個大字，因為出自名家之手，商人並沒介意。

　　牌匾掛出後，人們看到中間的心字少了一點，誰也猜不出是什麼意思。這件事宣揚出去，還有許多人特地遠道前來參觀這塊奇怪的匾

徐渭像

額。人來了之後，自然會順便在店裡買了些點心充饑和做紀念，這樣一來，點心店的生意一直是很興隆。

過了一個時期，商人覺得牌匾上有一個錯字不太好，也沒向徐渭去請教，便自作主張在「心」字上面填了一個點，真正成為「心」字了。可是從此之後，不知為啥，顧客卻沒有以前那麼多了，生意越來越蕭條。

商人只好去找徐渭，徐渭笑著說：「你這個點『心』店是專門點空肚子的店，人家空肚子好來吃，現在你在人家肚子裡裝進了東西，人家不餓了，那誰還來吃點心呢！」商人聽了這才明白，追悔莫及。都說字值千金，豈知還有一筆值千金的。

徐文長的點心匾雖屬文字趣事，但正是這一個點的筆畫，讓點心鋪的老板吃了苦頭，看來寫字時筆畫的確馬虎不得。

中文字的筆畫，就是構成中文字的書寫線條。寫字時，從落筆到起筆所寫的線條，叫一筆或一畫。

徐渭畫作《墨葡萄圖》

圖為西周金文，此時期文字字體均衡，筆畫雄渾端正。

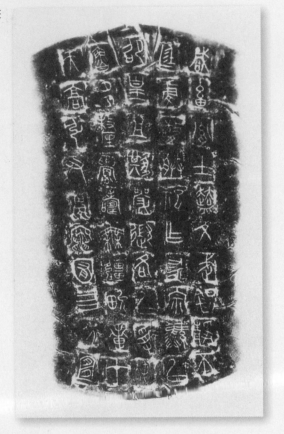

中文字的基本筆畫有八種：

1. 點、。
2. 橫一，由左往右寫。
3. 豎｜，由上往下寫。豎也叫直。
4. 撇丿，由右上往左下寫。
5. 捺乀，由左上往右下寫。
6. 挑 ㇀，由左下往右上寫。挑也叫提。
7. 折乛，橫畫的一端和豎畫的一端相接。折有各式各樣的，這是其中的一種。
8. 鈎ㄱ，收筆輕快挑出的筆畫。有多種，這是其中的一種。

這些基本筆畫，由於受位置和比例的限制，常有變形。這種變形筆畫，有人稱作發展筆畫。

如撇類筆畫，又有平撇（重的第一畫）、豎撇（用的第一畫）、短撇（百的第二畫）、斜折撇（人的第一畫）、彎撇（辶的第三畫）。

基本筆畫及其變形，形狀不一，各有特點。我們寫字，不僅要掌握各種筆畫的特點，還要根據字的結構要求使有關筆畫安排得恰到好處。而要達到這個要求，就要充分重視筆畫的學習和練習。

中文字的筆順

當然，像「一」這樣的字，無所謂筆順，但絕大多數中文字不只一畫，寫字時，哪一筆先寫，哪一筆後寫，都有一定順序，這裡面有規律。

寫字時筆畫的順序，就叫筆順。按照筆順規則寫字，可以提高書寫效率，有助

於把字寫好，還能避免因筆順錯亂而產生錯誤。因此寫字必須講究筆順。下面是一首《寫字筆順歌》，最好記住。

　　寫字應當講筆順，掌握要領筆有神。
　　先橫後豎上到下，先撇後捺左右分。
　　從外到內記得住，進了屋子再關門。

下面，舉例說明筆順的一般規則。

1. 先橫後豎。「十」：一、十
2. 先上後下。「三」：一、二、三
3. 先撇後捺。「人」：ノ、人
3. 先左後右。「杉」：木、杉
5. 先外後內。「岡」：冂、岡
6. 先進屋，再關門。「回」：冂、回、回

還有一些字筆順比較特殊，是上述一般原則所不能包括的，這裡擇要提一下。

1. 先橫後撇。如「戊」。
2. 上面的或左上的點，一般先寫，如「夜」、「為」；底下、右上或裡邊的點，一般後，如「叉」、「犬」。
3. 橫豎筆畫（有時還包括折）組成的結構，其最下一橫，如果沒有別的筆畫穿過，一般後寫，如「王」。有的雖然不是橫豎筆畫組成的結構，但如果橫在字的中間而且地位突出，一般也要後寫，如「冊」。
4. 左、右包中的結構，如果中間部分較大而且地位突出，一般先寫中間後寫兩邊。如「辦」。
5. 有些左下包右上的半包圍結構，如果左下是　或廴，一般先寫右上部分，後寫左下部分。如「廷」。其他左下包右上的半包圍結構，一般按先左下後右上的順序寫。如「題」。
6. 下包上的半包圍結構，也按先上後下的順序寫。如「凶」。

只有少數字，如「二」、「十」、「人」等，使用單一的筆順原則，絕大多數

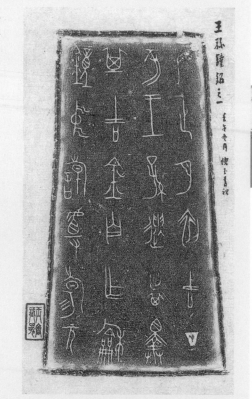

筆畫細長的春秋銘文作品

中文字字體方正，結構優美，圖為文徵明之《赤壁後賦》。

字綜合運用幾種筆順原則。如寫「茄」字，就要運用先橫後豎、先上後下、先左後右等筆順原則。

單體字多數筆畫較少，而且都是由筆畫直接組成的。寫這種字，只要按照筆順原則依次寫好筆畫就可以。合體字，是由幾個單體字合成的。在合體字中，這些單體字叫偏旁。寫這種字，不僅要依次寫好各偏旁的筆畫，而且還要安排好各個偏旁的順序。例如「忠」字，丁些偏旁中要按照口、中的順序寫，偏旁心要按照心的順序寫，而且還要知道先寫中後寫心。

筆順是一種書寫習慣，不是硬性規定的。多數字只有一種較為適宜的筆順，而少數字卻有多種筆順，這幾種筆順很難說哪一種更為合適。遇到這種情況，可任取其中一種筆順。

中文字的間架結構

我們都熟悉庖丁解牛的故事，撇開這一故事的思想內含來比附中文字的間架結構，可以把中文字比作牛，掌握了中文字的間架結構，解起「牛」來自然遊刃有餘，拼裝起來自然也會得心應手。

熟練掌握筆法，寫好各種筆畫，這是寫好字的先決條件和重要基礎。但是，一般說來，筆畫並不等於方塊中文字。要寫好字，還要安排好字的間架結構。所謂間架結構，指的是筆畫之間、偏旁之間的搭配關係和組織原則。

中文字繁多，千姿百態，筆畫有多有少，偏旁各式各樣，要把一定的筆畫和偏旁納進一個方形裡，並使之勻稱、美觀，這就要求處理好筆畫的長短、粗細、俯仰、伸縮和偏旁的寬窄、大小、高低、疏密、斜正、爭讓、主次、向背等項矛盾。這些矛盾處理好了，筆畫和偏筆就能各得其所，整個字就會成為和諧完整的統一體。所以，從這一點上說，間架結構就是正確處理上述矛盾的原則和方法。

下面分別談一談單體字和合體字的間架結構。

單體字多數筆畫較少，又沒有偏旁的扶持、救應，要恰到好處地把寥寥幾筆安排在方形裡，確實有困難。總結前人的書寫經驗，寫單體字應注意以下幾點：

1. 重心要平穩

每個字都有一個重心。所謂重心，就是支撐字的分量的中心點（或中心線）。重心找準了，安排筆畫就有所遵循。掌握好重心，就易於把字寫得端正平穩，避免偏癱現象。有些字，其重心貫穿在一個字的中豎上，如中、平、韋、木；還有些字，其重心貫穿在撇捺交叉處，如人、又、文、父等等。這些字的重心都容易確定。而有些字，如母、勿、乃，其重心則貫穿在幾個筆畫上。怎麼能看出來呢？可以畫一個與這些字一般大小的田字方格，再把田字方格罩在這些字上，田字方格的中豎所

重心平穩的書法字體

貫穿的地方就是字的重心。字形偏側的字，只要掌握好重心，就能斜中取正，更顯得瀟灑有效。

2. 筆畫要勻稱

筆畫勻稱，就是根據筆畫的形態、大小和位置，寫字時做到比例均勻，筆畫分明而各得其所。筆畫勻稱了，就給人一種端正穩重之感。怎樣使筆畫勻稱呢？

（1）**肥瘦適中**：寫筆畫少的字，如上、大、口、九，宜用肥筆，將筆畫稀排；而寫筆畫多的字，鼠、象、鬼，則用瘦筆，使筆畫收斂。

（2）**疏密得當**：有些字，如主、王、豐、生，橫與橫層次，疏密要適當；有些字，如川、冊、而、山，豎與豎排比，遠近要相宜。有些字筆畫是穿插的，如丹、申，或一橫從當腰平貫，或一豎從

筆畫勻稱的書法字體

中直穿，或一撇自上斜插，都要疏密均勻，防止一側偏擠一側偏空的現象。有些字，如弋、廠、戶，則應隨其自然，空疏的地方不宜使之縝密，只要重心平穩即可。

（3）**對稱顯明**：有些字的某些筆畫存在著固有的對稱關係，如亦的左右兩點，山的左右兩豎，日的上下兩橫，寫時要保持這種對稱關係，收互相映襯之效。

（4）**支架穩架**：所謂支架，是指相接或相交的兩個斜形筆畫，如人、木、又、犬裡就有由撇和捺構成的支架。因為支架在字中占重要地位，所以應當努力寫好它。要寫好支架，一要注意相接或交叉的地方對準重心，二要掌握支架開度，三要控制支架長短。

（5）**邊框收縮**：一些有邊框的字，如目、曰、臼、月，字的大小決定於邊框的大小。寫時，邊框要適當收縮，應與周圍的字協調起來；反之，就刺眼難看。

3. 筆畫要富有變化

許多字中有兩筆或更多的同樣的筆畫，如果把這些筆畫寫得一模一樣，就會顯得呆板，無生氣。寫這樣的筆畫，應該採用放與收、正與斜、呼與應、主與次等幾個相結合的辦法，使筆畫錯落有致，和諧而生動。

（1）**放與收相結合**：如寫「三」字，可作如下安排：底畫最長，上畫次之，中畫最短。

平穩勻稱的書法字體

（2）**正與斜相結合：**人們常說「橫平豎直」，這是就筆畫的大體輪廓說的，並不是要求筆畫像水平線那樣平，像直線那樣直。事實上，凡是範字，橫豎都有斜勢。如「曰」，一般是三橫都左低右高，兩豎下部都往裡收。至於「七」這樣的字，橫往右上揚，就更不用說了。

（3）**呼與應相結合：**例如「心」，其中的點應該這樣寫：第一點起勢，第二點連勢，第三點回應。

（4）**主與次相結合：**如「申」的中豎是主要筆畫，可以寫得長大一些，其他筆畫就要短小一點。

　　重心要平穩，筆畫要勻稱，並且還要富有變化，這些基本的書寫要求，不僅寫單體字時要努力做到，寫合體字時也要切實注意。這裡只是就單體字的特點和書寫需要，特別提出來說一說罷了。

　　合體字是由幾個偏旁組成的。根據偏旁在字中所占部位的不同情況，可以看出合體字大體有左右結構、左中右結構、上下結構、上中下結構、全包圍結構和半包圍結構等六種結構形態。結構形態不同，偏旁之間的搭配關係也隨之不同。

1. 左右結構

在合體字中，屬於左右結構的比較多。這種字是由左右兩個偏旁構成的。根據左右兩個偏旁的大小，又可分左右相等，左大右小、左小右大、左長右短、左短右長等五種類型。

有左右偏旁的字體需特別留意左右結構

（1）**左右相等**：順、艄、翽一類字左右平立，互不相讓；林、羽、赫一類字，左收右放，右邊稍高一點；好、舒、約一類字，左右相向，兩邊筆畫不要互相妨礙；北、肥、非一類字，左右相背，兩邊脈絡要貫通。

（2）**左大右小**：數、敬、戳一類字，右要讓左，左邊筆畫宜細，右邊筆畫宜粗：助、即、卻一類字，也是右讓左，不過左邊要高，右邊宜低。

（3）**左小右大**：歷、快、提一類字，左邊筆畫宜粗，右邊筆畫宜細。頑、輝、鳩一類字，左邊的彎鈎要緊促，作出相讓的姿態。沖、涼、汙一類字，兩點水、三點水的點和扎要上下照應。徘、得、須一類字，下撇的頭要對準上撇的腹，而且幾個撇的長短要有變化。

（4）**左長右短**：細、鯉、淑一類字，下面要齊平；扣、和、知一類字，右偏旁要在中間偏下。

（5）**左短右長**：鳴、呼、明一類字，要把左偏旁擺在中間偏上的位置，否則字形不穩。

2. 左中右結構

這種字是由左中右三個偏旁組成的，如湖、腳、謝。大體分兩種情況。

（1）**左中右相等**：獺、糊、樹一類字，三個偏旁要緊湊，防止字形過扁。辮、粥、掰一類左右兩個偏旁相同的字，相同偏旁的寬窄長短要大體一致，或右偏旁略微長大些，同時有些筆畫要作適當變化，如掰字，左偏旁手的為可以變為豎撇，以免呆板難看。

（2）**左中右不等**：有些屬於左中右結構的字，有的左邊大，如魗；有的中間

大，如澎；有的右邊大，如灘。除注意三個偏旁要緊湊勻稱外，還要使它們有牽連呼應之勢。如澎字，中間要正，並適當突出，左右要呈拱衛的姿態。

3. 上下結構

上下結構的字很多。這種字由上下兩個偏旁組成。根據偏旁的大小，這種結構又分五種情況。

（1）**上下相等**：忍、歪、毖一類字，上下筆數差不多，所占地位大體相等。因此，這種字要注意上下大小一致，筆畫勻稱。有些上下偏旁相同的字，如昌、炎、圭之類，不宜上下相等，而應上小下大，個別筆畫要略有變化，如炎字上偏旁中的一捺要變成長點。

（2）**上大下小**：這種字，如些、巒、堡，上偏旁筆畫多，下偏旁筆畫少。上偏旁要大一點，筆畫稍細一點；下偏旁要小一點，筆畫要粗一點。

（3）**上小下大**：苯、鴛、筐這類字，上面筆畫少，下面筆畫多。上面要小，筆畫要粗一點；下面要大，筆畫要細一點。

（4）**上寬下窄**：如市、軍、介、宙、穹、春；還有不少上面由兩個偏旁、下面

上下結構的字，如圖中的藏、萊、室、萊、委等字。

由一個偏旁組成的字，如督、努、替，也是上寬下窄。

前者，上面要覆蓋著下面；後者，上面兩偏旁要左右相稱，下面的偏旁要對準上面兩偏旁的正中。

（5）**上窄下寬**：如姿、杰、盂；還有不少上面是一個偏旁而下面是兩個偏旁的字，如磊、晶、森，也是上窄下寬。前者，下偏旁要寬扁，能托住上面；後者，下面的兩個偏旁要左右對稱，上面的偏旁要居中。

4. 上中下結構

屬於這種結構的字，是由上中下三個偏旁組成的。這種字，要保持重心平穩，左右勻稱，而且筆畫要收聚，字形不宜過長。下面分兩種情況具體說明。

（1）**上中下相等**：如急、笞一類字，上中下三個偏旁的高矮大體相等，而且要收斂，以免瘦長難看；至於它們的寬窄還是不等的多。

（2）**上中下不等**：有的上偏旁大，如馨；有的中偏旁大，如塞；有的下偏旁大，如莘。寫時，各偏旁的比例位置要適當。為了防止字形過長，可採用「避就」的辦法，如馨字，上面的声和殳要寫得寬扁，殳的撇捺交叉的斜度要大，以便為書寫禾旁留出適當的空間。

5. 全包圍結構

屬於這種結構的字，是由裡外兩個偏旁組成的，外面的偏旁從四周包圍著裡面的偏旁。從字形的高矮來看，這種字又分長方的（如圍、圖、面）和正方的（如囡、囫、圇）。這種結構的字，外面的偏旁是主要偏旁，它的大小就是整個字的大小，所以要特別注意把它寫好。為求得與周圍其他字和諧勻稱，外面的偏旁要適當收縮；裡面的偏旁，其筆畫要安排得勻滿，也要與外面的偏旁協調起來。外面的偏旁應寫得方中帶斜，一般是下面比上面稍窄一點。

圖中的團字即為全包圍結構

6：半包圍結構

半包圍結構也是由裡外兩個偏旁組成的，不過，外面的偏旁不是從四面，而是從兩面或三面包圍裡面的偏旁。這種結構的字，它的外面偏旁也是主要偏旁，應特別注意寫好。外面的偏旁不宜過大，但要包得住裡面的偏旁，並使裡外兩偏旁和諧勻稱。半包圍結構的具體形態多種多樣，主要的有以下幾種：

(1) **上左包圍：**如原、廟、屍、戽、疾、虜等。這種字，要注意裡外和諧，豎撇要長。

(2) **下左包圍：**如這、尬、翅、起等。這種字，裡外要協調，要注意長捺或彎曲的長度和斜勢。

(3) **上右包圍：**如司、虱、句、或等。這種字，要特別注意把外面偏旁寫好。豎畫要直，豎鉤不要過於彎曲。不管外面偏旁是什麼樣的形態，裡面偏旁都要向上靠近，以防鬆散。

(4) **上左下包圍：**這種字的外面偏旁常是匚，如區、匝、匠等。裡面偏旁要向左靠近，不要向右探出。

(5) **左下右包圍：**這種字的外面偏旁常是凵，如幽、兇、函等。寫這種字，常犯的毛病是外面偏旁左右相對的兩豎寫得過高，或外面偏旁距裡面偏旁的底橫太遠。這都應避免。

(6) **左上右包圍：**這種字的外面偏旁常是幾、門等，如同、周、風、問等。寫時裡面偏旁要往上靠，不要往下沉。

以上主要講的是單個字的間架結構。我們平日常寫成段或成篇的文字。這就要求我們做到：字與字疏密得宜、大小勻稱、互相照應，而且行距適當，款式統一，天地明顯。這樣，才能給人

圖中的開、府、司、問等字屬於半包圍結構。

一種和諧生動、渾然一體的美感。

歷代楷書名家簡介

只有中文字這種文字，才能使書寫上升為一門藝術，也只有中國在中文字文化薰染下才有那麼多光耀千古的書法家。

中國最早的著名楷書家，從現有資料來看，當推三國時代的鍾繇。《宣和書譜》說他的楷書（亦稱正書）「備心法度，為正書之祖」。傳世字貼《薦季直表》和《宣示帖》等，筆畫清麗有神，結構樸茂自然。雖用筆已改方為圓，但字形扁闊，且帶隸意。

直到東晉，王羲之和他的兒子王獻之才把鍾繇帶有隸意的楷書改造成大致像今天所通用的楷書的樣子。王羲之學過鍾繇、衛夫人和張芝等人的書法，博采諸家之長又多有創新。

陳思《書小史》說他「善書，為古今之冠。草、隸、八分、飛白、章、行，備精諸體，自成一家之法」。因而，他被後世譽為「書聖」。他的楷書筆畫清圓、結構端麗，《黃庭經》、《樂毅論》等，都是他的楷書名作。

王獻之早年學父親的書法，繼而學張芝，後來獨出心裁，自創一格。梁武帝蕭衍在《書評》中說：「王獻之書，絕為超群，無人可擬。」他有小楷《洛神賦》傳世。

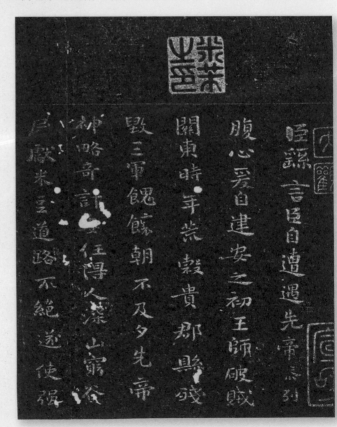

鍾繇《薦季直表》

　　唐宋是中國楷書書法藝術昌盛時期。唐代著名的書法家，有歐陽詢、虞世南、褚遂良、李邕、顏真卿、柳公權等；宋代著名的書法家，有歐陽修、蘇軾、黃庭堅、米芾、蔡京、蔡襄、范仲淹、陸游等。

　　元代書法家，成就最大的是趙孟頫。明清兩代，書法藝術缺少獨創性，因此名家不多。稍有建樹的，是明代的董其昌，清代的劉墉、永瑆（成親王）、鄧石如、何紹基等。

　　人們常說：「要學字，先學歐（陽詢）、顏（真卿）、柳（公權）、趙（孟頫）四大家。」這話有一定道理。他們的楷書各樹一幟，極有法度，而且平易近人，易於臨摹。

　　歐體筆力剛勁峻拔，筆畫清朗爽健，結構嚴整峭險。顏體筆力剛健雄偉，筆畫豐腴圓潤，結構方整茂密，柳體兼取歐陽之長，又有獨特之處。柳體筆畫穩重幹練，斬釘截鐵，乾淨利落，瘦挺清勁，結構既嚴謹方正又疏朗開闊。趙體運筆流暢，筆畫清秀靈巧，結構端正自然。

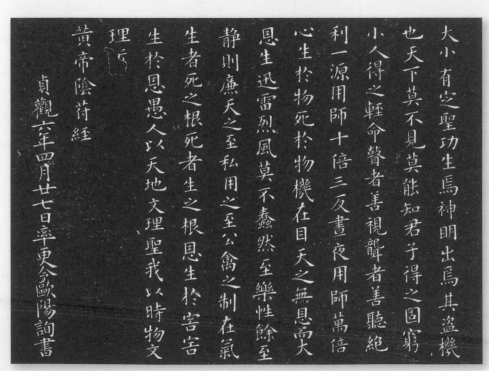

歐陽詢《黃帝陰符經》

第六章

糾正錯別字

我們一般或多或少都曾遇過使用到錯別字的情形，
若是發生在無關緊要的事情上還好，但若是牽涉到業務契約，
一字之差或許就是成千上萬的損失或收益。
因此，消滅錯別字是奠定成功人生的基石之一。

劉備像

曹操擁兵百萬，屯駐在長江上。傳諭東吳，將會獵於江夏。雖有併吞之意，但未露聲色。此時蕭正從江夏帶劉備的軍師諸葛亮（字孔明）到此。為了報仇雪恨，特來遊說激勵孫權，出兵抗擊魏軍。

當時東吳有程普、黃蓋、韓當等一班戰將主戰不降。而以諸葛瑾、呂範等一班文官主降不戰。要戰要降互相爭論，等待都督周瑜決策。周瑜也說戰必敗降易安。魯肅卻認為周瑜英勇雄才大，東吳險固，不同意投降曹操。二人也互相爭辯，而孔明在旁冷笑。周瑜和魯肅問孔明為何笑？

孔明說：「曹操善用兵法，天下莫敵。」句句奚落孫權和周瑜。最後獻出一計：說曹操是好色之徒，因久聞江東喬公有大喬、小喬二女，姿色極美，誓言如成帝業，願得江東二喬，置於銅雀台以樂晚年。今曹操引兵江南，實為此二女。只要尋得二女送去，曹操必定會班師回許昌。

周瑜問孔明有何為證。孔明說曹操命兒子曹植所作《銅雀賦》，賦中單表他家合為天子，誓取二喬。此時周瑜並不發怒，又問能記此賦否？孔明馬上背誦《銅雀賦》：

攬「二喬」於東南兮，樂朝夕之與共。俯皇都之宏麗兮，瞰雲霞之浮動。欣君才之來萃兮，協飛熊之吉夢。仰春風之和穆兮，聽百鳥之悲鳴。雲天互其既立兮，家願得乎雙逞。揚仁化於宇宙兮，盡肅恭於上京。唯相文之為盛兮，豈足方乎聖明？

周瑜聽了勃然大怒，指北而罵：「老賊欺吾太甚！」孔明佯作驚恐，不知哪邊說錯。周瑜說：「大喬是孫策的主婦，小喬乃我之妻，如此豈有屈身投降之理，求助一臂之力同破曹賊。」

原來《銅雀賦》有詩句是：「連二橋於東西兮，若長空之蝃蝀（ㄉㄧˋㄉㄨㄥ，古時指虹）」，這句的意思是東西有玉龍、金鳳之兩臺，將其連接起來，如同是虹橋一樣；而孔明將「橋」字改作「喬」字，將「西」字改作「南」字，將「連」字改作「攬」字，而下句則完全改之。以橋作喬是讀別字，為孔明故意激怒周瑜。後人對此傳為趣聞。

孔明像

通常講的錯別字現象，包括寫錯別字、讀錯別字兩種情況。寫錯別字又有寫錯字、寫別字的區別。

寫錯字，指寫得不成字。錯字，一般說字典上是查不到的。有的增減筆畫，有的改變筆形，有的改換了偏旁，有的偏旁錯了位置。

寫別字，也叫寫白字，指把甲字寫成了乙字。別字一般在詞或片語裡才能看出來。

有的因形似義混致誤，如：眨眼（眨）、欣賞（賞）。有的因音同（或音近）義混致誤，如：爛魚充數（濫竽）、再接再厲（勵）。有的因上下字的影響致誤，如：恣態（姿）、撐握（掌）。

讀錯字，指把字音念錯。如把「稱（ㄔㄥˋ）職」讀成「ㄔㄥ職」，把「破綻（ㄓㄢˋ）」讀成「破ㄉㄧㄥˋ」等。

如果概括起來看，錯別字也可簡稱錯字，因為別字也是錯的。通常說的錯字也包括別字在內，寫別字也可叫寫錯字。讀錯別字，也叫念錯字。

糾正寫錯別字的方法

杭州西湖是著名的風景勝地，而西湖十景又為西湖風景之最。譬如那「雷峰夕照」：當夕陽西下，山影橫空，湖光山色，交相輝映；那「斷橋殘雪」：雪霄

天青，紅日臨空，橋的陽面積雪已消融，而陰面依舊鋪瓊砌玉，晶瑩如玉帶。還有「三潭印月」、「蘇堤春曉」、「花港觀魚」，等等。然而十景中的「曲院風荷」的「曲」字，竟是由皇帝寫的別字，相沿至今。

明代田汝成的《西湖遊覽記》說：「麴院，宋時取金砂之水造以釀官酒。其地多荷花，世稱『麴院風荷』是也。」既稱「麴院」，說明這裡是釀酒之地。酒香夾著荷花的香氣，別有佳趣。清人許承祖有詩贊詠道：「綠蓋紅妝錦繡鄉，虛亭面面納湖光。白雲一片忽釀雨，瀉人波心水亦香。」然而寫成「曲院風荷」，一字之誤，意趣盡失。

這個別字是誰寫的呢？是清代的康熙皇帝。他題寫的「曲院風荷」，刻字立碑，此碑至今仍保存完好。在封建時代，皇帝有至高無上的權力，他做錯了事寫錯了字，老百姓和百官群臣是不敢指出的。然而，人們免不了在心裡譏笑這件事。

後來康熙皇帝的孫子，乾隆皇帝在位時，也很清楚這件事，於是題了一首詩刻在原碑的背面，其中有這樣兩句：「莫驚誤字傳新謗，惡旨崇情大禹同。」意思是說：「你們不要以為是寫錯了字而大驚小怪去胡亂議論，要知道，康熙帝與古代的聖君大禹一樣，是討厭美酒（惡旨）而崇尚節制情欲（崇情）的。」因此，故意將酒寫成了曲。

這是「此地無銀三百兩」的手法，是徒勞的辯白。其實寫錯別字是人人都難以避免的事，中文字的同音、形近等現象又極易誘發錯別字，作為一個皇帝，大可以光明磊落地有則改之，寫了錯字還死不承認，並不停

西湖「曲院風荷」碑

康熙皇帝像

118

辯白，無疑是越描越黑，傳之後世，遂成詬病，連勇於認錯的美德都沒了。

中文字是表意文字，每個中文字都是形音義的結合體。從字源和結構方式分析，對一般中文字可以看出它們的意義來，從中文字的字形、字音、字義著手，必要時適當聯繫字源和結構方式，有利於學習中文字，避免出現錯別字。

蒲松齡《聊齋誌異》手稿

1. 注意字形

《聊齋誌異》中有這樣一則故事：

兩個狐狸精給一位書生出對子：「戊戌同體，腹中只欠一點。」

書生對不出。狐狸精自己對成：「己巳連蹤，足下何不雙挑。」

「戊、戌、戍」、「己、巳、已」。普通人嫌分辨它麻煩，狐狸精卻利用其來刁難人。

有些形似字是形聲字，聲符相同，形符不同。對這類字要注意辨析形符的意義。如，搏、博、膊這三個字聲符都是專，形符不同。

搏的形符是手。用手作形符的字，原義一般同手有聯繫。搏是捕捉、對打的意思。博形符是十，本是數目字，引申眾多，博是廣、多的意思。膊的形符是肉（月）。用肉（月）作形符的字，原義一般同肉體有聯繫。膊原義是曬乾肉，引申指身體上肢靠肩處。瞭解這幾個字形符的意義，它們的意義和用法就不會弄錯了。

下面再舉幾個例子：

（1）艸、竹：用艸作形符的字原義一般與草類植物有關係。用竹作形符的字，原義一般與竹子有關。

芋：芋頭。

竽：濫竽充數（竽，樂器名，像現在的笙）。

茄：茄子、番茄、雪茄。

笳：胡笳（中國古代北方民族的一種樂器，類似笛子）。

（2）水、火：用水作偏旁的字，原義一般與水有關。用火作形符的，原義一般與火有關。

汀：汀江。

中山侯鉞，鉞是一種古代兵器。

洽：原義是雨水浸濕，引申作融洽、洽商。

渙：原義是流散，引申為渙散。

燈：燈火、電燈。

煥：原義是火光，引申作煥發、煥然。

有些形似字，要抓住特點進行比較。如：

戈：象形字，古文字作 ╪（甲骨文）、 ﾈ（小篆），字形像武器。「茂」下是「戈」。

戉：象形字，古文字作 ﾏ（甲骨文）、 ﾝ（小篆），字形像大斧，古代一種武器，是「斧鉞」的「鉞」的本字。「越」的聲符是「戉」。

戌：象形字，古文字作 ╈（甲骨文）、 ﾎ（小篆），像平口大斧，古代一種武器。中間是一短橫。

戍：會意字，古文字作 ﾙ（甲骨文）、 ﾑ（小篆），從人持戈，原義是守邊，衛戍、戍邊。中間是一點。

戎：會意字。古文字作 ﾔ（甲骨文）、 ﾝ（小篆）、從戈從甲（甲冑），原義是武器，引申作軍隊、軍事講，如戎裝待發、投筆從戎。絨的聲符是戎。賊從戈則聲，現在字形右是戎。

戒：會意字，古文字作 ﾑ（甲骨文）、 ﾙ（小篆），從廾持戈，是警戒。誡、械的聲符是戒。

有些字因受別的類似偏旁的影響而寫錯，比如將孤、弧右偏旁的瓜寫成爪。有些字則受上下字的偏旁同化而寫錯。如：編輯的輯寫成糸字旁的緝、燈泡的泡寫成火字旁的炮。

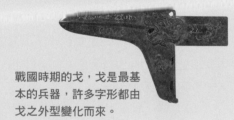

戰國時期的戈，戈是最基本的兵器，許多字形都由戈之外型變化而來。

2. 注意字音

形聲字的聲符雖然大部分表音不準確，但是一般在讀音上是有關係的。所以，可以用聲符來糾正錯別字。這裡舉一些例字。

夌（ㄌㄧㄥˊ）：凌、菱、鯪、綾、棱（聲母都為「ㄌ」）。

凡：帆、礬（聲母都為「ㄈ」）。

未：味、昧、魅、妹（韻母都為「ㄟˋ」）。

末：抹、沫、茉、秣（韻母都為「ㄛ」）。

3. 注意字義

　　漢語的詞是用中文字記錄的。大部分中文字是記錄的詞素，在詞內是有意義的。因此，瞭解字義對糾正錯別字很有好處。如「創傷」的「創」有人誤寫作「瘡」。「創」是形聲字，從刀倉聲，原義是傷，「刀創、予以重創」，都是用的「創」的原義。「瘡」也是形聲字，從倉聲，是一種皮膚上的潰瘍病。「創傷」，指身體受傷的地方，或指外傷，因此用「創」不用「瘡」。

　　如（括弧內是別字）：候選（後）、草稿（槁）、妨礙（防）、賠罪（陪）、淳樸（諄）、急躁（燥）、毆打（歐）、責無旁貸（代）、精簡機構（減）、滄海桑田（蒼）、披星戴月（帶）。

　　有些詞語，通用的是引申義，原義一般人不清楚。必須瞭解它的原義，才能正確運用。如「提綱」，有人誤作「題綱」。「綱」是魚網的總繩，引申指事物的關鍵部分或文章的主要精神。「提綱」的原義是提著網的總繩子，引申作要點、要領講。瞭解這個道理，就不會誤寫成「題綱」了。

　　又如「針砭」，有人誤寫作「針貶」。「砭」的原義是古代用石針紮皮肉治病。「針砭」是聯合式結構的合成詞，原義是扎針治病，引申作指出錯誤，以求改正講，如「痛下針砭」、「針砭社會」。瞭解了這個道理，就不會寫成「針貶」了。

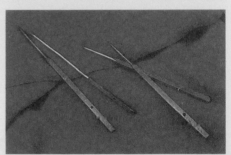

古代針灸用針

　　如（括弧內是別字）：鞭笞（苔）、膏肓（盲）、規矩（距）、部署（布）、樞紐（鈕）、炮制（泡）、寒暄（喧）、按部就班（步）、改弦更張（章）、稗官野史（裨）。

　　有些成語，來自古代的歷史故事或寓言，不瞭解它們的來歷，就容易寫錯。如「夜郎自大」有人寫作「野狼自大」或「夜狼自大」。這個成語來自《漢書·西南夷列傳》。

夜郎位於巴蜀通往南越的要道上，圖為於西漢時稱帝的南越王趙佗金印。

夜郎，是古代戰國到西漢時期中國西南地區的一個政權，管轄著現在貴州、雲南、四川交界的部分地區，只相當於漢朝的一個州那麼大。可是當漢朝使臣來到夜郎時，夜郎王竟然向漢朝使臣提問：「漢孰與我大？」（漢朝同夜郎哪一個大？）因而，後來用「夜郎自大」比喻人盲目自滿，妄自尊大。瞭解來歷，這個成語就不會寫錯了。

糾正讀錯字的方法

除了書寫上的錯別字「筆誤」，更常見的是人們說話中的「口誤」，讀錯字更易使人在社交場合陷入尷尬境地。

現在漢語沒有可靠的讀音標誌。有的沒有標音成分；形聲字雖然有聲符，但表音多不準確；有些字一字多音多義；有些字讀法不一。因此，很容易把字音讀錯。

由於古今語音的演變，形聲字的聲符表音準確的大約有四分之一。不少讀錯的字，是受了聲符的影響。而大部分形聲字按聲符讀是錯誤的。如「屹」立的「屹」不讀「乞」，「迸」發的「迸」不讀「并」，「紅彤」的「彤」不讀「丹」，「毛骨悚然」的「悚」不讀「束」。所以念的時候要多留意。

另外若一個字的讀音不同，字義也不同，這叫多音多義字。如炮，讀「ㄆㄠˊ」，當燒講，炮烙，古代一種酷刑；炮製，製中藥的一種方法。讀「ㄆㄠ」，如炮乾（烘乾）、炮羊肉，是一種烹調方法。讀「ㄆㄠˋ」，如大炮，是一種重型武器。多音多義字，有一大批是因詞性不同而讀音不同。如背，讀「ㄅㄟˋ」，背、脊背、背部，是名詞或名詞性詞素；讀「ㄅㄟ」，背著東西、背包，是動詞或動詞性詞素。記住不同詞性的不同讀音，有利於掌握這類多音多義字。

有些多音多義字，除通常讀音外，還有作姓氏、地名、外來語等用時的特殊讀音。如華，一般讀「ㄏㄨㄚˊ」，如中華、精華、昇華等；作地名或姓用讀「ㄏㄨㄚˋ」，如華山、姓

炮烙是中國古代的一種酷刑，將人綁在銅柱上，炭火置於柱內燒灼。據說商代的紂王即有設此酷刑，圖為商朝青銅器方鼎。

華等。記住這些特殊情況，有利於掌握這類多音多義字。

有些多音多義字詞性相同或交錯，幾種用法都相當通行，應分別記住它們的意義。如調，調和、調解、調皮、協調，讀「ㄊㄧㄠˊ」。調查、調度、調配、腔調、音調，讀「ㄉㄧㄠˋ」。

▋ 錯別字趣話

1. 縣官審「親爹」

從前有個縣官，斗大的字認不得一籮筐，官是花錢買的，在斷案時，經常讀錯字鬧笑話。

這天，又有一個案子，原告叫郁工來，被告叫齊卜丟，證人叫新釜。

縣官高喊一聲開始審案。

他先把原告的名字「郁工來」喊成「都上來」，結果原告、被告、證人一齊上堂。他還不知道自己念錯了名字，大怒說道：「本縣只叫原告一人上堂，你們為何都跟著一起上來？」在一旁的師爺知道他念錯了字，忙給他打圓場道：「稟告老爺，原告的名字還有另外的念法，叫『郁工來』，不叫『都上來』。」

接著他看見被告的名字，喊「齊下去」，結果原告、被告、證人又一起下堂。這一來他更加生氣，厲聲問道：「本縣叫被告聽審，你們為何一起退堂？」這時，那個師爺又連忙稟告說：「老爺，被告的名字也另有念法，叫『齊卜丟』，不叫『齊下去』。」

縣官聽了，心中不快，不高興地反問師爺說：「既然是這樣，那麼證人的名字又該念什麼呢？」「稟告老爺，證人的名字叫新釜。」師爺恭恭敬敬地回答說。

縣官一聽，突然笑了起來，起身對師爺說：「我就想應該另有念法。你不說，我就要叫他『親爹』了！」

中國縣官一職是秦始皇統一後所設立，圖為漢時的縣官官印。

2. 「庚黃」了不得

中國古代小說家，像羅貫中、曹雪芹等都是研究中文字的專家，在他們的小說中，經常會出現有關中文字的趣話，包括錯別字的笑話，為故事情節增添了不少的趣味性。

《紅樓夢・第二十六回》中有這樣的故事：

薛蟠說：「你明兒來拜壽，打算送什麼新鮮物兒？」

寶玉說：「我沒有什麼送的，……惟有寫一張字，畫一張畫，這才是我的！」

薛蟠笑道：「你提畫兒，我才想起來了。昨兒我看見人家一本春宮兒，畫的很好，上頭還有許多的字，我也沒有細看，只看落的款，原來是什麼庚黃的，真好的了不得！」

寶玉聽後說：「古今字畫也都見過些，哪裡有個庚黃……」想了半天，不覺笑將起來。命人拿過筆來在手心裡寫了兩個字，又問薛蟠道：「你看真了是庚黃？」

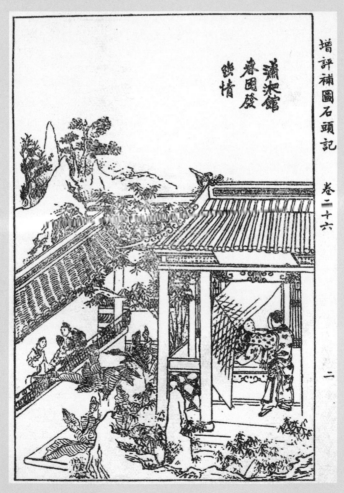

《紅樓夢》插畫書影

薛蟠說：「怎麼沒有看真？」寶玉將手一撒給他看道：「可是這兩個字吧！」……眾人都看時原來是「唐寅」兩個字，都笑道：「想必是這兩個字，大爺一時眼花了，也未可知。」薛蟠自覺沒趣，笑道：「誰知他是『糖銀』是『果銀』的。」

通過這兩個別字，就把薛蟠這個完跨子弟不學無術的形象活生生地勾劃出來了。

3. 落山的落山，落水的落水

古時候，有個教書先生不學無術，根本識不了幾個字，卻時常冒充飽學之士。

有一天，有個朋友從京城回來探親，順便到學館來看望他。兩人剛坐下不久，正好有個學生問他晉文公的「晉」字怎麼讀，他壓根不認識這個字，又怕在朋友面前出醜，於是用紅筆在「晉」字旁畫一道，讓學生過一會再來問。

不一會，又有一個學生問他衛靈公「衛」字的讀法時，他同樣不知，於是又用紅筆把「衛」字圈起來，也讓這位學生過會來問。

又過了一會，一個學生問他「仁者樂山，智者樂水」的「樂」怎麼讀，他沒好氣地回答說：

「讀成太陽落山的『落』字不就行了！」

學生走後，這位教書先生問朋友說：「最近京城有什麼新聞嗎？」

朋友回答說：「我離開京城的時候，只見晉文公被戳了一槍，衛靈公被紅巾軍包圍了。」

先生聽了忙問：「不知他們手下的官兵怎麼樣了？」

客人笑著說：「落山的落山，落水的落水。」

教書先生聽後信以為真，還不明白是在取笑自己。

晉文公復國圖

4.「勞罵」蘇東坡

北宋大文學家蘇東坡出任杭州知府時，一些文人雅士聞風而集，吟詩作賦非常活躍。恰逢當地有一個自命不凡的讀書人叫白文秀，此人文理不通，白字連篇，卻喜愛賣弄文才。一天，白文秀東拼西湊總算寫成一篇文章，甚為得意，便送給蘇東坡過目，說道：「此乃拙作，望老師批點。」東坡接過文章，只見標題是《讀過泰論》，半日不解，良久才悟，便大笑道：

「當年秦朝發生災害，大水淹了莊稼，難怪，難怪！」（意為「秦」字下的「禾」被「水」淹掉，成了「泰」字）

蘇東坡看畢交還給他。白文秀心想，好歹也要請他寫幾句，日後也可以炫耀一番，就央求說：「老師，當今天下識才者少，忌才者多，一篇好文章沒有名人推薦，就好比一張廢紙。請老師多少美言幾句。」

一聽白文秀把「推薦」讀成「推薦」，蘇東坡又好氣又好笑，於是鄙夷地看了他一眼，揮筆在文稿上批了九個字：此文有高山滾鼓之妙！

蘇東坡像

白文秀喜不自勝，連連說：「勞罵，勞罵！」他把「勞駕」說成了「勞罵」也不知道，只是興沖沖取了文稿就走。從此他拿了蘇東坡的批字去到處吹噓。一些吹牛拍馬的人見了隨聲附和，而有真才實學的人見了則暗暗發笑。一個秀才忍不住點穿道：「這是什麼批字？這是蘇東坡在給你出謎呢？」

「出謎？什麼謎？」白文秀結巴地呆住了。

「你倒想一想，高山滾鼓有什麼妙啊？你聽一聽高山上滾鼓是什麼聲音？」

「噗通——噗通，不通——不通！」

周圍的秀才頓時都笑出來，「真是高山滾鼓之妙——不通，不通！哈哈哈！」白文秀羞得滿臉通紅，掩起文稿拔腿就逃。

5.「季達」的兩把大「爹」

清朝年間，有位在國子監讀書的監生愛看《水滸傳》，但識字不多，經常鬧出笑話。

一次，他的一個朋友來拜訪他，見他正看《水滸傳》，便隨口問道：「老兄正在讀什麼書？」

「《木許專》。」監生一本正經地回答。

朋友聽了，知道他又讀了錯字，故意接著說：「古今著作，汗牛充棟。但是，《木許專》一書，卻從來沒有聽說過。不知書中描寫的都是一些什麼人物？」

「書中有個人物『季達（李達）』。」監生又一本正經地說。

朋友聽了，更假裝得不明，接著又問道：「這就更奇了，古今著作裡人名多得不可計數，但從來也沒聽說有一個叫『季達』的人。請問這個季達是個什麼樣的人？」

黑旋風李逵是《水滸傳》令人印象深刻的角色

監生又比手劃腳地說：「他手使兩把大爹（斧），有萬夫不當之男（勇）。」

6. 害怕耳朵

從前有位師爺，寫字時經常把偏旁寫錯。

有一次，縣令讓他造花名冊，他把陳字的耳偏旁寫在了右邊，結果被打了二十大板。由於這位師爺生性愚笨，從此便誤認為凡是耳偏旁都應當寫在左邊。後來造花名冊時，因為他把鄭字的耳偏旁寫在了左邊，結果又被打了二十大板。

時隔不久，一位姓聶的人找他代寫一份狀紙，他一見這人的姓就嚇得膽顫心驚，連連擺手說：「我因為兩個『耳』旁，連挨四十大板。你的姓有三隻耳朵，如果再替你寫狀紙，那還不把我活活打死！」

7. 白字先生

有位教書先生愛讀白字。一次，他在一個大戶人家開館授徒，東家跟他講明，一年的工錢是穀子三石，伙食費四千。如果教一個白字，就要罰穀子一石；教一句白字，就要扣伙食費二千。他見工錢不少，就爽快地接受了條件。

到學館後，東家讓他先熟悉一下環境，並帶他到街上看看。他見路旁石頭上有「泰山石敢當」等字，想顯示一下水準，隨口念成「秦山石敢當」。東家見他把「泰」念成「秦」字，當即說道：「白字一個，罰穀一石。」

回到學館，東家讓他教學生讀《論語》，他又把「曾子曰」讀成「曹子曰」，「卿大夫」讀成「鄉大夫」。東家說：「又有兩個白字，再罰兩石穀子，只剩下四千伙食費了。」教書先生雖然後悔讀白字，但因有言在先，也不好說什麼。

後來，東家讓他教讀《四書》，他又把「季康子」讀成「李麻子」，「王曰叟」讀成「王四嫂」，連錯了四句，四個字，當即被扣掉了全部伙食費。

教書先生有口難言，只得白做一年。後來，他心中不憤，作兩首打油詩自嘲曰：

三石租穀苦教徒，先被秦山石取乎。
一石輸在「曹子曰」，一石送與「鄉大夫」。
又說：四千伙食不少，可惜四季全扣了。
二千贈與「李麻子」，二千送給「王四嫂」。

8. 一個別字丟狀元

這個故事發生在北宋仁宗年間。

四川成都府有一個書生名叫趙旭，自幼習文，熟讀詩書禮樂，一覽下筆成文，是個飽學秀才。這年得知東京開科選考，趙旭稟知父母上京應舉。

不只一日，趙旭來到京都，就在狀元坊落店安歇。等到試期入得考場，經過三場文字卷畢回歸，專等發榜。趙旭自思考得非常滿意，得中必有希望。

這日仁宗皇帝早朝上殿，考試官閱完考卷在朝上奏。仁宗問榜首前三名是何處何人？試官將前三名文卷呈上御前。仁宗親自御覽。看了第一卷對試官說：「此卷作得極好，可惜中間有一字差錯。」試官問聖上何字寫錯？仁宗笑指說：「乃是一個『唯』字，原來『口』旁為何寫成『厶』。」試官立即拜奏說：「此字皆可通用。」仁宗問：「姓什名誰？何處人氏？」

拆開密封一看，乃是四川成都府趙旭，今住狀元坊店內安歇，便命其速進宮。

不一時趙旭叩拜聖上。仁宗問明來歷，趙旭一一面奏無有差錯。

　　仁宗稱讚趙旭文章做得極好，只可惜一字寫錯。趙旭驚惶拜問：「何字寫錯？」仁宗說：「是個『唯』字，本是個『口』旁，卿如何寫作『厶』旁。」趙旭回奏：「此字皆可通用。」

　　仁宗聽了不悅，就在御案上取文房四寶寫下八個字遞給趙旭說：「你看看，這『私和、去吉、矣吳、台呂』八字，你通用給朕看看！」趙旭看了半晌無言以對。仁宗說：「你回去讀書吧。」趙旭羞愧出朝，回至店中悶悶不樂，一頂即將到手的狀元桂冠就此消失。

宋仁宗像

第七章

異文化的使者

中文字與外國文字之間的交流變得越來越頻繁，
中文字中的外來字、詞也越來越多，
它們已成為現代中文字不可缺少的組成部分。
而如何翻譯外來字，便成為一門深奧的藝術。

中國歷史上有兩次引進外來詞的浪潮。一次是以唐代為高峰的佛教「玄學」外來詞浪潮。另一次是以「五四」為高潮的西洋「科學」外來詞浪潮。玄學外來詞有許多已經融化於我們的日常口語中，忘記了它們的來源。

火車自 19 世紀起才在中國出現，圖為 1876 年中國第一條鐵路通車場景。

科學外來詞浪潮又有兩個小高峰，一個是清末民初從日文翻譯引進「新名詞」，大都取中國原有語詞，賦予科學新意；另一個是戰後引進的新詞術語，還處於未穩定狀態。

作為文化載體的文字，這些外來字也充當了異文化使者的角色。而如何翻譯這些外來字便成為一門很深奧的藝術。

▎傳統的翻譯方式 ﹒﹒﹒﹒﹒﹒

漢語對外來詞傳統的翻譯方式有六種：意譯、音譯、音譯兼意譯、半音譯半意譯、音譯加意譯、形譯等。

意譯不考慮原詞的音、形，從意義上翻譯成漢語詞，翻譯的詞完全是漢語的構詞材料和構詞方法，例如「電話」、「飛機」、「火車」等詞都是意譯。從構詞方面看，意譯的外來詞和中文語詞沒有什麼區別，只是該詞標誌的事物是「外來」的。因此也有人主張純意譯的外來詞不算外來詞。

音譯是按照被借詞的聲音形式翻譯的一種對譯方法。音譯常常不能十分準確地表示原詞音，這是因為民族語言的語音系統不同，不能準確翻譯。漢語音譯外來詞所反映的多是原詞的近似讀音，例如：「雷達」、「尼龍」是英語「radar」、「nylon」的近似譯音，「安培」、「咖啡」是法語「ampere」、「cafe」（英語作 coffee）的近似譯音等等。

音譯兼意譯是一種音意雙關的翻譯

方法，即用來翻譯的字既表示原詞讀音又兼表原詞的意義，例如：「俱樂部」、「烏托邦」是英語「club」、「utopia」的音意兼譯詞等等。

半音譯半意譯是一種混合譯法，原詞一部分用音譯，一部分用意譯。例如「道林紙」、「華爾街」是英語「dowling paper」、「wall street」的半音半意譯詞，「安培表」是法語「ampere motre」的半音半意譯詞等等。

音譯加意譯的外來詞，是在音譯的基礎上為了使原詞物性明確而多加上一個表示物類的成分。例如 ballet 在法語中本指的是一種舞蹈，按音翻譯過來就是「芭蕾」，但「芭蕾」意義不夠明確，於是在「芭蕾」之後加

啤酒也是外來語，圖為 16 世紀歐洲的啤酒釀造工廠。

上一個「舞」，表示它是一種舞蹈。又如 beer 在英語中就是一種大麥釀成的酒，按音翻譯成「啤」，意思不夠明確，於是加上一個「酒」，變成「啤酒」，就成為一種音譯加意譯的外來詞。

形譯是專指從日語翻譯過來的詞的譯法。日本使用中文字，但中文字的讀音與漢語不同。中國將日本用中文字寫的詞借來仍按中文字字形使用，但字的讀法以漢語讀法為準。例如「場所」「道具」是從日本借來的形譯詞，用中文字日、中寫法相同，但日語「場所」讀作 basho，漢語讀作ㄔㄤˇㄙㄨㄛˇ，日語「道具」讀作 dogu，漢語讀作ㄉㄠˋㄐㄩˋ。這是一種不同於音譯或意譯的翻譯方法，也是中、日間一種獨有的現象。

這些傳統的翻譯方式給我們處理外來詞的拼寫方式提供了許多辦法，但是，究竟用什麼樣的辦法拼寫外來詞好，還得從中文拼音的實際情況和各種翻譯法在漢語翻譯上優缺點的比較中來確定。

▌「雪茄」和「茄子」──音譯拼寫的一般原則 ‧‧‧‧‧‧‧‧‧

現代中文字能夠寫出四百多個音節，其中有些中文字是非常用字，中文字音譯能夠寫出的語音有限，用它來翻譯外來詞有的就不準。

方塊中文字有許多是一字多音，用它來翻譯外來詞有時會出現「不知該讀哪個音」的現象，這種一字多音現象也會造成譯音不準。

中文字本身的限制再加上翻譯工作的要求不統一，這就更增加了用中文字翻譯外來詞時的混亂。例如有些翻譯任意增添偏旁，造成異讀，如「雪加」變為「雪茄」，「加」加「草」頭為的是說明它的屬性，然而和「茄子」的「茄」發生了衝突。

這種現象中國文學家、翻譯家魯迅便有過批評：「以擺脫傳統思想的束縛而來主張男女平等的男人，卻偏喜歡用輕靚豔麗字來譯外國女人的姓氏：加些草頭、女旁、絲旁……以擺脫傳統思想的束縛而來介紹世界文學的文人，卻偏喜歡使外國人姓中國姓；Gogol 姓郭；Wilde 姓王；Holz 姓何；Gorky 姓高，Galsworthy 也姓高」，這正是上述情況的寫照。

音譯外來詞拼寫法的確定，一般原則應考慮：

第一，確定一個基本原則，這個基本原則包括：根據習慣劃分不同譯法的外來詞，明確拼寫法考慮的物件是音譯的外來詞，而意譯外來詞的中文字讀音與拼音字母不衝突，不再改譯，直接音譯，不按照中文字注音，

這樣可以使漢語外來詞拼寫法與原文或其通用的拉丁字母拼寫法一致或者拉近；漢語音素，容許靈活配合；外來詞的來源上的「外來」，經過音譯它就本國化即為漢語詞了，在整體上音譯成漢語的外來詞應受漢語音素的約束，但部分外來詞也可以打破中文字音節結構的限制，容許漢語音素靈活配合。從另一個角度看，這種突破中文字音節結構限制的音素配合，又可以成為外來詞的一種外在標誌。

第二，規定轉寫方法。轉寫就是字母的音譯。轉寫應當遵從「名從主人」的原則。轉寫可以分為「借形法」和「借音法」兩種。

借形法是盡可能保持原文或其通用的拉丁字母拼寫法的詞形，而不必考慮讀音，或者說允許保留其讀音上的差別。拉丁字母的國際性使中文拼音字母借用詞形的基礎變得非常廣泛，漢語拼音字母不但可以對拉丁字母借形，還可以對其他文字的拉丁字母拼寫法借形。進一步說，拉丁字母基本上是形體和讀音統一的，因此也可以認為借形同時也是借音。再加上國際間辭彙的交流，詞形重於詞音，所以借形法就成為轉寫方法的基礎。

借音法是借形法的一種補充方式，就是根據讀音規定一定

尼古拉·果戈里（Nikolai Gogol）是俄國著名作家，早年被引進中國時，姓名被翻譯為郭歌里。

的對譯改寫方式以解決在讀音上衝突的字母。使用拉丁字母的文字，其讀音有的相同，有的不相同。對形同音異的矛盾得靠借音法來解決。例如 C 在漢語裡總是讀不送氣的舌尖前塞擦音，而在許多文字裡 c 在 a 前讀 k，這樣，Canada（加拿大）根據借音法就可轉寫成 Kanada 了。當然，有借音法也是有規律的，而且數量不多，所以把借音法看成是借形法的補充是合適的。

第三，規定讀音方法。為了使說漢語的人比較容易地讀出任何外來詞的讀音，必須規定外來詞的漢語讀法。外來詞漢語讀法應以中文拼音方案讀音為基礎。外來詞不能完全按照中文拼音方案讀音的，可以在中文拼音方案的基礎上補充一些簡單的讀音規定，例如母音字母全部發音，輔音字母在一定條件下可以不發音等等。

早期中國翻譯引進奧斯卡・王爾德（Oscar Wilde）的作品時，也曾把其姓名譯為姓王，名爾德。

▌ 地名、人名和專用字的翻譯

在共同以漢語作為母語的大中華圈子裡，對同一個外國人名或地名的翻譯相差很大，以致於出現了三個雷根、三個布希之類的現象。

漢語外來詞自古就有，例如「獅子」、「葡萄」、「苜蓿」、「琉璃」等詞都是古代的外來詞，但就數量上說，多數還是近代的外來詞。近代音譯外來詞可以分為人名、地名類，學術名詞類和一般辭彙類。

古代外來詞數量不多，除少數例外，一般都不必（有些也不可能）重新直接音譯，可以按照中文字注音來拼寫。

人名、地名原則上應該「名從主人」，就是儘量接近原文。如果把外國人名、地名都按中文字注音重新拼寫則無異於重新起名。接近原文就便於學習、瞭解世界各方面的情況。個別在國際上已通行的大地名也要同時考慮「國際化」。人名採用音譯，不用意譯。地名結構包含通名和專名。通名以意譯為主，音譯為例外，例如「伏爾加河」（或譯「窩瓦河」）的「河」是意譯通名，「史達林格勒」的「格勒」（城）是音譯通名。

專名則以音譯為主，意譯為例外，如「倫敦」（London）「巴黎」（Paris）是

音譯，「好望角」（Cape of Good Hope）是意譯。加在地名前的形容詞，有的是音譯，如「紐約」（New York）的「紐」，有的是意譯，如「北亞美利加洲」（North America）中的「北」。舊有的這些外來詞，在拼寫時要考慮到社會習慣。而對新譯詞，前一種詞，因為結合緊，與原成分不可分離，宜於音譯，後一種則適合意譯。

學術辭彙原則上應該注意「國際化」。由於歷史的原因，中國對學術辭彙的翻譯極不統一。一般說，社會科學辭彙意譯眾多；自然科學辭彙音譯、意譯兼而有之，自然科學內部各部門情況也各不相同。

在專用字中，值得特別一提的是化學元素名。現已發現的化學元素有一百一十八種，這種化學元素名的字大都是後造的，並且造得非常成功，有很強的規律性。

如果是金屬元素，是左邊金為形旁，右邊為聲旁，如「鈉、銅、錳、鐵、鐳」等；如果是非金屬元素，則分幾種情況。常態為氣體則以上邊氣為形旁，下邊為聲旁，如「氧、氫、氖、氮、氩、氯」等。常態為液體則以左為水形旁，例如「溴」。常態為固體則以左邊石為形旁，例如「硫、砷、碘」等。

這樣，我們一看到一個化學元素名，就能知道它屬哪一類，哪一種形態。這是現代中文字造字非常成功的一個例子。

▎日語中文字文化的倒灌 · · · · · · · · · · · · · · · · ·

入機日本文化中有相當比例是由中國輸入或接受中國文化而發展出來的，故而中國在清代開始時寧願從西文翻譯科技著作，而不大願意就近取利，借日文夾有中文字之便而轉譯。這種情況康有為、梁啟超等人極為不滿，他們竭力倡導、呼籲從日文轉譯西方著作。

梁啟超在《論學日本文之益》一文中指出：

「日本自維新三十年來，廣求知識於寰宇，其所譯所著有用之書，不下千種，而尤詳於政治學、資生學（即經濟學）、智學（即哲學）、群學（即社會學）等，皆開民智強國基之急務也。」

康有為也在《廣譯日本書設立京師譯書局析》一文中指出：日本「其變法至今三十年，凡歐美政治、文學、武備新識之佳書，咸譯矣。……譯日本之書，為我文字者十之八，其成至事少，其費日無多也。」

琉璃是古代傳進中國的外來語，圖為春秋時之琉璃珠。

　　在康、梁的大力宣傳倡導下，譯界的情況有了根本性的轉變，從日文轉譯的書開始超過從歐洲語言直接翻譯的書。而這種情況在辛亥革命以後更是長盛不衰。

　　由於日文用中文字所意譯的歐美科技、政治等術詞較為通俗易懂，而且已在日本考驗多時，通行多年，由於清朝至民國去日本留學的日多，熟悉這些日本中文字詞，而又由他們帶回中國，自然要比像嚴復等人自創而未經考驗的譯名要更適合這些知識份子的口味，而又由於他們的影響，這些日本中文字詞也更易在中國推廣。

　　從清末以來輸入中國的日本中文字詞來看，主要有以下幾種情況：

（1）用中文字音譯歐美語詞。例如：

　　◆ **瓦斯：**日音 gasu，荷蘭語 gas。

　　◆ **淋巴：**日音 rinpa，英語 lymph。

（2）用中文字音譯兼意譯歐美語詞。例如：

　　◆ **俱樂部：**日音 Kurabu，英語 club。

（3）用新形聲字音譯或半音譯歐美語詞。例如：

　　◆ **噸：**日音 ton，英語 ton。

（4）用新形聲字或會意字意譯或文字上意譯歐美語詞。例如：

　　◆ **腺：**日音 sen，英語 gland。

　　◆ **呎：**日音 futo，英語 foot。

　　◆ **吋：**日音 inchi，英語 inch。

（5）用中文字構成新詞意譯歐美語詞。例如：

　　◆ **科學：**日音 kagaku，英語 science。

　　◆ **絕對：**日音 zettai，英語 absolute。

　　◆ **積極：**日音 sekkyoku，英語 positive。

　　◆ **消極：**日音 shkyoku，英語 negative。

　　◆ **錯覺：**日音 sakaku，英語 illusion 或 misconception。

　　◆ **催眠：**日音 saimin，英語 hypnotize。

　　◆ **象徵：**日音 shch，法語 symbole。

　　◆ **大本營：**日音 dai-hon'ei，英語 headquarters。

　　◆ **抽象：**日音 chusho，英語 abstraction。

（6）用中文字構成新詞，表達日本自己創造的概念，

這些詞一開始並非意譯某個歐美語詞。例如：

◆ **勞作**：日音 rosaku。

◆ **權益**：日音 ken'eki。

◆ **校訓**：日音 kaukun。

◆ **歌舞伎**：日音 kabuki。

（7）用古代漢語中某些現成語詞經過改造去意譯歐美語詞或表達日本自創的概念。這些詞再回到中國就猶如遊子歸故里一般，是辭彙中的「歸僑」，但已非昔日之本相了。例如：

◆ **民主**——《省書‧多方》：「天惟時求民主，乃大降顯体命于成湯。」原義為百姓之主宰者，即指帝王或官吏。日本用以譯英語 democracy，意為人民享有發表意見、參與國家政權管理、選舉國家管理人員等權利。

◆ **革命**——《易‧革》）：「天地革而四時成。湯武革命，順乎天而應乎人，革之時大矣哉。」原義為變革天命。日本用來意譯英語 revolution，意為根本變革社會政治制度。

◆ **經濟**——《晉書‧殷浩傳》：載司馬昱答書：「足下沈識淹長，思綜通練，起而明之，足以經濟。」唐李白《贈別舍人弟台卿之江南》：「令弟經濟士，讁居我何傷。」唐杜甫《水上遺懷》：「古來經濟才，何事獨罕有。」原義為經世濟民、治理國家，相當於今人的政治營理。日本用以意譯英語 economy 或 economics，意為社會生產活動。

◆ **生產**——《史記‧高祖本紀》：高祖「常有大度，不事家人生產作業。」原義為謀生之業。日本意譯英語 production，意為使用勞動工具改變勞動對象並創造物質財富的過程。

◆ **浪人**——**北魏‧賈思勰《齊民要術》**：「勿聰浪人踏瓜蔓及翻覆之。」唐王勃《春思賦》：「於是仆本浪人，平生自淪。懷書去洛，抱劍辭秦。」原義為行蹤無定、遊蕩飄泊

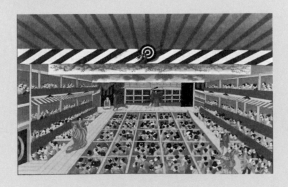

歌舞伎是日本獨有的戲劇，圖為 1860 年代的歌舞伎場景。

之人。日本用以指幕府失去主家的流浪武士，後又指無業遊民、流浪學生。

（8）用古代漢語中的某些現成語詞對等地意譯歐美語詞，簡直是原詞原義地去對譯歐美語詞。例如：

◆ 政治——《尚書‧畢命》：「道洽政治，澤潤生民。」《周禮‧地官遂人》：「掌其政治禁令。」其原義與英語 politics 或 polity 基本相符，是政事治理之意。）

◆ 消費——《宋書‧徐爰傳》：「比歲戎戍，倉庫多虛，先事聚眾，則消費糧粟：敵至倉卒，又無以相應。」原義與英語 consumption 基本相同，是物資支出耗費之意。）

然而事實上七、八兩類是極難區分的。第七類固然義有所轉，第八類也未嘗沒有變化，只是變化的幅度大小不同。因此許多人混而不分，或一概作為第七類，或一概歸入第八類。

外來字翻譯佳作欣賞

對外來詞的翻譯，怎樣才算是成功的呢？這個問題向來是仁者見仁，智者見智。由於現在的外來詞翻譯以音譯居多，如果譯者能在音譯情況下，通過中文字的巧妙組合產生意譯的效果，應該說這樣的翻譯就可算得上是成功之作。如果還另有一些引申或想像的空間，無疑該稱得上佳作。

翻譯是非常考驗譯者水準的事。決不可小看一個詞的翻譯，這裡體現的正是譯者的方面的知識和文化功底。一個成功的翻譯詞會讓人賞心悅目。如果是一個商品名，則會激發消費者的購買慾。因為，一個好的商品名本身就是一則絕好的廣告。

下面，我們選一些成功的翻譯詞，讓大家一起品味其中的精妙之處。

1. 雷達

來自英語 radar，無線電波探測裝置。它號稱「千里眼」。看到「雷」這個字，馬上會讓人想到天邊的雷鳴和閃電，突出了一個快字。自然，雷達

王勃為初唐四傑之一，《春思賦》是其辭賦名篇。

這種「千里眼」的作用也就讓人印象更深了。

2. 愛滋病

音譯自英語 AIDS。一種後天免疫力功能失調症，或獲得性免疫力缺乏綜合症。主要通過性接觸和輸血途徑傳播。1981 年在美國首次發現，傳染性極快，一般都導致死亡，被稱二十世紀的「黑死病」。愛滋病一詞成功之處就在「愛」字上，其義與愛滋病的傳染途徑暗合，其警示性的預防作用就不言而喻了。從這方面來說，翻譯為愛滋病比譯為艾滋病要好。

3. 雪碧

音譯自英語 Sprite，原義為妖怪、精靈。作為一種飲料，把它譯為「雪碧」可謂是煞費苦心。雪，有寒意；碧，清澈碧藍。在大夏天，這樣的飲料名，聽著就想喝。這樣的字又何止「一字千金」呢？

4. 波音

音譯自英語 Boeing。指美國波音飛機製造公司出產的飛機。從英語原義上看不出與聲音有關，而譯成漢語，「波」、「音」是兩種在空中傳播的物理現象又暗合快捷之意。波音倒過來是音波，飛機中就有超音速這樣的種類。這幾層從

「波音」兩字的字面就能感覺到的含意，想必當時翻譯者不會是歪打正著的。

5. 霹靂舞

譯自英語 break dance。原義為快速節奏之舞。是一種源起美國黑人社會的現代舞，以破壞音樂節奏，違反常規的舞蹈動作並即興表演為特點。筆者一直以為「霹靂舞」一詞為意譯，沒想到竟是音譯。這正說明了「霹靂舞」一詞翻譯的成功。

6. 可口可樂

音譯自英語 coca-cola。世界著名飲料。英語原義似乎並無深意。音譯成中文後的「可口可樂」卻是如此的有意義。這到底是譯者水準高，還是中文字太過神奇呢？

7. 馬拉松

音譯自英語 marathon。為長距離的賽跑。馬拉松，馬拉松，意思就是：「即使是馬拉著跑也該鬆軟了。」何況是人呢。讓人一看到「馬拉松」這三個字，就馬上感到該專案距離之長，運動強度之大。看來，我們不服祖宗造中文字的精妙是不行的。

8. 迷你裙

譯自英語 miniskirt。「迷你」為音

雪碧是著名的飲料品牌，也是外來詞。

譯，裙為意譯。原義為超短裙。翻譯為「迷你裙」確實絕妙。既有生活情趣，更有含沙射影，穿超短裙幹嘛，那是為了「迷你」的。由於 mini 是英語微型的字首，後來又出來一系列的「迷你」東西，如「迷你相機」等。但哪一樣也沒有「迷你裙」妙。可見「迷你裙」是「迷你」家族最先翻譯過來的。

9. 維他命

音譯自英語 Vitamin。是人體不可缺少的一種化學物質。維他命，維護維持他的生命。一聽就像是一種很要緊的救命藥。比另一個名稱維生素聽起來更有緊急感。

10. 蓋世太保

音譯自德語 Gestapo。納粹德國秘密警察及其組織。在一些歷史演義和評書中，我們經常能聽到中國古代某某奸臣或權臣有多少個太保，一般都是乾兒子，不做好事的惡人居多。而蓋世太保正是這樣一類殺人不眨眼的魔王。蓋世又有不可一世之意。用「蓋世太保」稱呼納粹秘密警察，對於並不是很瞭解德國二戰那段歷史的中國人來說，那是最形象和讓人明白不過了。

11. 蒙太奇

音譯自法語 montage。指鏡頭剪輯，電影獨有的組合手法。蒙太奇三個中文字放在一起並無意義。但這三個字都會讓人為生神秘之感，放在一起那就更神秘了。其實許多人並不明白「電影蒙太奇」是什麼，但對電影導演和演員卻有某種崇拜感，也許與蒙太奇這三字不無關係。

12. 嬉皮

音譯自英語 hippies。指 20 世紀 60 年代在美國出現的不滿現實的帶頹廢色彩的青年。嬉皮，嬉皮笑臉。玩世不恭的形象躍然紙上。音譯與意譯的和諧能達到如此程度，真是令人拍案叫絕。

圖為德國蓋世太保。

第八章

中文字與姓名

俗話說：「行不更名，坐不改姓」，
可見姓名是我們人類每個個體的標誌。
而中文字的神奇變化和象形表意性給姓名提供廣闊的演繹空間。
這樣歷時幾千年，就形成了特有中文姓名文化。

從「姓」字看姓的起源

能從文字的形體結構上反映出各種社會現象，如姓的起源這類問題的，恐怕也只有中文字能夠做到，別的文字是很難有這種奇妙的作用的。

「姓」的含義到底是什麼？古往今來，不少碩儒都給它下過定義。如《左傳‧隱西元年》說：「天子建德，因生以賜姓，胙之土而名之字。」《說文解字》也說：「姓，人所生也。古之神聖，母感天而生子，故稱天子。從女從生，生亦聲。」《春秋》曰：「天子因生以賜姓。」《繹史》引《三墳》曰：「男女媾精，以女生為姓。」上述意思是說，姓的含義最早與女性生子這一現象有關。

在遙遠的古代，人類曾經歷過母系氏族制。那時的婚姻是族外群婚制。即甲氏族中的一群同輩男子，嫁到乙氏族中給　群同輩女性作丈夫。一個女子有一個主要的丈夫，但同時還有多個「附屬」丈夫；同樣，一個男子有一個主要妻子，但同時也有多個「附屬」妻子。生下的孩子，自然就「未有三綱六紀，民人但知其母，不知其父」。這也解答了許慎說的：「古之神聖人，母感天而生子」的「神話」。孩子生下來跟母親生活，只知道哪個女子是他的母親，至於哪個男子是他的生身父親，那就不好確知了。這就是姓為什麼「從女生」的原因。

所以有一些古姓都從「女」也是這個道理。請看《說文解字‧女部》的一些古姓用字：

姜，神農居姜水，因以為姓。從女，羊聲。段玉裁注：「《渭水篇》注曰：『岐水又東逕姜氏城南為姜水。』引《帝王世紀》『母女登遊華陽，感神而生炎帝。長於姜水』是其地。」

紅山文化被認為是母系社會結構，圖為紅山文化文物女神像。

姬，黃帝居姬水，因水為姓。從女，臣聲。段玉裁於「姓」字下注曰：「黃帝母居姬水，因以為姓。」

姚，舜居姚墟，因以為姓。從女，兆聲。段玉裁於「姓」下注曰：「舜母居姚墟，因以為姓。」

另外如嬴也是古姓，也從女。這就是姓起源於母系氏族社會的明證。

我們說，姓是母系社會的產物，並不是說，所有的姓都是來自母系氏族社會。社會在發展，姓也在發展。當父系氏族社會取代了母系氏族制之後，子孫繁衍日盛，一個氏族分成了若干支，往往一人之子便可分化為若干個姓。

《國語‧晉語四》說：「黃帝之子二十五人，其同姓者二人而已，唯青

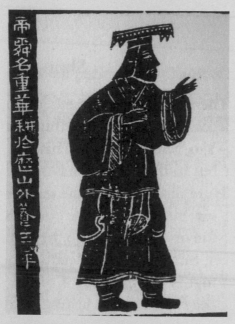

舜是中國傳說歷史中的人物，是五帝之一。

陽與夷鼓皆為己姓。……其同生而異姓者，四母之子，別為十二姓。凡黃帝之子，二十五宗，其得姓者十四人為十二姓。姬、酉、祁、己、滕、箴、任、荀、僖、姞、儇、依是也。」

這十二姓中，除「姬」是黃帝原姓外，其他都是新添的。但從文字結構上看，其中這個「姞」可能是古姓。說不定黃帝這個兒子是從了母姓。這或許是父系氏族和母系氏族交替之際的一種痕跡。周的始祖棄（后稷）的正妻就是姞姓之女。但不知是黃帝的後裔，還是另有來源。

談到姓，很容易使人想到氏。我們常把按姓名筆畫多少排列的人名稱為「以姓氏筆畫為序」，這裡姓氏並稱，表示同一個概念。但在上古時期，姓與氏所指完全不同，其中姓表示一個人的血統所自出，氏則是姓的分支和發展。

《通鑑‧外紀》說：「姓者，統其祖考之所自出；氏者，別其子孫之所自分。」段玉裁《說文解字》注：「姓者，統於上者也；氏者，別於下者也。」就是說，一個人的姓是指他的血統來源而言的，氏則是指他子孫的血統來源而言的。

當時嚴格進行這種區分的作用，其一在於嚴格男女之別，如三代之時「男子稱氏，婦人稱姓」（《通志‧氏族略》）；其二是為了區別貴賤，出身低賤的人根本就不知道自己的血統所自出，也就沒有「氏」；其三是為了

更好地選取婚姻之家。中國自古就有「同姓不婚」的慣例，如果同姓相婚，不僅有悖人倫，而且還會引起「其生不蕃」的嚴重後果。

春秋末年以後，由於禮崩樂壞和戰亂的影響，姓與氏之間的界線慢慢變得模糊不清，出現了姓氏走向統一的勢頭。秦朝統一天下以後，「廢封建，雖公族亦無議貴之律，匹夫編戶，知有氏不知有姓久矣」。此後的人們有時稱姓，有時稱氏，有時姓氏並稱，完全沒有了以前的章法，於是，姓氏便開始合而為一。

顧炎武說是司馬遷寫《史記》才不分姓氏，將氏作姓了的。言下之意似乎是司馬遷造成的。

其實這是一種歷史現象，豈是一人之力所能及的。春秋時諸侯互相攻伐，小國被滅亡，公族、大夫和他們的後裔淪為平民，戰國更是如此。秦滅六國後，眾多的王子王孫、公子公孫，以及庶姓貴族都成了秦的臣民，身分地位不存在了，區別貴賤的氏還有什麼存在的條件？所謂「皮之不存，毛將焉附」。

司馬遷作《史記》大書：「高祖，沛豐邑中陽里人，姓劉氏」，乃反映歷史現實。姓氏合一是歷史的必然。

司馬遷所著之《史記》是中國第一部紀傳體通史，被列為「二十四史」之首，圖為明萬曆二十六年北監刊本《史記》。

姓氏的統一在當時還有重要意義。每個宗族有了固定的姓氏，子子孫孫永久使用，就形成了許多一脈相傳的家族，血統源流的線索也開始清晰。以至後人在要探討自己的姓氏歷史時，很容易找到自己的血緣所出。

人好探究自己的姓氏源頭，並以自己的姓氏裡出了某某有成就的人為傲。這種現象更多地具有史學意義和文化意義。至於停留在血緣關係的這種自豪，在生物學和社會學上是沒道理的，應以自己的奮鬥取得成就，不應自傲自己有什麼了不起的祖先。

姓氏的由來

中國最早的姓氏出現在什麼時候？這一問題很難回答。生活在遠古時期的原始人，由於血緣關係的不同，也會分為一個個部落；各個部落為加以區別，也會有各自的名稱，這種名稱無疑就是姓的雛形。但那時還不曾出現文字，部落的名稱只能靠口頭傳說傳下來。經歷了無數世代以後，開始有了文字記載，

人們才能把這些最早的姓氏（部落名稱）記錄下來。

在夏代以前，曾有許多部落或部落聯盟活動在廣袤的國土之上。這些部落各有不同的始祖，他們是各部落的開創者，被後人奉為神聖，當作半人半神的英雄。如傳說時期的黃帝、炎帝、舜等人，曾為開創各自的部落作出過突出貢獻，不僅他們在生前死後被本部落的人當作神明看待，而且名字也被用來當作各部落的代稱，這些代稱無疑都是最原始的「姓」。

後來各個部落又進一步分衍為許多支族，這些支族同樣以與本支族有關的人或物命名，這些名稱顯然也就是最早的「氏」。

最早見於文字記載的姓氏，一般認為是來自商代的甲骨文中。從已經發現的甲骨文字看有「帚秦」、「帚楚」、「帚杞」、「帚周」、「帚龐」等字，其中「帚」即後來的「婦」字，「帚秦」等即「婦秦」等，指來自「秦」等部族的婦人。上述「秦」、「楚」、「杞」、「周」、「龐」等字，都被認為是早期姓氏的一部分。

最早系統記載姓氏來源的典籍，當推春秋戰國時代史官編撰的《世本・姓氏篇》。司馬遷的《史記》就曾採用其中的資料。

《世本》原書在宋元之交失傳。從後代學者輯錄的選文看來，它的體例是「言姓則在上，言氏則在下」。這正表明「姓統於氏，氏系於姓」的源流關係。

在奴隸社會，「姓氏」為貴族所專有，奴隸們只有名字而無取得姓氏的資格。例如《學弈》中的「弈秋」，「弈」是圍棋，引申為下棋的人。「弈秋」就是名叫秋的棋手，無姓。又如，「優孟」，「優」是演戲的人，「優孟」就是名叫孟的演員，無姓。「庖丁」，「庖」是指廚子，「庖丁」就是廚師。也無姓。

再如，「公輸班」，「公輸」是字，「班」是名（先秦時期，先字後名）。古時同名者甚多，後人為了不致混淆，就在名前加上他的國籍以示區別。

魯班像

公輸班是魯國人，因而叫「魯班」。意思是「魯國的班」，其實他無姓，並不姓魯，可見百姓在春秋戰國之前僅限於貴族。

《國語‧楚語下》說：「民之徹官百，王以子弟之質能言能聽徹其官者，而物賜之姓，以監其官，是為百姓。」戰國以後，中國逐步向封建社會過渡，許多賤民和奴隸提高了社會地位，獲得「姓氏」。

於是，「姓」才變成了一般平民的通稱。到秦漢時期，「百姓」和「氏」已經混為一談，在司馬遷的《史記》中，一概說成：「某某，姓某氏」，就把姓和氏當作一回事。

商周以後，由於人口的增多和社會的發展，姓氏漸漸多了起來。在漫長的歷史發展中，這些姓氏經過進一步的分化、發展、演變，就成為今天我們所使用的姓氏。如果我們把這些姓氏逐一進行研究，就會發現每個姓氏都有自己的來源和發展歷史，不同的姓氏有著不同的源流。不過，若把這些姓氏放在一起研究，也不難發現其中的一些是由國名演變而來的，有些是從官名、地名等發展而來的，有些則是歷史上某些少數民族的稱號或改姓，原因眾多，情況不一。

由於姓氏來源不一，對姓氏的研究也就成了專門的學問。早在宋代時，著名學者鄭樵編撰《通志‧氏族略》，就根據各種姓氏的來源，將它們分作三十二類，其中有以郡為氏、以邑為氏、以鄉為氏、以亭為氏、以技為氏等等，其實細分起來，姓氏的來源遠不止三十二類。這一事實也從一個側面說明，姓氏文化的內容是十分豐富的。

幾千年來，姓氏不斷演變，大致有下列幾大類：

（1）在母系氏族社會，以母親的姓為姓。

傳說上古時代神農氏的母親叫女，所以那時許多姓都是女旁。如：姬、姒等。

（2）以祖先的族號或諡號為姓氏。

例如，「唐」是堯的族號，堯的一部分後

堯像

代便姓唐。類似的族姓有虞、夏、商、殷、周等等。古代帝王死後，在祭祀時要追諡廟號，寫在宗廟的牌位上。例如周朝有文王、武王等諡號，他們的某些子孫就分別姓「文」姓「武」。周穆王死了一個寵姬，為了表示哀痛，賜她的後代姓痛；周惠王死後追諡為「惠」，他的後代便姓惠。諸侯、大夫也有追諡的，例如魯國大夫孫僑如死後被追諡為「宣伯」，他的後代便姓「宣」。來自族號、諡號的這一類還有昭、穆、康、莊、襄、恒、成、平……等等。

（3）以居住地、國名或采邑為姓氏。

傳說上古伏羲氏居住東方，他的後代便姓「東方」或「東」。虞舜出於姚圩，便以姚為姓。商代在涇水渭水之間有個阮國，後代就姓「阮」。虞、夏、商朝都有個汪芒國，其後代也都姓「汪」。周武王封造父到趙城，他的子孫就姓趙。周昭王的庶子被封於翁地，因而姓翁。

周公旦的兒子被封到刑國為刑侯，他的後代便姓刑。春秋時代齊國公族大夫分別居住在城郭四邊，就以「東郭、南郭、西郭、北郭」為姓。鄭大夫住在西門，便以西門為姓。來自各種地名的姓氏還有：魯、齊、衛、秦、晉、楚、燕、陳、韓、魏、南宮、歐陽等等。

（4）以爵位、官銜或職業為姓氏。

王、侯、公孫，都以爵位得姓。古代有五官：司馬、司空、司徒、司寇、司士，分管軍事、建築、教士、法律、人事，他們的子孫便以這些官銜為姓。周朝樂正掌管音樂，後代姓「樂正」或「樂」；賈正掌管商業，後代姓「賈」。相、宰、尉、上官、太史、少正等姓氏，都來自官銜。至於巫、卜、師、屠、甄、匠、陶（陶工）、族（旗工）、繁（馬纓工）、樊（籬笆工）、索（繩工）、漆、雕等則是從職業或技藝得姓。

（5）周圍民族的姓氏譯音。

幾千年來，中國一直是個版圖遼闊的多民族國家。特別是在南北朝、五代十國、遼、宋、元、清等時代，各民族與漢族之間不斷交融匯合、相互影響。春秋時代就有狄、黎、巴、苗……等各族姓氏；南北朝及五代十國有匈奴、鮮卑、回紇、突厥等族的拓跋、單于、宇文、尉遲、万俟……等姓氏。遼金有契丹和女真族的耶

唐初名將尉遲敬德為北魏鮮卑族尉遲部出身

律、蒲察、完、石抹、賽等姓氏。中國歷史上出現過的五千多個姓氏中，有兩千多個姓氏（特別是許多雙字姓和所有的三字姓）都來自周圍民族的姓氏譯音，占全部姓氏的三分之一以上。

（6）其他民族借用的中文字單姓。

從古到今，在中華民族形成的過程中，許多民族主動地借用了中文字姓氏。例如，北魏鮮卑拓跋氏改姓元，叱氏改為祝……古突厥族原來有十姓，所生子女皆以母族為姓，「史那」是其中最大的一支。突厥可汗常出於姓氏。在唐代，原姓「史那」的突厥人改用中文字單姓「史」，原姓「突騎施」的改用中文字單姓「黃」與「黑」。此外，如延邊朝鮮族常見姓氏有樸、金、崔、李……廣西壯族自治區常見姓氏有韋、楊、覃……回族常見姓氏有白、馬、石等等。直到近代，滿族人也往往改用中文字姓氏，如愛新覺羅氏改姓羅，關爾佳氏改姓吳，鈕祜祿氏改姓鈕，那拉氏改姓那，等等。這些，大多是根據本姓家族的共同意見而改定的。如果要考察其姓氏來源，則要參照歷史記載，加以鑑別。

（7）還有一些少數民族，因為接受漢族王朝的冊封賜姓，而改為漢姓的。

如沙陀族的首領朱邪赤心，接受了唐朝皇室的賜姓，改姓李。他的兒子就是五代時著名的李克用。北宋時西夏國王元昊，曾一度接受了北宋皇室的趙姓，稱為趙元昊。

（8）以排行為姓氏。

春秋時魯國執政的三家大夫孟孫氏、叔孫氏、季孫氏的祖先原本是一家，後來以兄弟之間的排行順序（孟、仲、叔、季）取姓氏。

（9）以祖輩的字為姓。如鄭國公子偃，字子遊，其孫便姓遊；魯孝公的兒子子驅，字子臧，其後代便姓臧。

（10）因神話中的傳說為姓。

傳說舜時有個納言是天上龍的後代，其子孫便以龍為姓。傳說神仙中有個青鳥公，後人便也有姓青鳥的。

（11）因避諱或某種原因改姓。

比如戰國時代田齊襄王法章的後代本姓田，齊國被秦滅了，其子孫不敢姓田而改姓法。漢明帝諱「莊」字，凡姓「莊」的都改姓「嚴」。明代燕王朱棣以討伐黃子澄等為名起兵攻破南京，推翻建文帝並當了皇帝（即明成祖），當時號「靖難」，而太監馬三保因「靖難之變」有功而被賜姓「鄭」，後他改為鄭和。

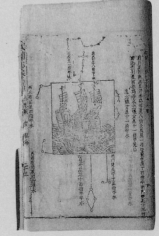

鄭和下西洋用的航海牽星圖

（12）以數字為姓。如陸、伍、萬等。

（13）以崇拜的獸名為姓。如牛、馬、熊、魚、龍、駱、虎。

（14）以植物名稱為姓。如楊、柳、松、柏、梅等。

（15）因偶然事情或政治變故而改姓。

如漢武帝時田千秋為丞相，因年老，特許乘小車出入朝廷，時人號為「車丞相」，其後人有姓車的。東漢末有隱者常乘青牛，號「青牛先生」，其後人遂有姓青牛的。漢代的英布因受過黥刑，又名黥布。隋代楊玄感被梟首（斬首懸頭示眾），後代被朝廷改姓梟。武則天誅武惟良，命其後人改姓蝮（毒蛇）。

貴族婦女的姓比名還重要。待嫁的女子如果要加以區別，則在姓上加孟、伯、仲、叔、季表示排行。如孟姜、伯姬、仲子、叔姬、季姬。出嫁以後，有的在姓上加上所出自的國名和氏，如齊姜、晉姬、秦嬴；有的在姓上加上配偶的本國國名，如秦姬、芮姜；有的在姓上加上配偶的氏和名；有的在死後，在姓上加上配偶或本人的諡號，如武姜（鄭武公妻）、敬嬴等。上古稱呼婦女，也可在姓下加氏字，如武姜稱姜氏，敬嬴稱嬴氏。

姓氏中文字的拆裝

在生活中，當我們向別人介紹自己的姓時，總愛在告訴人家姓後，再把姓的寫法告訴人家，如「張，弓長張」、「李，木子李」等等，以防別人搞錯了或沒聽清。並且這種描述姓寫法的話都是約定俗成的，從古到今留下的固定模式大家都這麼說。

有這樣一則笑話：

一個布店老闆的兒子，不學無術，遊手好閒。布店老闆對此很生氣，就要求他兒子第二天起在店裡幫忙，也學習如何接人待物做生意。

這天來了一個布販子，老闆趕忙迎上去：「您貴姓？」「姓張。」「弓長張還是立早章？」「弓長張。」

客人走後，布店老闆就訓斥了兒子一頓，並要求他兒子以後也要這樣接待客人。

第二天，來了一個客人。由於只有

〈孟姜女哭倒萬里長城〉故事中的孟姜女，即為待嫁的姜姓長女之意。

老闆的兒子一個人在店裡，於是他趕忙迎了上去：「您貴姓？」「姓李。」「弓長李還是立早李？」

這句話把這位客人氣得直翻白眼，最後大聲喝斥道：「什麼弓長李、立早李，真是豈有此理（李）！」

中文字絕大多數都可以拆卸組裝，不過通常不去這麼做。對姓氏用字就不然了。人們常是有興趣地去觀察它，分析它，將它拆卸組裝。這大約是因為姓氏用字利用率高，利用價值大的緣故。

利用中文字的結構特點，將姓氏用字拆卸組裝的做法，起源很早，西漢時代就出現了。《漢書·王莽傳》說：「今百姓咸言皇天革漢而立新，廢劉而興王。夫『劉』之為字，卯、金、刀也。」

王莽像

《後漢書·光武帝紀》也引讖記說：「劉秀發兵捕不道，卯金修德為天子。」李賢注：「卯金，劉字也。」《春秋演孔圖》曰：『卯金刀，名劉，赤帝後，次代周。』

可見西漢末，人們已習慣將姓氏字分解為若干部件。《三國志·魏志·董卓傳》記王允謀誅董卓，裴松之注引《英雄記》時有謠言曰：「千里草，何青青！十日卜，猶不生。」

千里草合為「董」字，「十日卜」合為「卓」字。歌謠的意思是說董卓活不成。這是人民群眾憤恨董卓殘暴，咒他死。

自中古以後，將姓氏用字拆為幾個部件的更是常見了。宋人吳處厚的《青箱雜記》就記載了幾個這類故事：

義興縣有間東漢太尉許馘的廟，廟碑是

前蜀太祖王建哀冊

148

著名評論家許劭寫的。時間一久，碑上的字多磨滅掉了。到唐開元年間，許氏的子孫將碑重刻。碑的背面有八個字：「談馬礪畢，王田數七。」當時人不懂它的意思。

後面文士徐延休看到此碑，知道碑文的意思，解釋道：「談馬即言午，言午，『許』字。礪畢必石卑，石卑，『碑』字。王田乃千里，千里，『重』字。數七是六一，六一，『立』字。」這是「許碑重立」的字謎。

《青箱雜記》卷七還有一個拆「李」為十八子的故事：

前蜀後主王衍在位時，有童謠曰：「我有一帖藥，其名為阿魏，賣與十八子。」後來王衍之兄宗弼果然迫使王衍對後唐投降。而宗弼是前蜀太祖王建的養子，本姓魏氏。印證了童謠之語。而後唐君主姓李，「賣與十八子」即「歸唐」。

經過千百年的積累，不少常見姓氏都有了離合組裝的固定模式。除了上述卯金刀為「劉」，千里草為「董」，言午為「許」，十八子為「李」之外，還有如：雙人徐、雙口呂、雙木林等。

這種文字離合拆裝，是不能以文字學家的標準去要求的。如雙口呂、木易楊、口天吳、立早章，只是取其形似而已。老百姓只是為了好記，易區別，並不去嚴格地講求文字的結構，這是民間的實用文字學。

▌中文姓氏知多少

中文共有多少姓氏？這是一個人人都會問但又不太容易回答的問題。因為從姓氏發展的本身看，經歷了一個由少到多的過程，有些姓氏在發展中被摒棄不用，而有些人還在根據不同的原因製造新的姓氏。這些被摒棄的、或者正在使用的、新出現的姓氏無疑都應包括在中文姓氏總數之內。

不過，若對歷代姓氏數量作一個大致的估計還是不難的。如先秦時期的姓氏書籍《世本》收入十八姓八百七十五氏，儘管其中有些姓氏沒有留傳下來，但絕大部分都使用至今。又如漢代的姓氏書《急就篇》收入一百三十姓，其中單姓一百二十七個，複姓三個。由於這本書是按韻律編定的兒童識字課本，不可否認其作者在編寫的過程中曾避棄過一些難寫難讀無法入韻的姓氏。因此，這一百三十姓並非是漢代人所使用姓氏的全部。

兩漢以後，中國使用的姓氏在不斷增加，一些新的姓氏

《急就篇》拓本

和由少數民族改姓而來的姓氏大量湧現，極大地豐富了中國姓氏的數量。唐代初年編修的《大唐氏族志》收錄二百九十三姓，唐代中葉人林寶編撰《元和姓纂》，姓氏數量躍至一千二百三十三姓；宋朝人撰著《通志‧氏族略》和《姓解》，分別收錄的姓氏多達二千二百五十五和二千五百六十八個。此外，明朝人陳士元所著《姓》一書，收錄姓氏三千六百二十五個；王圻撰《續文獻通考》，收錄姓氏四千六百五十七個，現代人編著的《中國姓氏大全》收錄姓氏五千六百多個，《中國姓氏彙編》收錄五千七百三十個，《中國姓符》收錄六千三百六十三個，《姓氏辭曲》則達八千多個。上述這些專門研究姓氏的書籍都有一定的影響力，從所收姓氏數量不斷增加這一事實不難看出，中文姓氏是在不斷地發展變化的。

由於姓氏本身在不斷地發展變化，任何一種姓氏書都無法也不可能毫無遺漏地把中文所有的姓氏都收錄進去。據專家估計，實際使用的中文姓氏大約有一萬兩千個。

▌「貴」姓之貴貴在哪裡 ·······························

如上所述，中文姓氏約有一萬多個，至今仍在使用的有三千多個，其中較為常見的五百個左右，人口較多的姓氏約一百個。

談到百家姓，很容易使人想到那個以「趙錢孫李、周吳鄭王」開頭的《百家姓》。其實，這本百家姓編自宋代，編者是錢塘（今浙江杭州）的一位十大夫。這本《百家姓》姓名為百家，實際上不止百家。據有關資料記載，它共收錄姓氏五〇四個，其中單姓四百四十四個，複姓六十個。

各個姓氏的排列次序不是以人口多少，而是以政治地位為準則的。如它以「趙」姓開頭，是因為當時的皇帝姓趙；接著以「錢」氏，是因為錢塘一帶有一個錢姓人建立的割據王朝，當地除了推奉趙姓皇帝外，還要接受錢姓王朝的直接領導。至於以下的「孫李周吳鄭王」等姓，有些是皇太后的姓氏，有些是皇后、皇妃的姓氏，其身份之尊貴，也非一般姓氏可比。

《百家姓》清版影本。

150

由於這首百家姓按韻編排，每句四字，讀來朗朗上口，便於學習和記憶，因此流行極廣，至今仍是婦孺皆知。

如同上述百家姓一樣，由於中國古代最重視身份地位，所使用的姓氏也往往帶有等級的色彩，各個王朝都有各自的貴姓。如中國的夏商周秦漢唐宋元明清十大王朝，夏朝皇帝姓姒，商朝皇帝姓子，周朝皇帝姓姬，秦朝皇帝姓嬴，漢朝皇帝姓劉，唐朝皇帝姓李，宋朝皇帝姓趙，元朝皇帝姓奇渥溫，明朝皇帝姓朱，清朝皇帝姓愛新覺羅。在各朝皇帝當政的時候，其所使用的姓氏無疑是當時最尊貴的。

中國歷朝歷代的皇帝為了收攬人心，還往往把自己的姓氏作為特別的禮物賞賜給那些異姓大臣，讓他們改姓與自己相同的姓氏，而那些被賜的人也把此當作特別榮耀。在中國封建社會，這類的例子是屢見不鮮的。只要翻一翻二十四史，幾乎隨處可見。

中國古代的貴姓不等於大姓，而大姓也不一定就是貴姓。在魏晉南北朝隋唐時期，社會上特別重視姓氏，不同朝代、不同地區的人都有各自的貴姓如東晉南朝人尚「僑姓」，其中以王、謝、袁、蕭最為尊貴；江東地區尚「吳

元順帝像

姓」，以顧、陸、朱、張、虞、魏、孔、賀為大；中原地區尚「郡姓」，以崔、盧、李、鄭、王為大；關隴地區也尚「郡姓」，以韋、裴、柳、薛、楊、杜、皇甫為大。

即使是出自邊荒異域少數民族的北魏王朝，也受內地人的影響尚「虜姓」，把元、長孫、宇文、于、陸、源、竇等姓推舉到尊貴的地位。而那些真正是人口眾多的大姓，有時反而會因為地位低下而被人瞧不起。

如《元史‧順帝紀》中就記載了這樣一則故事：至元三年（西元1337年），蒙古族出身的宰相十分輕視漢人，這年上書順帝，「請殺張、王、劉、李、趙五姓漢人」。他仇視漢人可能是因為漢族人口太多的緣故，要殺的五姓漢人顯然也是當時人口最多的。他這一荒唐的請求，當然沒有得到順帝的批准。

明代關於貴姓和大姓的資料較完備。據學者李濟在《中國民族的形成》一書中對明代各姓人物的統計，明代人口較多的大姓有十個，依次是王、陳、張、張‧劉、郭、吳、楊、李、胡、朱。由於這一統計是建立在各姓著名人物數量的基礎上的，如果姓中著名人物

較少，其在大姓中的排名就有可能後延，因此還不具有普遍意義。

此外，明朝初年翰林院編修吳沈等人根據當時戶部所藏的戶口名冊，模仿宋代《百家姓》一書，編成了《皇明千家姓》。這本《千家姓》共收入姓氏一千九百六十八個，其數量超過宋代《百家姓》的四倍多，編排形式仍是四字一句，以韻相排。其開頭一句是「朱奉天運」，同樣是把當朝皇帝的姓氏放在了首位。只可惜這本《千家姓》已經失傳，我們今天已無法見到它的全貌。

據有些學者研究，中國清代有五大姓，即陳、李、張、黃、何。清朝初年，康熙皇帝親自審訂了一本當代百家姓，後來定名為《御製百家姓》。在這本百家姓中，開篇幾句是：「孔是闕黨，孟席齊梁，高山詹仰，鄒魯榮昌，冉季宗政，遊夏文章。」這裡沒有把清朝的皇姓放在首位，而是以漢人的「孔」姓開篇，目的是想以孔姓人的孔子及其思想收攬漢族人心，以換取他們對大清王朝的支援。顯然，儘管這首百家姓沒有像宋、明兩朝那樣「尊國姓」，但同樣有鮮明的政治色彩。由於這本百家姓在編排上過於艱澀冗長，因此也與明朝的《千家姓》一樣沒有留傳下來。

到了近代，隨著科學技術的發展，在人口和姓氏的統計手段上出現了長足的進步，一些有關的科學家利用這些資料進行研究，得出了較為準確的中文姓氏的使用數目和各主要姓氏的人口數量。

台灣姓氏以陳姓為最大姓，圖為台灣市區一景。

根據內政部 2005 年 2 月底戶籍姓名登記資料統計，台灣姓氏總數有一千九百八十九個，其中前十大姓人口數占總人口數 53%，前一百大姓人口數占總人口數 96%。除宜蘭縣及雲林縣第一大姓為林姓外，其餘縣市皆以陳姓為第一大姓。台灣前十大姓為：陳、林、黃、張、李、王、吳、劉、蔡、楊。

取名的藝術

有的人認為，名字不過是一個人區別其他人的一個代號，大多數中國人卻認為，人的名字裡包含著人的一生命運的全部資訊，是溝通天地萬物的樞紐，體現著人與自然血肉契合的直覺意識。因此，中國人是很看重名字的，也就著力去研究取名的學問，從而形成一門取名藝術。

現在給孩子取名字確實是越來越難了，因為中文字就那麼多，而人口越來越多，難免與人「相同」，另外，名字既要有點「深意」，又要叫得響，還得小心叫起來沒奇怪的諧音，要做到以上這「四位一體」，可不是一件容易事，看來取名還真是一門藝術。

蔡元培曾在 1930 年《申報》上刊文說：「用父的姓不公道，用母的

蔡元培像

姓不妥當，還是不要的好」，可用「符號來代替」。

如果採用蔡老先生的建議，用阿拉伯數字這種最簡單的符號來作人名，在我們十幾億人口的國家裡，至少要九位元數字的排列組合。那時就會出現這種情形：

甲：大名？

乙：我叫 742，357，891 號。您呢？

甲：我叫 897，264，138 號。

這可能嗎！

古人的名、字、號

現在中國人的稱呼是姓後面跟名字。其實，在古代，「名」和「字」不是一碼事，名是名，字是字，有的還加「號」。這在歷史人物的稱呼及一些古代小說都會看到。

先秦貴族都是既有名又有字的。據《禮記》說，一個男孩生下滿三個月，由他父親來起名字；到了二十歲，舉行加冠禮，將頭上左右的抓髻和下垂的頭髮，一齊朝上束起挽於頭頂，戴上冠，由來賓命字，就算成年了。這就是所說的「幼名冠字」和「男子二十，冠而字」。

兩漢以後，知識階

層的人，一般都是有名有字，不只限於貴族了。宋以來，命名取字，幾乎遍及各階層。洪邁的《夷堅志·甲志·蒲大韶墨》說：「蒲大韶字舜美，精於製墨，其製品上皆題『錦屏蒲舜美』。」進呈皇帝的時候，皇帝卻擲墨於地，發怒道：「一墨工，而敢妄作名字！可罪也。」可見南宋時，三教九流都是有名有字的了。明清時代更是如此。

從古代文獻中，我們會發現，取號在宋以後明顯時興起來。這也許與宋朝社會安定，文人中隱世思想頗流行有關。

▍古人取名的規律性

古人取名有「男自《楚辭》，女自《詩經》」之說。歷史上文人學士的名字確多取自經、史、子、集。可是名和字總共不過兩個字，三個字，最多是四個字，怎麼能將一段文意或一個典故概括成兩三個字變成名字呢？這不能不讓人讚歎漢語和中文字的妙處。請看下列名字：

- 晉·潘岳字安仁──《論語·雍也》：「仁者樂山。」又《里仁》：「仁者安仁。」嶽即山，所以「安仁」與「嶽」相應。
- 南宋·李兼字孟達──《孟子·盡心上》：「窮則獨善其身，達則兼善天下。」
- 清·戴震字東原──《易·說卦》：「萬物出乎震，震，東方也。」
- 清·黃繩先字正木──《古文尚書·說命上》：「唯木從繩則正。」《荀子·勸學》：「木中繩則直。」
- 清·曹一士字諤廷──《史記·商君列傳》：「千夫之諾諾，不如一士之諤諤。」此言敢在朝廷上直言正諫。

以上歷史人物的名字，都是取自經、史、子、集。這比單純以兩個詞來作名字複雜多了。它取材廣，立意高，內涵豐富，藝術性強。如果漢語不是一詞一音節，記錄漢語的中文字也不是一字一音和詞有定字，中文字也沒有「視而可識，察而見意」的可視性，那麼這種名字組合是無法存在的。

如果隨便將哪個人的姓氏名字改用同音通假的辦法來記錄，不是不可識辨，就是變成一個四不像。清人喜愛仿古，刻意學先秦，名字用同音通假，雖然「高雅」了，但名字卻變了。如周懶予原名嘉錫，字覽餘。這是取義《離騷》「皇覽揆余初度兮，肇錫餘以嘉名」的。改為「懶予」後以字行，便成了不打自招的懶漢了。

這種名字的藝術，全是神奇中文字創造的。

明清時代的小說家，對姓名用字的語詞義和中文字能離析組合的特點，以及同音字、形似字都十分注意。他們在給小說中的人物命名的時候，總是盡可能地利用這些特點。

如《紅樓夢》中賈政的門客有位叫詹光的。詹光者，沾光也，就是靠寄人門下沾光。《官場現形記》中有位叫荀才的，荀才者，狗材也。其人行為之卑劣有類豬狗，故曰狗材。

當然，小說中的人物取名最成功自然首推《水滸》，梁山好漢一百零八將，每人都有一個響當當的姓名，與外號合在一起稱呼，襯托得人物個個都活靈活現：「黑旋風李逵」、「花和尚魯智深」、「豹子頭林沖」、「浪裡白條張順」、「浪子燕青」……要說最妙的是那軍師「智多星吳用」，吳（無）用的人居然當軍師，還當得挺好。如果歷史上的宋江起義隊伍中，真有名叫吳用的軍師的話，那可真算得上是天意了。

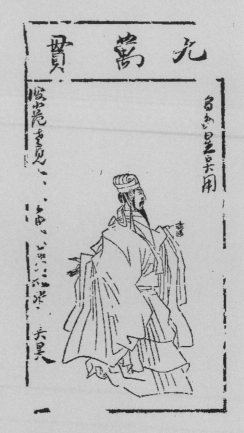

智多星吳用的取名極妙

姓名趣話

從這幾則姓名趣話可以看到，在姓名之背後，還包含著文學、歷史和政治等等內涵。中國人的名字和作為符號的功能只占次要的地位，更多的是文化方面的意義。

1. 李白取名

唐朝大詩人李白，為人性格豪放浪漫，鬥酒詩百篇，被人譽為「詩仙」。李白也非常喜愛燈謎文字遊戲。有一個叫李謨的人，有年他的外孫出生時正趕上唐朝改

年號「天寶」。李謨特別高興，就抱著外孫去請名人李白起個名字。當時李白已經酒醉，但也沒推辭，拿起筆來便在小孩的胸前寫了一首五言詩：

李白是唐朝著名詩人，有「詩仙」之稱。

樹下彼何人，不語真吾好。

語若及日中，煙霏謝成寶。

李謨說：「本來是請學士給起個名字，可是您卻給寫了首詩，不明白是什麼意思。」

李白說：「名字就在這四句詩裡邊呢，樹下人，木子，木子，李也。不語是莫言，莫言，謨也。好是女子，女之子，外孫也。語及日中是談到中午，言午，許也。煙霏謝成寶，煙霏為雲，成寶即封中，乃雲封也。這不是：『李謨外孫許雲封』嗎？」

李謨聽了高興地千恩萬謝回去了，後來這小孩就叫許雲封。

2. 武則天造名字

唐朝武則天是中國歷史上的一個奇女人。奇人名也奇。武則天，名則天，字曌（ㄓㄠˋ），這個字是她自己所造，意思是以天為法，日月當空。有趣的是有人曾把日月兩字改為雙目說她目空一切，目中無人，狂妄自大，膽大包天，有意貶低她。這是民間傳說。然而名字可以自造一個字，這在歷史上倒是第一人。

3. 用心的人統治用力的人

過去，人們起名字也很注意字的形旁。傳說有個皇帝給自己三個兒子起的名字都有「心」旁。他有個大臣給自己三個兒子起的名字都有「力」旁。一天，皇帝問起這個大臣兒子的名字，大臣回答了。皇帝聽了以後說：「我兒子的名字都有心旁，你兒子的名字都有力旁，正說明我們兩個人的關係啊！」大臣為了討好皇帝，補充說：「您說的很對啊！古人還說高尚的人用心，下賤的人才用力呢！」

4. 梁山好漢為何偏缺「趙」、「高」

　　「趙」姓是《百家姓》之首，又是宋朝的國姓。但在《水滸傳》中，有一〇八將，共有七十七個姓氏，卻偏偏沒有「趙」、「高」兩大姓。這其實也可以觀察到作者的巧思。

　　梁山好漢的對立面北宋統治集團兩個最大的代表人物就是姓「趙」的皇帝趙佶（宋徽宗）和姓「高」的太尉高俅。不使用這兩姓在梁山好漢上，強烈反映了與朝廷對抗的精神。

　　另外，梁山起義軍前後兩任的領袖晁蓋與宋江，姓氏為「晁、宋」，合起來的諧音便成了「宋朝」。也存有其僅是反抗趙、高統治，對宋朝仍存有感情的深刻含意。

宋徽宗趙佶像。

5. 您的祖我的孫

　　姓孫的和姓祖的兩人初次相見，互問姓名。姓祖的問姓孫的說：「您貴姓？」

　　姓孫的回答：「姓孫。」又問：「請問您貴姓？」

　　姓祖的連連說道：「不敢，不敢。」

　　姓孫的說：「我問您的姓，您何必這樣謙遜呢？」

　　姓祖的還是一個勁地說「不敢」。姓孫的堅持讓他說，他這才說道：「實在抱歉，敝姓祖。」

　　姓孫的一聽原來如此，以為他在故意占自己便宜，也笑著說道：「這又有什麼呢？不過是您的祖我的孫，我的孫您的祖而已！」

第九章

從中文字看古代家庭倫理觀

在許多中國人眼裡，男尊女卑被認為是天經地義的，
把光宗耀祖作為事業的出發點和目標，
兒孫滿堂則被視為人生完美的標誌。
這些中國人特有的家庭倫理觀，在中文字裡都有全面的反映。

▌嚴「父」慈「母」 ‧‧‧‧‧

　　甲骨文的「父」字，活生生地刻畫了一個嚴父形象。而「母」字也最能體現出母親的形象，使人們以稚子的眼光看到了母親的形象。「嚴父慈母」確實概括了大多數傳統家庭的客觀情況。

　　俗文說：「嚴父慈母」，這句話大致不差。當然一般中有特殊，有一些母親對待兒女的態度相當嚴厲，反而父親更顯得慈祥而和藹。不過大體來說，「嚴父慈母」確實概括了大多數家庭的客觀情況。

　　甲骨文「父」寫作𤕟。《說文解字》說：「父，矩也。家長率教者。從又，舉杖。」甲骨文「又」即手。

　　《常用古文字字典》的編著者王延林認為：「看來父是初民的首領，用手持指揮棒來表明其地位之高。到了父權制時代，在家中父親作主，此時父才作父親之父。」徐諧對「父」字作了這樣的闡釋：「鞭撲不可廢於家，形罰不可廢於國，家人有嚴君焉，父之謂也。故於文舉父；又者手也，杖也；舉而威之也。」

　　郭沫若認為是以手持石斧，許慎認為是以手舉杖，不管怎樣都將權力、威嚴的意思表現無遺了。

　　自從西周建立了宗法制度以後，宗法制度就像一根紅線貫穿著中國的奴隸社會和封建社會。

《論語》是孔子弟子紀錄孔子言行的作品，圖為孔子講學圖。

所謂宗法制度，實質上就是原始社會父系家長制時期的血緣親屬制度。在中國父權和孝道的重要性，這是有目共睹的。

中國的封建社會是一個宗法封建社會，特別強調「忠」和「孝」。歷史學家認為「忠」就是「孝」的擴大。封建皇帝其實就是一國的大家長。在家孝於親，在國忠於君，其原理是一致的。

因此《論語》中有這樣的對話：

季康子問道：「要使人民嚴肅認真，盡心竭力和互相勸勉，應該怎麼辦呢？」孔子說：「你對待人民的事情嚴肅認真，他們對待你的政令也會嚴肅認真；你孝順父母，慈愛幼小，他們也就會對你盡心竭力；你提拔好人，教育能力弱的人，他們也就會勸勉。」

可見，孝和忠的關係，在儒家心目中是非常密切的。

不但如此，孔子還認為只要孝順父母、友愛兄弟把這種風氣影響執政者，自己雖然不當官，其實也是一種參政行為。而孔子回答齊景公問政的話：「君要像個君，臣要像個臣，父親要像父親，兒子要像兒子。」更成為後來三綱五常的理論基石。

父親不但在家裡擁有無上的權威，

董仲舒像

按照儒家的觀點，父親犯了罪，兒子還要替他隱瞞。葉公語孔子曰：「吾黨有直躬者，其父攘羊，而子證之。」孔子曰：「吾黨之直躬者異於是：父為子隱，子為父隱，直在其中矣。」

西漢的董仲舒的《春秋決獄》就是以孔子的倫理道德觀作為判案的依據。有一個男子殺了人，躲進父親家裡。後來官方在老人家裡把犯人捕獲。按當時的法律，這個老人觸犯了窩藏罪。董仲舒根據《論語》「父為子隱，子為父隱，直在其中矣」的說法，宣判老人無罪。可見一些儒家學者對於《論語》不但迷信到無以復加的程度，而且是極盡穿鑿附會之能事。

中文字的「母」字是最能體現出母親的形象的。人們用稚子的眼光，看到了母親，甲骨文寫成𣎴，在「女」字的懷抱中加了兩點，這不是乳房的位置嗎？「母」正是以乳汁哺養嬰兒的，乳房是母親的特徵。

殷代金文的「母」字寫成𣎴，也寫成𣎴，戰國文字五花八門，有寫成𣎴，有寫成𣎴，小篆寫成𣎴。《說文解字》說：「從女象懷子形。」這解釋不易懂，顯然《說文解字》是依據小篆而解釋錯了。今天的楷書「母」字從字形上

講，不是直接繼承小篆，而是更接近於從石鼓文繼承來的。

「男」尊「女」卑

「甲骨文「男」字寫作 ⿰田力 或 ⿱田力。徐中舒曰：「男從力從田，力字即象耒形。力耒古同來母，於聲亦通。」金文「男」寫作 ⿰力田，像以手持耒耕於田。顯然，「男」字之形所示乃是農耕之事。

可見，在古人的觀念裡，農耕乃是男子之事，故以力（耒）、田之形象來表示男子的概念。農事與男子的這種關係，亦可找到語源上的佐證：「男」、「農」二字古音皆泥紐侵部，足見「農」之概念，實因「男」而得名，此種語言文字現象，足以說明這樣一種歷史現象：當社會進入農耕時代以後，男子由於體力的原因成為農耕生產的主要承擔者。然而，在生產中所處的地位，必然決定了男子的社會地位的提高。與此相反，女子由於生理條件的限制，無法勝任繁重的農事勞作，只得退出為領域而以操持家務為職，此可由「女」字見之：「女」字甲骨文寫作 ⿰ 或 ⿱，像一跪踞之人形。古人為什麼要為「女」設計這樣一個字形呢？這當然也不是偶然的。古人居家的基本姿態，並不像我們現代人那樣坐在椅凳之上，而就是如「女」字初形所描摹的那樣，雙膝著地而臀部壓在腳後跟上，這便是古人所謂「坐」。

了解了古人居家的基本姿態，我們對「女」字初形取象自可有較準確的理解，之所以要突出描畫其踞跪之姿，正是要強調其居家以操持家務為職的特點。其造字思維，正與「男」字之形突出男子以農耕產務相類似。

而女子既然退出生產領域而從事家務，則不得不依附男子而產生，《廣雅・釋親》、《禮記・本命》、《釋名・釋長幼》皆以「如也」「女」字之訓，《白虎通・嫁娶》則言之更詳：「女者，如也，從如人也。」顯然，古人多以「女」因其有「如人」（即聽命於男人）之性質而得名，故有此探源之聲訓。征之上古音，「女」屬泥母魚部，「如」則屬日母魚部，而泥、日亦是可以通轉之聲。可見「女」、「如」聲近義通，當具同源關係。而「女」之語源意義亦與其字形意義可相印證，表明其依附於人（男子）的卑賤地位。

進入農耕時代是男人社會地位提高的關鍵，圖為《耕織圖局部》。

而這種差異的另外一些女旁字中則得到了多側面的反映。從「女」得義的中文字，有一類是表示人的某些惡劣行為和品質的，如「奸」字，訓「淫也」；「嫉」，訓「也，……一曰妬也」；「婦夫也」；「婪」，訓「貪也」；「姍」，訓「誹也」；「妨」，訓「害也」；「妄」，訓「亂也」；「嫌」，訓「不平於心也」等等。

以上諸字的形義關係，顯然透示出這樣一種消息：當造字時，在人們（當然只是男人）的觀念裡，女子與種種惡劣的品質、行為具有天然的聯繫。而這種意識之所以成立，卻具有非常複雜的社會原因。

父權形成以後，種種社會準則、規範，對男子和女子便不一視同仁了：以兩性關係來說，男子可以三妻四妾，並被視為天經地義；而女子卻只能從一而終，並須奉「餓死事小，失節事大」為金科玉律。以處世才幹而言，則以男強女弱為貴，班昭《女誡‧敬慎第三》：「陰陽殊性，男女異行。陽以剛為德，陰以柔為用，男以強為貴，女以弱為美。鄙諺曰：『生女如鼠，猶恐其虎』。」諸如此類，不可盡數。

由此可見，在中國古代男尊女卑的思想是非常深重的。女人從來就處於被壓迫、被奴役的地位，有時連生命也操縱在丈夫手裡，司馬遷的《史記》裡就記著一個「殺妻取將」的故事。

在中國歷史上最出名的軍事家大概莫過於春秋戰國時寫《孫子兵法》的孫武了。不過當時還有一個和他齊名的軍事家，就是後來與孫武並稱的吳起。吳起本是衛國人，曾經向孔子的學生曾子學習過，後來在魯國當了官。

有一次，齊國出兵攻打魯國，魯國準備起用吳起領兵去抗擊，不過又很猶豫，因為吳起的妻子是齊國人。吳起知道後，回家便將自己的妻子殺了，以表明自己沒有二心，是忠心為魯的。魯國人這才放心地讓他擔當起重要將領來，魯國的軍隊也最終擊敗了齊軍。

史書上說吳起作為將領，一直和士兵同甘共苦，睡覺時從不鋪席子，行軍時也從不騎馬，還

吳起是戰國初期名將，曾歷仕魯、魏、楚三國。

親自背上軍糧，士兵分勞。有一次還親自為一個生瘡的士兵吮吸膿血。這樣一個能平等待人的將領，為了成就自己善戰的名聲，卻可以很隨便地殺死自己的妻子，由此可見當時妻子的地位是多為低下，根本談不上與丈夫平等。

▌「夫」唱「婦」隨 ‧ ‧ ‧ ‧ ‧ ‧

「夫」字甲骨文作 𡗕，像一位頭插一簪的成年男子，他正面站立，威風凜凜。而「婦」字則與「夫」形成鮮明對照，甲骨文中的「婦」字作 𠂤，像一個長跪女子手持一帚，表明其服侍丈夫，保持家務的身份。

從字音上看，《說文解字》以「服也」訓「婦」字，《大戴禮記》亦曰：「婦人，伏於人者也。」其訓釋方法均為聲訓，這實際上揭示了「婦」與「服」「伏」的同源關係。也就是說，在古人的觀念中「婦」是必須「服」和「伏於人」的，所以才賦予「婦」與「服」、「伏」相近的讀音。（上古「服」、「伏」同音，為並母職韻，與「服」、「伏」聲紐及主要母音相同，唯少一入聲收尾輔音）「婦」是與「夫」相對的一個概念，所以，「婦」之「服」與「伏」的物件自然是「夫」。可見，僅「夫」、「婦」二字，就赫然表明了婚姻關係中男女雙方夫尊婦卑的地位差異。在日常事務處理上，自然只能夫唱婦隨了。

夫，古時候又稱丈夫。一「丈」等於十尺，但因為上古的時候尺比現在的短一些，那時一個成年的男子的身高，約相當於當時的一丈。所以，丈夫，就是一丈之夫的意思。大概和我們現在說「七尺男兒」的意思差不多。

男子成年以後，一般都要成婚，於是，「丈夫」又有了「女子的配偶」這一層意思。不過，這樣一來，「身高一丈的大漢」這個意思便隱晦不顯了，於是，人們有時在丈夫前又加了一個「大」字，成了「男子漢、大丈夫」。

婦是已婚女子的通稱。平常我們說：新婦，就是新結婚的女子。它當然不能說成新女。婦和女兩個詞在這兒是不能通用的。平時我們也說少婦，意思是年輕的已婚女子，它和「姑娘」意思也不一樣。還有一個常用的詞是夫婦，這裡邊的婦是家庭主婦。作為家庭主婦，那把掃帚大概是必備武器之一。要是我們踏進一戶人家，只見家中塵土滿架，滿地狼藉，那一定是缺個好主婦，或是缺把好掃帚。要是地上晶光閃亮，物歸其位，那一定是太太主持有方。常言道：「貧家光掃地，貧女光梳頭。」看來掃地之作用跟打掃臉面的作用是一樣的啦。

婦表示主婦，當然也就是表示妻子。成語不就有「夫唱婦隨」嗎？婦和夫對稱，當然表示的是妻子。這個成語裡的唱，有時也寫作倡，意思是一樣的，是倡言、倡導的倡，表示丈夫先倡

南宋《摹女史箴圖》，畫中主要在歌頌女子的傳統道德。

導、提出一種主張，妻子隨聲附和。不是丈夫唱歌，妻子附和，不能誤解。

▌ 老人為何三條腿

　　古希臘底比斯有一個女首獅身的怪物，攔阻過路行人猜一個謎語：「什麼東西，早上走路用四條腿，下午用兩條腿，晚上卻用三條腿呢？」

　　古希臘人好像都是不善於猜謎，結果都被這怪物裝進肚子裡，打了牙祭了。等到伊底帕斯來到，才揭開謎底，迫得那怪物自殺而死。謎底想來大家也都知道，是「人」。

　　嬰兒滿地爬，算是四條腿，成人兩條腿直立行走，等到年老，彎腰曲背，杖而能行，那算三條腿。

　　老人的特點是「三條腿」，外國人這麼看，中國人也這麼看。「老」這個字，早先在甲骨文裡，正是寫成一長髮老人拄著一根杖：𦓐，也寫作𦓅，頭上多頂帽子，稍有不同，手中拐杖，卻是一樣。

古籍中拄杖而行
的老人插畫

　　《禮記》中說：「五十歲開始在家裡拄杖而行，六十歲在鄉里拄杖而行，七十呢，拄杖行于國中，八十歲上朝也可以拄杖，九十歲，是天子上門求教，不用上朝，倒也不用拄杖。」古代人這麼詳詳細細，不厭其煩地規定拄杖的時間範圍，正可以看出拄杖的重要性，難怪文字裡也著重表現這一點了。

　　老是年老，人老了總受人尊敬，這是我們中國人的傳統美德。當年孟子不就說

過「老吾老以及人之老」嗎？那意思是敬愛、贍養自家的老人，並推己及人而敬愛人家的老人。一個人要是連自己的雙親都不敬不尊，在過去，一張狀紙告他個忤逆之罪，夠他一輩子受的；如今，也可以請他上公堂評理，至少也可以請他上道德法庭亮亮相。

兒「孫」滿堂

中國人的傳統思想，最講究兒孫滿堂這樣的天倫之樂，哪怕自己一輩子累死累活，那也心甘情願。因為傳統的觀念就是：多子多孫便是多福。這從「孫」這個中文字也能得到證明。

「孫」字的甲骨文作🐾，金文中寫成🐾或🐾，到小篆寫成了🐾。左邊是個「子」，右邊是條繩子，這根繩子繫著子，「子」「系」變為「孫」。

古文字寫法是個會意字，《說文解字》說：「子之子曰孫。從子，從系；系，續也。」為什麼要從「系」呢？因為系有繼續的意思，能夠繼承父親的是兒子，能繼承兒子的不就是孫子嗎？所以「兒子的兒子」就是「孫」。

古代有「九族」的說法。關於「九族」有不同的說法，其中的一種說法是九族相當於九代。

就是說，從自己這一代算起，上溯四代：高、曾、祖、考，高是高祖，曾是曾祖，祖是祖父，考是父親；下接四代：子、孫、曾、玄，子是兒子，孫是孫子曾是曾孫，玄是玄孫。這樣一共九輩人，封建社會所謂「株連九族」，就是犯了罪要連累這樣一家子人可以看出，第三代以下都是可以叫作「孫」的。在民間玄孫」以下仍可列出「細孫」、「灰孫」等輩分，其實，那只是說明關係比較遠罷了。舊時取名有所謂排輩分，比如孔子的後代的名字就排輩分，孔氏的名字中有排上「令」字的，那是孔子第七十四代孫。瞧，「孫」這個輩分可是能容納多少代呀！

和孫子同輩的親屬也稱「孫」，但根據彼此的關係有所不同。如兒子的女兒叫「孫女」，女兒的兒子叫「外孫」，兄弟的孫子叫「姪孫」，孫女的

子孫滿堂、含飴弄孫是中國傳統思想，圖為《乾隆帝歲朝行樂圖》。

丈夫叫「孫婿」等等。「子孫」、「子子孫孫」用來泛指後代。

▍光宗耀「祖」

甲骨文「祖」字寫作 ☉，與「且」字同為一形。金文「祖」字的寫法亦與甲骨文同樣構造。顯然，☉ 乃是「祖」字的初文。郭沫若認為這就是男性生殖器的形象。這一觀點，除了語言文字內部的證據以外，又得到了考古發現的有力支援。

從近年出土陶、石或木之祖字形制來看，均是男性生殖器的模形，即為甲骨文 ☉；從其性質和作用來看，則又無疑是當時古人頂禮膜拜的物件。

商代和周代，都很崇拜祖宗，經常要祭祀祖宗，請求祖先對自己和後代的庇佑。這就是祭祖的風俗。到了春秋戰國，人們在「且」字旁邊加上了一個「示」字，成為 祖，小篆成 祖，「祖」字就這樣逐漸固定下來了。在中文字裡，「示」是一個跟祭祀有關的符號。「祖」字從「示」字旁，就是由於祖宗是享受著後代的祭祀的。祖廟也可簡稱為「祖」。而作為祭名，「祖」又用在出行前對路神的祭祀，餞行也叫「祖行」。

「祖」是跟人的出生有關係的一個字，所以「祖」又成為輩分詞。古人的生命不很長，孫子往往見不到祖父，所以「祖」早早就進入了享受祭祀的行列。父親的父親叫祖父。祖父以上的輩分都叫「祖」，如曾祖、高祖、遠祖。我們說的「祖祖輩輩」，是倒著往上數，無數輩的親族。這跟順著往下數的「子子孫孫」正好相反。

我們習慣把父親的父親叫祖父，把母親的父親叫外祖父。這是從男子為中心的父系氏族社會留下的習俗。就是我們用的姓氏，習慣上一般也是隨父姓，父姓就是祖姓。一個先祖，他的後代會有許多支脈，所以人們見到同姓的會說「五百年前是一家」，彼此套個近乎。同一個先祖的不同支脈，叫作「宗」。以前有些人由於各種原因，改姓了其他的姓氏，以後又要改回原來的姓，這就叫「認祖歸宗」。後輩做出成績，從而使祖宗的名聲得到張揚，叫作「光宗耀祖」。

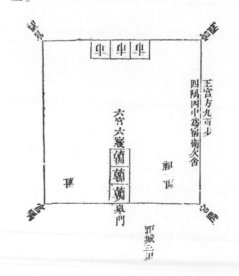

圖為周代的宮室圖，圖中「祖」即為祭祀太廟之處。

第十章

古中文字：一幅原始生民圖

我們的祖先在幾千年前為我們創造了中文字，
但有關那時我們的遠古祖先的生活情形並沒有留下文獻記載，
從而給今人留下了一團團的謎。
而古中文字為我們提供了不少資訊，
象形文字的古中文字即是一幅原始生民圖。

▌布「衣」暖身——從「衣」字看原始的衣著

　　甲骨文「衣」字寫成 ，金文寫成 或 ，小篆寫作 ，都像衣服的樣子，上邊是衣領，下邊是衣襟。《說文解字》說：「衣者，人所倚以蔽體者也。」顯然，人們用來遮蓋身體的東西——也就是我們現在所講的「衣服」，就是「衣」字的本義。與衣有關的還有「皮」和「裘」。

　　皮，金文作 ，手執鑣剝獸皮狀，獸皮可蔽體禦寒，此乃古代常識。

　　裘，甲骨文 、金文作 ，形似裘衣形狀。早在原始期人們已用獸皮製衣，近代一些滯後的原始部落也如此，可見中文字的寫「真」能力。

　　從以獸皮草葉遮體到有了真正意義上的衣服，這是個大進步。宋元圖畫人物的常服式樣和「衣」字形相仿佛，甚至至晚清也如是。說明漢民族至少在近代以前，服裝翻新改革的觀念很淡薄，趨於守舊，和遲慢足的農業社會倒相配，以至於這個甲文時代的「衣」字款式領導了中國服裝潮流達數千年。這種古衣很長大，同時起到了褲子的作用，古有「上衣下常」說，所謂「下常（裳）」，即內腰裙，自是獸皮遮羞布的發展，而非褲子。

西漢時的上衣

　　「衣」為象形字，發明在先，褲是形聲字，當是後起。褲子的遲遲見用，至少說明了一點，漢民是個農業大族，男耕女織，安居樂業，不需胡服（著褲，便於上馬）騎射以產生，馬兒只用來拉車負重或耕地，早先是不騎的，「騎」字產生較晚，褲子的有無也無關宏旨。

　　古衣飾也有些小小的進步，如古蓄長髮以為美，就有帽子頭；百工的出現，就有各式勞動

西漢時的腰裙

戰國烹飪器具，為一銅鼎，鼎身有金銀圖案，相當華麗。

服。漢代司馬相如為當壚賣酒曾自製「犢鼻」──像小牛鼻子樣的短「褌」，說不定正是超短的「迷你裙」呢！當然相如無意於此，只求勞作方便，多混碗飯吃。歷史總會引來流變，從衣部字、巾部字自可窺其大端。

民以「食」為天──說「食」

甲骨文中的「食」字寫成 🥣，西周金文寫成 🥣，字形基本上由兩部分組成，上面是個倒過來的「口」字，下面是個裝食物的器皿的形象，這是會意字，口對著裝著食物的器皿，幹什麼呢？就是「吃」呀。戰國文字「食」寫成 🥣，小篆的 🥣 即是繼承了戰國文字形體的。

還有兩個與炊具有關的字。

灶，古文作 🔥，像置鍋於上，添薪助炊。無需借助想像，今天我們不也如此擺弄食物？雖有了煤氣、電氣的能源進步，但燒柴的習慣依舊。

鑊，甲骨文作 🔥，金文作 🔥，炊具中放有鳥類食物，正在烹炊。

早在原始早期，初民已發明火，結束了茹毛吞生。古文中如炊熹炙熬煎炮庶等「炊事」字，皆從火，可見所謂燧人氏給中華文明添了多少光亮。

甲金文中食、米、火、皿、酉等部有太多的飲食字，其數量之豐富，說明了「民以食為天」。

安得廣廈千萬間──談「住」

今天，我們說慣了「居住」這個詞，認為「居」就是「住」的意思。其實，很早的時候，「居」寫成「🪑」，表示人蹲著的樣子，清代文學家段玉裁認為「居」的上面部分，「像首俯而曲前之形」，也就是說，頭低著，背彎著，這多麼像一個人蹲著的樣子啊！因此，我們可以說，「居」的最初的意思是「蹲」。

穴居野外的原始群體，當有了「家🏠」後，居住情況已大大改善：兩根立柱撐著覆蓋物，形成住所，不僅可以關養豬牛，就算是住個「四代同堂」也不是問題。

新石器時代的陶屋模型

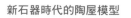

167

多歧路，今安在──論「行」

　　大詩人李白的《行路難》膾炙人口。詩仙面對前途艱難發出深深的感歎：「行路難，行路難，多歧路，今安在？」《行路難》是樂府詩集《雜曲歌辭》的篇名，原來是民間歌謠，說的是世路漫長和離別的憂傷。李白借用這個古題來抒發感情。

　　原林莽莽、荊棘遍地，何曾有路。楚國先祖「篳路藍縷」的傳說所謂偉大創業，其實就是去開闢道路。歷史上著名的「盤庚遷殷」，商代的那次大移民，走得也不是現成路。「路在腳下」，初民「行」的事就是如此簡單，完全可以想像。

　　社會進步了，水陸舟車也就跟上，例如甲骨文中：

西漢銅車駕

秦代銅車駕

車 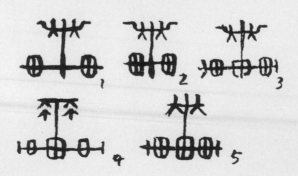 有十餘形，反映了古代車輛形制改良的過程，「乘車」由簡趨繁。增加車廂、傘蓋，向著舒適豪華發展。

舟 為從字形看，平底，首尾略上翹，似今之小木船，比獨木舟或葫蘆腰舟先進。商代舟船運輸已很普遍。

行 像十字形通道。

「車、舟、行」三字又作為部首形符，統領許多字，顯示著古代「行」（交通）的情況。

下面，我們詳細介紹一下當時車的情形。

車，不論古今，都是極重要的交通運輸工具。與整個社會生活有著極密切的關係。現代的車，輪子有多有少，少者獨輪，多者十輪乃至十輪以上，雙輪車已不占統治地位。但在古代，車子種類雖多，卻以雙輪為主。這不僅已為大量考古材料所證明，而且在文字上也有生動的反映——車字本身原是一輛雙輪車的寫照。

楷書的車字結構與隸書、小篆沒有什麼區別，雙輪車的樣子似乎不怎麼明顯。《說文解字》：「車，輿輪之總名也，夏後時奚仲所造。象形。」輿，是坐人的車廂，輪便是車輪。一輛車子，最重要的莫過於車廂和車輪，兩者缺一，便不成其車子。這好理解。「象形」便不太容易理解了。

按照段玉裁的說法，車字應該橫著來看，橫了過來，就有點像車形了：中間的代表車廂，即輿，兩邊的一短豎，象徵兩個輪子，橫貫車廂車輪的一長橫便是車軸。這當是簡化車子的形狀，所謂為象形，不過是象徵性地稍稍有點「像」罷了。而且這個字形還有可能被誤解為一個輪子，兩個車輹（即將兩短豎看作車輪外面的車輹），誤認為獨輪車的形象。

小篆的車字也見於石鼓文、竹簡、金文，是由商周古金文、甲骨文演變而來的。要講象形，古金文車字就最像雙輪車之形：

▌「死」無「葬」身之地

先民的「生老病死」又如何呢？甲文有「殹🐸」字，于省吾認為是執按摩器（↕）治病。據考古實物看，砭針↑🔆有刺膿割癰按摩熨扣等作用，故「殷」與「殹」同，正是針刺治病義。

後起於秦代的形聲字「醫」，借「殹」之聲，表示病者呻吟；從酉，表示酒有療效，《史記》有扁鵲用酒醪治腸胃病的記載。殷多酒具，動輒「稱彼兕觥」，祭神時「包茅縮酒」，歷代文人也「鬥酒詩百篇」，酒在上古有多重要，生老病死，何嘗須臾廢離，而酒風熾盛，正是農業社會生活的一面。

「死」在甲文中形像活人哀悼死亡，憑吊於骨殖旁。是否有祭祀骨殖的宗教味，實在不好說。初民年壽多短，死亡極普遍，但「死」的甲文，表明殷人或更早的人們對死的看重，面對屍骨，垂頭低眉，踞跪著，極神聖肅穆之至，或多或少可見那時的生殘死觀念，不論哀樂，都很認真。

喪葬的形式是隨著社會的發展而不斷變化的。遠古的時候實行天葬。《周易·繫辭下》談到古代的天葬：「古之葬者，厚之以薪，葬之中野，不封不樹。」意思是說：在古代，人死了後，用柴草將屍體

春秋時期的名醫扁鵲像

厚厚地裹起來，送到荒野之中，既不堆土也不立標誌。

中文字的「葬」字，其形體結構與這種天葬習俗有關。

小篆的「葬」寫作🈺：由三個部分組成：「艸」表示草叢；𠕋是死字，是屍字的最初寫法（《韓非子·內儲說上》：「棺槨過度者戮其死。」）死即屍。「一」是放置屍體的墊子。「葬」是一個典型的會意字，將天葬的意思巧妙地表現出來了。

屍體扔在野外，會招來禽獸啄食，死者的家屬會忍心坐視不管嗎？當然不會。何以見得？中文字的「弔」回答了這個問題。

小篆的「弔」寫作🈐。由𠆢（人）與弓（弓）組成。像一個人背了一張弓。唐代顏師古在注釋《急就篇》時談到弔字與天葬的關係：「弔，問終者也。於字，人持弓為弔？上古葬者，衣之以薪，無有棺，常苦禽獸為害，故弔問者持弓會之，以助彈射。」意思是說：弔是弔喪慰問的意思。就字形講，像人拿了一張弓。上古的葬制是以柴草裹屍體，沒有棺木，經常因禽獸踐害屍體而苦惱，因此弔喪者帶著弓協助喪家驅趕禽獸。《吳越春秋》裡也有類似的記載：「古者人民樸質，死則裹

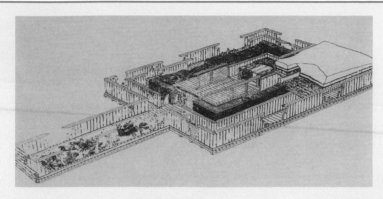

西漢墓室結構示意圖

以白茅，投於中野（中野，荒野之中）。孝子不忍見父母為禽獸所食，故彈以守之（用彈弓來守衛），絕鳥獸之害。」

後來弔字的結構上雖然仍保留了部件「弓」，但已經沒有驅趕野獸的意思，引申指向死者表示悼念。現在有「弔唁」一詞，細分起來，與唁有區別；弔指悼念死者，唁指對遭喪事的喪家表示慰問

天葬後來被土葬、火葬等所代替，而葬二字流傳了下來。葬可以構成土葬、水葬、火葬等複合詞。

將屍體埋入土裡稱做土葬。墳、墓二字都有土作義符，俗話說「入土為安」，都反映了土葬的特點。

最初的土葬是比較簡單的，只是挖個坑穴，上面並不堆土，這叫墓。後來在墓上推起了土，叫墳。《禮記·檀弓》說：「古者墓而不墳。」說明墳是後起的。有權勢的人，為了顯示闊氣把墳墓造得很大，這種特大的墳稱做陵，意思是像丘陵一般。例如秦始皇的陵在陝西臨潼，陵的外緣周長六千二百九十四公尺，規模浩大。

實行天葬，以柴草裹屍；實行土葬，則有了棺木。棺裡的棺叫櫬，是貼近屍體的（如同襯衣的襯，指貼在裡面的），棺外的棺叫槨。《論語》記載：（孔子的學生）顏回死了，他的父親為路請求孔子賣掉車子來回買，孔子說，我的兒子孔鯉死了，也只有棺沒有槨，我怎麼能賣掉車子呢？我是大夫，不是平民，我不能步行呀。孔子雖然窮，卻要提倡厚葬，倒是墨子開通，他主張「節葬」，說：「棺三寸，足以朽體。」他主張棺只有七公分厚度即可，自然更不必用槨了。

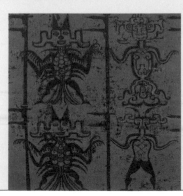

曾侯乙墓彩繪漆內棺繪畫

第十一章

中文字與戰爭

人類是一種好戰的動物，從某種意義上說，
人類社會的歷史就是一部戰爭史。
我們的先祖在造中文字時，戰爭的內容自然是少不了的。
這從一些中文字中完全可以得到驗證，
甚至當時戰爭的場面都依稀可辨。

▌窮「兵」黷「武」

　　現在的兵字，粗粗看去，似乎上半部分是丘，下半部分是八，事實上，兵的上半部分是斤，下半部分是廾，和具、共等字的下半部分一樣，是由 （廾）演變而來的，與「丘」和「八」毫無關係。這個兵字，從甲骨文以至小篆，都作雙手舉斤的樣子，也是個會意字：

甲骨文

金文

小篆　　　　　　陶文

　　那麼這個雙手舉著的「斤」在古中文字裡又是什麼呢？
　　古代的斤本是像鋤頭一般鋒利的器物，斤字本身正好是這種器物的象形。考古材料證明，斤起源很古老，斤字也在甲骨文以前就出現了。
　　近年來在山東大汶口文化遺址出土的灰陶缸上，刻有一個圖像文字，好像橫寫的阿拉伯字 7，這就是斤的

山東大汶口文化出土的陶壺

初文。它與甲骨文、金文以至小篆字形上的聯繫是很明顯的，甲骨文是陶文的縮影，金文是陶文的簡省，小篆則又源於金文。

一開始，斤和斧頭是有區別的。《墨子‧備穴》「斤、斧、鋸、鑿」斤斧並列，也可見確有不同。不過由於斤和斧頭配合著使用，故常合稱「斧斤」。如《孟子》說「斧斤以時入山林」（斧和斤按時進入山林），「斧斤伐之」（用斧和斤去砍伐它）。久而久之，斧斤的區別逐漸淡薄，乃至成了同義詞，斤也被看作是斧頭了。《說文解字》就說：「斤，斫木斧也。」（砍木的斧頭）。

斤既然可用來砍木頭，當然同樣可以用來鋤地、砍人頭。它不僅是生產工具，又可用作武器。古代生為工具和武器本無嚴格區別。斤用於戰爭，和戈矛劍戟起著同樣的作用。這樣，古中文字「兵」的含義就很明白了。

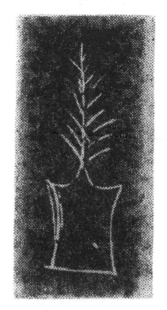

山東大汶口文化出土的陶文

雙手舉著武器，衝鋒陷陣，殺敵致勝，這就是「兵」。所以，在歷代典籍裡，凡武器都可叫做兵，使用武器的人也叫做兵。甲骨文有「錫（賜）兵」的占卜，金文有「戰獲兵銅」的記述，「兵」都是指兵器，其餘如厲兵秣馬、短兵相接等等，「兵」也是指各種武器；至於兵強馬壯、出兵、士兵，以及老兵、新兵等詞語中的「兵」當然是指手執武器的勇士了。

可見丘八不成兵，雙手舉起了斤才算真正的兵。在兵字廣泛用為武器的總名之後，斤仍然保持其原義，與兵相區別。

另一個與戰爭有關，且與兵也有一定聯繫的中文字是「武」。

「武」是有代表性的會意字之一。同「人言為信」一樣，「止戈為武」幾乎是盡人皆知的常識：止和戈兩個獨體的「文」結合在一起，就是武字了。從字形上分析，自古及今，武字都由這兩部分組成，結構上沒有什麼變化，不過甲骨文、金文、小篆較為形象醒目，隸書以後，戈的右邊一撇搬到了左上方，變為一橫，不易

甲骨文　　　　金文　　　　小篆

辨認而已。

字形的變化主要在「戈」這一部分，由兵器的形象逐漸演變為完全符號化的戈。

「止戈為武」，追本溯源，完全是事實。但為什麼「武」要以止與戈二者結合起來表現呢？難道制止干戈成為武嗎？但遠在春秋時，楚莊王竟然就是這樣解釋的。許慎作《說文解字》也承襲此說。這不是文意不通嗎？

其實，「止戈為武」的真正含義關鍵還是在「止」上。

大凡會意字，把幾個獨體的「文」結合在一起，造成一個新字，「會」出一種新「意」，其各個組成部分都是取其本義，而不是用其假借義，「止戈為武」也不例外。

戈是古代的主要兵器之一，止是足趾的象形，這在古文字裡是非常清楚的。止既是趾，也代表足，不僅有甲骨文「疾止」一語為證，後世文獻也時有所見，如《漢書‧弄法志》「當斬左止者」，為注：「止，足也」。而且，在其他一些會意字裡，「止」都代表足趾，也就是人的足跡，幾乎都有前進、進取之義，而絕非中止、制止。明白了「止」的含義，「止戈為武」就可得到合理的解釋了：戈是武器的代表，表示威武，止是足趾的象形，表示行進，整個字的含義就是征伐、征戰，乃是勇武的象徵。《春秋繁露‧楚莊王》說「武者伐也」，倒是一語中的，得其本義。

幾千年來，武字一直是勇武、威武的代名詞，和「文」相對應，且可泛指武功、武力及軍事。

據古代「謚法」的說法，「剛強理直」、「威疆睿德」、「克禍定亂」者都可謚「武」殷有武丁、武乙，周有武王，漢有武帝、光武帝，都是以赫赫武功著稱的帝王。在社會生活和語文辭彙裡，武與文猶如一對攣生兄弟，是「對立統一」的矛盾雙方，例如：文廟、武廟，文場、武場，文庫、武庫，文藝、武藝……都是有文必有武。再如文官武將，文治武功，文恬武嬉，文人武士，講武習文，能文能武，文武雙全……則都是文武並列或前後對稱的。雖然人們未必知道什麼「止戈為武」，但對上述種種「武」的含義卻是絕不會弄錯的。

▎大動干「戈」

戈、戟都是中國古代的兵器，在字形上它們有一個共同特點：從戈部。還

春秋時期的戈，上刻字為王子于之用戈。

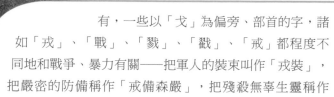

有，一些以「戈」為偏旁、部首的字，諸如「戍」、「戰」、「戮」、「戳」、「戒」都程度不同地和戰爭、暴力有關——把軍人的裝束叫作「戎裝」，把嚴密的防備稱作「戒備森嚴」，把殘殺無辜生靈稱作「屠戮」，等等。看來「戈」字確實神通不小。它到底含有什麼意思呢？

《說文解字》上解釋說：「戈，平頭戟也。」原來，它是中國古代的一種兵器。開頭與矛相仿佛。用青銅製成，橫刃，安裝木柄與鐏。既可為挽，又可橫擊、啄刺敵人。在征戰四起、戰火不斷的古代，是一種殺傷威力極強的武器。

戈，甲骨文寫作 **f**。字形與戈兵器的外觀相符。通常戈多作兵器名稱，如「金戈鐵馬」、「大動干戈」等。

「金戈鐵馬」，金戈就是兵器；鐵馬，是指披鐵甲的戰馬。騎著戰馬，手持金戈，自然雄姿英發，八面威風了。因而人們常以此形容戰士的雄姿。宋代的愛國詞人辛棄疾曾有詞句道：「想當年，金戈鐵馬，氣吞萬里如虎。」這裡的「金戈鐵馬」就是此意。

▌ 投筆從「戎」

東漢名將班超，有一個「投筆從戎」的故事。據《東觀漢記》說：他早年家境貧寒，為了供養老母、養家餬口，班超不得不為官府做些抄抄寫寫的工作。然而所得甚少，聊以餬口。終於有一天他扔掉筆，感歎道：「大丈夫應該像傅介子、張騫那樣建功立業，求得封侯才是，怎能安心幹這種沒出息的抄寫工作呢？」於是他參加軍隊，征戰異域，後來終於立下赫赫戰功，被封為定遠侯。自此，人們就以「投筆從戎」指棄文從武、發憤立功。這裡的「戎」是軍隊的意思。

「戎」字的小篆寫成 **戎**，一邊是戈，戈用來殺敵；一邊是甲，甲是穿在身上保護自己的。後來楷書寫成「戎」，「甲」變成了「十」字。

《說文解字》上說：「戎，兵也。」這個「兵」並不是指士兵，而是「兵器」的意思。古時候有「五戎」之稱，《禮記》裡就有「習五戎」說法。五戎，其實就是指刀、劍、矛、戟、矢這五種兵器。

後來「戎」字原義得以引申，用來指軍隊，士兵。戰士的軍服，稱作「戎裝」、「戎服」；軍營，稱作「戎帳」；軍威，

班超像

稱作「戎威」；軍權，稱作「戎柄」；軍隊的統帥，稱作「戎帥」。

　　和許多以「戈」為部首、偏旁的字一樣，「戎」字似乎與戰爭有著不解之緣。中國古代烽火四起，為爭奪地盤，征戰不斷。任何一場戰爭都離不開兵器，久而久之，「戎」字成了戰爭的代名詞，常被用以指代戰爭和征伐。周武王繼承文王遺志，在牧野大敗殷商之軍，歷史記載道：「戎殷於牧野」，這個「戎」就帶有征伐的意思。花木蘭女扮男裝，替父從軍的故事，稱得上膾炙人口了。《木蘭詩》裡說：「萬里赴戎機」，就是說：到萬里之外投入戰爭。這個「戎」就是戰爭的意思。《禮記》裡有勸人不要做「戎首」的句子，這個「戎」意思也一樣，所謂「戎首」就是指發動戰爭的主謀、禍首。

　　「戎」又有「兵車」的意思。古代駕兵車的馬，又叫「戎馬」。老子在《道德經》裡說：「天下有道，卻走馬以糞，天下無道，戎馬生於郊。」意思就是說：「天下有道，國泰民安馬不過用來耕作；天下無道，戰爭頻繁，戰馬生馬駒於城郊。」後來人們常以「戎馬生郊」來喻指戰爭頻繁。「戎馬」的原義也得以引申，借指戰爭、戰亂。

▎ 「戒」備森嚴 ‧ ‧ ‧ ‧ ‧ ‧ ‧ ‧ ‧ ‧ ‧ ‧ ‧ ‧ ‧ ‧

　　「戒」是一個大家相當熟悉的字：「戒備森嚴」、「戒驕戒躁」、「清規戒律」。信奉宗教的，有齋戒；景陽岡打虎英雄武松　上梁山泊入夥，手持兵器叫「戒刀」；還有現在談得比較多的「戒煙」、「戒酒」，等等。

　　那麼「戒」是什麼意思呢？它的古字寫作 𢧵，𢦏 是古代的一種兵器，威力極大。顯然「戒」字與軍事有關。《說文解字》上說：「戒，警也。」它是防備、警戒的意思。

　　《易經》裡有句話：「除戒器，戒不虞。」除，是整修的意思：戒器，指兵器。大意是講：整修軍備，加強警戒，以備不測之禍。我們又常把整齊嚴肅的防備，稱作「戒備森嚴」；戰時或其他非常情況下，採取的嚴密防備措施，稱作「戒嚴」。

　　這裡的「戒」，都是防備、警戒的意思，而且似乎都和軍事沾點邊兒。也有加以引申的，「戒」

戰國時期兵車復原圖

176

黃庭堅《戒石銘》

是防止、避免的意思。「戒驕戒躁」的意思是：防備或警惕驕傲、急躁情緒的產生。同樣常用的一個詞語是「引以為戒」，意思就是引過去的教訓為警戒。這兩個「戒」，又指思想上的防備和警戒，而含防止、警惕的意思。

古時地方官署中又有上刻警戒官吏銘文的石碑，稱作「戒石」。銘文稱「戒石銘」。還有自我警戒的文字，稱「戒書」，等等。

南「征」北「伐」

秦時明月漢時關，萬里長征人未還。
但使龍城飛將在，不教胡馬度陰山。

這是唐代詩人王昌齡的《出塞》詩之一。詩中的「長征」是講為了保家衛國而出征戍邊，這使我們想起了戰士，想起了他們英勇的犧牲和無私的奉獻。「征」是跟流血犧牲緊緊糅合在一起的一個字眼。

現在的「征」字是從小篆變來的，小篆寫成䢭或征，它們的左方「辵」或「彳」都是用來表示動作的符號，「正」是聲旁，代表了讀音。《說文解字》的解釋是「正行也」。這個解釋很讓人納悶，什麼是「正行」呢？要是看甲骨文就明白了，甲骨文的「征」字壓根兒沒有那些個偏旁，只是正，或者還可以寫成正或正。這上邊的方框像一座城的樣子，下邊的「止」就是個腳，腳尖正向著城裡走去！走路得用兩隻腳，所以艸就是兩隻腳的模樣。可見「征」的本義就是征伐。這個字原來寫成正，金文寫正，小篆把一點變為一橫，就變成了正。

唐代詩人王昌齡像

原來「正確」的「正」字是「征伐」的「征」字的母親，那偏旁是為了區別字義而後加上去的。明白了這個道理，我們也就明白，《說文解字》說的「正行」就是「征行」，也就是出發打仗的意思。

「征」的本義是「征伐」，甲骨文中「征人方」也寫成「伐人方」，征伐同義。征伐要離開家鄉，所以走長路也叫「征」；遠行的人是「征人」或「征夫」，遠在他鄉客居的人叫「征客」；候鳥春來秋往，長途飛行，人們管它叫「征鳥」。大雁是候鳥的代表，當天氣轉暖或變冷的時候，天空中會飛過一行行的大雁，看著它們匆忙趕路的樣子，人們想起了「征」，於是把大雁叫作「征鴻」或「征雁」。

遠行的船可以叫「征帆」；遠行的車可以叫「征車」或「征輪」；遠行的馬是「征馬」。當然，「征途」就是遠行的路，我們還叫它「旅途」。旅途上的風就成了「征塵」，征塵樸樸是形容趕遠路的人滿身風沙的樣子。「征塵」還表示戰場上的煙塵，也叫「征雲」。

出門在外的人穿的衣服叫「征衣」或「征衫」；出征將士穿的衣裳叫「征袍」。遠行去戍守邊境就叫「征戍」。古代的農業社會，人們都希望安居樂業，並不希望長途跋涉，所以出門遠征不是由於軍事原因就是產生計奔走，描寫征人、懷念征人的作品也就層出不窮。

西漢步兵持盾陶俑

長安一片月，萬戶搗衣聲。
秋風吹不盡，總是玉關情。
何日平胡虜，良人罷遠征

李白的《子夜關歌》寫盡了「征」字的點點血淚、深深愁思。

與征的意思很相近的一個字就是「伐」。古書上說，正義的戰爭叫「伐」，可在幾千年的文明史上，除了人民革命，又有幾次戰爭是正義的呢？

我們來看看甲骨文「伐」字的寫法，甲骨文寫成，金文寫成，左邊是個人，右旁是個戈。戈是古代的兵器，樣子像把長柄的鐮刀，可這鐮刀的刀口正擱在「人」的脖子上呢，這「伐」字的意思就是砍人頭。小篆把人和戈分離了，寫成，儘管還是由「人」和「戈」兩部分組成，但二者之間的關系模糊了。所以《說文解字》用了一個比較模糊的詞來解釋：「擊也。」這個「擊」字應該就是打擊的意思。

「伐」是殺人，甲骨文記載的卜辭常常記下了商代統治者

「伐羌」或「伐人」以祭祀祖先的內容。「伐羌」是殺羌人的俘虜，「伐人」是殺奴隸——主要的也是戰俘。「伐百羌」就是砍了一百個羌人。在甲骨文中，「伐」字也不限於殺俘虜，還有「伐人方」、「伐土方」的記錄。「人方」是商王朝東方的國家，「土方」在北邊，都是商的鄰國和敵人，這裡的「伐」顯然是征伐的意思。當然，征伐同樣也殺人。歷史上有名的「武王伐紂」，就是周武王糾集諸侯一起討代商紂王，推翻商王朝的事件。歷史是勝利者書寫的，這個「伐」字就帶上了「正義」的色彩。春秋無義戰，但諸侯之間的爭奪土地和人民的戰爭也用「伐」字。由於「伐」有正義的色彩，稱為「伐」的戰爭主動一方，總是敲鐘擊鼓，宣明發動戰爭的目的因而「有鐘鼓」成為「伐」的一個標誌。

「征」和「伐」這兩個字，在表示戰爭時，意義是比較相通的，但使用中有方向性。中國的歷史上發生過無數次的戰爭，主動出擊的一方可稱「征」，也可稱「伐」，但我們經常看到的是「南征」、「北伐」，而如反過來稱「北征」、「南伐」似乎就有點彆扭。當然，這也許完全是一種語言的約定俗

成，而沒有什麼更深的含義。

▍「軍」威浩蕩

雖然現代化裝備下的軍容已與上古完全不同，但從「軍」字的早期文字分析不難看出古代軍隊的形態。

軍，金文寫作 🔸，小篆寫作 🔹，古時候，作戰時使用兵車，戰鬥結束後，兵車圍在一起，就是「軍」字。可見，「軍」最早和打仗用的兵車有關。後來，「軍」成為一種作戰單位，也就是我們今天所說的軍隊。

各類比賽中的第一名又叫作「冠軍」，這個「軍」和軍隊的「軍」是不是有關呢？原來，「冠軍」的說法最早是在軍隊裡使用的。一般把戰功顯赫、英勇善戰的人封為「冠軍將軍」，也許是立功次數為將軍之冠的意思吧！

但也有名不副實的，宋義曾是「卿子冠軍」，而他的戰績平平，只是因為得寵才被封為「卿子冠軍」，後來死於項羽的劍下。可見，最初的「冠軍」是官名，靠冊封，而現在的「冠軍」則要憑真才實學，靠奮力拚搏才可得到。

僅次於冠軍的，就是「亞軍」，第三名叫「季軍」，因為一季有三個月，每季的第三個月叫作「季」，第三名當然是季軍「殿」有後的意思。古時候，軍隊行軍，被派擔任後衛任務的部隊叫殿軍。殿軍往往走在軍隊的最後，因而最後一名叫「殿軍」。

西漢騎馬俑，充分顯示了當時軍隊的威勢。

第十二章

中文字和十二生肖

作為整個中華民族所公認的十二生肖，實際上是個原始圖騰群，
積澱著古代畜牧者的意念，作為一種概括，作為生民的衣食父母，
曾為敬物，威勢赫赫過，而今大都地位沒落了，
成了可有可無的大眾風俗，失卻了最早那種神聖不可侵犯的靈光。

中國人詢問或表達年齡，有許多種方式，其中一種就是用屬相，如屬牛、屬狗、屬豬等。民間有的男女婚配也要講究屬相「合」。可見生肖已成為了中國文化的一部分，而用作生肖的這十二個動物中文字也就具有了特殊的意義。

我們中國人傳統上有一種用十二生肖配以十二地支紀年的方法，這十二生肖是：子（鼠）、丑（牛）、寅（虎）、卯（兔）、辰（龍）、巳（蛇）、午（馬）、未（羊）、申（猴）、酉（雞）、戌（狗）、亥（豬）。十二地支紀年法為十二年一個周期。

人們在講年齡時，有時會用生肖來表示。一位年輕人，說自己是屬鼠的，如果掌握了生肖紀年方法，便可容易地推算出他實際的年齡。2015年是羊年，羊年往後倒推七年是鼠年，即2008年。他既然是年輕人，那麼還要再往後推一個地支的周期，即再後推十二年，就是1996年。這一年便是他出生的年份了。這位青年2015年時為十九歲。

談生肖紀年首先需對中國傳統紀年

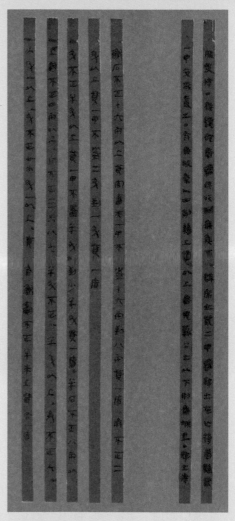

秦代文獻《睡虎地秦簡》中已有用動物與地支相配的文字

有一個大致的瞭解。自古迄今，紀年大致可分為二：一種是政治紀年，一種是自然紀年。

政治紀年，是與政權的興替相聯繫的紀年方法。在古代，以新君主登位那年為元年，換一個君主，紀年就從頭開始。例如中國第一部編年史《春秋》，就是按春秋時代魯國的十二個國君在位的時間來紀年的。到了漢代，漢武帝改用年號來紀年，他一個人用過十個年號。換一個年號叫改元。每個年號包含的時間長短不一，如唐玄宗就有先天、開元、天寶三個年號。

先天只有一年，開元有二十八年，天寶有十四年。到明、清兩代，一般是一個皇帝用一個年號，例如清聖祖以康熙為年號，終其帝位。這樣人們反過來用年號稱皇帝，清聖祖就稱康熙皇帝。

另一種是自然紀年。古代較早時候是用歲星紀年的。歲星就是木星，它每年在天空移動三十度，十二年繞天一周。古人將周天（黃道附近）分十二個星域，叫十二星次，歲星走入哪個星域，就稱歲星在某某。例如《左傳‧襄公二十八年》：「**歲在星紀**」，是說歲星走到星紀那一年。這種紀年最大的好處是不受國別和國君在位時間的限制，如「歲在星紀」，這對當時周天子和各諸侯國都是適用的。但是歲星繞天一周並非整整是十二年，積八十二年就超越一個星次。因而產生計算誤差，很不方便。於是改用太歲紀年。

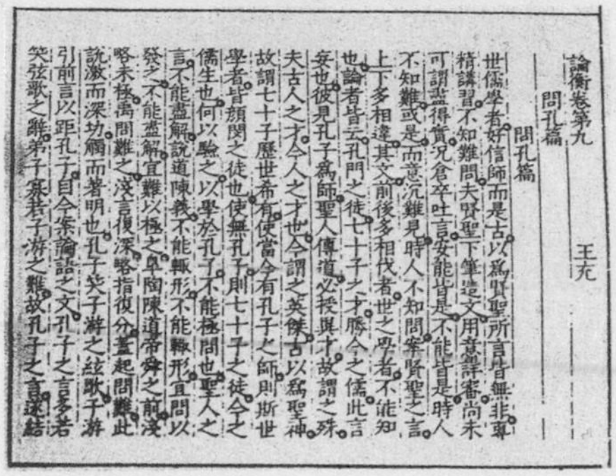
論衡卷第九
問孔篇　　王充
問孔篇
世儒學者好信師而是古以為賢聖所言皆無非專
精講習不知難問夫賢聖下筆造文用意詳審尚未
可謂盡得實況倉卒吐言安能皆是不能皆是時人
不知難或是而意沉難見時人不知問案賢聖之言
上下多相違其文前後多相伐者世之學者不能知
也論者皆云孔門之徒七十子之才勝今之儒此言
妄也彼見孔子為師聖人傳道必授異才故謂之殊
夫古人之才今人之才也今謂之英傑古以為聖神
故謂七十子歷世希有使當今有孔子之師則斯世
學者皆顏閔之徒也使無孔子則七十子之徒今之
儒生也何以驗之以學於孔子不能極問也聖人之
言不能盡解說道陳義不能輒形不能輒形宜問以
發之不能盡解宜難以極之皋陶陳道帝舜之前淺
略未極禹問難之淺言復深略指復分蓋起問難此
說激而深切觸而著明也孔子笑子游之弦歌子游
引前言以距孔子自今案論語之文孔子之言多若
笑弦歌之辭弟子寡若子游之難故孔子之言遂結

《論衡》書影

生肖紀年是自然紀年的一種，與干支紀年相比，它刪掉了天干部分，只有十二地支，將十二地支的每一支配一個動物來表示。生肖紀年的起源相當早，漢代王充的《論衡》已曾提及。

碩「鼠」

據科學研究發現，老鼠在第四紀冰川期就已經存在。在我們中文字裡，「鼠」也有很長的歷史。

甲骨文中「鼠」字寫成，金文裡作，這些形體看上去都像鼠的側形，上半部分像鼠頭，突出了它的牙齒（這也許是因為老鼠最厲害的一招就是用牙齒咬東西）；「鼠」字的下半部分像鼠的足、腹、尾。小篆裡，「鼠」字寫作，還是個象形字。

「鼠」原是穴居獸的總稱，現在的一些動物名稱如貂鼠、獾鼠等都稱「鼠」，就是例證。後來「鼠」則專指老鼠。

中國人把鼠列為生肖之首，可見人鼠關係非同尋常。民間有許多有關老鼠婚嫁的故事，而且場面與人無異，浙江東南部的方言裡，把兩個女孩子在一起嘰嘰咕咕說悄悄話說成是「像老鼠嫁女一樣」，北方民俗裡也有「正月初三老鼠娶新娘」的說法。

在我們許多古代文學作品中，就有許多人鼠相提並論的例子。像中國最早的詩歌總集《詩經》裡有：「相鼠有皮，人而無儀，人而無儀，不死何為！」這裡，鼠還有皮，人卻不講面子，人不如鼠。

又比如《詩經》裡《碩鼠》篇說：「碩鼠碩鼠，無食我黍，三歲貫汝，莫我肯顧！」把統治者比作大老鼠，其貪得無厭的嘴臉躍然紙上。諸如此類的詩句無不暗示了鼠在人們生活中的特殊地位。而《七俠五義》中把五義士都冠之以「某某鼠」的雅稱，則又是對老鼠的機靈、敏捷推崇備至了。

然而，不管怎樣，老鼠總歸是個盜糧能手。無論是葷是素，它都要與人類爭食。因此人們對老鼠懷著無以名說的禁忌心理，又儘量地去貶低它，唾棄它。漢語中有許多詞語，「鼠」都是作貶斥的物件。比如：「鼠輩」、「鼠子」，是用來蔑視、辱為別人的詞。

我們平時形容一個人眼光短淺，只顧眼前的利益，沒有長遠打算時就說「鼠目寸光」，也可稱「鼠目」。金代元好問有詩說：「虎頭食肉無不可，鼠目求官空自忙。」就是感歎爭取仕途升遷是目光短淺空勞無益的事。

「鼠」字還有渺小、卑賤的意思。成語「鼠竊狗盜」是指小偷小盜，「鼠肝蟲臂」則是比喻微末卑賤，等等。

在漢語裡，還有一個字和「鼠」有關，那就是「竄」。老鼠除了用牙咬以外，

明宣宗朱瞻基《苦瓜鼠圖卷》之一、之二。

還有另一特徵：亂跑亂竄，所以最初的「竄」字是個會意字。上面是「洞穴」的「穴」，下面便是「老鼠」的「鼠」字，起初是專指老鼠亂逃亂跑，後來才廣指一般動物和人。如「竄來竄去」、「流竄」、「抱頭鼠竄」等詞語，現在往往用於形容人或鼠以外的動物。

▌「牛」氣沖天

唐灰陶牛製品

楷書的牛字非常簡單，寫成「牛」。這個字是從古文字演變來的。早期的牛字非常有趣，就是畫一隻牛頭：𰀁，但在甲骨文中這個形象就已簡化成簡單的線條：𤘘。金文中的牛字也是一樣：𤘘，只是在筆畫上比甲骨文粗壯些。從甲骨文和金文中，我們可以看出牛字是從圖畫式的牛頭演變來的。小篆的牛字形體與金文一樣，沒有大的變化。

到了隸書，人們把牛的一隻角拉直，一隻角斷開，成了𤘖。楷書繼承了隸書結構，但左角的第一筆寫成撇。

作為動物，牛有許多種類，在中國就有黃牛、水牛、犛牛等幾種。在長期的馴養中，人們也培養了不少優良的品種，如專供擠奶的奶牛，專供食用的肉牛，以及用以役使的耕牛等。到了現代，拖拉機代替了耕牛，人們卻仍不捨得扔掉這個「牛」字，把拖拉機叫作「鐵牛」。

並不是所有由「牛」組成的語詞都帶褒義。如「鑽牛角尖」，是用來比喻在無法解決的問題或不值得研究的小問題上枉費力氣。說大話是一種浮誇的行為，人們把這叫作「吹牛皮」。

「牛頭馬面」，是傳說中閻王手下的惡鬼，人們用來形容各種醜惡的形象。「牛頭不對馬嘴」，用來表示答非所問，或兩件事情接不上。「牛鬼蛇神」，原來形容虛妄怪誕的事物，後來成為對壞人的一種貶稱。「牛鼎烹雞」，用來比喻大材小用，試想，在用來煮牛的大鼎裡煮一隻雞，難道還不是大材小用嗎？同樣意思的成語還有「牛刀割雞」，但人們更習慣於說「殺雞焉用牛刀」。

牛對古人的生活來說遠比現在來得重要，因而古人對牛的名稱也比今天來得繁，觀察也細膩得多。如公牛稱為「牡」，母牛叫作「牝」，小牛叫作「犢」；俗稱經閹

西漢陶牛製品

183

唐韓滉《五牛圖》

割的公牛為「牸牛」。公牛則有別名叫作「特」，《說文解字》牛部記載著許多這樣的專名。

牛是古人祭祀用的最高的祭品，用牛來祭祀，被稱為「太牢」；用作祭品的牛稱為「犧牲」，因而，牢、犧、牲等字都是以牛字作為偏旁的。

牛是古代農業的主要畜力，用牛耕田的農具是犁，所以「犁」字是從「牛」、「利」聲的一個字。

牛肉是古人主要的肉食品，用食品

《耕織圖》中表現出牛對農民的重要性

來慰勞別人叫作犒勞。《左傳》中鄭國商人弦高得知秦國軍隊將要偷襲鄭國，機智地將自己的牛送去犒勞秦軍，使秦軍將領誤以為鄭國已有準備，從而打消了偷襲的念頭。這個「犒勞」、「犒師」、「犒賞」的犒字，也從牛，可見牛的用途之大。

▌「虎」口拔牙

「虎」是個象形字。甲骨文中寫，金文寫作，如果把這些字橫過來看，都是巨口、利齒、長尾的動物，抓住了老虎形象上的特點。

到了小篆，「虎」字則看上去像蹲著的老虎形象。動物學上說，虎屬貓科，頭大而圓，前額有紋似「王」字，利牙巨口，身上有花紋。這些特點在「虎」字的古文字形中依稀可見，而楷化後的「虎」字中，象形的特點便淡化了。

「虎」是中國傳說故事中的「百獸之王」，有

戰國銀虎

一句俗語說「山中無老虎，猴子稱大王」，可見，在大多數人的觀念裡，通常情況的大王是「虎」。虎」是兇猛的，所以許多傷害物類之蟲也以「虎」來命名，如「蠅虎」、「蠍虎」等等，推而廣之，「虎」可以作為所有害蟲猛獸的代表。

「虎」是猛獸名，但在具體使用過程中，常用其他比喻義。

「虎」可以比喻威武勇猛。如「虎將」、「兵雄將虎」等等。《三國志·蜀志·關羽傳》：「關羽、張飛皆稱萬人之敵，為世虎臣。」用現在的話一說就是：關羽、張飛都是以一敵萬的勇將，是當今世上威武勇猛的人。這裡的「虎臣」中的「虎」就是威武勇猛的意思。此外，還有「虎虎生風」、「虎勁」等語詞中的「虎」也是如此。

由「威武勇猛」這個意思引發開去，「虎」還有威嚴、強健、偉大之類的意思。成語「龍行虎步」舊時就是用來形容儀態威武。再有如「虎背熊腰」形容身體魁梧健壯，「虎頭虎腦」是形容健壯憨厚的樣子，看來威嚴壯實還真離不開「虎」字呢！

難怪人們一聽到帶「虎」字的藥品就自然而然想到滋補上，「虎」除了威嚴強健外，還可比喻殘暴兇惡，如「虎視眈眈」是比喻貪婪而兇狠地注視；「虎狼之心」是比喻心腸非常狠毒、殘忍。再擴展開去，「虎」也指殘暴兇惡的人。成語「為虎作倀」本來用在迷信中，說人被虎吃掉後變成鬼，又去引誘別人來給虎吃，這種鬼就叫「倀鬼」。後來，「為虎作倀」則用來比喻充當壞人的幫兇，「虎」字在這裡則變為「兇殘之人」的代稱。俗語「母老虎」、「笑面虎」中的「虎」並非真的指虎，而是喻人。

因為「虎」是兇猛的，所以用「虎」來表示危險的境地。如「虎口餘生」、「虎口拔牙」等詞中，「虎口」即指危險的地方；「龍潭虎穴」、「不入虎穴，焉

《弘曆刺虎圖》，描繪乾隆帝作皇子時殺虎的場景。

得虎子」等中的「虎穴」也是指兇險、險要的地方。《宋史·洪咨夔傳》記載：「況與大敵為鄰，抱虎枕蛟，事變巨測，……」其中「抱虎枕蛟」也是比喻處境危險，這句話的意思是說與強大的敵國相鄰，就像抱著虎枕著龍一樣危險。再如「虎尾春冰」這個成語，春天的冰易化，把踩著虎尾和踏著春冰相提並論，情形就越加緊急危險了。

在一些方言中，「虎」字除了作名詞外，還可作動詞。如茅盾的《春蠶》中有這樣一句：「老通寶虎起了臉。」這個「虎」就是作動詞用，指臉色陡變而露出嚴厲或兇惡的表情。

還要指出的是，「虎」曾經與「唬」相通，在口語中用來指虛張聲勢、誇大事實來嚇人或矇混人，唬比如「嚇唬」。

另外，我們平時形容某人做事草率、疏忽人意時常用「馬虎」一詞，這裡的「虎」字與老虎毫無關係，只是根據語言的發音用「虎」這個字記錄罷了。

▋狡「兔」三窟 ･････････

「兔」是個象形字。甲骨文裡的「兔」字就像一隻兔子的側面 ；到了金文中已有很大變化 ，小篆變為 ，還是象形，只不過已由早期的側形變為正面的蹲踞樣了。

兔是中國人非常喜愛的一種動物，許多兒童故事都以它為主角。它是善良和溫順的象徵。而有關月亮上有玉兔在搗藥的傳說，更令人對兔倍添好感。

那麼，兔是怎麼與月亮連上的呢？

兔子上月宮的傳說最早見於屈原的《天問》：「厥利維何，而顧菟在腹？」用現在的話來說就是：兔子在月亮的肚子裡，它對月亮有什麼好處呢？

此外，民間傳說中關於「嫦娥奔月」的故事裡也有對兔子上月的解釋。

崔白《雙喜圖》，描繪兩隻山喜鵲向一隻路過的野兔鳴叫示警。

186

當然，以現在的眼光看，月亮對古代中國農耕作息的安排很重要，人們對月亮便格外注意；而兔子在人們心目中，又是十分親切、和善的小動物，再加上從地球上看月亮，確實有類似兔形的陰影，人們自然會把兔子與月亮聯繫起來。

由於這種聯繫，古代的詩詞作品中就常用「玉兔」、「兔輪」、「兔魄」等等作為月亮的別稱。如唐朝李紳的《奉酬樂天立秋日有懷見寄》詩中有這樣兩句：「冰兔半生魄，銅壺微滴長。」用冰兔生魄來形容月亮初升的樣子。盧照鄰的《江中望月》詩中說：「沈搖兔影，浮桂動丹芳。」這裡的「兔影」就是月影。又如元稹的《夢上天》也有「西瞻若水兔輪低，東望蟠桃海波黑」的詩句，「兔輪」就是月輪。五代前蜀的韋莊《浣花集一‧秋日早行詩》中有「行人自是心如火，兔走鳥飛不覺長」，以「兔」喻月，以「鳥」喻日，「兔走鳥飛」比喻日月流逝。諸如此類的例子真是舉不勝舉。

「兔」是對兔子的稱呼，兔子有三大特點，一是上唇中間分裂，二是尾短而上翹，三是關於跳躍放奔跑。所以在漢語的一些含「兔」字的詞語裡對這些特點有所反映。比如「兔缺」、「兔唇」，因為兔子上唇一分為二，故稱人之唇裂者為「兔缺」、「兔唇」。

俗語中有「兔子的尾巴長不了」，則是借兔子短尾的特點來告誡那些一時跋扈的人是橫行不了幾天的。

「兔脫」是比喻像兔子那樣快速逃脫，只那麼兩字，形象而凝煉。再有，如成語「兔起鳧舉」、「兔起鶻落」等也都是極言行動敏捷、迅速。

不管怎樣，以上所舉例子中的「兔」字還是指兔子這一動物，即「兔」字仍用其本義：只是它所構成的整個語詞有比喻的意味。「兔」字一般都是這種用法。

還有許多含「兔」字的成語很有趣。如佛經中有一成語「龜毛兔角」，因為烏龜並不長毛，兔子也不生角，所以用「龜毛兔角」一語比喻不存在的事物。

《史記‧淮陰侯列傳》中有：「蜚（飛）鳥盡，良弓藏；狡兔死，走狗烹。」意思是鳥沒有了，弓也就藏起來不用了；兔子死了，獵狗也就被煮來吃了。後來就用「兔死狗烹」比喻事情成功之後，把曾經出過大力的人殺掉。「兔死狐悲」則用來比喻因同類的滅亡而感到悲傷。

再有大家熟悉的「狡兔三窟」和

西周青玉兔

187

「守株待兔」，都有點貶義。前者比喻藏身的地方多，便於逃避災禍；後者則用來諷刺那種死守狹隘經驗或不作主觀努力而希望僥倖得到成功的心理。

▎「龍」的傳人 ⋯⋯⋯

帛畫《御龍圖》

有一首歌唱道：「古老的東方有一條龍……永永遠遠是龍的傳人。」不知感動了多少炎黃子孫的心！

在中國傳統節日中，有許多活動與龍帶上關係。例如正月十五元宵節玩龍燈，五月端午節賽龍舟，在農曆的龍年，賀年卡、年曆、應時廣告等，多有龍的圖案。

為什麼在中國如此受青睞呢？

原來，龍是我們古代傳說中一種能興雲降雨的神異動物。傳說龍能大能小，能升能隱，大則興雲吐霧，小則隱界藏形；升則飛騰於宇宙之間，隱則潛伏於波濤之內。著名學者聞一多先生考證出中華民族傳說中的龍，是以蛇身為主體的。

從古文字也可以看出，「龍」即是有角的蛇。甲骨文裡「龍」寫成 𤕝，突出了它的頭 𢁦 和頭上神異的角 𢆉；金文裡，又多了些筆畫，寫成 𪚲，雖然多了 𦙾（即「肉」）旁，但蛇身高角的特徵還能看出。小篆裡字形更繁，寫作 𧑇，已與現今的字形相似。

許慎的《說文解字》中說：「龍，鱗蟲之長，有幽能明，能細能巨，能短能長，春分而登天，秋分而潛淵。」也就是說龍是變化多端的水族首領，能興雲雨利萬物，所以民間把它當作圖騰來敬畏和祭拜。二月初二為傳統的「春龍節」，祈求「龍王」能帶來寶貴的春雨，祈求「龍王」能保佑人們「五穀豐登」。

「龍」是「鱗蟲之長」，是水族首領，推廣到人間，「龍」就成了封建君主的象徵。據文獻記載，介子推在離開晉文公之前寫了首詩：「有龍於飛，周遍

距今五千多年的出土古物玉龍

天下……龍反其鄉，得其處所。」裡面的「龍」就是「君」的意思，用以對晉文公的敬稱。「龍」還可用在帝王使用的東西上，如君王的禮服上畫卷龍，稱作「袞龍袍」，皇帝的儀仗中有「龍旗」，睡臥的家具叫「龍床」，坐的位置叫「龍位」、「龍座」等等。

「龍」也用來比喻英雄才俊。《三國志·蜀志·諸葛亮傳》中記載：「徐庶見先主，先主器之，謂先主曰：『諸葛孔明者，臥龍也，將軍豈願見乎？』」（意思是：徐庶謁見劉備，劉備很器重他，他就對劉備說：「諸葛孔明是『臥龍』，將軍願意見他嗎？」）這裡，徐庶把諸葛亮比作「臥龍」，極言諸葛亮超群才智暫時被埋沒。此外，古書中還常用「龍盤鳳逸」一語來比喻才能非同尋常但未被世人知道的人或那些隱民待時的豪傑之士。

「龍」有威嚴、偉岸之意，常與「虎」、「鳳」並提。如「龍蟠虎踞」、「龍潭虎穴」都是用來形容地勢險要；「龍騰虎躍」形容你追我趕或生氣勃勃；「龍爭虎鬥」形容鬥爭或競賽很激烈；「龍吟虎嘯」形容人歌唱或吟誦聲音嘹亮；「龍躍鳳鳴」比喻文才好；「龍飛鳳舞」原來形容氣勢奔放雄壯，現多形容書法筆勢活潑酣暢或字過於潦草……。

「龍」在古代還指駿馬。《周禮·夏官·庾人》中說：「馬八尺以上為龍。」王勃《感興奉送王少府序》中寫到：「鳥眾多而無辨鳳，馬群雜而不分龍。」「鳳」是為鳥之首，這兒對稱句式，後半句的「龍」當然是群馬之首了。再比如成語「龍驤虎視」、「龍驤虎步」中的「龍」都是指高大的馬，「龍驤」是指駿馬高大昂著頭的樣子。

「龍」還可用作一些事物的專名。「龍」是星名，或指東八七宿，或指歲星，或指太歲。「龍」也是一種水草名，現在寫成「蘢」。「龍」還是古代一個地名，在春秋時屬魯國。「龍」甚至可作姓，《史記·項羽本紀》中就有一個叫「龍且」的人。

在現代漢語中，一些語詞中的

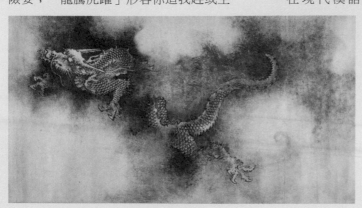

南宋陳容《九龍圖卷》

「龍」字已失去了「龍」最初的意義而穿上了修辭的外衣。像「水龍頭」是因為外形上的相似而用了比喻;「一條龍」並不是真的龍,而是指那些配套好的一系列指施、行為等;再有,像「龍捲風」、「車水馬龍」等等都是採用修辭手法的結果。

▎強龍難壓地頭「蛇」· ·

　　生活中許多人都怕蛇,看到蛇令人有一種說不出來的彆扭。所以,當一個人「不幸」屬蛇時,向人介紹時就說自己是屬「小龍」的,以避諱令人反感的蛇字。從現今保存的一些文物來看,似乎整個人類的先祖們都對蛇有一種特殊的看法,包括非洲原始部落和美洲印第安人的圖騰物上的蛇形,還有《聖經》故事裡亞當和夏娃在蛇的引誘下偷吃了禁果。因此,中國人把蛇作為一種屬相真令人猜不透其中的奧秘。

　　「蛇」字本來寫成「它」,在甲骨文裡有許多種異體,但都是一條蛇的形狀,這些「它」是貨真價實的蛇的形象:

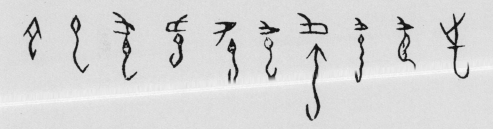

　　大多數蛇的上部,即「止」,代表人的腳。蛇究竟是什麼毒蛇,現在已經不能確知,從它的頭部多呈三角形、細頸看,恐怕就是蝮蛇的象形。蝮蛇又名草上飛、土公蛇,遊行迅速,主動追人,誰被它追上咬著一口,就是大難臨頭,甚至有生命之憂。

　　如果走路不小心,正好踩著它的三角頭,更不得了,非挨它猛咬一口不可。「一朝被蛇咬,十年怕井繩」,雖不免過於膽小,但蛇之可怕,卻也於此可見。這就是為什麼甲骨文的蛇多數從止的緣故。從止的蛇字說明了蛇與人的關係,像是在告誡人們:足下小心,千萬別碰上蛇!

　　甲骨文的蛇字反映了太古時代的先民們與毒蛇猛獸作鬥爭的一個側面。那時草深林密,蛇蟲出沒,給人們生命安全造成很大威脅。在那個時代,真不知有多少人喪命於「它」!所以「它」在當時是災禍的象徵之一。「無它」就是上上大吉,

「有它」則大倒其楣。《說文解字》：「上古草居患它，故相問無它乎。」（上古時代人們結草而居，害怕有蛇，所以互相問候：「沒有蛇嗎？」）這說法是較符合當時實際的。卜辭中就有許多有它、亡（無）它的占卜，專問殷王及大臣後妃的安危吉凶，也見於關於祭祀及年成的占卜。不過卜辭裡的「它」已經由毒蛇之害引申擴大，泛指一切災害不吉之事。

這一切都說明，我們的先民們對蛇是有切膚之痛的，認識是極為深刻的。

金文裡，蛇變為「它」；到了秦漢時的小篆，它、蛇並用，寫成它、蛇《說文解字》中說：「蛇，它或從蟲。」可見，那時起，「它」已從蛇這一意義開始借作代詞的「它」，人們又造了「蛇」字以與代詞的「它」區別開來，但那時，「蛇」、「它」還沒有嚴格區分開來。一直到隸書裡，作為爬行動物的名稱的「蛇」字才固定下來。

蛇是龍的前身，所以在民間傳說中，蛇也有點靈異之處，晉代干寶的《搜神記》中就有一靈物叫「蛇珠」，俗稱即「夜明珠」。後代的文學作品裡常用「蛇珠」比喻卓越的才能。

蛇也是一種長壽的動物，所以人們也往往用「蛇龜」來比喻長壽。雖然自然界裡的蛇分有毒和無毒的兩種，但在漢語裡，「蛇」字往往用作貶義，用「蛇」來比喻兇殘狠毒的人或物。

比如，「蛇蠍」一詞，連用兩種動物名來比喻狠毒的人。說某人心腸惡毒就說某人心如「蛇蠍」，或某人有「蛇蠍之心」。

「蛇心佛口」，把「蛇心」與「佛口」對立，用來指那些為善陰險的人心腸狠毒而說話慈祥，就如成語「口蜜腹劍」一樣。「蛇心」仍是指狠毒之心的意思。

日常生活中，人們還把獨霸一方的壞人叫「地頭蛇」。「地頭」是田邊的意思。用「地頭蛇」這一偏正結構把那些人在一定勢力範圍內強橫無賴、欺壓人民的可惡之狀形象地表示出來了。如：「某某是我們這兒的『地頭蛇』，你可千萬別惹著他！」

除了上述「蛇」的比喻用法外，「蛇」還可作狀語。如「蛇行」，意思是像蛇一樣爬行。

《戰國策·秦策》：「蘇秦說六國，金盡裘敝，嫂不以為叔。及貴，嫂蛇行匍伏，四拜自跪而謝。」「蛇行」一詞把蘇秦嫂子對富貴卑膝展露得淋漓盡致。

此外，「蛇」字也用在一些專名裡。湖北武昌城內有「蛇山」，古代兵器中有一種「蛇矛」，植物中有一種藥用的「蛇

戰國彩繪蟠蛇木雕

麻」，還有一種礦物叫「蛇紋石」，一種常見皮膚病叫「蛇皮癬」等等，或是像蛇的形體，或是像蛇身上的花紋，用「蛇」來稱呼，通俗易懂。

　　「蛇」和其他一些字還組成了許多有趣的成語。如「打草驚蛇」比喻做事不縝密而引起對手警戒。再有像「龍蛇飛動」、「驚蛇入草」等等則是借蛇形來描述書法作品裡筆勢情況。

　　值得注意的是，在漢語中，「蛇」字還有一個讀音：一ˊ。但讀音一ˊ的「蛇」不多見，只出現在「委蛇」、「虛與委蛇」、「蛇蛇」等有限的幾個詞語中。「委蛇」形容道路、山脈、河流等彎彎曲曲延續不斷的樣子，現代漢語裡常寫作「逶迤」；「虛與委蛇」指對人假意敷衍應酬，其中的「委蛇」是指隨順的樣子；「蛇蛇」則比喻從容自在的樣子。

▌老「馬」識途 ∙∙∙∙∙∙∙∙∙∙∙∙∙∙∙∙∙∙∙∙∙∙∙∙∙∙∙∙∙∙∙∙∙∙∙∙∙∙

　　春秋時管仲的「老馬識途」的故事，在中國可謂婦孺皆知。因此，馬這種動物

唐《百馬圖》

在人們心目中是很聰明的。史書上也記載了許多
坐騎救主人的故事，讓後人千百年來津津樂道。

甲骨文中，「馬」字寫作🐴，就像一匹昂首長嘯的
馬。金文裡寫作🐴，石鼓文寫成🐴，到了小篆，變成了
🐴。雖然，馬字的字形不斷在變化，但依然可以看出象
形的成分。許慎《說文解字》中說「馬」字「象馬頭
髦尾四足之形」，確實如此。

「馬」是一種家畜的名稱。古時候交通主要靠馬，所
以有「馬車」、「馬道」、「馬站」，連古時供傳遞文書的人中途更換馬匹或休
息、住宿的地方──驛站中的「驛」字中也是「馬」字旁！

「馬」，還是作戰的工具之一。從漢語辭彙裡有許多詞語可以看出馬與軍事有
關。

「馬首是瞻」一詞，就用於作戰時發號施令。字面意思是作戰時看將領所騎馬
頭所向來確定進退方向，後來可泛指其他方面樂於追隨別人。

「馬到成功」最初也是用於作戰，意思是戰馬一到，立即成功。現在則可指在
一切事情上取得成功。如果您的朋友要做什麼事，您真誠地祝他「馬到成功」，那
他肯定會為這祝福而高興的。

古時候作戰前將士發誓時，還常用到「馬革裹屍」一詞，用馬皮包裹屍體，
可見已作好了戰死沙場的決心。此外，以「金戈鐵馬」比喻戰爭，以「人強馬壯」
形容軍隊實力雄厚，以「秣馬厲兵」描繪準備作戰的情景，以「人仰馬翻」描述激
戰後不可收拾的慘景，以「戎馬倥
傯」來形容戰事繁忙……所有這些含
「馬」字的成語無不與戰爭有關。

正因為馬在古代的交通和戰爭
中起重要作用，所以人們千方百計尋
找好馬。這樣就有了會「相馬」的伯
樂，就出了非同尋常的「千里馬」，
也就有了「按圖索驥」的故事。據明
代楊慎的《藝林伐山》記載，伯樂的
兒子按著父親相馬經上所畫的圖去找
好馬，結果卻找來了一匹無法馴服的
凶馬，惹了笑話。成語「按圖索驥」

韓幹《照夜白圖》，照夜白是唐玄宗的馬名。

193

原來用於貶義，比喻辦事機械、教條、刻板；現在可用褒義，指按計劃和線索去尋找東西。「按圖索驥」中的「驥」是好馬，古代類似的對良馬的稱呼還有「駿」、「驁」、「驍」、「龍駒」等等。這些詞語的豐富性也從一個側面反映了古代對馬的重視。

家畜中，「馬」的外形算大的了，所以「馬」又有「大」的意思，用以稱呼蟲類及草類特大者。近代章炳麟的《新方言‧釋言》說：「古人於人物輒冠『馬』字，馬藍、馬蓼、馬蜩、馬是也。今淮南山東謂大棗為『馬棗』，廣東謂大豆為『馬豆』。通言謂大蟻為馬蟻。」其中，馬藍、馬蓼、馬棗、馬豆都是植物，馬蜩、馬蟻則為動物，此外又如「馬蜂」中的「馬」也有「大」的意思。

現代漢語裡，一些含「馬」的詞語由於修辭手法的運用而別具特色。像「馬後炮」本是象棋術語，一般用來比喻行動不及時。「馬前卒」原來指那些馬車前頭奔走供使役的人，後一直用來比喻為別人效力的人。

「馬」組成的詞條實在多，使用時要注意辨清各個詞的意思，要不然，牛頭不對馬嘴，可真的成了笑話。

▌亡「羊」補牢 ‧‧‧‧‧‧‧‧‧

在生活中，我們常用一句話「亡羊補牢，為時不晚」。雖然這頗有「馬後炮」的味道，但誰又能事事未卜先知呢？亡羊補牢總比一錯再錯強上千百倍吧。

西漢陶羊

「羊」是個象形字，一開始畫成一個羊頭的形狀。如甲骨文中「羊」寫成 ♉，字形很突出羊角向下彎的特徵。在商周的鍾鼎器物上「羊」字的寫法略有變化。♉是商代的，周代金文寫成 ♉，戰國金玟則寫作 ♈，到了小篆則寫為 ♈。

雖然，「羊」本來是一種家畜的名稱，但是，在中國古代，正如把龍、鳳當作靈物一樣，羊也歷來被看作是吉祥物。東漢許慎《說文解字》中說：「羊，祥也。」「羊」就是「祥」。

從出土的漢代一些器物上也常可見「大吉羊」三字，意思就是我們今天說的「大吉大利」。

如《漢元嘉刀銘》中有：「宜侯之，大吉羊。」由此可見，至少在那時，已經普遍用「羊」

西夏的羊飾製品

來表示「吉祥」了。

再如廣州別名「羊城」，也是來自於一個關於羊這一吉祥物的傳說。據說在高固當楚國丞相時，有五隻羊銜著穀穗來到楚廷。高固就請人在廣州議事廳的梁上畫了那五隻羊的像。於是，「羊城」和「穗」也就作為廣州的別稱沿傳開來。在這則傳說故事中，羊顯然是代表豐收的祥瑞之物。

在中國古代，常把皇宮內供皇室人員用的一種小車叫做「羊車」，並不是用「羊」拉的，這兒的「羊」也是取「吉祥」之意。「羊車」就像「龍體」、「御筆」等詞一樣，是對與皇室有關的東西的尊稱，我們看古書時應注意。

「羊」在古代漢語中，還有幾種特殊用法，我們看古書時也應注意的。

「羊」通「楊」。《藝文類聚》上記載：「將郭令鄙其開舍，羊田陋其為玉。」這裡的「羊田」取材於干寶著《搜神記》中楊伯雍田中種玉之事，「羊」和「楊」同音通假。

「羊」還可通「蠅」。《方言》第十一卷說：「蠅，東齊謂之羊。」但在現代，恐怕沒有哪種方言分不清「羊」和「蠅」了。

「羊」還是個海島名，在錢塘江口附近。

「羊」在古代也可作姓。《戰國策》中有「羊幹」，《左傳》中有「羊斟」，三國時有「羊祜」，「羊」都是姓。

在古漢語中，「羊」字的用法主要有以上這些。到了現代漢語裡，「羊」除了仍用做家畜羊的名稱外，它的隱含意又有了變化。「羊」成了溫順、聽話、軟弱、受欺的象徵。

日常生活中，我們常用「小綿羊」來稱呼那些聽話、無主見的人。

清郎世寧《開泰圖》

「羊」字在一些成語中可以與「虎」、「狼」對舉，如「羊入虎口」、「羊質虎皮」、「如狼牧羊」等，諸如此類，在對比中更可見「羊」的軟弱無能。

「替罪羔羊」這一說法用得很普遍，比如：「事情出了問題，就讓我當『替罪羔羊』，我可沒那麼傻！」等等，並非真的拿「羊」頂罪，而是借「羊」來比喻那些代人承擔罪過的人。在這兒，「羊」仍就隱著弱小可欺的意思。

▎「猴」性十足

提起「猴」人們首先想到的自然是孫悟空孫猴子，他機智、好動，又頑皮，非常好地展示了其「猴」性。由於猴與人是近親，身材體態與人最接近，個頭比人小一號，所以人對猴就有一種天然的親近感，並且經常用猴來與小孩子相提並論，如將頑皮，多動的孩子稱為「皮猴」。可真是再貼近形象不過了。

「猴」甲骨文寫作 🐵，就像是一隻正要搔首弄姿的猴子。到了小篆寫成 🐵，儘管已不像猴子，但明顯地還留有象形的影子，🐵 像頭，🐵、🐵 則像其手、足、尾。隸書則寫作 🐵，與小篆差不多，後來因為這個字實在太多筆畫，出現了一個形聲字「猱」，取代了原有的 🐵。而「猴」字則是約在秦漢時才產生的又一形聲字。

明宣宗《戲猿圖》

猴子在中國，歷來被看作是人類在動物界的近親，人們在長期的社會生產活動中，頻繁地把自己的視角投向猴子，於是，在語言中，也就留下了許多關於猴子形象的痕跡。

首先，猴子在人們心目中是極其聰

戰國猿形銀飾

明、機智的。許多民間傳說如「猴子和狐狸」、「猴子和鱷魚」等等就是生動的例子。在方言裡,「猴」字已經成了乖巧、機靈的代稱。比如說某人精明、會打算,我們會說:「精明得跟猴似的!」。

「猴」還是「瘦」的近義詞。雖然猴子中也不乏胖者,但在漢語裡,猴子是瘦的,要不,怎麼叫「瘦皮猴」呢?甚至連字在甲骨文裡的寫法也明明畫成一隻瘦猴的模樣。

特別有趣的是,在漢語裡,「猴」還能當動詞用。「猴」作動詞,指像猴子一樣地蹲著。如《紅樓夢》第十五回裡,鳳姐對寶玉說:「好兄弟,你是個尊貴人,和女孩兒似的人品,可別學他們猴在馬上。」您說,這裡還能有比「猴」字更貼切、更形象的動詞嗎?還能有比這「猴」字更猴相的詞嗎?

最後,還要指出的是「猴」字的寫法。「猴」是從「犬」、「侯」聲的形聲字,它的聲旁是「伯侯」的「侯」,有些人常常不注意,寫成「等候」的「候」。事實上,現代漢語裡用作聲旁的,都是「伯侯」的「侯」,如「喉」等,只有在「時候」、「等候」等的「候」字中間才有一短豎。

▌「雞」鳴狗盜

在漢語中,雞與狗在一起的成語特別多,如「雞鳴狗盜」、「雞犬不寧」、「雞飛狗跳」、「嫁雞隨雞,嫁狗隨狗」等。這其中的原因自然與雞、狗同為農家畜禽有關,但為何不是其他的畜禽搭配呢?究其原因,有兩個值得考慮:第一,兩者都是古時農家忠實的伴侶,狗常年看家,雞常年報曉。因此從內心來說,雞狗的地位要高於其他畜禽。第二,雞狗是非圈養的,但它們出去後都會認得自己的家門,到時就自己回家,這一點它們已有別於其他畜禽。

也許正是基於以上兩個原因,人對雞狗會另眼相待。「雞」,「狗」都是形聲字。但在古文字裡,除了形聲的雞外,還有純象形字呢!

甲骨文中,「雞」就有好幾種寫法,如 🐓 是象形字,🐓 則是形聲字。金文中,「雞」字極少見,只有商代一件器物上看到有這樣一個銘文 🐓,也像雞形。小篆裡寫做 🐓,已與

西漢陶雞

宋磁質公雞

197

現今的雞字相似。

雞，古代農耕社會，尋常人家沒有計時器，只能根據生活中的某些「生物鐘」來確定大致時間，雞也是其中之一。雞叫三遍，該是拂曉了，農家們事忙，這時候紛紛起床。也許正是雞有啼晨，給人們提供了方便的緣故吧！中國許多地方對雞都是另眼相待。山東曲阜一帶流傳著這麼一個故事：

傳說遠古的時候，雞是一種飛禽，它的名字是「吉」。它羽毛美豔，很得玉皇大帝青睞，被派專門負責給人間降吉祥的重任，是玉帝派往人間的「吉祥鳥」。後來「吉」私下凡塵，降福曲阜，觸犯天條，被罰下凡界。「吉」就在曲阜一帶落了戶，當地的人把「吉」看作是吉祥的象徵，並取「吉」的諧音，把它稱作「雞」。那兒至今還沿襲著一些有關雞的風俗，如宴席上第一道菜總是雞，說是「萬事『吉』當頭」，又說「無雞不成席」。「喜慶之事雞開路」，男婚女嫁更是離不開雞，舊時每對新婚夫婦都養有一對永不斬殺的「長命雞」。

雞與人們的日常生活關係密切，古時更是如此，因此語言中含「雞」字的詞特別豐富。

首先，許多地名、植物名都借雞或雞的某一部位來命名，取兩者之間形態上的相似。如有一種夏秋開花的植物，因為它開出的花，形狀很像雞冠，所以人們就叫它「雞冠花」，還有些植物如「雞腳草」、「雞毛松」、「雞血藤」、「雞根草」等等都含有「雞」字。地名中也不乏其例。像雲南省賓山縣西北的「雞足山」，就是由於山形前分三支、後分一支，宛如雞足，所以以「雞足」名之。再有陝西的「雞頭關」、黑龍江的「雞冠山」、基隆港外的「雞籠山」等等，也都是以「雞」來命名的，真是處處離不開「雞」字。

雞在人們生活中的地位還可以從一些含義雙關的詞語中看出來。比如「雞肋」，照字面意思是「雞的肋骨」，但在實際使用過程中，往往用來比喻沒有多大意味但又不忍捨棄的東西。

據說三國時，曹操攻下漢中後並不

李迪《雞雛侍飼圖》

198

喜歡漢中這個地方，想要棄之而歸，又有些捨不得，手下人來討口令，他隨口說了「雞肋」二字，把大家給弄懵了，只有主簿楊修聰明過人，說雞肋是棄之可惜食之無味的東西，拿雞肋比漢中，可知曹操要想回朝。「雞肋」一詞從此就沿用下來。楊萬里《曉過皂口嶺》詩中就有「半世功名一雞肋，平生道路九羊腸」之句，把功名比作雞肋，一股無趣而又無奈之情躍然紙上。生活中乏味而又不忍捨棄之物不少，人們之所以選擇雞肋作比喻，大概就是因為雞與人關係密切，用「雞肋」更通俗易懂吧。

六畜裡，雞小牛大，所以「雞」又隱含有卑微、渺小之意。如成語「寧為雞口、無為牛後」、「殺雞焉用牛刀」、「牛鼎烹雞」等等，雞與牛對舉，一小一大，意思不言而喻。又如稱平庸的人為「雞鶩」，又有用「雞鳴狗盜」來比喻小才小技，用「雞蟲得失」比喻細微的無關緊要的得失。這些語詞中，雞都有微小、卑賤之意。

▌「狗」不嫌家貧

很久以前，狗並不叫「狗」，而是叫「犬」，如果把甲骨文的「犬」字（ ）橫過來看，就是狗的簡易圖畫，「犬」是象形字。「狗」是稍後起的形聲字，從「犬」、「句」聲。侯馬盟書中已經出現「狗」字，寫成 。《說文解字》中既收了「犬（ ）」字，也收了「狗（ ）」字。此後，「犬」狗兩字並存，直到現代漢語中，「犬」字除了一些流傳下來的詞語中還使用外，基本上都被「狗」字所取代。一般情況下，「犬」、「狗」可以通用，但當兩者並提時「犬」指大狗，「狗」則是未成年的小狗崽。

西漢陶狗

狗是人類最早馴化的家畜之一，它的聽覺嗅覺特別靈敏，犬齒銳利，機警而易受訓練。因此，很早時候，狗就已經成為人類生產和生活的最忠實的朋友。《本草綱目》上說狗有三類用途：打獵、看守、食用。實際上遠遠不止這些，我們隨口就能舉出警衛（警犬）、放牧（放羊犬）、觀賞（賞犬）等等。

狗能看守，這一點文獻中早有記載。《說文解字》中說：「狗，孔子曰：『狗，叩也，叩氣吠以守。』」《玉篇》中也有：「狗，家畜。以吠守。」民間習

俗裡也可看出狗的這一功用。

　　舊時無論是大戶人家還是尋常百姓，都愛養狗來看守。就連木刻的王爺畫上，也還可以清楚地看到為王爺的神案前，站著一隻金雞和一隻玉犬。——據說，雞司晨，犬守夜，用雞犬來輔佐為王爺保佑全家安康。天上有兩顆星名叫「狗」，據說是看守天界的。《晉書·天文志》：「狗二星，在南頭魁前，主吠守。」

　　正因為狗對人類很有用，所以歷代對狗都很重視。在《周禮·秋官》中設有「犬人」一職，專門掌管犬牲之事；漢代有「狗監」（或稱「狗中」），專門負責飼養皇帝的獵犬；唐代有養狗的「狗坊」，元代有「狗站」，是提供使役的狗驛站，真是無奇不有。甚至傳說中連神仙也有狗。如二郎神就有一隻神通廣大的「哮天犬」。以前在人們觀念裡，有一隻會吃月亮的「天狗」，「天狗」吃月亮被認為是很不吉利的，所以有月食的時候，人們要敲鑼打鼓嚇「天狗」。

　　雖然與人類關係密切，但在漢語中，含「狗」字的詞語幾乎全是貶義的。

　　舊時有錢有勢的人家往往養上幾隻凶狗，作為欺侮他人的工具，那些狗因為主人的縱容，更加兇狠。所以用「狗仗人勢」來形容；推而廣之，「狗仗人勢」也比喻奴才、幫兇們仗勢欺人。《紅樓夢》第七十四回寫道：「你又有幾歲年紀，叫你一聲『媽媽』，你就狗仗人勢，天天作耗……。」

　　又如「狗腿子」，並不是真的指狗

清郎世寧《十駿犬》

清郎世寧《十駿犬》

200

的腿，而是比喻替主子奔走的人，也是貶
義。

　　還有，對專門在背後出謀劃策的人的
輕蔑的稱呼是「狗頭軍師」，形容行動鬼
鬼祟祟用「狗頭狗腦」。狗見了主人總要
搖尾巴，所以刻畫那種阿諛奉承媚態就用
「狗顛屁股兒」。《紅樓夢》第七十一回
說：「這會子打聽了體己信兒，或是賞了
那位管家奶奶的東西，你們爭著狗顛屁股
兒的傳去，不知誰是誰呢！」

　　「狗肺」據說是有毒的，人們就用
「狼心狗肺」來比喻心腸狠毒、貪婪。舊
社會老百姓常罵那些為富不仁，欺壓人民
的統治者是「狼心狗肺」的東西。

清郎世寧《十駿犬》

　　含「狗」字的罵詞還有許許多多，
比如罵那些不成材者或卑劣之徒用「狗材」、「狗子」、「狗輩」、「狗東西」
等等；罵貪官污吏為「狗官」；罵別人的言語或文章則是「狗嘴裡吐不出象牙」、
「狗屁不通」；罵品行極端卑劣的人是「豬狗不如」；而多管閒事的人則被說成
「狗拿耗子」；卑鄙無恥的人也被稱作「癩皮狗」；甚至連一些本來沒有貶義的詞
也都帶上了貶義色彩，像「走狗」本來是指善跑的獵狗，現在卻成了受人豢養而幫
助作惡的人的代稱；「狗命」本是自謙，現在卻多用於罵人。還有一些謙詞，如把
自己的病說成「狗馬病」或「狗馬疾」，說自己赤誠報效的心是「狗馬心」等，現
在這些詞都已被淘汰了。

　　倒是一些含「犬」字的謙詞有時候還用，因為「犬」相對來說比「狗」要中聽
些。說自己的兒子時，謙稱「犬子」，說自己願意報效時，謙稱「願效犬馬之勞」
等等，但在生活中這類謙詞並不多。

▌「豬」頭三牲

　　一說起豬，人們往往嗤之以鼻。的確，在許多人的心目中，「豬」是愚蠢、好
吃懶做的象徵。但是，在古代，豬的地位可高啦！

　　古人在祭祀祖宗和供奉神仙時要用「牲體三供」，民間也常說「豬頭三牲」，

西漢陶豬

即豬、羊、牛。可見，豬是祀神祭祖必備的供品。

民間所崇仰的治水英雄中，除禹以外，還有一位張大帝——豬神張渤，傳說張渤是漢代人，他也是因治水救災而成神的。他在治水時，化為一頭大豬，用嘴拱土，用身開道，他的夫人李氏每天給他送飯，約定敲鼓為號。他聽到鼓聲，就又化還人身，與夫人相見。有一次夫人忘了敲鼓，張渤的豬形被夫人看見，他就化成了一陣清風隱去了。人們為了紀念張渤的功績，為他立了神位加以敬奉。但因為他曾化為豬形，所以在給他的祭品中沒有「豬頭」，而是換上了狗。

「豬」古時候稱「豕」，這可以從古文字形中看出來。甲骨文中「豕」寫成 𤣩；橫過來看，就像豬輪廓。金文裡筆畫稍有變化，寫成 𧰨，石鼓文中作 𧰨，已經與現在的「豕」字體比較接近了。到了小篆中，就寫作 𧰨，後來變為豕，此後字形保持到現在。

「豕」是象形字。段玉裁的《說文解字注》中說：「豕首畫象其頭，次象其四足，末象其尾。」這是就小篆體的「豕」來說的，實際上，與甲骨文相比，小篆中的「豕」象形意味要淡多。

「豬」是個後起的形聲字，是從「豕」、「者」聲。《說文解字》中已收「豬」字，寫成 𧱽，可見最遲在秦漢以前，已經有「豬」字。

豬還有一別稱叫做「彘」，這個字也出得很早，甲骨文中有 𢑹，其中中間的 ⟩⟩ 代表箭矢，可知「彘」原本指被箭射中的野豬，後來，字的上部分演變為 𠂉，四腳用兩個 𧰨 表示，這個字便演化成現今的彘字。

在古書中，除了「豕」、「彘」、「豬」這三個名稱外，還有一字專門用來指小豬的，那便是「豚」，如《孟子‧梁惠王》中有：「雞豚狗彘之畜，無失其時，七十者可以食肉矣。」其中，「豚」就是小豬，「彘」指一般的豬。合起來，意思是：只要讓雞、狗、豬這些家畜適時的繁殖，老人就有肉吃了。

在豬的這些別稱中，「彘」字還可作地名和姓氏。據《國語》記載，周厲王曾經流亡到「彘」這個地方。從

商代的豕尊，祭祀用的器具。

一些地理文獻可知，漢代曾設有「豲縣」，就是現在山西霍縣東北。至於「豲」作姓，是因為春秋時代土魴的采邑在豲，稱為「豲」恭子，他的後人以「豲」作姓。

在現代漢語中，「豲」與「豕」一樣，只用於一些成語裡。如「行同狗豲」，用來比喻無恥的行為像豬狗一樣。還有一個成語「狗豲不知」，意思與「行同狗豲」差不多。在人們的觀念中，動物總是相對野蠻的，所以拿豬狗這兩種動物代表，來比喻人的無恥、惡劣的品行。

「豕」字在古漢語中有許多詞語，如「豕心」、「豕仙」、「豕牢」、「豕禍」等等，但隨著社會的發展，這些詞語都已被淘汰。

「豬」卻不同，現在的語言中凡是與豬有關的詞語幾乎都用「豬」這個字，而不是其他幾個名稱。一些專名如「豬獾」、「豬苓」、「豬籠草」、「豬婆龍」、「豬鬃草」等等都借「豬」名之。

由「豬」組成的詞語中，有許多都含貶義。像「豬仔」原本指小豬，但被用來叫那些被利用、收買的人。民國初期所稱的「豬仔國會」、「豬仔議員」，就是指袁世凱稱帝時的那些被收買利用的國會和議員。

「豬頭三牲」本來是指豬、牛、羊這三樣祭物，但經過民間藝術加工，變成歇後語「豬頭三——牲」，又乾脆隱去後半部分，用「豬頭三」來稱謂不明事理或不識好歹的人。

「豬玀」原來也是一些方言中對豬的稱呼，但在許多場合中也被用來罵人。

總之，與狗一樣，雖然豬為人類的生活作出了很大的貢獻，但在語言中，「豬」字卻常隱含有貶義。

順便提一下，「豬」字在文言文裡還可以通作「瀦」，即水停聚的地方，我們在讀古文時要多加注意。

第十三章

文字之禍

獨特的中文字產生獨特的文字之禍,中文字能成為禍患的根源,
這怕是造字的先民沒有想到的,有人認為這是中文字的負面作用,
但從根本上說,文字之禍,罪不在中文字,
而在於中國的人治文化傳統。

什麼是文字獄?從字面理解,就是因文字的緣故所構成的罪案。中國古代,文字獄數量之多、規模之大、持續時間之長要屬清朝了。文字獄這個詞兒,就出現在清朝。當然,清朝以前,以文字罪人這樣的事早已見諸史籍,只不過不稱為文字獄而已。

乾隆年間的史學家、文學家趙翼是歷史上第一個注意文字獄的學者,他比較系統地整理和研究了南宋秦檜主政時及明初的文字獄,把諸如「詩案」、「史獄」、「表箋禍」之類的罪案作了一個抽象的概括,名之為「文字之禍」。因此,文字獄後世也稱「文禍」。到了嘉慶時,在官方文件中也出現了「文字之獄」的提法。

歷代文字獄較多的是由於詩詞、文章、史、表箋等的內容和思想觸犯了統治者,而引致殺身之禍。但由於中國中文字的獨特性,一字多義、近音、可拆裝拼湊等等,容易產生歧義,歷史上也有僅一個字而惹來大禍的。

▎一個「殊」字觸犯了朱元璋

文字獄在明初朱元璋當皇帝時有個很古怪的名稱,叫「表箋禍」。當時凡冬至、元旦、萬壽(皇帝生日)三大節等慶典,三司衛所照例上表向皇上祝賀,而表文都交給長於文字的教官們去撰寫。

杭州教授徐一夔寫的賀表中有:「光天之下,天生聖人,為世作則。」這是令人肉麻的歌功頌德,朱元璋見了卻大怒說:「『生』者,僧也,暗指我曾當過和尚;『光』則剃髮也;『則』字音近『賊』也。」繼而把徐一夔殺了。

朱元璋早年貧寒,出家於皇覺寺,以後又投紅巾「賊」,他疑心文人掉弄筆頭,揭老底,不許說「生」、不

朱元璋像

許說「則」，和尚光頭，連帶「光」也不許說。往後表箋中的忌諱越來越多：「天下有道」，與「有盜」同音，殺！「遙望帝扉」，以音同「帝非」，殺！「體乾法坤，藻飾太平」，也殺了，說是「法坤」同「發空」，「藻飾太平」同「早失太平」。

類似的例子太多了，明朝時就有一個叫黃溥的人在《閑中今古錄》中把它們統稱為「表箋禍」。據黃溥講，朱元璋如此多疑嗜殺，是因為部下武將的挑唆。洪武初，開科取士，朱元璋的意思是「世亂則用武，世治則用文」，現在天下太平了，該提拔重用文士了。

這是對的，但隨他打天下的將領們卻不以為然，就對朱元璋講了一段張士誠為文人所愚弄的故事：「張九四優禮文儒，請他們給自己取個雅名，文人說，叫『士誠』吧。」朱元璋說「『士誠』這名字很好嘛！」武將們回答：「不然。《孟子》有：『士，誠小人也』，張九四這老粗怎麼知道？」朱元璋從此深疑文人，表箋禍就這樣鬧起來了。

黃溥說的對不對，我們且姑妄聽之。不過朱元璋如此指謫文字，吹毛求疵，雞蛋裡頭挑骨頭，確是古代文字獄一種常見的現象。這固然與中文字的某些特點不無關係，但說到底，還是帝王猜忌多疑，又權力無限。

朱元璋的政策是以「猛」治國的。所謂猛就是屠殺。對功臣是這樣，贓吏是這樣，對讀書人更是這樣，因為讀書人識得幾個字，便又增加了文字禁忌的藉口。在這種酷政下，讀書人說話、著書，動輒得咎，真是防不勝防。

對讀書人如此，對僧人也是一樣。雖然朱元璋從小當過和尚，但只要觸犯了他，他是毫不念及同根之情的。據說有個和尚寫了一首謝恩詩，呈獻給朱元璋，其中吟道：「金盤蘇合來殊域，玉碗醍醐出上方。稠疊濫承天下賜，自慚無德頌陶唐。」

本意是拍馬感恩，誰知朱元璋讀了以後卻勃然大怒，謂「汝用『殊』字，是謂我『歹朱』也，又言『無德頌陶唐』，是謂我無德，雖欲以陶唐頌我而不能也。」於是強迫這位和尚去自盡。這位不幸的僧人便只好到另一個世界去了。

朱元璋書《教說大將軍》

另外有一個叫止庵的和尚，寫了一首夏日西園詩：「新築西園小草堂，熱時無處可乘涼。池塘六月由來淺，林林三年未得長。欲淨身心頻掃地，愛開窗戶不殺香。晚風只有溪南柳，又畏蟬聲鬧夕陽。」

朱元璋像

朱元璋讀後大為憤怒，咆哮道：「頻掃地，不殺香，是言我恐人議而肆殺，卻不肯為善耶？」止庵和尚自然也不得善終。

據《廿二史劄記》載，一日朱元璋到一處寺廟裡遊玩，看到牆壁上有一首題詠布袋僧的詩：「大千世界浩茫茫，收拾都將一袋藏。畢竟有收還有散，放寬些子也何妨！」

朱元璋看了認是借寓布袋和尚而指斥自己，但找不到這首詩的作者，便將怒火發洩到和尚們的頭上，而「盡誅寺僧」。

分析起來，和尚們或者是想借詩勸諷，但遇到「歹朱」這樣的皇帝，也就毫無辦法了。

▌誤「皇」為「王」丟官

清朝在北京建立中央政權，為健全和穩定全國行政機構，培養維護其統治的官吏，沿習歷代王朝慣例，實行開科取士。順治元年，規定以子午卯酉年鄉試，辰戌丑未年會試。各縣諸生於省城考試，叫鄉試，每三年舉行一次，考中者為舉人。第二年二月，中考者集齊於京師再考，叫會試。

是年為清王朝第一次鄉試，河南省鄉試於八月初九日首場，十二日二場，十五日末場。三場完畢，發現中舉者中竟有人將「皇叔父」寫成「王叔父」。因為順治元年十月，皇帝福臨在北京登基，表彰攝政王多爾袞對清朝入主中原的功勳，認為其功「此皆周公所未有而叔父過之」。特頒詔加封多爾袞「叔父攝政王，錫之冊寶，式昭寵異」。所以，多爾袞應稱為「皇叔父攝政王」。考卷中將「皇叔父」寫成「王叔父」，對當時權勢鼎盛的多爾袞來說，一是不敬皇上，二是藐視攝政。於是主考官歐陽蒸、呂雲藻俱革職，交刑部治罪。

這是發生在清順治二年的事。順治在位時，發生的大文字獄案不少。順治十七年發生了「張縉彥詩序案」。

張縉彥，字坦公，河南衛輝新鄉人，明崇禎辛未進士，官至兵部尚書。崇禎十七年三月，李自成農民軍攻打北京，他會同太監曹化淳開門迎降，後

攝政王多爾袞敕諭

不被重用,乃南歸。順治元年,清軍南下,彼赴固山額真葉臣軍前納款。南明弘光朝立,又援以總督,懼逃隱匿。順治二年複受洪承疇招降。順治九年因薦赴吏部考核,十五年官至工部侍郎,十七年甄別降授江南徽寧道。

六月,都察院左都御史魏裔介劾奏大學士劉正宗陰毒奸險,結黨比附,蠹國亂政一案,其中罪狀之一,即「正宗莫逆之友為張縉彥、方拱乾。縉彥外貶,拱乾流徙,正宗之友如此,正宗為何發人耶?且縉彥序正宗之詩曰:『將明之才』,其詭譎尤不可解。」於是,張縉彥詩序案發,順治帝立命劉正宗、張縉彥回奏。

所謂「將明之才」,據劉正宗回奏,「此語誠似詭譎,然臣現存詩稿,縉彥序中未見此語也」。

清順治皇帝像

其實他把原稿扯毀滅跡,想以此混蒙欺瞞。可見,告發者與被告者都認為此語之要害乃「恢復明朝棟梁」,關係非淺。八月,湖廣道監察御史肖震又奏劾張縉彥:「守藩

浙江，刻有《無聲戲》二集一書，詭稱為不死英雄，以煽惑人心。」即將張縉彥爭官逮至京師。順治帝命議政王貝勒大臣九卿科道審議具奏。

審訊時，張縉彥承認為劉正宗詩作過序，序中「將明之才」乃出自詩經，西漢書、顏真卿墨刻所載。但又謊稱曾送與魏裔介、林起龍、王熙等人，未送劉正宗；且原系草稿，後又改寫一篇，刻與未刻不知道，尚未成書，不曾遍送與人。及至用刑，方供已送劉正宗。

議政王大臣會議認為：「『將明之才』一語，即系詩經、西漢書顏真卿墨刻所載，若非有意借用，何不即行承認，乃巧辭欺飾，實有詭譎之意，叵測之心。」張縉彥「以詭譎言詞作為詩序，煽惑人心，情罪重大。」

最後張縉彥也因此被革職，抄沒家產，流徙邊境。

▌「雍正砍頭」

康熙六十一年（1722）十一月十三日康熙皇帝病逝於西郊的暢春園。官書記載，帝彌留之際，下詔傳位于皇四子胤禎，即雍正帝。照此說法，帝位的授受很清楚，雍正帝得位沒有問題。然而，當時民間的謠言卻特別多，許多無可究詰的宮闈秘聞不脛而走，有的說康熙病重，雍正進了碗參湯，「皇上就崩了駕」，這是說雍正謀父奪位；有的說雍正把康熙「皇位傳十四子」的遺詔做

了手腳，改「十」為「于」字，這是說雍正矯詔奪篡。

這繼位問題上的「名不正」，成了雍正皇帝的一塊心病，使他越發瘋狂地興文字獄，雍正在位時期達到了中國歷代文字獄的高峰。雍正三年，權臣年羹堯被以在奏章內將「朝乾夕惕」寫作「夕陽朝乾」而治罪。

年羹堯，字亮工，漢軍鑲黃旗人（一說奉天鑲白旗人），康熙三十九年進士，點庶常，至侍讀學士，擢四川巡撫，六十年命兼理四川陝西總督。雍正三年三月，日月合璧，五星聯珠，羹堯具本奏賀，雍正傳旨申斥：「年羹堯

雍正皇帝像

所奏本內，字畫潦草，且將『朝乾夕惕』寫作『夕陽朝乾』。……今年羹堯即不以『朝乾夕惕』許朕，則年羹堯青海之功，亦在朕許與不許之間而未定也。」同年十二月議政大臣、刑部等擬年羹堯九十二大罪，其中「狂悖之罪」之一即將本內「朝乾夕惕」故意寫錯。

汪景祺是雍正朝第一個以文字之故被殺的人，究其原因，是他黨附年羹堯，雍正力矯朋黨之弊，就拿他開了刀。汪景祺，號星堂，浙江錢塘人，少年輕狂，以後潦倒文場數十年，康熙五十二年（1713）才考了個舉人。雍正二年（1724）他離京往陝西布政使胡期恒處「打抽豐」，胡是年羹堯親信死黨，年羹堯時任川陝總督，佩撫遠大將軍印，極受雍正寵信，權勢薰灼，炙手可熱。汪景祺借胡期恒這層關係，上書年羹堯自薦，在信中極盡阿諛諂媚之能事，說歷代名將郭子儀、裴度、范仲淹比起年大將軍，「不啻螢光之於日月，勺水之於滄溟」。在這封信快到結尾時，汪景祺說如果不能瞻仰「宇宙之第一偉人」年羹堯，則「此身虛生於人世間」。就這樣，汪景祺成了年羹堯入幕之賓。

不料年羹堯好景不長。從雍正三

年羹堯像

年（1725年）起，雍正就開始究治年羹堯及其黨羽。在查抄年寓時，發現了汪景祺所寫的《讀書堂西征隨筆》，雍正閱後，恨得咬牙切齒，親題該書：「悖謬狂亂，至於此極！惜見此之晚，留以待他日，弗使此種得漏網也。」果然，十二月剛處決了年羹堯，便把「此種」汪景祺照大不敬律立斬梟示，羅列的罪狀有：汪景祺的詩句「皇帝揮毫不值錢」，意在譏訕康熙皇帝、譏誹康熙的諡號不宜稱「聖祖」，非議雍正年號用「正」字，有「一止之象」、汪寫「功臣不可為」一文，責備人主猜忌，以檀道濟、蕭懿比年羹堯。

雍正帝很清楚，汪景祺如僅黨附年羹堯，自然罪不致死，所以不惜從他的《西征隨筆》中羅織出誹謗先帝的大罪，置之重典。

當然提起雍正的文字獄，大概沒有比查嗣庭案更廣為人知了。據說查嗣庭主持某省的科考，試題出的是「維民所止」。不料被人密告，說他蓄意去掉雍正皇帝的腦袋。雍正帝拿來試題一看，「維止」二字合在一起果然有去「雍正」之首的意思，就把查嗣庭殺掉了。這個故事形象生動，流傳很廣，讓人們一下子就明白了專制時候文字獄究竟是

怎麼一回事。可惜它畢竟是個故事，與歷史事實有很大出入。

　　查嗣庭獲罪與科舉試題有些瓜葛，但他出的試題不是「維民所止」；雍正帝也確實剔過查嗣庭所出的某些試題，但他並不想借此論罪，因為有顧慮，怕人前後說他在搞文字獄。查嗣庭最後以大逆罪戮屍，擺出的罪證是他暗地裡寫了兩本日記，攻擊和非議康熙皇帝。

　　查嗣庭是浙江杭州府海寧縣人，提起海寧查家，當時沒有人不知道。查嗣庭兄弟四人：大哥原名嗣璉，後改名慎行，康熙三十二年入直南書房，不久賜進士出身，改翰林院庶吉士，授編修；二哥嗣康熙三十九年進士，官至侍講，詩名與慎行比肩；嗣庭行三，康熙四十七年進士，雍正初，先任內閣學士，很快升任禮部侍郎。康熙晚期，是查家最紅火的時候。當時查氏庭前有連桂之瑞，查家門戶之盛一時被人們傳為美談。

　　盛極而衰，自查嗣庭雍正四年因文字獲罪，查家一敗塗地。

　　據雍正帝後來講，他早就看出查嗣庭有謀逆之心，根據是他長了一副「狼顧之相」。何謂「狼顧」為相面家說，有的人走路時反顧似狼，即頭向後轉一百八十度而身軀保持不動，這種人往往心術不正，懷有異志。雍正帝深信相面術，對此亦小有心得。說查嗣庭長相不好，曾引起他的警覺，在於向群臣表白查嗣庭從來未被自己信任過。

雍正帝祭祀圖

　　既然如此，為什麼偏偏入雍正朝後查嗣庭的官職一升再升呢？雍正帝也有自己的解釋。雍正四年九月二十六日命將查嗣庭革職為問時雍正帝對群臣說：「查嗣庭向來趨附隆科多，隆科多曾經薦舉，朕令在內廷行走，授為內閣學士及禮部侍郎。」這樣一說，才把為什麼要羅織查嗣庭文字之罪的原因點破。原來，隆科多是雍正帝繼粉碎年羹堯黨之後，正在部署的下一次打擊朋黨集團戰役的主要目標。在隆科多的黨羽中首先清查出一個知名度很高的逆黨查嗣庭，才可以先聲奪人，為最後解決隆黨作興論準備。

　　傳說查嗣庭的書法極精，遐邇聞名，但不輕易示人，更談不到有什麼大部頭作品刊刻流傳，要從文字中推求他的居心蓄意論定罪狀有相當的困難。雍正四年屆各省鄉試之期，查嗣庭被命為主考官，典試江西。鄉試完畢，雍正帝查閱江西試題錄，反覆推敲，發現了某些問題，但覺得證據不夠有力。他推想查嗣庭平日不可能沒有文字記載，於是下令對查的寓所和行李作了一次突擊搜查，果然發現細字密寫的日記兩本。罪證齊備，雍正帝於四年九月召集大學士、九卿、翰詹、科道等在京大小官員，當為公佈。

　　第一部分罪證是查嗣庭典試江西所出過的試題：

- ◆ 首題——「**君子不以言舉人，不以人廢言**」。這是孔子的格言，錯在何處呢？雍正帝舉出《書經・舜典》中「敷奏以言」四字，說堯舜之世尚且以言陳奏，怎麼能說「不以言舉人」？查嗣庭用此為試題，是對朝廷下令保舉有所不滿，暗中譏訕。

- ◆ 策題——「**君猶腹心，臣猶股肱**」。講君臣關係，用的是孟子的話，沒有錯誤。雍正帝挑剔說：「為什麼稱君為『腹心』而不稱『元首』為分明不知君上之尊？」

- ◆ 《易經》次題——「**正大而天地之情可見矣**」；《詩經》次題——「**百室盈止，婦子寧止**」。這又錯在哪裡？殿下群臣莫名其妙。雍正帝點出這兩題中有「正」和「止」字，內中大有文章。

- ◆ 且看《易經》三題——「**其旨遠其辭文**」，雍正帝讓大家注意，這是查嗣庭暗示人們要把「正」和「止」兩字前後聯繫起來思考，體會其中寓意。但究竟寓有什麼深意，群臣相顧愕然，誰也猜不出謎底，只好由雍正帝自己解說了。他先從頭年汪景祺《西征隨筆》案談起，汪寫過一篇「歷代年號論」，說「正字有一止之象」，前

《易經》為五經之一，內容多成為古代科舉考試的題目出處。

代如金海陵王年號「正隆」、金哀宗年號「正大」、元順帝年號「至正」、明武宗年號「正德」、明英宗年號「正統」，……凡帶「正」字的，都不是吉祥之兆。

雍正帝說，查嗣庭的試題先用「正」，後用「止」，又暗示前後要聯繫，體會其中深遠的意旨，顯然與汪景祺同一伎倆，說「正」有「一止之象」，這不是惡意誹謗我的年號「雍正」又是什麼？後人說查嗣庭以「維民所止」為題得罪，大概就是由此推衍而來的。

第一部分罪證大致舉出以上各試題，雍正帝所作的結論是：「所出題目，顯露心懷怨望、譏刺時事之意。」

科舉考試，考官須從《四書》、《五經》摘取文句命題，按理說，不會有什麼政治風險。其實也不盡然。因試題涉嫌謗訕或太偏太怪而考官得罪的，在明朝已屢見不鮮。但像雍正帝這樣善於聯想、精於考求，能透過題面文字洞見出題者肺腸的，恐怕還前無古人。然而，雍正帝似乎也覺得這樣做難免穿鑿附會之嫌，難於令人心服，所以在解說第一部分罪證後，又向群臣說：「假如單就試題加以處分，可能有人會說查嗣庭出於無心，偶因文字而獲罪。」如此先抑一筆，然後又出查嗣庭第二部分罪證——兩本日記。

查嗣庭日記有如下兩項內容被雍正帝指為更嚴重的罪證：

第一，對康熙帝用人行政的批評，如戴名世《南山集》獄是文字之禍；方名因科場受賄正法是冤案；趙晉因科場案獲罪起因於江南流傳的一幅對聯，欽賜進士是濫舉；多選庶常如蔓草；清書庶常複考漢書過於苛刻；殿試時不能按時完卷被黜革進士是非罪；……，如此等等，不一而足。這些評論，有的查嗣庭並沒有說錯，有的則是他的偏見，但都是對康熙帝的非議和責難，帶有強烈的政治傾向，因此被雍正帝抓住了把柄，統通說成是「大肆訕謗的」。

第二，個人瑣事或天氣狀況等，如康熙六十一年十一月十三日記皇帝逝世，過了幾天又記自己「患腹瀉，狼狽不堪」；自雍正元年以後，凡朔望朝會或皇帝親行祭奠之日，查嗣庭往往記當日「大風」、「狂風大作」、「大雨傾盆」、「大冰雹」；熱河偶發大水，查記「官員淹死八百人，其餘不計其數，雨中飛蝗蔽天」；……。諸如此類的記載是否確屬事實，今天已無從查考了。不過大致可以認定，查嗣庭不會低級到出此雕蟲小技，發洩胸中的怨恨。雍正帝卻把這類雞毛蒜皮之類的瑣細小事大加渲染，硬說查嗣庭「悖禮不敬」、「譏刺時事」、「幸災樂禍」。

在雍正帝看來，第一部分罪證不過是治罪的參考，而第二部分日記，白紙黑字，腹誹心謗，才是足以令人信服的確鑿的、有分量的罪證，所以雍正帝

稱之為「種種悖逆實為」。這樣說貌似有理，實際仍是站不住腳的。查嗣庭對文字謹慎到了極點，據說他的書房每晚房門緊閉，有人曾從窗縫竊視，只見他秉筆疾書，寫完後又爬上梯子，把所記文字藏到房樑上。縱使查嗣庭真的對現實政治不滿，但如此慎之又慎地私記日記，秘不示人，亦無相應行為，又怎能構成「悖逆實為」呢？

動不動僅以文字便斷定是「悖逆實為」這種邏輯清初已有，到雍正帝普遍加以運用，與皇帝無上權威結合在一起，日漸成為不可移易的真理，很少有人去懷疑它。而查嗣庭的命運就這樣定了。雍正五年五月當刑部等衙門奏請照大逆律將查嗣庭凌遲處死時，他已死於獄中。

清代的官服圖案，圖為文官一品仙鶴與武官一品麒麟。

第十四章

中文字和避諱

正是由於中文字的獨特性，再加上中國人的獨特文化心理作祟，
形成了中國古人無處不在的避諱，
把本來可以簡單的生活搞得險象環生，處處陷阱，弄得人心情緊張，
現代避諱文化的式微，正代表了社會和文化的進步。

圖為藍廷珍之珍字因與雍正名
（禛）同音而自請避諱之上書

他們認為，人的靈魂就附在人的名字上。自己的名字讓別人知道了，那便無異於把自己的靈魂拱手交給惡人隨便處置。明清小說裡常見的一種害人法術是：縛一個稻草人，上面貼著仇家的名字，對著它詛咒，再對它射箭，仇人自然會病發身亡。中國廣西隆林的某些農村、山區，大年初一只准人們互稱為「魚」，不准互叫名字。所有這些，便是原始人「名魂相關」迷信習俗的遺留。

中國進入封建社會之後，人的名字在原有的迷信觀念基礎上，又被添上了一層政治的禮教的色彩。一方面，朝廷、禮書對帝王之名、聖人之名、父祖之名作了種種避諱規定；另一方面，在封建禮教薰陶下的人們，又有自己的封建人生觀，在人的名字上動手動腳，花樣翻新。

所謂避諱就是在語言交際中躲開那些忌諱的字眼。然而，躲字並不像躲開人那麼簡單。因為人們既要躲開那些忌諱的字眼，卻又不能影響語言交際，讓人不知所云。有時還需要在避諱語中傳達出說話者喜怒哀樂、褒揚貶斥的種種情感，表現出含蓄文雅、生動有趣的交際效果。因此，從一定意義上來說，避諱可以說是一種運用語言文字的藝術。

人的名字本來只是一種符號，就像地有南京、北京之名，街有新巷、舊巷之稱，人有張三、李四之名一樣，不過是一種語言的代碼而已。

但是，古人卻認為名字並非一般的符號，而是具有某種超人力量的符號。

其結果，使得人的名字更加具有神秘和恐怖的力量。下面就讓我們來看一看五花八門的人名避諱。

▍從老莊到老「嚴」──國諱

在封建社會的人名避諱中，國諱是最神聖的一種。所謂國諱，主要是避皇帝本人及其父祖之名。有的朝代，進而諱及皇帝的字型大小、皇后及其父祖的名和字、皇帝的陵名、皇帝的生肖、皇帝的姓以及國朝的名稱等等。

在中國封建社會中，皇帝自認為或被認為其地位是至高無上的。「溥天之下，莫非王土；率土之濱，莫非王臣。」因此，國諱就有如老虎屁股，是碰不得的。人們不僅遇到皇帝、帝后及其父祖名字時要迴避更改，而且遇到與其名字相同的人名、事物名時，也統統得迴避更改。

於是乎為了避國諱，有改地名的，如秦代避秦始皇父親子楚的名，改楚為荊。有改人名的，如東晉人為避晉文帝司馬昭諱，硬把漢代的王昭君改名為王明君，把漢人製作的《昭君》曲改為《明君》曲。有改人姓的，如漢明帝名劉莊，東漢人便把莊周改為嚴周，稱「老莊之術」為「老嚴之術」。有改物名的，如山藥本名薯蕷，因宋英宗叫趙曙，而「薯」與「曙」同音，結果，薯蕷被改稱山藥。有改干支名的，如唐高祖的父親名昺丙，唐人遇到甲乙丙丁的

宋宮素然《明妃出塞圖》

丙，多改為「景」。有改書名的，如晉朝簡文鄭太后名叫阿春，所以《晉書‧後妃傳》引《春秋》全寫成《陽秋》。有改山水名的，如康熙皇帝名叫玄燁，於是在清一代，南京的玄武湖一律被寫成元武湖。有改官名的，如唐太宗名世民，因而改民部尚書為戶部尚書。有改菩薩名的，如唐避太宗李世民諱，稱觀世音菩薩為觀音菩薩。有改常用語的，如《新唐書‧五行志》「皇極庶證」的證，即徵字，宋人因避仁宗之名而改。古代因避國諱所改文字真是數不勝數。

乾隆老年畫像

　　由於封建君主專制政治，這種神聖的國諱，具有法的性質。早在漢代，觸犯國諱就已經被看成是一種犯罪行為。據《漢書‧宣帝紀》記載，漢宣帝曾在元康二年下詔：「聞古天子之名，難知而易諱也。今百姓多上書觸諱以犯罪者，朕甚憐之，其更諱詢，諸觸諱在令前者赦之。」儘管漢宣帝對百姓避國諱之苦多少還有些體諒，換了一個「難知而易諱」（即冷僻少見容易避諱）的詢字為名，且對百姓以前的觸諱能夠「憐之」、「赦之」，但視國諱為犯罪行為的觀念仍是深深地植根於他的腦海中。

　　宋代以後，國諱作為法律變得越來越嚴厲。一方面，是朝廷規定的避諱字愈演愈繁。如宋人洪邁的《容齋三筆》卷十一在談到宋代帝王的廟諱（即帝王父祖名諱）時說：「本朝尚文之習大盛，故禮官討論，每欲其多，廟諱遂有五十字。」讀書人必須把這五十字牢牢記住，一旦在文章中出現這些字，乃至音近、形似的字，就一輩子做不成官了。另一方面，封建帝王大權在握，為了面子尊貴，常常對犯國諱之事施以極刑。

　　乾隆年間，江西舉人王錫侯曾作《字貫》一書，書寫康熙、雍正、乾隆的名字時沒有避諱。乾隆皇帝怒不可遏，詔書說，這事讓人「深堪髮指，此實大逆不法，為從來未有之事，罪不容誅」。於是不僅殺了王錫侯，且連帶殺了不少被認為與此事有牽連的人。這種因犯名諱而一次殺戮多人的舉動，才真正是「從來未有之事」。

杜甫詩中無「閑」字——
家諱 ．．．．．．．．

今天的人，誰也不會一聽到別人說與父親名字相同的字就痛哭流涕，但在中國古代，這種事情卻屢見不鮮。

晉代有一個叫王忱的人，一次去看望桓玄。桓玄設酒招待他。王忱剛吃過一種叫五石散的藥，不能吃冷東西，就說：「請溫酒。」桓玄聽到這幾個字，竟痛哭不已，只因為他去世的父親名叫桓溫。

南朝殷均，為永興公主處做事，公主不怎麼喜歡他。每次召他進來都讓在座的人寫他父親的名，殷均則每次都放聲大哭，掩面而退。此外，南北朝時梁的謝舉、宋的趙葵、北宋時的趙南仲等等，也都是聞父名必哭之人。

今天的人，也都不會因某種食物、某種器物、某種職稱的名稱與父親的名字相同，就不去吃它、不去用它、不去就任它。而在古代中國，它與聞父名必哭一樣，也同樣是時有發生的事。如南朝范曄，因為父親名泰，便推辭太子詹事這一官職（「太」與「泰」同音）。唐朝李賀因為父親名晉，便終身不參加進士考試（「晉」與「進」同音）。袁德師因父親名高，便不吃糕這種食物（「高」與「糕」同音）。劉溫叟因父親名岳，便終身不聽音樂（「岳」與「樂」同音），並不到嵩山、華山遊玩（嵩山、華山，都在五岳之列）。徐積

父因父親名石，平生不用石器，不踩石頭，遇到石橋，便讓人背著他跑過去。北宋呂希純因父親名公著，便不做著作郎（宋代職官）。

為什麼古人聽到與父親名字相同的字就哭？碰到其名稱與父親名字相同（包括音同）的食物、器物、官職就不吃、不用、不當，這都是起因於古代的家諱。

所謂家諱，就是在日常言談或行文用字時，要求迴避父祖以及所有長輩的名字。中國人的尊宗敬祖觀念是根深蒂固的，人們都希望自己的家族世世代代不斷延續，從而滿足一種永生不滅的願望，並希望自己的家族出類拔萃，從而滿足一種家族的自豪感。在封建宗法制度的薰陶下，父祖被視為宗族或家族血

范曄是《後漢書》的作者，與《史記》、《漢書》、《三國志》合稱「前四史」。

統的象徵，因而人們將父祖奉若神明。這種強烈的尊宗敬祖觀念，滲透在中國人的各種習俗裡。

在日常的人際交往中，人們總喜歡打聽對方父母的職業、身分和地位。父母身分地位高、名聲好，別人感到羨慕，自己也感到自豪；父母的身分地位

杜甫像

低，名聲不好，便會被人瞧不起，而自己也往往會蒙上一層自卑感。在日常糾紛中，人與人相罵，往往不限於攻擊對方本人，而且還要傷及對方的父母和祖宗。而人們同時對那些辱及祖宗父母的罵詞也恨之入骨。古人的避家諱，也同樣是尊宗敬祖觀念的反映。由於家諱體現了封建倫理道德，所以在一定程度上還得到封建禮法的承認。

由於家諱沒有國諱那樣神聖，人們的避家諱，只是在言語、著作當中，臨時避免用與父祖名相同的字。如司馬遷，父名談，在他所寫的《史記》中，改張孟談為張孟同，改趙談為趙同。李為，祖父名楚今，於是寫文章時都用茲字來代替今字。杜甫，父名閑，所以杜甫的詩中沒有一個閑字。蘇東坡，父名序，他為人作序便改用敘字。

一般來說，家諱只是親屬內部的事，不會因避諱而去改變地名、物名、

官名等等固有的名稱，偶爾有個別人斗膽這樣做，那也是自恃有權有勢。如阮葵生《茶餘客話》卷十二所說：「《梁書》：『張稷，字公喬，父名永，稷為新興、永寧二郡太守。郡犯私諱，遂改永寧為長寧。』以人臣私諱（即家諱）而改郡名，古今未有二也。」

中國的古書上有著入場多避人家諱的禮教。《後漢書‧馬援傳》馬援戒兄子書說：「聞人過失如聞父母之名，耳可得聞，口不可得言也。」《淮南子‧齊俗訓》說：「入其國者促其俗，入其家者避其諱，不犯禁而入，不逆違而進。」明葉了苟《草木子》雜制篇說：「及入人家，皆先問其祖父諱，然後接談，冀無犯諱。」歷史上也曾有過一些避人家諱的楷模。如《南史‧王僧儒傳》說：晉賈弼撰姓氏簿狀，太保王宏好其書，「日對千客，不犯一人之諱」。

然而，時久人多，要做到在任何時候，都不犯任何與己交往的人的家諱，畢竟不是一件容易做到的事。像王宏這樣能極盡心思鑽研別人家譜，而「日對千客，不犯一人之諱」的人畢竟是少數。古時人們對別人家諱的尊重，能夠嚴格實行的往往只限於直接稱呼對方父

北齊車馬人物壁畫

祖的時候，如稱台大人、尊大人。或者在「及入人家，先問父祖諱，然後接談」的短暫交談過程中，儘量使不出現與對方父祖名相同的字眼。至於其他時候，人們的避人家諱是不太嚴格、也難以做到嚴格的。人們有時會對某些人的家諱避得特別嚴格，這時往往是因為對方是有地位的人。

某人直接受到另一人的控制，特別是當此人是自己的頂頭上司時，常常需要十分謹慎地敬避其家諱，以免得罪於他，而給自己小鞋穿。《北齊書‧杜弼傳》記載，東魏時，權臣高歡（後來的北齊高祖），父親名樹生。一次他的下屬官員辛子炎來問事，由於口音不準，把「署」讀成了「樹」（署與樹只是聲調上的差別），高歡大怒說：「你這個小人，竟不知避別人家諱。」便用木棍打他。杜弼在一旁看不過眼，上前勸道：「按照禮，二名不偏諱（即如果人名有兩個字，只涉及到其中一字不算犯諱），子炎的罪過可以寬恕吧！」高歡竟又轉過來大罵杜弼：「明明看到人家正在氣頭上，還在這裡牽經引禮，你給我出去！」這件事說明，為人臣者，如果怕得罪其主，不但要為他避家諱，而且還必須儘量地避得寬一些。

對有名望的人，人們也常常會小心翼翼地回避其父祖名。《茶餘客話》卷十二記載，鄂西林相公父名拜，他和他的子孫寫書信名貼，只用「頓首」，不寫拜字。由於他在本地名望很高。附近

與他交往的朋友，在寫書信名時，也都不用拜字。

《北史》記載，熊安生初次見到徐之才、和士開二人（當時的社會名流），因徐父名雄，和父名安，所以自稱為「觸觸生」。意思是自己姓名的頭二兩字觸犯兩位貴人的家諱。

有時，朝廷也會為臣下避家諱而不惜改文換字。如宋人周密的《齊東野語》卷四記載：「後唐郭崇韜父名弘，以弘文館為崇文館。建隆間慕容彥釗、吳廷祚皆拜使相，而釗父名章，廷祚父名璋，朝廷改中書門下平章事為二品。紹興中沈守約、湯進之二丞相父皆名舉，於是改提舉書局為提領書局。此則朝廷為臣下避家諱也。

這種朝廷為臣下避家諱之事，歸根究底，也還是因為這些臣下有一定的身分地位（位居丞相）。皇帝深知，失去丞相的擁戴，畢竟會給自己造成麻煩，將機構或官職的名稱改動一下不費什麼事，卻可贏得丞相（有時，是兩位或三位）的耿耿忠心。

正因為在封建社會中，除了有權有勢的統治者外，一般是無法強制讓別人迴避自己的家諱的。所以，上文提到的桓玄等人，聽到別人使用與自己父親名字相同的字，只能以哭示孝。例如范曄等人，遇到其名稱與自己父祖名相同的某種食物、器物、職稱，就不吃、不用、不當，也因自己沒有權力去改變它們的名稱而讓大家去遵守，只能用這種消極的辦法自避家諱。

▌邱姓的耳朵──聖諱

封建社會中，又有為聖人避諱之事。這在封建時代稱為聖諱，聖諱既有朝廷規定的聖人諱，也有人們自發的聖賢避諱。

有關朝廷所規定的聖人諱，如宋代為避孔丘名諱，大觀四年規定「以瑕丘縣為瑕縣，龔丘縣為龔縣」。為避老子名諱，政和八年又規定：「太上混元上德皇帝（即老子，這裡被尊為皇帝）名耳，字伯陽，及諡聃。見今士庶，多以此為名字，甚為瀆侮，自今並為禁止。」金代明昌三年規定：「詔周公孔子名俱令回

唐吳道子《先師孔子行教像》碑

避。」泰和五年又規定：「如進士名有孔子諱者避之，著為令。」清雍正時也規定「孔孟之名必須回避」。統治者如此推崇「聖人」，把他們抬到如此嚇人的位置，無非是想借助其學說來加強對人民的統治。

在所有聖人當中，其名諱避得最廣泛，且避時最久的，要算鼎鼎大名的孔丘了。從宋代一直到清代，從皇親國戚到平民百姓，從目視的書面語到耳聽的口語，遇到這個丘字，人們都紛紛躲避。不僅寫起來要缺一筆，或者寫作「某」，或者用朱筆圈之，而且讀起來還要成「區」，或者讀作「休」。

最不幸的，則是姓丘的同胞們。到了清朝，雍正皇帝為了避孔子名諱，下令丘姓必須加一個耳朵寫作「邱」，這個耳朵便一直掛了數百年。

隨著「邱」字的通行，又在清代引出一個析字斷案的故事：

一天，某縣縣官正在大堂上辦公，從外邊進來兩個人打官司。這兩個人一個姓王，一個姓邱。姓王的說：十年前他買了姓邱的兩間廂房。因為那時姓邱的女孩多，暫時借住他買的那兩間廂房。現在姓邱的女孩都長大出嫁了，姓王的要把買的廂房收回來自己住。但是

清代孔子畫像

姓邱的不承認自己賣過房子。縣官問：「有沒有證人？」王答：「證人死了。」縣官再問：「有沒有證據？」於是王拿出買房的證明。證明前邊寫著邱家賣房的原因，後邊寫著邱某某、王某某和證人的簽名。最後寫著寫證明的時間是「康熙五十五年。」縣官知道康熙是雍正皇帝父親的年號，又看了看帶耳朵旁的「邱」字，就說，這個證明是假的，房子應該是邱家的。

這個縣官這樣斷案的根據，自然就是那個有旁「邱」字的使用時間上的漏洞。

直到五四運動以後，在「打倒孔家店」的呼喊聲中，一些姓邱的文人學者，才憤憤不平地把這個耳朵去掉，重新姓「丘」。

以上是朝廷所規定的聖人諱。有關民間自發的為聖賢避諱，《齊東野語·避諱》「後人避前賢名」一欄與清人周廣業的《經史避名彙考》述之最詳。如宋人鄭敬仰前代詩聖孟浩然，經過鄖州浩然亭時，感慨地說：「對賢者怎麼能夠直呼其名呢？」

於是把浩然亭改為孟亭。

宋時的任昉村、任昉寺因任昉來此一遊而得名。任昉的崇拜者虞藩任當地

刺史的時候，覺得這樣的村名、寺名對賢者不夠尊重，便把它們分別改為任公村、任公寺。這種自發的聖賢避名諱，不過是在名諱盛行的封建時代，一些文人雅士的湊熱鬧罷了。

▌ 只許州官放火，不許百姓點燈——官諱

在中國封建社會，不但要為皇帝諱，為父祖諱，為聖人諱，某人官做大了，也要為他避諱。

這種「官諱」在封建禮法上並沒有明文規定，而只是當官的人憑藉權勢讓人避諱。它有以下兩種情況：

一是一些官僚自恃權勢，私下規定某一範圍的人避他的名諱，這在封建社會，被稱為「自諱其名」。

「只准州官放火，不許百姓點燈」這句為人所熟悉的俗諺，便來自一個自諱其名的可笑故事。它說的是宋代有個知州，姓田名登。他下令當地所有的百姓都要把「燈」說成「火」，不准說「點燈」，而要說

《漢書》是中國第一部斷代史，圖為唐顏師古注的版本。

「點火」。上元節放燈，允許百姓到州城遊覽觀賞。在州官書寫的布告上，有這麼一句：「本州依例放火三日。」「放燈」也變成了「放火」。於是，群眾就編出這兩句話來諷刺田登，並流傳至今。

另有一位老兄姓趙名宗漢，他把「漢」字視為已有，規定下屬及家人遇到其他地方的「漢」字，都要用「兵士」代替。一天，他的老婆去拜羅漢，他的兒子正在跟延聘教師學習《漢書》，僕人向他稟報時說：「夫人請和尚來家供奉十八羅兵士，公子請教習，在教《兵士書》。」此事也成了千古笑談。

「官諱」的另一種情況是，有時上級長官或有權有勢的人並沒有明說，但一些下級官員或身分低微的人卻敬畏他們的權勢，主動地拍馬阿諛，避其名諱。有關這種情況，歷史上也曾有過一些流傳甚廣的笑談。如蔡京任宰相的時候，權勢極甚，眾位官員紛紛避其名諱。尤其是蔡京門下一位名叫蔡昂的人，避得更加謹慎。他不僅自己避，還讓家中的人一同敬避。且約法三章，如有犯諱的，就要用棍子抽打。一天，蔡昂在家中自己說話不小心，觸犯了京字，家人提醒他，他便舉起手來自己打自己的嘴巴，拍馬可謂拍到了極點。

封建官諱是權勢的產物，它體現的是封建社會中的等級觀念。由於它的核心是

「以權勢壓人」，所以，觸犯了官諱，有時也會受到處罰。阮葵生《茶餘客話》卷十二記載了這樣一件事情：宋代的楊萬里任監司（即監察州縣的行政長官），一次出巡監察某州。州府歌妓為他唱《賀新郎》詞，其中有「萬里雲帆何日到」一句。楊萬里聽到後馬上插話說：「萬里昨日到。」這使當地太守感到很狼狽，便下令將這位歌妓關了起來。

然而，官諱畢竟不同於國諱。一來它並沒有得到禮法的承認。正如《齊東野語》卷四所說：「諂者獻佞以為忠，忌諱繁名實亂，而春秋之法不行矣。」

二來朝廷或地方官員的權威畢竟有限，不似皇帝那樣至高無上。所以，國諱的老虎屁股摸不得，但「忌諱繁名實亂」的官諱小老虎屁股還是可以摸它一摸的，尤其是碰上一些不畏權勢，敢於犯上的人。

《齊東野語》卷四「避諱」一節記載，宋朝宣和年間，有一人名叫徐申幹，任常州知府，自諱其名。州屬某邑的一位縣宰一日來稟報，說某事已經三次申報州府，未見施行。因為這話裡面出現了一個申字，於是徐申幹暴跳如雷，大聲喝斥說：「作為縣宰，你難道不知道上級知州的名字嗎？是不是想故意侮辱我？」誰知這位縣宰是一位不怕壓的人，他馬上大聲回答說：

「如果這事申報州府而不予答復，我再申報監司。如仍不見批復，我再申報戶部、申報尚書台、申報中書省。申來申去，直到身死，我才罷休。」他不管犯不犯諱，雄起起地說了一連串的申字，然後揚長而去。最後，這位知州當然是氣得不得了，但也無法定他的罪。

馮夢龍《古今譚概·談資部》又收錄了這樣一個故事：

明代李空同任江西提學副使期間，恰好有一位讀書人與他同名同姓。李空同把他找來，問他說：「你沒聽說我的名字嗎？怎敢冒犯？」這位讀書人回答說：「名字由父親所定，不敢更改。」李空同想了很久，見他說得有理，只好說，「我出一副上聯，如果你能對出下聯，還可以寬恕。」這副上聯是：「藺相如，司馬相如，名相如，實不相如。」字面意思是兩人雖都叫相如，但

馮夢龍最有名的小說是「三言」，圖為三言之一的《醒世恒言》書影。

德才並不一樣。實際上是借此諷刺與他同名同姓的讀書人。但這個讀書人的才學卻是十分了得，他只是稍微考慮一下，立刻對出下聯：「魏無忌，長孫無忌，彼無忌，此亦無忌。」他借魏無忌、長孫無忌兩名字都叫無忌，指出同名同姓用不著忌諱，對得十分巧妙。李空同只有苦笑一聲，讓他離去。

再無人取名的「檜」字——惡人諱

以上所說都是為尊者諱名。在中國，也有避貶者名諱之事。這種避諱，與魂名相連觀念有著更為直接的聯繫。既然人們把人名視為本人的象徵，很自然，就像人們討厭惡人一樣，人們也討厭看到他們的名字。

古代的避惡人名，有時是君臣、官民同仇敵愾而共避之。如明太祖顧忌元朝捲土重來，把「元來」一詞改為「原來」。而民間百姓也討厭元朝。《對獲編補遺》卷一記載：「明初貿易文契，如吳元年，洪武元年，俱以原字代元字。蓋民間追恨元人，不欲書其國號也。」

唐肅宗討厭安祿山，據《新唐書》，當時的郡縣名凡有安字者十之八九都被改換。如安定郡改為保定，安化郡改為順化，安靜縣改為保靜，同安縣改為桐城，寶安縣改為東莞等等。而當時的安抱玉也恥與安祿山同姓，要求改姓，朝廷便賜姓李。

隋大業四年，由於討厭胡人，煬帝下令將胡瓜改為黃瓜，民間深受胡人騷擾之苦，於是也紛紛回應，黃瓜一名便流傳至今。

隋煬帝像

宋徽宗書法《小楷千字文》

古代的避惡名，有時則是出於君叫臣避，臣不得不避的無奈心理。如宋代官員朱諤原本叫朱紱。但宋徽宗崇寧二年時，徽宗下令臣僚姓名有與奸黨（即元祐黨人）相同的，統統得改。黨人裡面有人也有紱字，於是朱紱便改名為朱諤。

有時則是臣民自發地避惡名。如秦檜死後，據說天下再沒有人叫「檜」的了，有誰願挨世人的唾棄呢？也有邀功討好，迎合君主的厭惡心理而避惡名的。如《宋史·王子融傳》記載，王子融本名為皞，字子融，後西夏李元昊建國反宋，王子融便改把字當作名字。（皞與昊同音）

除了避「公惡」的人名，也有避「私惡」的名諱。《古今譚概·專愚部》引《遇仙別記》說，遇公平素很討厭和尚，假如在路上見到和尚的話，他一定要用清水來洗「乾淨」眼睛，如果是道路狹窄而來不及閃避，使自己的肩膀手腳碰到了和尚，他又一定要把衣服脫下來洗幹淨，七天以後再穿。他口裡也從不說僧字。一天，有人送給他一把扇子，上面寫有「竹院逢僧」一句，他像抓住一團炭火一樣，立刻把扇子丟還給人家，口中說道：「此扇還是留給那晦氣君自個兒享受吧！」所謂晦氣君，也就是他代替僧字的避諱語。

筆畫或字體變動

文字書寫，本是一件極為平常的事。但是，在我們中國，書寫上的筆畫變動或字體變動，卻可以作為一種避諱的手段，並把書寫者的褒貶情感孕育其中。

在中國封建社會，臣民不得直書所尊者之名，而且連尊者之名所使用的文字也不能再使用，凡是遇到相同的文字，必須迴避更改。這種回避更改，有一種很常見的手法，就是書寫缺筆。

它起於唐代，盛於宋代，傳至明清。如唐太宗名世民，世少寫最下面的一橫；宋太祖名匡胤，匡也不寫下面的一橫，直到清朝結束以後，清朝的遺老們刻書，對溥儀的名字也少寫一筆。這種書寫缺筆，一般是省去該字的最後一筆或兩筆。書寫缺筆之初，還很難說它帶有褒的色彩。但在以後，當它成為一種定式，即只能用於封建帝王（或聖人）之名諱的時候，無疑使它披上了一層神聖的面紗。

明世宗畫像

古時又有用朱筆書寫尊者名字之事。《至正直記》卷三說：「丘字，聖人（即孔丘）諱也，子孫讀經史，凡雲孔丘者，則讀作某，以朱筆圈之。」這種用朱筆書寫以避名諱的情況，則更明顯的帶有褒的色彩。眾所周知，朱筆在中國，被視為神聖、權威的象徵。不僅政府文件標題用朱筆框之，上級批覆文件用朱筆圈之，政府布告上的「此布」、「謹此」等警語用朱筆寫之，而且政府文件的封緘也用朱印蓋之。

避所尊者之名，可用書寫缺筆等方式來表達敬畏心理，對貶者之名也可用書寫本身來一洩其憤。如明世宗晚年對外族的騷擾很是頭痛，特別討厭看到夷、狄兩字。在詔書旨令中，不得不寫這兩字時，便把它寫得小小的，以顯示自己的憎惡之情。

改字法

漢語是中國人民的主要交際工具。由於中文字是點畫結構的方塊字，它屬於表意文字體系，同音字又極多。所以，中國人能夠十分方便地通過種種改字手法以達到避諱目的。這些改字法，主要有四項：

1. 改用形近字。

唐封演寫的《封氏聞見記》記載這樣一件事情：兼御史大夫韋倫一次奉命出使吐蕃（即今日西藏），隨員中有位名叫苟會的判官。走了一段路之後，有人對韋倫說：「吐蕃諱狗，您帶著一個苟判官，怎麼去與吐蕃建立友好關係呢？」（「苟」與「狗」同音）。韋倫來不及換人，只好讓苟會改姓苟。這裡把苟改為苟，便是用了一個形近字。

明人馮夢龍的《古今譚概·迂腐部》有這樣一則故事：他的友人華濟之曾告訴他，他們那個郡的郡守忌諱特別厲害。剛上任時，有一個叫丁長孺的來謁賀，因丁有「丁憂」之意（父母喪事叫丁憂），郡守擔心沾上晦氣，再三拒絕見他。門房僕役只好把姓丁改說成姓千，再次通報，郡守才欣然接見。這裡把「丁」改為「千」也是利用了一個形近字。

唐太宗手書《溫泉銘》

2. 改用同義字。

這種改字法常見於名諱，如前面提到的漢明帝劉莊，臣民為了避諱將「莊」字改為「嚴」字，便是借用莊、嚴意思相近。唐太宗名叫李世民，唐代人就用「代」字來替換舊書中的「世」字。它還屢見於事諱，如舊時北方人磨麵不能說「完了」，改說「得了」；南方的一些船民因「盛」與「沈」同音，認為不吉利，於是忌說「盛飯」，而說「裝飯」、「添飯」。

3. 改用同音字。

前面提到明太祖將「元來」改為「原來」，便是借用同音字。另外宋朝章憲太后劉娥，其父名通，於是便把通州（地名）改為同州。也是利用同音字來替換。

唐睿宗《景龍觀鐘銘》局部

4. 另造他字。

如唐睿宗名旦，便下令將其他行文用字中的「旦」字改寫作「旦」，以「旦」為偏旁的一些字，如但、坦、怛等也一併改掉，今天所用的「罪」字，古字為「辠」，秦始皇看到它很像「皇」字，於是下令改寫作「罪」。秦始皇之前，雖然漢語中已有「罪」字，但這個字原本的意思是「捕魚竹網」。而被秦始皇改為法網罩住歹徒之意，這也有重新構字的問題。

▌ 使用「曲語」

如果說書寫缺筆，各種改字的避諱手法是比較鮮明的語言手段的話，那麼，古人稱為「曲語」，今人稱之為「委婉詞語」的避諱方式，則是迂迴曲折，含蓄隱晦，讓人回味無窮的語言手段。

中國民間流傳著一個「巧媳婦」的故事：它說的是從前有個人叫王九，他有個聰明乖巧的兒媳婦。一天，王九的兩個朋友張九和李兒，一個提著一壺酒，一個拿著一把韭菜，來請王九去喝酒。偏巧王九不在家，只好請王九的兒媳代為轉答。王九回來後，兒媳對他說：「張三三，李四五，一個提著連盅數，一個拿著馬蓮菜，

來請公公赴宴席。」一段似詩非詩的妙語，各種變換紛呈的手法，巧妙地把與公公名字（九）同音的字一一作了改變，它既正確地轉達了意思，又避開了公公的名諱，還使人得到了一種語言美的享受。

然而，這裡的巧媳婦也只是稍露幾手。國人避諱時所使用的委婉詞語，其手法遠遠不只以上這個故事中出現的那些。現選擇比較常見的幾種，分別敘述如下：

- ◆ **比喻避諱：**李家瑞《北平風俗類徵》談到，北方人諱言蛋字。稱「蛋湯」為「木樨湯」。木樨，即桂花，因「蛋湯之色黃如桂花也」。所以有此一喻。趙士旺《寧波商業習俗》說：「顧客買結婚用品，失手敲碎，忌說碎，要說『先開花，後結子』。」這裡的「先開花，後結子」，含有對「碎碗」這一現象的形象比喻。

- ◆ **借代避諱：**避諱所用的借代方式形形色色。有的用避諱事物的狀態來代稱。稱懷孕為身子不方便；稱死為永遠閉上了眼睛等。

有的用避諱事物的因果來代稱，如有時稱人死為「回老家」，因為按照中國的葬俗，死後必葬家鄉；有的用避諱事物的所在來代稱，如用「下身」、「下面」來代稱生殖器。有的用顏色來代稱，如稱雞血、豬血為雞紅、豬紅。

有時，避諱的借代還層層使用，或者與比喻方式綜合使用，使避諱更為含蓄。

《水滸傳》插圖

如人們常把死稱為「有個三長兩短」，所謂「三長兩短」，是借棺材的用料（三塊長的，兩塊短的，不計棺蓋）來代稱棺材，進而代稱死。

《水滸傳》二十五回有這樣一句話：「我笑你只會扯我，卻不咬下他左邊的來。」這個「左邊的」，在宋元小說裡，是男陰的避諱語。為什麼要把男陰稱為「左邊的」？原來，民間流傳著這樣一個故事，說真武帝腳下有龜蛇二將，龜在左邊。而龜頭與男陰相似，民間早已用它來稱說男陰。人們根據這一民間故事以及當時用龜稱男陰的習語，創造了這個「左邊的」，它既含有比喻，也有借代，使得避諱更為含蓄。

◆ **美言避諱**：在死的避諱中，古時有人常常用「山陵崩」、「千秋之後」、「萬歲之後」等來專稱帝王的死，現代人則常常用「壯烈犧牲」、「英勇就義」來描述烈士之死，這些避諱詞語都帶有褒揚之情。

有的地方的人稱所尊的虎為「山神爺」，有的稱所尊的熊為「老爺子」，有的稱所尊的狐狸為「仙姑」、「花老太」，有的稱所尊的布穀鳥為「阿哥」，有的稱所尊的蛇為「柳七爺」，稱所尊的鼠為「灰八爺」，稱所尊的黃鼠狼為「黃大爺」。這些避諱詞語都帶有崇敬之情。

◆ **賤言避諱**：即故意用貶低自己的話來進行避諱。如在死的避諱中，古人用「填溝壑」、「蟲出」來稱自己的死，意指死後隨便扔到山溝了事或死後不得安葬，以致屍體生出屍蟲來。在避諱中，古人又常常稱自己為「小人」、「鄙人」、「不才」、「不佞」。

◆ **巧言避諱**：是用一些精心編造的言詞來稱說那些自己想得到而又受到忌諱的東西。它們往往是一種虛假的表現。

馮夢龍《古今譚概·迂腐部》說到一些和尚稱酒為「般若湯」（般若，佛教名詞，意譯為「智慧」）；稱魚為「水梭龍」；稱雞為「鑽籬菜」。佛家忌飲酒吃葷，這些偷吃葷腥的僧人，一面口不言魚肉一面卻用花言巧語來掩飾自己的行為。

明仇英《聖績圖》，描述孔門弟子為孔子守喪的場景。

中國人視重利為恥，往往口不言利。但一些人雖不好意思說出口，心裡還是想利的，於是便有種種巧言避諱。比如有些人，收到別人的禮物，心裡感到高興，但嘴上卻要掩飾一下：「你怎麼這麼客氣，真讓我盛情難卻！」

◆ **輕言避諱：**是說話者有意降低避諱事物的嚴重程度，以表達自己的某種情感或減輕對聽話者的刺激。如對於死，古人有時用「病」來婉稱。如《禮記·檀弓上》：「子貢聞之，曰：『泰山其頹，則吾將安仰；哲人其萎，則吾將安放。夫子殆將病矣！」子貢是孔子的弟子，不忍心說「他的老師將要死了」，只是用「病矣」。今人的口語有時則用「老了」來稱死。對於病，古人有時用「偶沾微恙」來輕說，今人有時則用「一點小病」來婉稱。

對於某人的身體缺陷，人們用「腿不太方便」來代替「瘸」、「拐」。對於某人曾被關進監獄，人們不說「關」，而說「待」。所有這些都是人們避諱時所採取的「輕言」的語言方式。

◆ **反言避諱：**是使用於凶時的避諱。其語言運用特點是：反過來把一些不吉的詞語改換成相應的吉語。如中國有些地方，把「氣死我」叫做「激生我」；把「笑死我」說成「笑生我」。又因「書」與「輸」同音，把「通書」稱為「通勝」；因「空」與「凶」音同，把「空屋招租」說成「吉屋招租」。古時吳中一帶的漁民因「箸」與「住」同音，於是把箸稱為「快」（筷）；因「梨」與「離」同時，於是把梨稱為「圓果」。

◆ **拆字避諱：**即利用避諱字眼的偏旁，把它拆成幾個字來進行避諱。如古時船家人若姓陳，因沈與陳同音，忌說陳，改說耳東。

◆ **算術避諱：**即是用數字的加減乘除來避諱。如上文所說的巧媳婦，用「張三三」來避說「張九」，三三得九，用的是乘法。用「李四五」來避說「李九」，四加五等於九，用的是加法。

清人沈皞日的《朔記》提到：「燕人諱言四十五歲。人或問之，不曰『去年四十四歲』，則曰『明年四十六歲』。」「去年四十四歲」加上一歲是今年的歲數，用的是加法。「明年四十六歲」減去一歲也是今年的歲數，用的則是減法。

◆ **鋪陳避諱：**也就是將所忌諱的字眼鋪衍成一句吉利話。如新年大吉，打碎器皿，

梁武帝蕭衍像

230

不能直說「打碎了」，更不能說「砸了」，而常常要說一些吉利話。人們有時說的是「歲歲平安」，這句話，是巧用與「碎」同音的「歲」，再構成一句吉利話。正月裡，小孩跌跤，也被認為兆頭不好而需要用一些吉利話來挽救，經常說的一句就是，「跌跌碰碰，沒災沒病」。這也是以「跌」「碰」兩個忌諱字眼，加以鋪陳而成為一句吉利話。

◆ **空字避諱：**在行文或說話的過程中，人們有時也用臨時省略的辦法，來避開那些忌諱的字眼。

中國古代的人名避諱，有一種空字法。如《南齊書》為梁武帝蕭衍之父（名順）避諱，遇到其他的人名有順字的，都空著不寫。該書中的「前侍幸蕭□之宅」，指的是「前侍幸蕭順之宅」，因為蕭順之名有順字，所以空其字不寫。這種空字避諱，容易造成誤會。如唐人撰《隋書》時避李世民諱，將王世充寫成「王　充」，徐世姬寫作「徐　勣」，中間空了一字。後來的人有的不知這是避諱，誤抄成「土充」、「徐勣。因此，空字避諱法在古代並不是太

流行的。

古書有時又用藏字的辦法來避事諱，即隱去某一成語、諺語中的受忌諱字。《醒世姻緣傳》第二回有這麼一句：「一帖發表藥下去，這汗還止的住呢？不鎇的十生九了。」「十生九死」是宋代以後漢語中的成語，這裡說「十生九」，隱去了一個死字。

馮夢龍《古今譚概》提到：「一士子家貧，與其友上壽，無從得酒，乃持水一瓶稱觴曰：『君子之交淡如』。友應聲曰：『醉翁之意不在』。」君子之交淡如水與醉翁之意不在酒是古時的兩句諺語，此處說「君子之交淡如」，省去一個水字，說「醉翁之意不在」則省去一個酒字。大概貧士以水代酒，不好意思說出那個水字，友人深解其意，他也不提那個酒字。這種藏字避諱，不至於造成誤會，倒可增加幾分含蓄、幾分幽默。

在現代的書面語中，人們常常使用「×」符來代替那些涉及到性器官與性行為的粗言鄙語，又常常用省略號或破折號來省略那些不敢啟齒的字眼。如魯迅小說《藥》：「他的母親端過一碟烏黑的東西，輕輕說：『——吃下去罷——病便好了。』」省去了讓人聽了噁心的「人血饅頭」等字。魯迅的另

中國近代著名小說家魯迅像

一篇小說《祝福》又寫道：「我立刻膽怯起來，便想全翻過先前的話來。『那是……實在，我說不清……』。」省去了讓人聽了感到恐怖的「靈魂」二字。馮德英《苦菜花》：「鐵功，我們現在就——，你說好嗎？」這裡則省去了一般女子羞於啟齒的「結婚」二字。

在現代口語中，人們則往往用語音停頓，有時附加一些簡單動作，來省略那些忌諱的詞語。如忌諱說出錢字，便在提到它的時候打住不說，而用大拇指和食指互相摩擦一下（模仿數錢的動作）。

忌說「王八」（即烏龜），當提到它時，就用這樣的手勢來委婉地表示——右手掌心向下，五指伸直，中指為得最高，食指和無名指略低，拇指和小指最低，並且向裡靠攏。這是以中指摹擬龜頭，其餘四指摹擬龜足，手背則相當於龜中。

還有表示死亡的幾種習慣性手勢：「用食指橫放於頸部，表示某人『上吊』了，有時同時伸出舌頭」；「用右手手指從左到右在頸部劃一下，表示某人『自殺』了」；「右手拇指翹起，食指做成手槍的樣子，表示『擊斃』，如果食指對準太陽穴，則表示某人『用手槍自殺』」；「用右手掌在頸後作砍狀，表示『砍頭』。」以上的手勢，常常在人們的口語交談中配合言語的停頓來進行。

避諱趣話

這幾則避諱趣話，淋漓盡致地勾畫出一幅謊話避諱圖畫，無處不諱的社會環境致人於尷尬處境，避諱發展到如此程度，確實是中國人的悲哀，也是中文字的悲哀。

1. 武則天改「國」

「國」字的繁寫是「國」，武則天當了唐朝女皇之後，認為「國字裡的「或」跟「疑惑」的「惑」相通，有「不安定」的意思，就下令改成「武」，意思是說中國有我武則天鎮壓就安定了。改後不久，有人對她說：

「口」像個監獄，「武」在口裡好像是「囚犯」，意思不好，她又下令改成「圀」，意思是我的國家很大，有四面八方的土地。但這個字沒有流通起來。

武則天《升仙太子碑》局部

2.「今之爸爸，古之民賊也」

古時代有個書生，他父親名叫良臣，為了避諱，凡他讀書時遇到「良臣」二字，都改讀為「爸爸」。有一次讀《孟子》，有「今之所謂良臣，古之所謂民賊也」一句，經他一讀，就成了「今之所謂爸爸，古之所謂民賊也」，實在是滑稽之極。

3.「舊爹」與「新爹」

有位書生的父親名叫阿谷，為了避諱，每當見到「谷」字，都要改讀為「爹」。

有一次，他讀《四書》，當讀到「舊谷既沒，新谷已登」時，仍改「谷」為爹，於是念成：「舊爹既沒，新爹已登。」同窗聽了，以為是他爹死了，娘要改嫁，無不哈哈大笑。

4.「宋一鳥」

小說《李自成》中記載了一個故事。說的是明朝有個大官叫楊嗣昌，他父親的名字叫楊鶴。

楊嗣昌部下有個叫宋一鶴的人，他為了對上官的父親楊鶴表示尊敬，把自己的名字改稱「宋一鳥」，就是把「鶴」字砍去了左邊的一半。

有一天，很多官員去參見楊嗣昌。按照當時的禮節，每人都必須報告自己的名字說「某某參見大人」。輪到宋一鶴，他走到台前大聲喊道：「宋一鳥參見大人！」站在旁邊的官員聽了都不禁大笑起來。

5. 非常不敢說

古時候忌諱很多，對皇上、老師、父母和其他一些尊重人的名字，都必須加以避諱。

五代時，有位名叫馮道的人在朝中任宰相。有一次，他在家中考門生《道德經》。《道德經》開頭是這樣三句話：「道可道，非常道」，每句都觸馮道的名諱。門生不敢照原文念，但一時又想不出好的主意，只得硬著頭皮念道：「不敢說，可不敢說，非常不敢說。」馮道聽後，一時也哭笑不得。

西漢帛書《道德經》殘頁

第十五章

世界上獨一無二的文字遊戲

中文字具有獨特的遊戲性。經過幾千年挖掘和完善，
有關中文字的文字遊戲在世界上是獨一無二的，
並且非常具有趣味性和益智性。
古代的文人墨客也留下了許多有關文字遊戲的趣聞軼事。

唐玄宗李隆基即位後，勵精圖治，使唐代的經濟文化發展到高峰，史稱「開元之治」。玄宗也愛好文字遊戲。

朝中秘書監賀知章乃三朝元老，社會名望很高，玄宗待他非同一般。賀知章告老還鄉時，玄宗專門為他在宮中擺宴餞行，並問他還有什麼要求沒有。賀知章說：「我有個男孩子還沒有定名，希望皇上賜給一個名字，我回鄉後也是一件光榮的事。」

玄宗說：「道之要，莫若信，孚者信也，履信思乎順。卿子必信順之人也，宜名之曰『孚』。」

賀知章高興地拜謝而去。過了些時候才醒悟過來，皇上是和我開玩笑呢，我老家吳中人稱孚為爪下子，給我孩子起名叫「孚」，這豈不叫我爪子嗎？

漢語文字有它獨特的特點。

從形上看，呈方塊，用筆畫組成，許多字又是由字組成。同是一樣筆畫或字，由於位置不同，其表示的含義也不同，如：犬與太、几與九、人與入、刀與力等。

從音上看，有多字一音，如：巴、八、疤、芭、笆、粑，音同而義異。有的字多音、多義，如：落字讀ㄌㄨㄛˋ，作下降解釋；又讀ㄌㄚˋ，作遺留解釋；還讀為ㄌㄠˋ，為口語。

從字義上看，有多字一義，如：母、媽、娘、堂、萱、慈、姒等都是母親的意思；而更多的是一字多義，這樣的例子舉不勝舉。

有關中文字的文字遊戲專案很多，但最有影響的是燈謎和對聯。以下我們主要對這兩類中文字遊戲進行介紹。

鶺鴒千巋栖集於
麟德之庭樹竟向
馬飛鳴行搖浮庭
原之趣昆季相樂
縱目而觀者久之遍

唐玄宗書法《鶺鴒頌》局部

▎燈謎：一種神奇的寓教於樂活動 ·········

　　燈謎是根據漢語文字獨特的特點所創作的文字遊戲。或象形會意，或增損離合，把要說的事物或字詞隱藏起來，巧作埋伏，故弄玄虛，但也留有一些線索，請別人去猜。猜的人根據所給的條件和線索去聯想、捉摸，從而得出所隱藏的事物或詞語，這種遊戲便是猜燈謎。

　　清朝末年，有一年輕女子名叫顧春，妙齡之年，受父母之命，媒妁之言，嫁給了一個富家子弟。婚後不久，那富家子弟便對顧春十分冷淡，常常不歸。有一年元宵佳節，顧春獨坐玉房，百感交集，取來筆墨香箋，填了一首《玉房怨》：

　　元宵夜，兀坐燈窗下。
　　問蒼天，人在誰家？
　　恨玉郎，全無一點直心話。
　　叫奴欲罷不能罷。
　　吾今舍口不言他。
　　論交情，曾不差。
　　染塵皂，難說青白話，
　　恨不得一刀兩斷分兩家。
　　可憐奴，手中無力難為下，
　　我今設一計，教他無言可答。

　　這首《玉房怨》傳出後，文人雅士爭相傳抄，並加以各種評論，但皆屬一般。一日落到一位才子手中，這才子看過《玉房怨》後，高聲喝彩說：「才女為情造

文，不僅詞如鼓瑟，聲聲見心，而且蘊含妙趣！」

聽的人一時不解，爭問什麼妙趣為才子說：「這乃一詞謎，扣含十個字：一、二、三、四、五、六、七、八、九、十。」眾人聽後皆歎。

這是一則才子佳人的靈性故事，同有燈謎，佳人不佳，沒有燈謎的解猜，才子也不成為才子了。

通過猜燈謎，人們得到娛樂，同時也促進了認字，理解字義。猜燈謎是一種獨特、神奇的寓教於樂活動。

燈謎的「文義」性——
燈謎與謎語的差別 ‧‧‧‧‧‧

不少人把燈謎與謎語混為一談，有些報刊、謎書也是把兩者統稱為謎語的，其實兩者有著明顯的區別，燈謎是一種「文義」謎，而謎語是一種事物謎。

燈謎和謎語是一種語文遊戲，不是一種語文體裁。現就燈謎和謎語對比，分析一下兩者的區別。

燈謎是以「文義」，即文字的含義而入扣的，故燈謎被稱為「文義謎」，又稱文虎。它主要著眼於文字的含義或字句、字形的結構方面，憑藉中文字的一詞多義、筆畫組合、摹狀象形等特點，通過別解、假借、運典、拆字等手法，來使謎面與謎底在詞義上或在字形上達到相扣。謎語除了少量字謎外，都

是以事物的特徵來隱射的，因此，謎語屬於事物謎，通常稱為民間謎語。它主要著眼於事物的形體、性能、動作等特徵，運用擬人、誇張、比喻等手法來描繪謎底，從而達到隱射的目的。

如同樣以「知了」（蟬）作為謎底，燈謎的謎面是「曉得哉」；而謎語的謎面是「有翅沒有毛，飛著沒多高；一到大熱天，躲在樹上叫」。顯然前者以「知了」這兩個字的字義（解釋為「知道了」）來相扣；而後者則是抓住「知了」這種昆蟲的一些特徵來描述。

又如同樣以「石榴」作謎底，燈謎的謎面是「劈岩移山、築田種柳」。意思是劈開「岩」字，把「山」移去，餘下是一個「石」字，「田」和「柳」綴合在一起拼成「榴」字。而謎語的謎面是：「黃磁瓶，口兒小，瓶裡裝著紅珠

燈謎是元宵節最有特色的活動之一，圖為《明憲宗元宵行樂圖》。

236

寶；只能吃，不能戴，又酸又甜味道好。」兩者對比一下，扣法也顯著不同。前者是運用拼拆文字的手法扣合「石榴」這兩個字，至於石榴的外形、色彩、味道等特徵全然不管；而後者恰好相反，它僅描述石榴的各種特徵，而石榴這兩個字的寫法及其字義卻不去管它。

從上述兩個例子，已可明顯看出，燈謎和謎語雖說都是群眾性的文化智力遊藝活動，但其扣合的形式，卻是大相徑庭的。

既然燈謎是以文字作為謎底的，那麼凡是用文字來表達的詞語都可以作為謎底，因此燈謎謎底範圍相當廣泛，單字、成語、辭彙、詩詞、古文、中外地名、古今人名、書刊、影劇、各類事物名稱等等，無所不包，簡直就像一部《辭海》的分類詞目。

謎語的謎底範圍除了少量是字謎以外，絕大多數都是「事」和「物」，如動物、植物、用物、人體器官、自然現象等。

謎底的範圍稱作「謎目」。通過上面對比可看出燈謎的謎目種類很多；而謎語謎目，僅僅是燈謎謎目中的一小部分（事物謎和少量字謎）。若嚴格要求，燈謎謎目的書寫形式也應有別於謎語。如上面第一例，燈謎應標為「打昆蟲名一」，而謎語則稱「打一昆蟲」。

燈謎的謎面一般文字較短，講究煉字煉句，多麼一些常見的辭彙、成語或有名的詩句，其特點是用它精巧簡潔，概括性強，有時精練得僅一、二個字。例如：「乖」打成語「乘人不備」（「乘」字「人」不具備即為「乖」）；「盈虧」打影片名「滿意不滿意」（「盈」是滿的意思，「虧」是不滿的意思）等，謎面都極其精煉，無法再簡化了。

謎語的謎面往往是山歌體的民謠，以四句形式出現較多，講究押韻而有節奏，讀之不僅琅琅上口，而且形象生動，便於口頭傳誦。例如：「身上穿紅袍，肚裡真心焦，惹起了火兒，跳得八丈高。」猜一物品「爆竹」；又如「石頭層層不見山，道路彎彎走不完；雷聲隆隆不下雨，大雪紛紛不覺寒。」猜一種勞動形式「磨粉」等，比喻生動，形象逼真。

燈謎的猜法和製法有不少嚴格的規則，如

元宵猜燈謎的習俗相傳是從北宋開始盛行，圖為《水滸傳》中描寫元宵節場景。

謎面和謎底不准有相同的字出現；謎面和謎底的字，除了用諧音類的謎格以外，不准用同音字來代替解釋；謎面和謎底在扣合上要講求貼切、嚴密，不允許出現閑字（即無法相扣的字），也不允許用同一事物的異名來代替。而謎語卻沒有上述這些規則，只要謎面能夠隱射謎底就可以了。

關於燈謎的規則，這裡舉一個例子來說明燈謎謎底的嚴密性。

「麻屋子，紅帳子，裡面睡個白胖子」，打一果品，謎底是「花生」。你如果猜長生果或落花生，也可以，都算對，因為三個果品名稱都是同一種東西。這是謎語。而在燈謎中，花生、長生果、落花生，由於文字不同就制出了不同的謎面：

花木蘭是中國文學作品中一位代父從軍的巾幗英雄，圖為清赫達資所畫的花木蘭（梁代的木蘭）。

不識木蘭是女郎──花生（「花」指花木蘭，「生」作陌生解）。
不老實──長生果（謎面別解為「不老的果實」）。
結實──落花生（謎面別解為「結成果實」，則「落花」而「生」）。

這三個謎底在「文義」上各有不同的含義，都不允許互相混淆。

▎燈謎的源流 ●●●●●●●●●●●●●●●●●●●●●●●●●●●

中國的燈謎源遠流長，遠溯上古時代的《彈歌》作為謎的雛形始，距今約有三千多年的歷史。如果以「辭」、「隱語」形式算起，也有兩千多年的時間了。

「謎」這個字，出現較晚。東漢許慎的《說文解字》沒有收，直到宋初由徐鉉補了上去。他注釋說：「隱語也，從言迷。」說明「謎」在當時是個俗稱。宋周密講得較清楚：「古之所謂為詞，即今之隱言也，而俗謂之謎。」隱語和詞，是從不同角度給謎的命名。出謎的人把真意隱去，猜謎的人搜索尋思，所以既叫「隱」，又叫「（通「搜」字）。據史籍記載，春秋時期很流行，有「秦客廋詞於朝」《晉語》、有「齊威王之時好隱」（見《史記》）。雖然隱語和純粹以文義為主的燈謎有所不同，但通過詞義轉移來隱伏真實意義，在這一點正是燈謎的雛形。

大約到漢代，隱語開始向兩個方向分化。一類以特徵描寫為主的事物謎：傳說東方朔作過「蚊子」謎。「利喙細身，晝匿出昏，嗜肉惡煙，指掌所捫。」已與今天的謎語十分相近。另一類就是以文字形義為主的文義謎。

隨著社會的統一，中文字形體的逐漸穩定（由篆文到隸書、楷體），借文字的形體和意義來作謎的情況多起來了。

傳說劉邦（字季）為打天下，曾編了個神話，說孔子修春秋時，發現白虹自天而下，上面有幾個大字：「卯金刀，在軫北。字禾子，天下服」。「卯金刀」是「劉」的繁體字；「禾子」就是「季」。用的就是字謎手法。以後還出現了「碑謎」，把字謎刻在碑上供人猜思。曹娥碑上的「黃絹幼婦，外孫齏臼」就是一例。這類字謎，雖說粗糙，卻開創了一種制謎體例，後人叫它「曹娥體」，又叫「碎錦格」。

魏晉南北朝時，出謎和猜謎成了文人鬥智的遊戲。如《三國演義》裡描寫的曹操在門上寫「活」字，就是早期的「實物謎」。以後晉潘岳、南朝劉駿、謝靈運、謝惠蓮、蕭繹、蕭巡等著名文人，都曾製作過謎，並突破了曹娥體。南朝宋文學家鮑照曾作「井」字謎：「二形一體，四支八頭，一八五八，飛泉仰流」。前三句寫字形，後一句描繪了吊井水的形象。南朝梁劉勰在《文心雕龍·諧隱》裡還對謎作了著名的論述：「謎也者，回互其辭，使昏迷也。或體目文字，或圖解物品，纖巧以弄思，淺察以炫辭，義欲婉而正，辭欲隱而顯。」

南北朝謎的特點是以詩的形式出現，並且寄情託思。《玉台新詠》選編了這樣一首民歌：「藁砧今何在？山上復有山。何當大刀頭？破鏡飛上天。」

藁砧，鈇也，問夫何在。重山，出字，夫出也。何當大刀頭，刀頭有環，何時還也。破鏡飛上天，月半還也。形象地寫出一位婦女的思夫之情。

又如南朝宋謝惠蓮的「吝」字謎：「放棹遵遙念，方與情人別；嘯歌亦可言，蕭爾凌霜節。」

放減去方為文，嘯減去肅為口，文加口為吝，捨不得之意。是一首刻劃分別不捨之情的詩歌。

這些詩謎都有較多閑文，謎面沒有字

漢高祖
漢書高帝紀贊曰漢承堯運德祚已盛斷蛇著符旗幟上赤協於火德自然之應得天統矣

清上官周《晚笑堂畫傳》中的劉邦像

字著落；但是，儘管從詩的角度來說不夠工巧，從謎的角度來說比較幼稚，它卻賦謎予思想性，這是一大進步。

隋文帝楊堅統一中國後，謎又有進一步發展。秀才侯白是隋代謎人中的佼佼者，現在還流傳下不少關於他的謎語故事，其中「子在，回（槐）何敢死」一謎，開創了別解成謎的先例。

唐朝，不僅士大夫中常以謎為戲，連唐玄宗李隆基也以「孚」字扣「爪下子」來嘲笑賀知章。武則天也是一個猜謎的好手，她通過解謎，一語道破裴琰與徐敬業的合謀。李公佐的傳奇小說《謝小娥傳》中以「車中猴，門東草，禾中走，一日夫」，扣「申蘭、申春」，將謎編入了小說。

隋文帝楊堅是隋朝開國皇帝，統一了當時已經分裂數百年的中國。

謎到北宋更盛。據郎瑛《七修類稿》記載：「東坡、山谷、秦少遊、王安石，輔以隱字唱和者甚麼，刊集四冊《文戲集》。」顯然，《文戲集》是一部較早的謎專著。從此，謎進入發展的新時期，其主要標誌是：南渡以後，「燈謎」脫穎而出。

謎從隱語不斷演化為「燈謎」，是在宋元時代李開先曾這樣描寫：「宋元以來，通都大市，每于元夕，盛張鼓樂，羅列華筵，燈火輝不夜之城，壺觴瀉如澠之酒。例用主謎之一人，出片紙書謎其上，數人傳播里巷。無長少喧聚相猜，中則予紙請入坐，上座賀以酒；雖窮鄉偏邑亦然。」宋代周密《武林舊事》也記載：「又有以絹燈剪寫詩詞，時寓譏笑，及畫人物，藏頭隱語，及舊京渾語，戲弄行人。」可見燈與謎自此已結緣，活動遍及民間，燈謎這個名稱也由此而始。其他如宋代耐得翁《都城紀勝》、吳自枚《夢粱錄》等都有詳細記載。據雲：南宋已有商謎（商略謎語）的專業藝人，商謎開始前，先用鼓板吹《賀聖朝》樂曲，聚集觀為猜謎。謎的種類有詩謎、字謎、戾謎、社謎等好多種。都城杭州一些「習詩之流，萃而為齋」，成立了謎社組織：「南北垢齋、西齋」等。燈謎開始走向民間。

在北方，當時入主中原的金國繼承了北宋的文化，金章宗完愛好隱語，由四川人楊圃祥主編謎集《百斛珠》。元代朱凱所編謎書《揆敘萬類》收集謎語

240

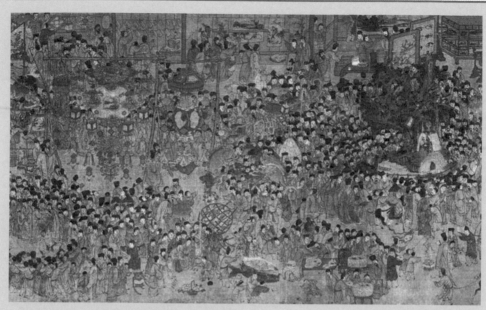

明繪畫《上元燈彩圖》描繪當時元宵節的熱鬧景象

材料較宋代的謎書更為豐富。

　　明代的燈謎活動，嘉靖進士田汝成在《西湖遊覽志餘》中有兩段記載：

　　「……杭人元夕，多以此為猜燈，任人商略。永樂初，錢塘楊景言，以善謎名，成祖時重語禁，召景言入值以備顧問。」

　　「正月十五日為上元節，前後張燈五夜……好事者或為藏頭詩句任人商揣，謂之猜燈。」為分別描繪了「永樂」和「洪熙」年間元宵猜謎的盛況。「嘉靖」以後，謎界人才輩出，突出的要數山陰諸生徐文長。他所制的「何可廢也，以羊易之」的「佯」字謎，在四百年後的今天，仍是增損體燈謎的範例。

詩謎到明代已較成熟，嘉靖八才子之一、文學家李開先自編謎書，取名《詩禪》。他說：「人心稍變，直道難行，有托興，有諷諫，有寓言，有隱語，有詞，俗謂之謎，而士大夫謂之詩禪。」

　　在他的謎書裡，不少作品既有詩情畫意和思想寄託，又字字入扣組合成謎。比如：「重山複重山，重山向下懸；明月複明月，明月在兩邊。上有可耕之田，下有長流之川；一家共六口，兩口不團圓。」

　　他寫的是一個山裡人家，那裡山水相依，水中明月與重山互映，景色多美；可是丈夫被迫外出服役，兩口子不能團圓，農婦身邊還留下四個孤苦的

孩子，境況多慘！而全詩又巧妙地猜一個「用」字。

又如「累」字謎：「上種田，下養蠶，難濟十口之饑寒，命如一縷之孤懸。」反映了當時的民間疾苦。

稍晚，在「萬曆」年間的馮夢龍，著有謎書《黃山謎》，而且在他所編小說《醒世恆言蘇小妹三難新郎》中成段地插入猜謎的情節。

明末謎書，尚有黃生的《詞四十箋》，賀從善的《千文虎》等。當時，揚州馬蒼山整理編輯了《廣陵十八格》，其中如卷簾、徐妃、壽星、粉底、蝦鬚、燕尾、鴛鴦、碎錦等謎格，至今在

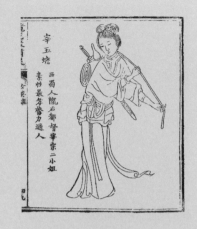

《鏡花緣》內頁書影

謎界沿用。設立了謎格，使猜謎者有章可循，製謎者素材增廣，有利於燈謎的發展，但後來謎格泛濫成災，多達四百餘格，反而限制了燈謎的普及。

燈謎到清代中葉，又有一次新的發展和提高，小說家李汝珍在《鏡花緣》裡不僅記錄了許多謎，還有猜謎場面的描述；更借書中才女論述，闡述了不少有關燈謎的見解。如：「大凡做謎，自應貼切為主；因其貼切，所以易打。就如清潭月影，遙遙相映，誰人不見？……」又如：「那難猜的，不是失之浮泛，就是過於晦暗。即如此刻有人腳趾暗動，此惟自己明白，別人何得而知，所以燈謎不顯豁，不貼切的，謂之『腳趾動』最妙。」這些謎論即使在今天看來仍是相當有水準的。

現在，由於人們文化娛樂形式的日益豐富，燈謎作為一種娛樂遊戲方式已不再像古代那樣受人關注，但它的趣味性和益智作用，確實是獨領風騷，是其他遊戲方式替代不了的。尤其是猜燈謎對識字、理解字義所起的促進作用，令人格外喜歡。這是真正的「寓教於樂」。

燈謎的猜解技巧

燈謎是利用中文字的義、形、音的各種變化而使面底相扣的「文義謎」。這種相扣既不是單純的辭彙注釋，也不是一般的知識問答，而是一種特殊的別解。猜謎除了弄清這個特點外，還應遵守「底面不能相犯」的規則，也就是說謎面上已有的字，在謎底中不能出現。

猜謎的方法有好多種，大致可分為四大類型：字義分析法；字形分析法；形義

綜合法；特殊分析法。下面分細類介紹，並舉例說明。

1. 字義分析法

（1）解析法

謎面一般比較精煉，謎底對謎面作正面解釋分析的作用。如：

◆ 積食（打口語一）。

謎底：吃不消。

解作「吃進去不消化」。

◆ 服（打七言唐詩一句）。

謎底：身上衣裳口中食。（出自白居易《賣炭翁》）

將「服」作名詞為「身上衣裳」，作動詞為「口中食」。

（2）歸納法

同上法相對應，謎底是謎面的歸納或概括。如：

◆ 上游、中游、下游（打無線電名詞）。

謎底：三波段。

歸納為「河流水波分成三段」。

（3）喻義法

這類謎的謎面大多是有一定喻義的現成詞語，猜射時不照字面意思，而要按其比喻的含義去思索。如：

◆ 前事不忘，後事之師（打明代抗清名將一）。

謎底：史可法。

比喻歷史上的事情可作借鑒和效法。

（4）反扣法

前面三種方法都是正面相扣，屬正扣法。此法是從反面入扣，面底大多包含有一對反義詞。如：

◆ 生必須出正品（打成語一）。

謎底：不可造次。

史可法是明末抗清名臣

解作「不可以造出次品」，
「正、次」為一對反義詞。

◆ **挑嫩的（打作家一）。**

謎底：老舍。

解作「老的舍去」，「嫩、老」
為一對反義詞。

（5）側擊法

謎面和謎底之間既不是正扣，也不
同於反扣，而是以旁敲側擊的方法使其
烘托相扣，有時亦稱襯扣法。如：

◆ **誓奪冠軍（打外國首都名一）。**

謎底：索非亞。

以「要的不是亞軍」來烘托誓奪冠
軍的語氣。

（6）漏字法

謎面借用某句有規律的詞語，故意
漏去一兩個字，謎底即以漏掉的那個字
配以適當的辭彙相扣。如：

◆ **赤橙綠藍紫（打成語
一）。**

謎底：青黃不接。

光譜七色為「赤橙黃綠
青藍紫」，現漏掉「青黃」
二色。

（7）特徵法

以某種事物作謎面，
按其特徵或用途猜射謎底。
如：

◆ **手杖（打常用詞**

林沖是《水滸傳》重
要角色

二）。

謎底：掌握、執行。

手掌拿著支撐走路，這是手杖的用
途。

◆ **湯藥與膏藥（打口語一）。**

謎底：服貼。

用「服、貼」表示這兩類藥不同的
使用方法。

（8）問答法

謎面和謎底採用一問一答的形式。
如：

◆ **兵馬未動，何物當先（打影片名
二）。**

謎底：糧食、走在戰爭前面。

取「兵馬未動，糧草先行」之義。

◆ **魚書欲寄何由達（打唐宋傳奇篇
目一）。**

謎底：綠衣人傳。

謎面借用宋代晏殊詩句，謎底回答
由穿綠衣服的人（指郵差）
傳遞。

（9）因果法

謎面和謎底互為因果關
係。如：

◆ **林沖被逼上梁山（二字物
理名詞）。**

謎底：高壓。

謎面是結果，求其原因
就得出謎底是受高俅壓迫。

（10）承上法

此法通常稱「承上為下法」，一般以具有上下文連貫含義的現成句子作謎面，猜射時應聯想到其上下句的含義。如：

◆桃花潭水深千尺（打成語一）。

謎底：無與倫比。

謎面是李白詩句，其詩下一句為「不及汪倫送我情」，解作「無法與汪倫的情意相比」。

（11）運典法

不是單純從謎面字面上的含義，而是通過謎面運用的典故來猜射。如：

◆莫須有（打《聊齋誌異》篇目三）。

謎底：秦檜、織成、冤獄。

這是運用宋代秦檜捏造罪名陷害岳飛的典故。

◆楚人求劍（打美術品種一）。

謎底：浮水印木刻。

這是運用成語「刻舟求劍」的典

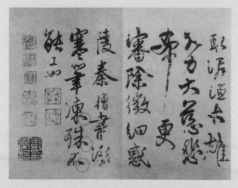

秦檜因以莫須有罪名陷害岳飛而成為歷史有名的奸臣，圖為秦檜書法《深心帖》。

故。

（12）分扣法

此法和上述諸法有一個明顯的不同之處，它不是以謎面的整體含義來推敲謎底，而是把謎面分成兩個或兩個以上的部分分別猜射，得到謎底。

◆《陳亮集》（打宣傳品一）。

謎底：說明書。

分成三部分相扣：「陳」扣「說」，「亮」扣「明」，「集」扣「書」。

2.字形分析法

（1）組合法

將謎面上有關的筆畫、部首或整個字組合在一起。如：

◆合二而一（打字一）。

謎底：面。

把「二而一」三個字合在一起。

（2）分解法

將謎面上有關的字分解開來。如：

◆卉（打成語）。

謎底：三十而立。

把一個「卉」分解成「三個十」兩個字。

（3）增字法

以謎面上的字適當加上某個字（或部首、筆畫）而引起的變化來猜射。

如：

◆岡（打工業材料一）。

　謎底：合金鋼。

　「岡」合上「金」為「鋼」。

◆呵（打成語一）。

　謎底：不置可否。

　將「不」安置於「呵」上，即成「可否」二字。

（4）減字法

　　以謎面上的字適當減去某個字（或部首、筆畫）而引起的變化來猜射。如：

◆春（打話劇名二）。

　謎底：三人行、日出。

　「春」字上面的「三人」去掉，則「日」字就出來了。

（5）加減法

　　這是上面兩種方法的混合，既有增，又有減。如：

◆迷信害死人（打字一）。

　謎底：謎。

　「迷信」二字合成後除去「人」字。

（6）選拼法

　　在謎面上有關的文字中挑選適當的部首或筆畫拼成謎底。如：

◆半價出售（打字一）。

　謎底：催。

　從「價出售」三個字中各選擇一半

偏旁拼合而成。

◆有一半，有一半，又有一半（打常用詞一）。

　謎底：朋友。

　前兩個「有」一半，各取「月」拼成「朋」，再「又」和「有」的另一半拼成「友」。

（7）移位法

　　通過移動文字的部首或筆畫來猜射。如：

◆暈（打成語一）。

　謎底：暈頭轉向。

　「暈」字的頭部「日」轉換方向就成了「暉」。

（8）參差法

　　和上法類似，將某些字的部首筆畫互相參差重新搭配成另外的字。如：

◆調整曲目（打字一）。

　謎底：曹。

　將「曲」和「目」合起來，目裡面少一橫，改劃到曲之上。

（9）包含法

　　從謎面上某一組字中辨別其包含了什麼共同的字。這個字筆畫總是較簡單的。如：

◆加勁勞動，個個有份（打字一）。

　謎底：力。

　「加勁勞動」四個字中均包含

「力」字。

（10）抵消法

　　將謎面上有關的字自行抵消後再猜射。抵消法實際上是把增損法從局部筆畫部首增損擴大到整個文字增損。如：

◆立春雨水（打字一）。

　　謎底：泰。

　　謎面上立春下雨不見日，「春」字下的日改成水。

（11）輾轉法

　　通過對字形輾轉來猜射。如：

◆半（打成語一）。

　　謎底：本末倒置。

　　把「半」看成是「末」倒置過來。

（12）象形法

　　根據中文字的象形特點來猜射。如：

◆一鈎殘月帶三星（打字一）。

　　謎底：心。

　　把心下面的一鈎筆畫當作殘月，旁邊三點當作三顆星。

（13）形義綜合法

　　這實際上是前兩大類方法的綜合，既考慮到字形，同時又考慮到字義。如：

◆龍（打成語一）。

　　謎底：充耳不聞。

「龍」加「耳」為「聾」——字形相扣；「聾」即「不聞」——字義相扣。

◆有了老子，沒有兒子（打食品名一）。

　　謎底：木耳。

　　先由「老子」聯想到「李耳」——詞義相扣；再由「李耳」去了「子」得「木耳」——字形相扣。

3. 特殊分析法

老子姓李名耳，是道家的代表人物，圖為《老子騎牛圖》。

（1）特殊象聲法

根據中文字的象聲特點來猜射。如：

◆ 聽聽像爸爸，看看像媽媽（打字一）。

謎底：毋。

「毋」讀音像「父」，字形像「母」。

（2）謎底抵消法

根據謎面先猜出謎底的一部分，再適當加上相互抵消的字，即成為謎底的整體。如：

◆ 冰肌玉骨（打節氣俗語一）。

謎底：白露身不露。

先由謎面猜得「白身」二字，再加上自行抵消的「露不露」三字。

◆ 孤燈如豆（打《水滸傳》諢名三）。

謎底：獨火星、小遮攔、沒遮攔。

先由謎面猜得「獨火星小」，再加上自行抵消的「遮攔沒遮攔」五個字。

（3）謎面加注法

謎面上有附加語，猜射時須把附加語的作用也考慮進去。如：

◆ 禁（此謎見笑）（打日本作家一）。

謎底：小林多喜二。

先由「禁」猜為「小林」多

「二」，再由附加語「見笑」悟出需加一個「喜」字。

◆ 甘居中游（用心方能猜中）（打成語一）。

謎底：不相上下。

先由謎面猜為「不想上下」，再由附加語反推，去掉「心」字即是謎底。

（4）題外暗扣法

這類燈謎除了以謎面上含義外，還附加一些題外的內容暗中相扣。如：當時猜謎的日期、場合、物件，謎面引文的出處、作者，甚至於該謎條的作者（如果謎條上注明的話）等內容都可能涉及到。如在元宵節那天猜謎會上出一條：

◆ 此時此地（打越劇名一）。

謎底：元宵謎。

「此時此地」乃指元宵節的燈謎。又如：在一九八一年九月二十五日那天掛出一謎：

◆ 今日何日（打成語一）。

謎底：百年樹人。

原來該天是魯迅誕生一百周年紀念日，魯迅原名周樹人，因此謎底就是「百年樹人」。

再如有一條謎：

◆ 說與旁人渾不解（打近代詩人一）朱××作。

謎底：朱自清。

謎條上注明了製謎者為朱××，旁人不解，則只有朱某自己清楚，因

此，謎底是「朱自清」。

　　以上向大家介紹了猜謎的各種方法，但在實際猜射時，謎條上並不注明用何種方法猜射，得由猜射者自己靈活運用掌握。一般只要你揭出謎底，隨你用哪種方法都行。

4. 製謎的要領

　　一般來說，猜謎的方法也就是製謎的方法，兩者所不同的：猜謎是由謎面去推敲謎底，而製謎是由謎底去構思謎面。猜謎不准，還可重猜；如果製謎有錯，人家就無法猜中。製謎和猜謎一樣，也要遵守一定的規則和方法。這裡著重向大家介紹製謎的要領。

魯迅原名周樹人，圖為其 21 歲時拍攝的照片。

（1）要以「文義」入謎

　　前面說過，燈謎是一種「文義謎」，因此製謎時必須按謎底字面上的「文義」進行創作構思，否則就不是「文義謎」。

　　如某報曾刊過這樣一條謎：

　◆ 點心，但決不能吃（打日用品一）。

　　謎底：蠟燭。

　　它不是以「蠟燭」二字的「文義」入扣，而是採用了民間謎語的創作手法，暗示了蠟燭這個用物的特徵（點燒燭芯），這只能算是謎語，不能稱作燈謎。又如：

　◆ 作家春秋（打作家一）。

　　謎底：巴金。

　　此謎也犯有同樣毛病，儘管謎面別解為：作《家》、《春》、《秋》這部書，頗有巧思，但它扣的是巴金這個人，而不是「巴金」這兩個字，故仍然不能算是燈謎，只能當作是一個具有謎趣的問答題。

　　如果謎面改為「希望富起來」打作家「巴金」，雖較粗糙，但卻符合「文義謎」的要求。

　　從這裡也可看出，是否以謎底「文義」入謎是燈謎與非燈謎的一個基本區別。

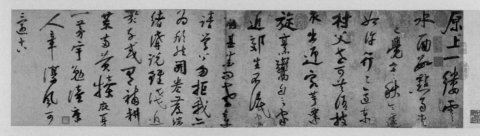

陸游是南宋時著名的愛國詩人，圖為其作品《自書詩卷》。

（2）必須運用別解

什麼叫別解？別解就是利用中文字的一詞多義、頓讀變化等各種特點使謎底（有時也在謎面）不照本意解釋，而另作別的解釋。別解方成謎，否則不足以稱燈謎。如：

◆ 趕先進，超先進（打成語一）。

謎底：後來居上。

除字謎外，別解一般在謎底，但有時也可以在謎面。即謎面謎底同時別解。如：

◆ 有情人終成眷屬（打數學名詞一）。

謎底：同心圓。

實現（打飲料一）。

謎底：果子露。

前一條是謎底別解，指共同心願的（情人）得到團圓；後一條是底面同時別解，「實」別解為「果實」，「露」別解為顯露。

字謎由於其謎底極大多數是一個字，而對一個字來說，就無所謂別解，故字謎的別解只可能在謎面。

（3）底面不可相犯

這一條規則在前面已經提到，既然要求猜謎者遵守，那當然要製謎者首先遵守。如：

◆ 人間四月芳菲盡（打越劇演員一）。

謎底：畢春芳。

這謎中的「芳」成「底面相犯」故不合規格，應該重新考慮改制。可用另一句詩「人間四月花事了」別作謎面，這樣就防止了「露面」。

（4）謎面應當成文

凡是謎面是兩個字或兩個字以上的，其詞句必須通順成文，能表達一定的含義，否則就不合規格。如：

◆ 旦重（打成語一）。

謎底：一日千里。

◆ 泳泳泳泳泳泳（打宋代詩人一）。

謎底為陸遊。

這兩條謎的謎面就不成文，故不合規格。前者可改制為「重陽」，後者可用「沙漠行舟」分別扣合，這樣謎面就

成文了。

（5）儘量避免閒字

閒字是指沒有著落的某些字。制謎時應儘量使謎面和謎底都不出現閒字，這樣才能使兩者緊緊相扣。因此制謎時必須字斟句酌，仔細推敲。

（6）底面不能「倒吊」

「倒吊」一詞也是燈謎中的術語，又稱「倒葫蘆」，它是指謎面和謎底概念從屬顛倒，扣合情悖意逆，不符合邏輯關係。常見的倒吊毛病主要有以下兩種類型：

第一種是顛倒了概念的從屬關係。如：

◆保護色（打漢代名將一）。

謎底：衛青。

◆不同凡響（打中藥名一）。

謎底：神曲。

前例顏色有赤、橙、黃、綠、青、藍、紫等許多種，豈能推是青色為後例有響聲的未必就是曲調。顯然都屬於倒吊之列。

第二種是偏重了謎面別解，而忽視了謎底別解，並且在扣合語氣上不是以底應面，而是以面應底。如：

◆不可造次（打企業管理名詞一）。

謎底：質量控制。

◆光譜（打音樂名詞一）。

謎底：無詞歌。

兩條謎都犯此病。

犯有倒吊毛病的燈謎，常可以用底面對調的辦法來糾正。如前面幾條可改為：

◆衛青（打生物學名詞一）。

謎底：保護色。

◆神曲（打成語一）。

謎底：不同凡響。

◆無詞歌（打物理名詞一）。

謎底：光譜。

這樣就順乎情理，扣合自然。

（7）謎面要有文采

謎面成文只不過是起碼的要求，要製燈謎還必須在遣詞用句上刻意求工，既使謎面扣底准確，又使其詞句優美生動，富有文采，這樣的燈謎才具有藝術欣賞價值。故歷來的製謎者都愛選用成語或詩、詞、文句來作謎面。如：

◆郵件太重（打三字口語一）。

謎底：不輕信。

上面這兩條謎，底面雖然貼切，但謎面都還可以作進一步修改。前者如用「晨曦」作謎面，就比原來精練，後者若借用杜甫詩句「家書抵萬金」反扣「不輕信」，則既增強文學性，又更加耐人尋味。

▌古代字謎故事

中國燈謎有幾千年的歷史。它起於春秋，成於漢魏，興於唐宋，盛於明

清。歷代文人中，有許多燈謎愛好者。因為他們滿腹經綸，終日舞文弄墨，咬文嚼字，讀書之餘，應用文字作一些燈謎遊戲是極其自然的事，唐朝的李白，宋朝的王安石、蘇東坡，清朝的曹雪芹都有許多燈謎創作和遊戲活動，下面介紹一些中國歷代的燈謎故事。

（一）魯班考徒弟

魯班是著名的能工巧匠，他有許多門徒。有一天，他把門徒叫來說：「明天我要考考你們，你們一清早就上我家來吧。」第二天，徒弟們一早就到了魯班家，但只見師傅的家門關得死死的，門上寫著五個字：「今日可不見」。工匠們議論紛紛，正準備散去，其中一個年齡最小的徒弟忽然說道：「我們到河邊去看看，師傅可能在那裡。」大家懷疑地問他：「你怎麼知道師傅可能在河濱呢？」小徒弟說；「你們看，門上這五個字，『可』就是『河』字的

邊；『不見』兩個字合在一起可看成是『覓』字。不是分明暗示我們今天到河邊去尋找嗎？」

大家聽了認為有一定道理，於是一齊到了河邊，果然魯班正坐在那裡等著他們哩。

魯班見了眾徒弟，心裡很高興。接著，他手指著身旁的一堆梓木說：「你們用這梓，做三天，要做得精。這就是我考你們的題目。」說完，便離開了眾徒弟。

三天以後，徒弟們都各自拿著自己精雕的梓板，獻給師傅。只見每個作品各具特色，生動形象的飛禽走獸，鮮豔奪目的花卉草木，十分吸引人。但是，魯班看了沒有一個中意的。這時，他那最小的徒弟走了進來，手裡捧著一個鑲嵌得很精巧的小書架，書架的梓木正好構成一個「晶」字模樣。當他恭敬地送到師傅手裡時，魯班呵呵大笑，讚賞地點點頭，對其他的徒弟說：「這才是我要求你們做的。一個工匠，不僅要有精巧的手藝，還要有一個機靈的頭腦。你們都回去想一想，為什麼都做錯了？」魯班離開後，大家立刻圍著小徒弟，詢問原因。小徒弟

魯班為戰國時期的發明家，據記載，雲梯即為魯班所發明，圖為戰國時期之雲梯。

說：「師傅不是說用梓做三日，做得精嗎？『梓』是『字』的諧音；『精』是『晶』的諧音。三個日字不正是一個『晶』字嗎？」大家這才恍然大悟。

（二）討董民謠

三國時期，董卓專權，民間流傳一首歌謠：

千里草，何青青，十日卜，不得生！

當時司徒王允定連環計除董卓，由李肅往迎董卓回京就戮。行至途中，聽到一群兒童唱這首歌謠，聲調十分悲切。董卓忙問李肅：「這首童謠主何吉凶？」李肅順口回答說：「是表示劉氏當滅，董氏當興的意思。」董卓聽了還很高興，其實這是句反語。「千里草」合為「董」字；「十日蔔」合為「卓」字；「不得生」即應當死的意思。總起來為「董卓當死」四字，是當時人們痛恨董卓所編的一首歌謠。

（三）白牡丹智答呂洞賓

在一個小山莊裡，有一家小藥鋪，名為「全藥堂」。店主人為一位白老

《三國演義》中的董卓像

先生和女兒白牡丹二人。

一天，呂洞賓（字純陽）伴著侍童出遊，路過山莊，見「全藥堂」有些奇怪：這小小山莊，這小小藥鋪，卻稱起「全藥堂」，好大口氣！進門一看，堂上還掛有「百藥俱全」一塊小區。

呂洞賓有點不服氣，開口就問白老先生：「寶鋪什麼藥都有嗎？」白先生回說：「都有！」洞賓有刁難之意，說要買四味藥方。白先生說：「請講！」洞賓隨口說出四味藥名：「一要稱心丸一錢七，二要如意丹七錢，三要煩惱膏一貼，四要怒氣散一厘七。」

白先生聽了不覺一驚，自從開鋪以來也沒有人來買過此方此藥；既然開的是「全藥堂」，又不能說「沒有」兩字。白先生故作鎮靜地說：「有！有！你倆先出去遊轉一圈，等會兒來取即可。」

呂洞賓起身就走了。一時間可急壞了白老先生，皺著眉頭，坐著發愁為難。此時女兒白牡丹捧茶給父，見此情景，問父何以如此？白先生把剛才發生的事情告訴了女兒。牡丹一聽，知是故意刁難，便對父說：「您進裡面休息，此事何難？由女兒配方就可。」

過了一刻，洞賓二人來到店中取藥。一看，不

見白先生，想是有意迴避。只見一個小女子十分標致，泰然安坐堂中。洞賓暗自思忖，剛才先生還在，怎麼不見了？定然是配不出藥方被難住了，「百藥俱全」此匾可砸矣！洞賓就大聲問起白牡丹：「剛才所買四藥，是否配齊？」

「配齊了！」

「拿來！」

「慢！」白牡丹說：「你說的是口頭藥方，我配的也是口頭藥！」

「那你說吧！」牡丹從容自若緩緩而道：第一味藥是「殷情待客」（稱心丸），第二味藥是「有問有答」（如意丹），第三味藥是「尋事生非」（煩惱膏），第四味藥是「與人為善」（怒氣散）。

聽完牡丹的話，呂洞賓大吃一驚，此女果然出口不凡。但並不服氣，又出四藥刁難，一要遊子思親一錢七，二要舉目無親七錢一，三要夫妻恩愛二分五，四要兒無娘親五分二。

牡丹略作思索坦然而答：「遊子思親」是「茴香」，「舉目無親」是「生地」，「夫妻恩愛」是「蜂蜜」，「兒無娘親」是「黃蓮」。洞賓難不倒白牡丹，又出題繼續刁難。

呂洞賓像

問：「什麼藥是三分白？」答：「茯苓！」

問：「什麼藥是顛倒掛？」答：「佛手！」

問：「什麼藥是巧玲瓏？」答：「葫蘆！」

說到此藥，洞賓反詰說：「葫蘆何以是『巧玲瓏』。」牡丹說：「葫蘆裡裝的是什麼藥，誰也不知？但要啥有啥！這不是『巧玲瓏』嗎？」洞賓無言可答，轉了一個話題再一次刁難白牡丹。

問：「什麼是天上一片白？」答：「雪！」

問：「什麼是天上一點紅？」答：「日出！」

問：「什麼是天上顛倒掛？」答：「北斗星！」

問：「什麼是天上巧玲瓏？」答：「五色彩霞！」

呂洞賓難不倒白牡丹，雖然討個沒趣，但心底裡感到佩服，邊走邊說：「不愧『全藥堂』，名符其實的『百藥俱全』。」

白牡丹聰明智慧，才思敏捷，應對如流；呂洞賓百般刁難，無濟於事，難不倒白牡丹。這個很有趣味的故事漸漸

在民間流傳開來。

（四）薛綜釋「吳」

三國時期東吳有一叫薛綜的人，官職是導謁者仆射，為人博學多識，機警善辯，喜歡文字遊戲。有一次西蜀使臣張奉來到吳國，孫權設宴招待。張奉為人好勝，並驕傲輕狂，目空一切。酒席間，他言談輕狂無禮，竟在孫權面前嘲弄了尚書闞澤的姓名。闞澤性格憨厚，又沒有什麼準備，一時回答不出，連孫權也十分尷尬。張奉更洋洋得意。此時薛綜在座，見張奉輕狂之舉，十分不滿，但拘於吳蜀兩國的關係，又因有主公孫權招待，便壓下三分惱火，想不到張奉竟嘲弄起尚書闞澤來了。

薛綜決定滅一滅張奉的氣焰，便下座走過來敬酒，並向張奉說：「蜀者，何也為有犬？無犬為蜀，橫目勾身，蟲入其腹。」

張奉聽後臉色立紅，一時對答不上，只好說：「那你就不應當也把貴國的『吳』字講一講嗎？」張奉本想這一回問能堵住薛綜的嘴，沒想到薛綜對答如流，應聲回答：「無口為天，有口為吳，君臨萬邦，天子之都。」

在座的東吳文武官員聽後，一陣哈哈大笑，好不痛快。

（五）武則天析字

唐朝武則天稱帝，徐敬業和駱賓王不服，謀劃造反，約會中書令裴炎為內

武則天像

應，裴炎給徐敬業寫的信被查出，信上只寫「青鵝」二字，滿朝文武沒有一個明白這是什麼意思。

後來把信呈送給武則天，武則天看了之後說：「青者，十二月，鵝者，我自與也。」

原來，「青」字可以分解成「十二月」三字，「鵝」字可以分解成「我自與」三字，是裴炎約定徐敬業在十二月打過來，我自然從內部與你們合作。

武則天看過這信之後，十分惱火，把裴炎殺了，並於十二月前派李孝逸去鎮壓。徐敬業兵敗，南逃至海陵，為部將所殺。駱賓王下落不明。

（六）王安石對謎

北宋王安石不但是一位政治家，變法改革，也是一位文學家，為「唐宋八大家」之一。他也十分喜好燈謎遊戲，

王安石《行書楞嚴經旨要》

曾專著《字說》。

他所作燈謎：「目字加兩點，莫當貝（繁寫貝）字猜；貝字欠兩點，莫當目字猜。打二字。」

謎底是：「賀」、「資」。至今仍然被人奉作典範。

有一次，王安石和他的好朋友王吉甫在一起做謎為戲。王安石先作了一個讓王吉甫猜：「畫時圓，寫時方，冬時短，夏時長。」

王吉甫看了之後沒有馬上說出謎底，也對做了一條謎語：

「東海有魚，無頭又無尾，更除脊梁骨，便是這個謎。」

王安石聽完點頭會意地笑了。原來這條燈謎的謎底也是：「日」。王吉甫是以謎解謎。

王安石接著又做一謎：

「左七右七，橫山倒出。」打一字。

王吉甫猜到後，還是沒有說出來，又做一個回敬：

「一上一下，春少三日。你謎我謎，恰成一對」

王安石做的燈謎謎底是「婦」，王吉甫做的燈謎的謎底是：「夫」。因為左七右七是個女字，山字橫寫，出字倒寫，合在一起就成婦字了。王吉甫的謎，一上一下是二字，春少「三」和「日」就剩下「人」字，二和人合在一起，便成為「夫」字了。一個夫，一個婦，所以王吉甫說：「你謎我謎，恰成一對。」王安石和王吉甫兩人相視哈哈大笑不已。

（七）朱元璋留謎認子

明太祖朱元璋雖然是放牛出身，文化程度不高，但他卻很喜歡文字遊戲。在他參加元末農民起義軍時，有一次戰敗，在亂軍中孤身一人落荒逃走，天黑時找到一戶人家住宿。這家女主人王吉婦敬他是一條好漢，便留他住宿並招待酒飯，想不到朱元璋得寸進尺，還要與女主人同床共枕。王吉婦半推半就依了他。朱元璋在那裡住了些日子，探聽到義軍消息。分手時，王吉婦問他將來有

孩子怎麼辦？朱元璋思考了一會兒，便在牆上題了幾個字：「二十一。古之一。左七右七，橫山倒出。得了一，是謂之士之一。」

這暗中扣「王吉婦得子為王」七個字。告訴王吉婦日後可憑這幾個字去找他相認。後來朱元璋在南京登極做了皇帝，一天，下邊人報告他有一個女人帶著一個男孩要見皇上，並有一張字條給皇上看。朱元璋見了字條後，馬上就派人修建一座王府，封那個男孩為王。

（八）巧製藥方謎

明代有位姓豐的翰林，熟悉醫道詼諧成性。一次，寧波縣令派人向他要一張藥方，他寫道：「大楓子去了仁（人），無花果多半邊，地骨皮用三粒，使（史）君子加一顆。」

縣令一看，哭笑不得，說道：「我們給他罵了！」左右還不解其意，縣令解釋道：「這張藥方隱著『一夥滑吏』四個字呀！」

（九）祝枝山討茶

唐伯虎和祝枝山是莫逆之交，他們兩人是熟不拘禮，上門不必通報，臨別毋須相送。一天，祝枝山剛踏進唐府，就被唐伯虎劈頭擋住：「祝兄來得正巧，我剛做一則燈謎，猜對了，請進！否則，請便！」

祝枝山哈哈大笑：「猜謎，我最拿手。倒要領教！」

「別吹，你且聽著！」唐伯虎毫不客氣地扳著四個指頭說：「言說青山青又青，兩人土上說原因；三人牽牛缺只角，草木之中有一人。每句猜一字，四字是兩句話。」

祝枝山聽罷，不等招呼就大模大樣地朝太師椅上一坐說：「唐老弟，先倒杯茶來再說，你看如何？」唐伯虎一聽，知道謎被猜中，就恭恭敬敬地捧上一杯香茶，熱情地交談起來。

這四句詩的謎底是：「請坐，奉茶」四個字。

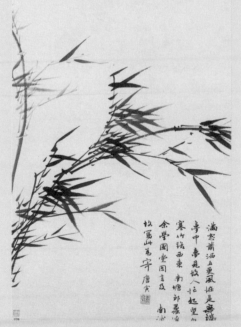

唐伯虎，名寅，伯虎為字，圖為其畫作《風竹圖軸》。

（十）徐文長謎

徐文長（徐渭）是明代著名的文學家、書畫家，這是大家所熟悉的。但是，他也是一位善於製謎的謎家。關於他所製的謎基本上都保存在《徐文長佚稿》中，計有二十七條。其中十三條是字謎，如：

二畫大，二畫小（打字一）。

謎底：秦。

先寫了一撇，後寫了一橫（打字一）。

謎底：孕。

他還曾以《四書》上的兩句話：「何可廢也，以羊易之」為面。扣一個「佯」字。以後此謎面底又被人倒置，用「佯」字去扣這兩句話。

（十一）乾隆猜燈

清朝乾隆年間，風調雨順，國泰民安。上元佳節，朝中官員集會猜燈，乾隆皇帝也興致勃勃地參加。他在翰林院文華殿看見中廳懸掛一副謎聯，上聯是：「黑不是，白不是，紅黃又不是。和狐狼貓狗仿佛，既非家畜，又非野獸；」

下聯是：「詩不是，詞不是，論語上也有，對東西南北模糊，雖為短品，卻是妙文。」

素以聖才自詡的乾隆反覆吟哦，苦思冥想，久不能破。翰林院編修紀曉嵐見皇帝如此光景，便在旁笑著提示說：「這些燈謎都是臣下拙墨笨筆，皇帝不必深思遠慮。此時此景，何需費解？」

乾隆聽了，立刻明白，假裝鎮靜了會兒說：「莫不是『猜謎』二字？」紀曉嵐回答說：「正是，正是。皇上真乃聖才，小臣敬服。」這時在場的人們也都齊聲高呼「皇上聖才」。

（十二）紀曉嵐一「八」射四虎

有一次，清朝皇帝乾隆出了個燈謎，指定要禮部尚書、大學士紀曉嵐猜。乾隆在謎箋上楷書一個「八」字，要求猜四個不同的謎底。

乾隆說：「第一個猜鳥名一。」紀曉嵐回答說：「畫眉」。

乾隆說：「次射宋詞二句。」紀曉嵐回答說：「落花人獨立，微雨燕雙飛。」

乾隆書法《行書鳳凰清聽軸》

蘇東坡《洞庭春色賦》

乾隆說：「三射四書一句。」紀曉嵐回答說：「無上下之交也。」

乾隆說：「最後射戰國人名二。」紀曉嵐回答說：「白起、黃歇。」

▌特色謎語欣賞

（一）矛盾字謎

　　人有它大，天沒它大。（「一」：人天）

　　加一直，卻成一彎。（「由」：曲）

　　遇到白，反而黑。（「七」：皂）

　　明明水少，卻成水多。（「泛」：水泛濫，水缺乏）

　　牽來一匹馬，卻成一頭驢。（「盧」：驢）

（二）斷腸謎

　　散曲《斷腸謎》，打一到十：

　　下樓來，金簪卜落（一）。

　　問蒼天，人在何方（二）。

　　恨王孫，一直去了（三）。

　　罵冤家，言去難留（四）。

　　悔當初，吾錯失口（五）。

　　有上交，無下交（六）。

　　皂白何須問（七）。

　　分開不用刀（八）。

　　從今莫把仇人靠（九）。

　　千里相思一撇消（十）。

析字聯

對聯是中文字語言學藝術中的一種形式，深受人們的喜愛。不過，就對聯本身來說，其文字遊戲的性質並不濃。但是，對聯有許多種形式，其中的析字聯卻是非常受古代文人墨客喜愛的一種文字遊戲。

因為析字聯也正是利用中文字獨特的特點，從中文字的形體結構入手，或一個字分拆數字；或將幾個字合併一個字，撰成析字聯，或與朋友玩笑，或暗含譏諷，或是表達別的一些情感，並讓對方對出下聯，這種測智又測文的形式，新奇、有趣味，自然倍受文人墨客們的青睞，而一般人也喜歡觀賞，體會其中的妙味。這裡介紹的就是一些精妙的析字聯和有關析字聯的歷史故事。

（一）人曾是僧，人弗能成佛

宋代，蘇小妹與其長兄蘇東坡的好友佛印和尚，以對聯形式開了個玩笑。蘇小妹寫的上聯是：「人曾是僧，人弗能成佛。」

佛印和尚看後，曉得這是蘇小妹有意取笑他，於是，提筆對一下聯，反戈一擊。聯曰：「女卑為婢，女又可稱奴。」

蘇東坡在一旁看了，連聲稱妙！

一天，詩人黃庭堅應約到蘇東坡住所，蘇東坡隨即出門迎接。這時，蘇小妹正在窗前捉蝨子，一見長兄和黃庭堅迎面而來，脫口出對戲道：「長兄門外邀雙月。」

蘇東坡笑對下聯：「小妹窗前捉半風。」

上聯的「雙月」，即「朋」字；下聯的「半風」，即「虱」字。

（二）朱元璋、劉伯溫對聯互明志

明朝，開國皇帝明太祖朱元璋，不僅甚愛題聯，而且好與人對句。一天，朱元璋微服出訪，路遇一書生，遂問：「里居何地？」書生答道：「四川重慶府人氏。」朱元璋隨即出一上聯：「千里成重，重山、重水、重慶府。」

吟完之後，又命書生對出下聯。那書生發覺他的臉特別長，又如此喜好對聯，猜想此人十有八九是當朝皇帝朱元璋，於是，恭聲對道：「一人為大，大邦、大國、大明君。」

還是這位明太祖朱元璋，在攻姑蘇城時，他與武臣劉基題聯以對。朱元璋先就「天口」二字出一上聯：「天下口，天上口，志在吞吳。」

劉基則以「人王」二字對了下聯：「人中王，人邊王，意圖全任。」

（三）唐伯虎巧聯「賞秋香」

傳說，明代風流才子唐伯虎，看上了丞相府裡的丫環秋香。他為了和秋香見面，喬裝改扮到丞相府內當了書僮。丞相欲以對對子的形式測試一下書童的才學，一時又想不出合意的上聯對句。

恰巧，這時候，唐伯虎的好友祝枝山在場，故作不認識唐伯虎的樣子，向丞相獻一上聯，讓唐伯虎對下聯。上聯是：「十口心思，思國、思民、思社稷；」

唐伯虎在階前，聽出祝枝山上聯用的是並字、頂針法、於是，即興對了下聯：「八目尚賞，賞風、賞月、賞秋香。」

這也正是後來電影常用來表現唐伯虎才思敏捷的一則故事。

（四）紀曉嵐妙對得還鄉

河北獻縣的才子紀曉嵐，二十四歲在鄉試中名冠第一，後來中了進士，當了侍讀學士。成天陪著乾隆皇帝讀書，天長日久，紀曉嵐覺得這種生活單調無

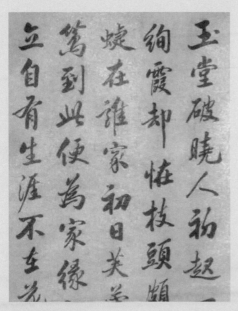

紀曉嵐書法詩作

聊，心中悶悶不樂。這種心事，被乾隆皇帝看出了幾分。一天，乾隆皇帝半開玩笑地對他說：「依我看，你是——口十心思，思妻、思子、思父母；紀曉嵐是位聰穎才子，揣摩皇帝的話，分明是一副析字聯的上聯，如果自己對得好，合悅龍心，說不定會帶來好處。他立即雙膝跪下，虔誠地說道：「如蒙陛下恩賜，返里省親一面，我紀昀是——言身寸謝，謝天、謝地、謝君王。乾隆皇帝一聽，果然龍心大喜，當場恩准紀曉嵐探親。

明代，湖廣石首（今屬湖南）有個書生，叫楊溥。家境貧寒，地方官要其父服役，楊溥因父年老體弱，苦苦哀求免除。地方官勉強應許，但要楊溥當面對對，對得上就免除父役。地方官出對曰：「四口同圓，內口皆歸外口管。」

楊溥聽了，即巧妙含蓄地將請求地方官高抬貴手，積德行善，免除父役的意思隱晦融合在對句裡。他對道：「五人共傘，小人全仗大人遮。」

地方官耳聞下聯，心裡暗自高興，又見楊溥的父親確實難以服役，也就順水推舟，就此罷了。

（五）析字妙聯解邊危

相傳，明朝末年，北方邊關有一外族藩邦興兵犯境，統兵元帥叫張斌。他自恃文武雙全，先派一使者給明朝守關將領送一個上聯，當面揚言：如果對得出下聯，自動退兵。上聯是：「弓長

張，文武斌，張斌元帥，統領琴瑟琵琶八大王，單戈叫戰。」

在明朝守關將府內。文武官員一個個都在搜腸刮肚尋思如何對下聯。最後，還是軍師對出了下聯：「一人大，日月明，大明天子，橫掃魑魅魍魎四小鬼，合手擒拿。」

藩邦使者將下聯帶回，張斌看了，大驚失色。暗想：看來明朝大有人在，不能輕舉妄動，況且有言在先，便急速傳令退兵，再也不敢前來犯境了。

（六）窮書生回敬潑女子

從前，一個窮先生遊學江南，迎面走來一個女子，見他手搖一把破扇，不由地好笑，衝著先生口吟一上聯：「戶羽石皮，湖北先生搖破扇。」

這位先生雖窮，但有滿腹文才，他見那女子笑話他，好生惱火。遂見那女子著歪鞋，便毫不客氣地對道：「革圭不正，江南女子歪鞋。」

此聯的上聯中，「戶羽」、「石皮」是「扇」和「破」的拆字，下聯裡，「革圭」、「不正」是「鞋」和「歪」的拆字。

（七）信手拈來作佳對

相傳，明代文學家蔣燾，幼年聰慧過人。一次，其父之友來訪，談話之餘，那友人想試探蔣燾的才學，於是，眼看著的窗外的早春雪雨，出一上聯，讓蔣燾應對。其上聯是：「凍雨灑窗，

東二點，西三點。」

蔣燾曉得此是一句拆字上聯，正待遣字覓句，猛然，看見母親在切地瓜片，喜出望外地沖著父親的朋友對道：「切瓜分片，橫七刀，豎八刀。」

那位朋友一聽，驚喜異常，禁不住拍案叫絕。

（八）才女設聯擇夫婿

從前，有一個姓倪的姑娘，聰明好學，才貌出眾。向她求婚的人很多。姑娘是個有主見的女子，她一心想嫁一個有才學造詣的人。為了招位佳婿，就在自家門外寫了一副上聯，對上者方可與姑娘議婚。上聯是：「妙人兒，倪家少女。」

乍一看，此聯倒也簡單，其實難度很大。聯內不僅包含著姑娘的姓氏和年歲，而且文字拆並得十分巧妙：「妙」是「少女」之合，「人兒」又是「倪」字之分。

當時，有個姓李的書生前來求婚，面對姑娘出的上聯，思索再三，提筆對出下聯：「鍾山寺，峙立金童。」

姑娘看了李生的下聯之後，懷著七分喜悅三分羞澀的心情，招見李生，二人一見鍾情，遂成婚配。

無獨有偶，還有一個閨房小姐，立志要嫁一個才學不凡的郎君。她擇婿的條件是不論貧富，不論美醜，只要對上她在家門口題的上聯便可。她的上聯是：「寸土為寺，寺旁言詩，詩曰『明

月送僧歸古寺』」

　　這上聯具有如下特徵：聯語成連環句式，「寺」和「詩」都用兩個相聯的字組合而成，「月」字則是「明」字之半，「明月送僧歸古寺」又是一句唐詩。末尾還要用上第一字組合的「寺」字。

　　由於這上聯出得奇。因此，上聯貼出已有三年，都無人能夠對通。父母勸她不要再固執，但這位千金小姐主意不變，何時有人對通上聯，何時出嫁，如果一輩子無人以對，就一輩子不嫁。

　　一天，一位姓林的相公上京應試，看見上聯，覺得有趣，思索了一陣子，便揮毫寫出了下聯，貼在小姐家門口的右側。他寫的下聯是：「雙木成林，林下示禁，禁雲：『斧斤以時入山林』。』

　　這下聯雖個別字平仄不大相協，但和上聯貼在一起，也稱得上是一副奇妙難得的對聯！

（九）踢破磊橋三塊石

　　清代，四川綿陽高才李調元，學識淵博，善於吟聯題對。

　　傳說，李調元到廣東當學政時，有一個姓傳的書僮，想試探一下李調元的文才，就打聽著李調元走馬上任這天，故意在必經之路，用三塊石疊成一座石橋模樣，單等李調元到來。果然，過了一個時辰，李調元乘轎子經過此處，因石頭阻路，轎夫一腳把疊的石橋踢毀

了。姓傳的書僮見狀，假裝生氣，上前不依轎夫，李調元撩起轎簾一觀，見是一個童子，就下轎勸解。

　　書僮趁機對李調元說：「久慕李相公善對，小人這裡有一上聯，不揣冒昧，當面請教，如果李相公賞臉，就請賜對下聯。」李調元見這書僮要與他對句，高興地點了點頭，道：「不妨事，只管吟來。」

　　只聽那書僮大聲念道：「踢破磊橋三塊石。」

　　李調元一聽，便知書僮出的是拆字聯，於是，欣然對出下聯：「搬開出門兩座山。」

　　那姓傳的書僮聽了，一時連聲地說：「對得好！對得妙！李相公果真名不虛傳，敬佩！敬佩！」說著，趕忙把路上的三塊石頭搬了。

（十）風塵女妙聯難乾隆

　　傳說，清朝的乾隆皇帝，擅長對對聯，而且好以聯語戲弄人。

　　一次，乾隆喬裝改扮，下江南遊山玩水。在鎮江某酒樓上，與告老還鄉的宰相張廷玉對飲。

　　席間，一個民間歌女為二人演唱助興。一曲歌罷，餘音繚繞，這時，乾隆皇帝指著歌女出一上聯，讓張廷玉對下聯。其上聯是：「妙人兒，倪家少女。」

　　這上聯，是由「妙」和「倪」字分拆而成。張廷玉苦苦思索，難以答對，

露出一副窘態。站在一旁的歌女，不知出上聯的就是當朝的乾隆皇帝，她見張廷玉大人受窘，脫口對道：「大言者，諸葛一人。」

下聯也是由「大」和「諸」字分拆寫就。對仗工整，聯意確切，乾隆皇帝不禁合掌稱妙！隨即命張廷玉賞歌女御酒三杯。不料，壺內酒空，張廷玉斟酒時，只滴了幾滴。

歌女在一旁見此情景，笑對乾隆道：「冰冷酒，一點、兩點、三點。」

這一下，著實將了乾隆皇帝一軍。上聯中，既道出前三個字的偏旁，又嵌著「一、二、三」數字。乾隆皇帝此刻如坐針氈，抓耳撓腮，無言以對。一個賣唱歌女竟把萬歲爺難住了！

恰在這時候，酒樓下傳來賣「丁香花」的叫賣聲，張廷玉靈機一動，代乾隆對道：「丁香花，百頭、千頭、萬頭。」

下聯也用上了前三字的字頭，並且又嵌入「百、千、萬」數字。與上聯合為一副妙聯，真乃珠聯璧合。乾隆皇

帝揩了揩額上的冷汗，悄悄地對張廷玉道：「張愛卿，你今日可救了寡人的大駕啦！」據說，乾隆自此再也不敢輕易以對對子戲弄人。

（十一）老童生洩憤成佳聯

清朝，道光年間，有個童生，因家境貧寒，無錢給主考官送禮，故屢考不中。這年，考期又到，他又去應試。主考官故意想奚落他，就出了這樣一個上聯：「上老，下考，老考童生，童生老考。」

老童生氣憤不過，心想：屢考落第，榜上無名，並非我無才，只不過是我無錢財孝敬你這狗官罷了！豁著今生不再求取功名，兒孫後輩不當官宦，今天也得出出這口氣。於是，他面對主考官，冷笑了一聲，對道：「二人成天，一人大，天大人情，人情天大。」

主考官剛一聽，不以為然。但仔細一琢磨，這話裡有話，惱羞成怒，正要發作，那老童生早已拂袖而去。

（十二）戲謔成聯

清末，有兩個同科進士，一個名叫盧，另一個名叫王雲鳳。一天，盧宴請王雲鳳。席間，二人邊

乾隆《平地臺灣得勝圖》

飲酒談笑，邊相互戲謔。盧先作一上聯嘲弄王雲鳳：「鳥入風（風）中，啄去蟲而作鳳（鳳）。」

此聯意思是說王是吃蟲子長大的。王雲鳳一聽，當然也不甘受辱，思謀著給恃才自負的盧以回擊。於是，脫口念道：「馬來盧畔，吃盡草以為驢。」

聯內把盧嘲笑吃草的毛驢。一個諷得刻薄，一個嘲得辛辣，兩位進士目光對視，哭笑不得。

（十三）巧罵成聯

從前，一個姓朱的趕著兩頭肥豬，到集市上賣。半路上，遇見鄰居姓羅的騎著一匹騾子，從鎮子上而來。姓朱的即興得一上聯：「四維羅，馬累騾，羅上騾下羅騎騾。」

聯內先拼字，後又為用同韻字「羅」與「騾」，實是有趣。姓羅的一聽姓朱的在戲謔他，又見姓朱的趕豬而走，頓生下聯，對道：「八牛朱，豕者豬，朱後豬前朱趕豬。」

下聯和上聯，每每對應，確謂巧思。姓朱的聽了，只好點了點頭趕著豬與姓羅的分手。

（十四）口大吞天的吳學台

清代，有個學台大人，名叫吳省欽。其人胸無點墨，貪婪不法。有一年，奉命到某地去主持鄉試，利用職權，貪污受賄，聲名狼藉。有一個清貧童生，因缺金少銀，無法獻賂，自忖獲

中無望。待出榜時，果然名落孫山。於是，這一童生憤然而起，在考場門口大筆一揮，題了一副對聯和一條橫額，以諷刺那位學台大人。

對聯是：「少目焉能識文字，欠金安可望功名。」

橫客是：「口大吞天。」

這副對聯加上橫額，巧妙隱晦地分拆了學台大人「吳省欽」的姓名，聯語拆字自然，諷刺辛辣，溢於言表。

清代，有一個長沙巡撫，大號叫陳本欽。在他任職時，以修築書院樓房為名，要全城各界，募捐納稅，大肆搜刮勒索，肥其腰包。侍書院樓房將要竣工時，有人寫了一副拆字聯，諷刺這位巡撫贓官。

聯語是：「一木焉能支大廈？欠金何必起高樓！」

（十五）梁上君子官似匪

清朝末年，湖北漢陽府太守梁鼎芬，不顧人民死活，放縱警察搜刮勒索。在漢陽城內，弄得民不聊生，民怨載道。為商人市民紛紛罷市數日，以示抗議。當時，有人製一拆字聯，發洩怨氣，聯曰：「一目不明，開口便成兩片；廿頭割斷，此身應受八刀。」

橫匾是：「梁上君子」。

這副拆字聯，也稱得上匠心獨運。上聯隱拆「鼎」字，下聯隱拆「芬」字，橫匾借其姓套用一句成語，指責他是魚肉百姓的盜賊。

（十六）鄉紳之家成娼門

從前，有一財主家的大門上貼著這樣一副對聯：「穴牙系工革土土；西女王見金戈戈。」

橫額是：「不貝佘。」

很多人看後，只是搖頭，不解其意。因此，這家財主越發以為此聯甚妙，便一直留用了多年。

一天，一位舉止瀟灑、面目英俊的秀才路過財主門前，一看門上貼的對聯，不屑一顧地唾了一口，連忙走開了。迎面走來的農夫見此情景，便隨口問道：「相公可曉得其意嗎？」秀才正想給農夫解釋對聯之意，只見財主端著水煙袋站在門口。於是，秀才在那個農夫的耳邊嘀咕了一陣，兩人都忍不住捂著嘴「噗哧」一聲笑了。

原來，這是一副妓院門口常貼的對聯，在這裡，只不過是將一副三字聯，分拆成了一副七字聯。這副妓院對聯是：「穿紅鞋；要現錢。」橫額是：「不賒。」

（十七）此木為柴山山出

晚清翰林劉爾，暮年隱居蘭州名勝五泉山，自號「五泉山人」。據說山上的亭、橋、館、閣楹聯，多出其手筆。當年，一位朋友曾撰一上聯，請劉爾續對下聯。上聯是：「此木為柴山山出。」

此木相關為「柴」，兩山疊羅為「出」。上聯除去以外，其餘六字，字字關連，頗難應對。然而，劉爾卻易如翻掌地對以：「因火成煙夕夕多。」

這下聯裡，「因火」合併為「煙」，「夕夕」相疊為「多」。對仗工整，意思連貫，可謂絕對！

（十八）規勸戒煙聯

清朝末年，鴉片輸入中國。鴉片煙館遍及城鄉，吸毒者日益增多。腐敗的清政府，口頭上喊「禁煙」，實際上卻為鴉片煙大開方便之門。結果是：禁者，只管禁；販者，只管販；吸者，只管吸。當官的帶頭吸，老百姓跟著吸，富的吸窮，窮的吸死。凡是吸鴉片煙的人，人不像人，鬼不像鬼，「東亞病夫」的恥辱之稱，就源於此。

為了規勸那些吸毒者戒煙，有人曾在一家鴉片館門前貼了一副發人深省的對聯：「因火成煙，若不撤除真是苦；舍官作館，人而忘返難為人。」

這副對聯不僅以「蜂腰格」嵌入「煙館」二字，而且巧妙地運用拆字手法，前面將字合併，後面分析字形。

英國在印度的鴉片倉庫

「苦」「若」只有一撇之分，「入」「人」有回返之別。可謂一貼語重心長，用心良苦，苦心相勸那些吸毒者邪途知返、惡夢快醒的清醒藥方。

（十九）諷刺竊國大盜的名聯

1915 年 12 月，北洋軍閥首領袁世凱，玩弄「盜賊」手腕，偽託人民「擁戴」，竊國稱帝，將中華民國改為「中華帝國」。京城中有好抱不平的人，曾出聯求對下聯，上聯云：「或在中，拖出老袁還民。」

聯語析字，語意雙關。從字面上看，圜字去掉「袁」，加進「或」，即成國字。意思是說，要打倒袁世凱，恢復中華民國。據說，當時有個船夫對上了下聯：「餘臨道上，不堪回首問前途。」

這也是析字聯，同樣語意雙關。從字面上看，「道」去掉「首」字，加進「餘」字，便是「途」了。意思是說，袁世凱復辟稱帝，這是一種倒退行為，令人不堪回首，國民對前途深感憂慮。

此上聯與下聯析字巧妙自然，語意深刻含蓄，是不可多得的析字聯。

（二十一）姓氏聯：有水有田方有米

從前，有兩家聯婚成親，男方姓潘，女方姓何。在定親時，女方父母說：「我的女兒別無所望，惟求過門之後，一日三餐，吃飽而已。」男方父母說：「我們也別無所盼，但願媳婦進門之後，生兒育女，留個後代罷了。」有人據此，在結婚之日贈一賀聯：「有水有田方有米；添人添口便添丁。」

上聯「水、田、米」合成「潘」字；下聯「人、口、丁」並為「何」字，聯語雖短，但既分拆雙方的姓氏，又隱含著雙方的心願，堪稱巧思趣聯。

杭州西湖的天竺頂上一座茅草搭成的庵寺，取名叫做「竺仙庵」。庵邊有個泉眼，泉水非常清澈。庵中二人，經常汲泉水煮茶品嘗。有一副對聯懸於庵門，聯云：「品泉茶，三口白水；竺仙庵，二個山人。」

這副對聯，拆字真切無痕。上聯「品」拆分「三口」，「泉」分拆「白水」；下聯「竺」分拆「二個」，「仙」分拆「山人」。使人讀來，和諧自然，讓人看去，爽心悅目，妙絕！

相傳，一個老秀才出門歸里，路遇一個乞丐模樣的窮書生，飢餓難忍，伏在山泉邊喝水。他便出聯問道：「欠食飲泉，白水何以度日。」

書生本是書香門第之後，只因天火降臨，家產焚盡，雙親俱喪，隻身一人流亡在外，煞是可憐。他聽老秀才語氣憐憫熱切，勾起腹內愁腸。不由長歎一聲，對出下聯：「才門閉卡，上下無邊逃生。」

老秀才一聽，暗自稱妙。於是，手拉著書生回到家中，讓他一面教兒子讀書，一面自己攻讀，以便日後求取功名。果然，這個書生後來中了進士。

第十六章

中文字與數

中國人的數字不僅可以計數，還可以入詩入文。
不過，說到我們的正題——文字上來，這數就確實讓人心中沒數。
中文字的幾個表示數目的字從誕生到現在至少也有五六千年了，
後人不明白其中的奧妙也在情理之中。

　　過去有一套話，是用來編派坐在廟裡吃冷飯冷豬肉的土偶木像的，叫做：「一聲不響，二目無光，三餐不食，四肢不勤，五穀不分，六親不認，七竅不通，八面威風，久（九）坐不動，十分無用。」

　　還有一首打油詩說：「一去二三里，煙村四五家；亭台六七座，八九十枝花。」也是從一排到十。這還只是通俗好懂，時常掛在老百姓口頭的土話、土詩，要說到過去的文人學士用數字串連來吟詩作賦的文字遊戲，那可真是多如牛毛，數不勝數。

　　而其中最具有文彩和浪漫色彩的莫過於卓文君給其丈夫司馬相如的數字家書。

　　相傳卓文君與司馬相如成婚不久，司馬相如便辭別嬌妻赴長安做官。以後多情的卓文君朝思暮想，癡心地等待著丈夫的「抵金」家書，殊不知等了五年，等來的卻是寫著「一、二、三、四、五、六、七、八、九、十、百、千、萬」的數字家信。

　　聰穎過人的卓文君當然明白丈夫的意思。數字中無「億」表明丈夫對她無「意」，只不過是不直說罷了。卓文君既悲又憤且恨，當即覆書交來人帶回。

　　司馬相如接到文君覆信，拆開一看，原來是卓文君用數字聯成的一首詩：「一別之後，兩地相思，說的是三四月，卻誰知是五六年。七弦琴無心彈，八行書無可傳，九連環從中折斷。十里長亭望眼欲穿。百般怨，千般念，萬般無奈把郎怨。萬語千言道不盡，百無聊賴十憑欄。重九登高看孤雁，八月中秋月圓人不圓。七月半燒香秉燭問蒼天，六月伏天人人搖扇我心寒，五月榴花如火偏遇陣陣冷雨澆花端，四月枇杷黃，我欲對鏡心意亂。三月桃花隨水流，二月風箏線兒斷，噫！郎呀郎，巴不得一世你為女我為男。」

卓文君

卓文君像

司馬相如越讀越慚愧，越覺得對不起才華出眾、對自己一片癡情的妻子，終於用駟馬高車，親自回鄉迎文君去長安。

可見，中國人數字不僅可以計數，還可以入文入詩。不過，話要說回來，談到我們的正題——文字上來的，就有點讓人犯難，數數字大概連三歲小孩都很少有不會的，而寫數字則就不是個個三歲小孩都會，再要說到從一到十的字為什麼都要這麼寫，那恐怕是大人也沒幾個能說得上來了。

這事不僅現代人傷腦筋，古代人也傷腦筋，因為這幾個表示數目的字從誕生到現在少說也有五六千年了，後人實在不易猜出其中的奧妙。

許慎用當時的人的眼光來解說數字。比如說「一」，他說是「惟初太極，道立於一」。所以叫一，寫作一橫。二呢，他說是「地之數」。三的三橫則表示天、地、人，等等。可是今天，大概都不大可信。因為一、二、三都只是幾道槓來表示數目，古人寫四，也只是用四條橫槓。至於五以後的數目字，要解說出個道道來，怕是更難了，許多古代學者、近代學者都只是猜測。我們今天要好多了，因為我們不僅看到了三千多年前的甲骨文，還看到了比甲骨文更早的文字，所以現代的學者終於搞清了數目字寫法的根源。

古代計數都用算籌表示，所謂算籌就是一根根細長的竹條或木棍，有點像今天的筷子。秦代末年，楚漢相爭，有人勸劉邦將秦以前的六國的後代都找出來，重新建立六國，借重他們的力量一起攻打楚霸王。劉邦覺得有道理，準備接受。正吃飯，張良來了，劉邦問他的意見，張良大不贊成，就借劉邦跟前的筷子做籌碼，來分析立六國之後有什麼好處，有多少壞處。

這叫借箸代籌，箸就是筷子，籌就是算籌。張良這一算，嚇得劉邦把嘴裡的飯也吐了出來，破口大罵出主意的人胡鬧。從這個故事我們知道籌大概在古代很像筷子。用籌計數目，從一到四，古人都是將一根根的籌碼橫著放來表示。比如一，就是一根橫放的籌碼；四呢，就是四根橫放的籌碼。到了五，再放五根籌碼就有點顯得太多了。於是，從五開始，古人另外換了個表示方法：用兩根籌碼交叉放。

五寫作Ⅹ，六寫作∧，七則是像是今天的十，八寫作＞＜，九寫作ζ，十則是把一橫豎起來放，寫作｜。到了三千年前的甲骨文時代，有些字已經發生變化，比如五寫作Ⅹ，六寫成了仐，再之後又有些變化，七變成現今七的樣子，

十則變成了 ✦。中間出現了突起，後來又慢慢長一點，最後就成為了現在的樣子。

用數字可以組成很多詞，自不用說。還可以組成很多成語，有些也是大家熟悉的，如：「五光十色」用來形容色彩鮮豔、式樣繁多；「五風十雨」則是指五天一風、十天一雨，那可是風調雨順；「六神無主」，那是說不知所措，心、肝、肺、膽、腎、脾都失了主宰；「七上八下」也是形容心中慌亂不安；「九牛一毛」，那是說太渺小了，九條牛身上拔一根毛，這能算重要嗎？

還有些詞，雖然常說，卻很少有人知道來歷。比如「五花八門」，比喻花樣多，變化多，可為什麼這麼說呢？

讀過《三國演義》的朋友，都知道陸遜火燒七百里連營，劉備敗走白帝城這一段故事。書中說諸葛亮看到劉備的行營圖本，大吃一驚，關照來見他的馬良速回，如果蜀兵已敗，可退走白帝城。諸葛亮說他入川時已伏下十萬兵在魚腹浦，陸遜一定不敢追擊。後來陸遜追到魚腹浦，見到諸葛亮當年布在江邊一個石陣，陸遜不明就理，直入陣中觀看。看畢想要出陣時，不料一時飛沙走石，遮天蓋地，怪石如劍，江聲似鼓，竟無路可出。後幸得諸葛亮的岳父黃承彥自動入陣帶了陸遜出來，並告訴陸遜，這叫八陣圖，按遁甲「休、生、傷、杜、景、死、驚、開」構成八門，每月每時，變化無窮。「五花八門」的

八門，正是指的這個八門陣。

至於五花，指的是五行陣，又叫五花陣，也是一種變化多端的陣法，所以五花八門更被人們合起來比喻變化無盡的事物了。

用數目字構成的成語，遠遠不只上面的這一些，我們這裡不過是酌滄海之一勺，舉幾個例子罷了。

▎漫談○ ･･･････････

這個○是人人皆知的，包括成人文盲，也包括未上學的娃娃。但它應用範圍的寬廣，價值地位的宏大並不是人人都能深知的。

「○」是不是中文字歷來看法不一，語言文字專家的說法是「○」是個「准中文字」。即它具有中文字的功能，卻又不同於一般的中文字。

○本是阿拉伯數碼；阿拉伯數碼原來是印度數碼。成書於唐開元五年（西元 718 年）的《開元占經》講到「天竺演算法」：「其字皆一舉而成，九數至十，進入前位，每空位處，恒安一點。」中國古稱印度為天竺，唐時印度佛教文化大量傳入中國，連同印度的數學，也被介紹到我華夏。那真是一個開放的時候。可惜印度數碼沒有在中國流傳下來，《開元占經》所載十分簡單，「其字皆一舉而成」，大概就是○了。印度數碼於中世紀傳到阿拉伯，經過演變，再傳至歐洲，最後流行於全世界。

　　然而阿拉伯數碼遲遲未得到應用。1892 年狄考文（美國人）和鄒立文合著的《筆算數學》正式採用阿拉伯數碼，後來漸次用的多了，本世紀以來就逐漸得到廣泛的應用。

　　它的應用，影響到中文字的數目表示法。中文字在表示兩位以上的數目時，採用「位元數詞」，如四千五百三十二。

　　阿拉伯數碼是用數碼的位置來表示位數的，如 4532，「4」在千位上就表示 4000。這種表達方式比較簡便，中文字受其影響，也採用了這種方式，將「四千五百三十二」寫作「四五三二」。但在表示空位時，遇到了問題。

　　在空位處，阿拉伯數碼採用補 0 的辦法，如 40532，而中文字沒有相應的字來表示。中文字中有一個「零」，表示「餘下」的意思，和空位的概念不完全相同，因此 10005 只需寫一萬零五，而不必寫三個「零」。當然，我們可以借用「零」來表示空位，將「10005」寫作「一零零零五」，但這種用法與傳統不合，而且「零」的筆畫太多，使用不便。

　　如果採用「○」就很方便了，如 10005 用中文字可以寫作一○○○五。這樣，「○」就走進了中文字的系統，承擔了「表示數的空位」的功能。

　　中文字中沒有○，是就楷書說的。楷書是筆圓文字，每個字均由筆畫組成，而○，是一個封閉的圓形，無筆畫的起迄，無法分解出更小的單元，因此，從中文字結構體系上講，並無○的存在。

　　然而古文字裡有○，它就是圓的最早寫法。有人指出古文字形體具備四相：點、直線、弧線、封閉圓。到了楷書就沒有弧線和封閉圓。楷書有五種筆畫，主要的是直線。

　　據統計，橫筆與直筆，其出現頻度近 50%，他們都是直線。撇的橫度很小，基本上是直線的變形；點筆，拉長了不是左斜就是右斜，近似短的直線；折筆是直線改變方向形成的。

　　文字的一個基本要求是便於書寫。書寫的過程是用一定的書寫單位來組裝

《開元占經》內頁書影

271

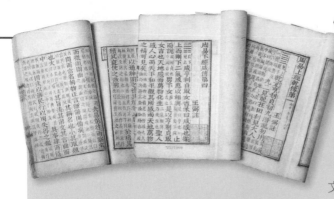

成字的過程。書寫單位愈少，書寫愈快愈方便，愈容易達到規範的要求。古文字四相，到楷書剩下二相，因此，楷書便於書寫應用。中文字由不易書寫的以曲線為主的古文字，發展為容易書寫的以直線為主的筆畫文字，是歷史的進步。○形態的消失，正是包含了這重要的歷史內涵。唐武則天曾造字，造了一個○，指星，違背了中文字發展規律，自然不可能流傳下來。

今日我們採用○，是吸收外來文化的一種進步現象。但是，○在中文字系統中，它僅僅用於數字表示中補位元，它不是一個可以自由應用的中文字。從形態上講，它仍帶有「非我族類」的面孔；如果字用部首筆畫來排檢，它還真不好安置，所以在《字典》的「部首檢字表」中，都查不到「○」。

零還有表示○的意義，即「沒有」或「不存在」的意思。到目前為止，還沒有給○下過確切的令人滿意的定義。有人根據《周易》把乾卦爻辭由文字表示轉化為數字表示，成為數學二進位制。以 1 為已知，○為不知（初級的疊加變數），即再從○的不知又以 1 為新知（高級的暫態變量）即 1→○以 1 的公式來代表對宇宙事物的一個認識過程或變化過程，用來指導人們理解掌握宇宙外一切事物的變化發展與趨向，預測世界的未來。運用《周易》這個核心問題已引起了人們的逐漸重視。

零與○字音相同，字義相似。但零並不等於○，因為○在行文書寫時，不作零使用。如零件不能寫成「○件」，零零碎碎也不能寫成「○○碎碎」，所以零≠○。

○也可用來代替不知和未知的字。

一個不識字的女人，寫情書用一串圈兒表達情意。有位文人為此作圈兒詞：「相思欲寄無從寄，畫個圈兒替。身在圈兒外，心在圈兒裡。儂密密加圈，你須密密知儂意。單圈兒是我，雙圈兒是你。整圈兒是團圓，破圈兒是別離。還有那說不盡的相思，把一路圈兒圈到底。」

○在數學中叫零，一般的稱圓或圈或環，是人們司空見慣的。不過分地說，人是在○的環裡生活的。因為太陽、地球是圓的，月亮、星星也是圓的，整個天體銀河系中的星辰，自轉還是公轉，無不圍繞○的軌跡運行；又再說人生活在地球上，地球有南北極圈，包圍地球外部的有一層大氣圈，生活活動離開了光能、水分、溫

度、營養元素等就不存在。又從細胞學來說：植物的孢子，動物的卵子或說精子，胎生或是卵生都是從圓形而出。人們所觀察到事物運動的變化，循環往復，不是大圈套小圈就是圈圈成連環。至於其他形狀如□△◇等等也是根據需要從○中轉化出來的，有「化○為□」之說。見到圓形的物體或圖案稱環，如花環、滾鐵環、奧運五環旗等。任何機械包括地上賓士的汽車、火車；水上航行的輪船、兵艦，天上飛行的飛機、火箭，沒有圓形的東西就不會轉動。總之人類離不開圓圈，或許這是一種「自○其說。」

　　中國舊時常把○作為一種記號來作用，在自己的姓名下劃個○作為簽押用。亦作圈閱公文的符號。表示此文領導已經看過。清朝殿試的考官稱為讀卷大臣，看到文章中意的即在卷面上加一個○。派出八個閱卷大臣，最好的一本卷子就是有八個○，便是壓卷之作。慈禧太后在同治元年壬戌和二年癸亥親手點過兩次狀元，劃過兩代○○，所以那時不看文章只看○○就可。

　　○讀圈也不能作為中文字使用。如圈椅、圈套、圈子都不能用○來代替。在現代漢語中，常用「怪圈」二字，但不能寫成「怪○」。如「對性問題的封閉和禁忌，幾千年來形成一個怪圈」。

　　古時常把○作為一種韻音符號來使用。如《康熙字典》中用○作為字母切韻。○用得最多的要數小說《鏡花緣》

《康熙字典》武英殿刻本書影

第三十四回：「談字母妙語指謎團」中「唐敖取出字母表，只見上面寫著二十二頁共六百八十二個○。三人（林之洋、多九公、唐敖）翻來覆去看了多時，絲毫不懂。林之洋道：『他這樣多圈兒，含著什麼機關？大概他怕俺們學會；故意弄謎團騙俺們的！』」原來這是一張單韻字母表，每個○代表一個切音字韻，把這些○○連接起來就指明謎團是什麼了。

「一」字不簡單

　　「一」這個字在中文字裡是最簡單的了。它筆畫最少，書寫最簡捷，也是絕大多數人都認識的一個字。俗話說：

《老子授經圖》

「扁擔橫在地下，不知是個一字」，那是形容一個人真正是目不識字了，即是所指「一字不識」的文盲。

大家都知道，中文字是以象形字為基礎的。當古人想表示一匹馬時，他可以畫出一匹馬來，要想表示兩匹馬，可以畫兩匹馬，同樣，他也可以用這個方法來表示一隻羊、兩隻羊。可是，一天、二天該怎麼表示呢？

古人經過很長時間的比較、探索以後，才知道可以用比較抽象的一橫或一豎來表示比較抽象的概念。有了這個抽象的概念，那麼一匹馬、一隻羊、一頭牛都可以用這種符號來表示了。

兩匹馬、兩隻羊也可以用兩個符號來表示了。這實在是一個很了不起的發明。

古人也是極為崇敬著這個發明，認為這個符號實在是包含著十分深奧的道理。比如，老子說：「道生一，一生二，二生三，三生萬物。」東漢時許慎寫《說文解字》，第一條便說：「惟初大極，道立於一。造分天地，化成萬物。」這個「一」實在是太偉大了，一切的道理，一切的事物，都是由「一」而發端的呀。

用這個簡單而又不凡的「一」，可以組成很多很多的詞和成語。比如說：一切、一再、一旦、一窩蜂、一溜煙、一刀兩斷、一日千里、一塵不染、一團和氣等等。下面是成語中的「一」字及其含義。

1. 表示最小的整數。如一人一冊、千鈞一髮、一曝十寒、一舉兩得。

2. 表示第一。如首屈一指、一誤再誤、一窮二白、一不做二不休。

3. 表示一下子。如一舉成名、搖身一變、一勞永逸、面目一新。

4. 表示同一。如萬眾一心、千篇一律、一丘之貉、三位一體。

5. 表示統一。如言行一致、一心一德、整齊劃一。

6. 表示每一。如一字千金、一刻

清代所刻的孫子石碑，上面文字為孫子畢生事跡。

千金。

7. 表示任一。如一事無成、
   一竅不通、一無可取。

8. 表示另一。如一波未平一
   波又起、彼一時此一時。

9. 表示專一。如一心一意、
   專心一致、一成不變。

10. 表示單一。如一家之言、
    一面之詞、一孔之見。

11. 表示極少。如一知半解、
    一本萬利、一塵不染。

12. 表示短暫。如曇花一現、
    一笑置之、不屑一顧。

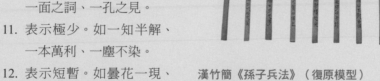

漢竹簡《孫子兵法》（復原模型）

13. 表示都、全。如一如既往、一塌糊塗、一身是膽、無官一身輕。

14. 表示一旦、一經。如一敗塗地、一蹶不振、一失足成千古恨。

15. 表示剛才。如一觸即發、一拍即合、一見如故、一見鍾情。

16. 表示先做動作，然後說明結果。如一哄而散、一掃而空、一瀉千里、一目
    了然。

如果細細體會上面的幾個成語，我們會發現在這些成語中，「一」字的意義並
不完全相同。

「一言堂」裡的「一言」是一句話、一個人說了算的意思。

「一家之長」中的「一家」是「全家」的意思。

而在其他成語如：「一心一意」中「一」卻是「專一」的意思。

又如我們常說的《孫子兵法》裡的：「知己知彼，百戰百勝。不知彼而知己，一勝一負。」這兩句話中「一」，則是「或」的意思，「一勝一負」就是「或勝或負」。

再如我們平時說的某一個文件「一式兩份」，其中的「一」是「同一」、「一樣」的意思。如果連同古代漢語中「一」的義項加起來的話，那它的意義就更多了。

下面概括了「一」字的主要意義。

1. 數字。是正整數最小的一個，大寫為「壹」。「一」不同於「乙」，為區別同音異字，把「一」俗稱「扁擔一」；把「乙」俗稱「秤勾『乙』」。

2. 純一。如惟一，不是一碼事。

3. 都。如一概、一律。

4. 全、滿。如一路平安、一屋子人。

5. 專。如一心一意、一生一世。

6. 同。如一親戚、一點不錯。

7. 動作。用在動詞中間，如停一停、笑一笑；用在動詞之後，動量詞之前，如看一眼、量一下。

8. 助。加強語氣。如十一、二一得一。

9. 統一。如一一如此、不一一說了。

10. 初。如第一次見面、一鼓作氣。

11. 一旦。如毀於一旦、一經查明。

12. 或者。如二者必居其一、一勝一負。

13. 竟、乃。如一至於此、此乃其一也。

「一」的字形也很有意思。「一」字的寫法從古到今都是這麼簡簡單單的一劃，寫起來自然方便。但有時卻太簡單了，又帶來了不便。比如寫匯款單、寫發標時，這個過分簡單的「一」卻容易造成錯誤，也容易給有些人造成可乘之隙，所以我們又規定在寫金額時要用大寫的壹及貳、參等來代替一和二、三等等。

略知一「二」

在數字裡，一後面就是二；在文字裡，一是一條橫槓，二是再加一條橫槓，這個寫法，從古到今都沒有大的變化。從我們今天能見到的最早的成系統的文字——甲骨文起，二就是這麼兩條橫槓了。只不過甲骨文裡二字的槓是一樣長的，而楷書裡，上面一橫卻要短一些了。

二字寫來雖然簡單，意思卻是不少。一加一等於二，那是數目。獨一無二，那就不是一二的二，而是沒有匹敵，沒有可比的意思，也就是「天下無

李冰主持修築的都江堰是中國古代大型水利工程，位於岷江上游，圖為岷江一景。

雙」的意思。《漢書》上說：「天下少雙，海內寡二。」這裡，雙就是二，二就是雙。

二的又一個意思是第二。二字加第，表示第二。有時不加第，也表示第二。一套書，有好多本，第一本上寫著一，第二本上寫著二，這個二就是第二的意思。再比如，戰國李冰父子治水有功，在岷江上修起了著名的都江堰，所以，當地人民就在山上為他和他的大兒子修了一座廟，叫做二王廟，來紀念他們。後來，民間又傳說他的第二個兒子也做了神，因此，就稱他為二郎神。二郎神的二，就是排行第二。由第二這一層意思，還可以引申出處於次一位的、副的位置的意思。京戲有二花臉，就是副淨。二掌櫃，也就是副掌櫃。船上除了大副外，還有二副。

二還有一個意思是有二心、背叛。不忠實就叫二心，忠貞不二，就是忠於自己的信念不背叛。這個二，舊時寫作貳。叛逆之人被稱為「貳臣」。三心二意，過去也叫做二心兩意。

二字筆畫少，有時容易搞錯，所以在有些場合，人們選用了讀音和它完全一樣的貳字來代替。如填寫銀行的單據，在郵局匯款，商業上開具發票等等。其實「貳」字和「二」字還是有區別的。貳表示副職或者有二心等意思，除了上面我們提到的那些特殊場合，貳字不能作數目字來用。

二字有時還很容易跟兩字搞混。其實，這兩個字讀音、用法都不一樣。兩讀ling，有時意思跟二相同，如辛棄疾的詞裡說：「七八個星天外，兩三點雨山前。」兩三點雨就是二三點雨，不過因為跟上「點」這個量詞，就只能用兩不能用二。在普通話口語裡，兩個人、兩頭牛、兩棵樹，一般都不說成二個人、二頭牛和二棵樹，用法是不一樣的。至於「兩」字還可作一斤的十分之一，或表示幾個（如「過兩天」不一定真是兩天）等等的意思，都是二字所沒有的。

二字還用在一些特殊的詞裡，有特別的意思。像二胡、指有兩根弦的胡琴。古

書上說：「二毛」，那也不是三毛他哥哥，大毛他弟弟，而是古代指那頭上有白頭發，也有黑頭發的頭發斑白的人。

説「三」

三字和一字、二字的寫法一樣，古今變化不大。三字在甲骨文裡的寫法就是三，三條橫槓，一寫也是三千年不變。中國人偏愛「三」或三的倍數，古今皆然，無論是古代的孫猴子七十二變，唐僧取經歷經八十一難，都與三有不解之緣。

三字有兩重意思，即：可以是實指的，也可以是虛指的。實指的就是二加一，是個實打實的數目。比如我們說：三光，那是指太陽、月亮、星星，所以說「三光日月星」。說「三伏」那是指初伏、中伏、末伏，平時總稱大伏天，古代說「三軍」，是反映上軍、中軍、下軍；今天說「三軍」，則是說陸軍、空軍、海軍。說「三生有幸」，三生本是佛教裡的話，說的是前生、今生和來生，三生有幸即說幾輩子的幸運事。不過，這話今天說起來都不是好意思，多少帶點兒貶義。

三還有一重意思是虛指：三就是多，因為

遠古的時候，人們的數覺範圍十分有限。曾經有人對澳大利亞的原始部落進行過廣泛的研究，結果認為在這些部落裡，很少有人能夠辨別四，處於野居狀態的土人沒有人能瞭解七。生活在南非的布須曼人，是個很有名的部族，因為從人種上講，他們人雖少，卻好像是個獨特的人種。由於他們長期地生活在比較封閉的環境中，所以直到本世紀初時，在他們的語文中，除了一、二和多以外，就再也沒有別的數字了。三有多的意思，不僅僅在這些比較原始的部族如此，漢語在早期也如此，而且其他一些語文也有同樣情況，拉丁文和英文、法文中都有相類似的情況。英文三倍（thrice）這個詞也同時具有許多這一層意思。

漢語中的三，有多的意思，體現在很多詞或片語裡。平時常見書上寫著：三人行，必有我師。那不是真的三個人，而是說，只要是幾個人一塊走，總有人可以做我的老師，我可以選擇好的人向他學習，選擇其中不好的人作為我的借鑒，不做人家做過的錯事。有個故事叫「孟母三遷」，說孟子的母親為選擇一處好環境，能讓孟子學好向善、靜心讀書，多次搬家。三遷，就是多次遷居，

孟母三遷的故事，展現了孟子的家庭教養，圖為孟子像。

並不一定實指三次。大禹治水，三過家門而不入，是說他好多次經過家門口卻沒空進去。

古代還有一句話，叫做「三折肱知為良醫」，肱，就是手臂，三折肱，就是多次折斷了手臂，有了經驗，知道誰是好醫生，誰是壞醫生。三折肱是說多，所以又可以說成九折臂，意思是一樣的。

隨著社會的進步，人們的思維也在進步。三字表示多，漸漸地覺得不夠了，便給它加倍。三變成六，六變成九，九變成十二，十二成了三十六。說三十六行，那是指各行各業，今天我們也說三百六十行，就更多一些。說三十六計，走為上策，原本不是真有三十六條計。

故事源出在南朝的時候，齊明帝快死了，忽然傳來齊朝有名的大將王敬則起兵造反的消息，朝廷震動。太子嚇得準備逃跑，派人爬上屋子望。突然不遠處的征虜亭失了火，下人誤報王敬則已經打到，太子驚慌失措，收拾起行裝就想開溜。後來事情傳到了王敬則耳中，王敬則嘲笑齊明帝父子說：「檀公三十六計，走是上計。你們父子恐怕只有快快逃走，才是上策。」王氏話裡的檀公指的是檀道濟，是南朝劉宋時的名將，他曾用量沙唱籌的計策逃開了北魏的追兵，所謂檀公三十六計，本來是虛指的，意思是說在檀道濟的眾多計策裡，逃跑一計還算得上上策。後來的人附會，用一些成語和熟語，如瞞天過海、圍魏救趙等等來湊足了三十六計，把走為上計定作了第三十六計，這只是以後很久的事。其實，這裡的三十六，正像九牛一毛中的九、十八羅漢中的十八（原本只有十六羅漢），都是一個三的倍數，是個虛數而已。

中國人偏愛三的倍數的數字，這確是一種獨特的文化現象，如《西遊記》裡孫悟空和二郎神都有七十二變，唐

《西遊記》作者吳承恩墨跡

僧西天取經注定要經歷八十一難。還有一個更神奇的數字是一〇八，它也是三的倍數。

一〇八和任何數字一樣，都代表一個數目的多少，沒有什麼特殊地方。然而它與中國傳統文化有著密切的關係，有著神秘的色彩。古代有很多傳說，而且還有文獻記載，它代表吉祥如意，至高無上，驅除人生一切煩惱之意。神秘的是：

（1）為什麼迎接新年要撞鐘一〇八下？

有名的北京大鐘寺、蘇州寒山寺、杭州的「南屏晚鐘」等地，每逢除夕之夜都要鳴鐘一〇八下，明代學者朗瑛在《七類稿》中解釋？：「扣一百八聲者，一歲之意也，蓋年有十二月二十四氣七十二候加起來（12 ＋ 24 ＋ 72 ＝ 108）正合此數」。是巧合還是神秘？

（2）為什麼佛教常用一〇八這個數？

佛教認為人有一〇八種煩惱。敲一〇八下，便可消憂解愁；在佛教有一〇八尊佛教法身，一〇八代表一〇八個菩薩。所以在佛教的日常生活中如敲鐘、念經、撥動佛珠都是一〇八遍，象徵對佛的心意虔誠。

（3）為什麼古代建築講究一〇八的數？

拉薩大昭寺殿廊的簷角排列著雕刻精湛的雄獅伏獸為一〇八個。青海塔爾寺大經堂內有直徑一米的巨柱一〇八根。北京天壇下層欄板是一〇八塊，祈年殿每層石欄為一〇八根。瀋陽東陵墓有一〇八磴。

這不是古代建築十分講究這個神秘的數字嗎？

（4）為什麼學者著書立說也相信此數？

北京雍和宮法輪殿內放的大藏經有一〇八部。施耐庵著的《水滸傳》中的梁山好漢就是一〇八個。

曹雪芹著的《紅樓夢》全書中「情榜」人數正好也是一〇八。這難道是偶然的巧合嗎？

清畫家根據《紅樓夢》所繪的《大觀園》

▍道「四」 ••••••••••••••••••••••••••••

在數目字裡，四字的寫法古今變化最大。四字在小篆裡寫作四，就是四字今天寫法的來源。

按照東漢許慎在他的《說文解字》裡的說法：四「象四分之形」，即是說○像四方，裡邊的「儿」像分（分別），粗一看，似乎有理。可我們一查比小篆更早的字體——甲骨文、金文裡四的寫法，卻發現全然不是這麼回事，在早期的中文字裡，四字就是那麼簡簡單單地畫著四條橫槓，寫作三，跟寫一、二、三的方法是一樣的。只是到了春秋戰國時，才寫成了今天看到的小篆裡的那麼個樣子。古人為什麼要用「四」來代替四條槓槓的四，我們今天已經不得而知了，我們只知道「四」不是最早的寫法。

四字在古代中國人的眼光裡重要得實在有點兒奇怪。不論啥東西，都愛跟四字沾邊，往四字湊。古一點兒像什麼四瀆啦、四嶽啦、四民啦等等。中原地區有那麼多山，古人也偏偏選出四座來，即華山、泰山、衡山和恒山合稱四嶽，只是到了戰國以後，才加上了嵩山稱五嶽；古時候各行各業的人那麼多，可古人卻說只有四大類，即士民、工民、農民和商民；古書上說中國四周的其他民族有九夷、八狄、七戎、六蠻，可古人並不把它們加起來算，只說四夷。近一點兒的如：本來宋代的學者們想把《論語》和《孟子》作為科舉考試的依據，但朱熹卻一定要拉來《禮記》裡的《大學》和《中庸》兩篇，合稱四書；宋代天下共分三百多州，可古人不說三百州，而說「四百軍州」；寫字自古有文房四寶，宋代說書法名家又把蘇（東坡）、黃（庭堅）、米（芾）、蔡（襄）合稱四家，字體又有真草隸篆四體；畫畫又有梅、蘭、竹、菊四君子。

說民間的，更有什麼四大美人（西施、王昭君、貂蟬和楊玉環）、四大才子（祝枝山、唐寅、文徵明、周文賓）等等。走路叫做四方步，心叫四兩紅肉。編書也歸作四大部類：經、史、子、集，叫做四庫全書。

有的學者還指出：中國古代有四種量器，叫豆、區、釜、鍾，四豆為一區、四區為一釜，然後才是十釜為一鍾。稱

《論語》、《孟子》、《大學》、《中庸》合稱《四書》。

重量也是二十四銖為一兩，十六兩為一斤，二十四和十六也都是四的倍數。並進一步懷疑古代可能存在過一種四進制的計數方法。

為什麼「四」會這麼重要呢？其實，我們只要考慮一下自己就不難找出答案。有位古代的外國學者說得好：人是萬物的尺度。人不是有十根指頭嗎？所以世界各地的人們都獨立地發明了十進位的講數方法。人不是有兩隻眼睛、兩個鼻孔、兩隻耳朵嗎？不少古民族都曾存在過二進位（這種二進位今天電腦中還用）。還有，人不都有兩隻手、兩條腿嗎？古人也早就注意到了這一點，管它們叫四肢百骸，摔一跤叫四腳朝天。再看動物，大多也是四條腿兒的。

這下，我們不難明白為什麼「四」字如此神奇了。其他的民族語言中，也有曾一度重視四的，不過後來他們都漸漸地被「十」這個數迎住了，四也被十沖淡了。只有在中華民族的傳統裡，除了十進位外，四字依然佔據著歷史給它的獨特的一席。

▍「百」無聊賴 ⋯⋯⋯⋯

說到「百」字，想起清人有一句詩，叫做：「十有九人堪白眼，百無一用是書生。」如果沒有書生，怎麼能夠使我們瞭解「百」的如此豐富內涵呢？但願今後大家都能明白科學文化的功用，讓書生百有百用。

過去有位老先生過壽誕，有人送了他一副壽聯，叫：「人生不滿公今滿，世上難逢我獨逢。」

老壽星看了大為高興，因為壽聯沒有一個字說著他的歲數，卻又明明白白地道出了他的壽數。

這副對聯裡其實用了歇後的手法，就是把一句話的後邊一部分給省去了。有兩句熟語，一是「人生不滿百」，「人生不滿」省了個百字，「公今滿」，可見老先生是個百歲高為的人了。另一句是：「世上難逢百歲人」。我獨逢，還是說百歲，兩句又都含了百歲難得的讚美之意，難怪老壽星大為高興了。

百字在甲骨文時代就有了。後代許慎在《說文解字》裡解釋百字說：「十十也。」百就是十個十。又說：「百，白也。」這句話看似費解，其實是說得很對的。古人飼養時，一次用了一百頭羊、一百頭牛，要記錄時該怎麼寫，總不能畫上一百頭牛羊吧。聰明的古人找來一個同音的白字代替。所以，在甲骨文中，百寫作 ⟒。一百寫作 ⟐。二百就寫成 ⟐。

「百」大多用來虛指，就是說，不滿一百，超過一百，都只舉個成數一百來說。比如《百家姓》，其實天下姓氏何止百家。

百字當然也可以實指，說的是實實在在的一百。比如，百子圖，上面確實畫著一百個小孩子；百壽圖，寫的確實

是一百個壽字。

▋「千」金市骨

要是問一個問題：《千家詩》總共收了幾首詩？有人也許會毫不猶豫地回答：一千首，要不怎麼叫「千家詩」呢。其實並不然，《千家詩》總共才只收了224首詩，千只是泛言其多而已。

千字在甲骨文中寫作 ㇝，千字和百字一樣，都是記音的字。百是「一」字加「白」字，白記錄口語裡的「百」的聲音，加上一表示一百。千也一樣，是一個「人」（㇏）加上一個「一」字，人記錄著語言裡「千」這個聲音，和一字加起來表示一千。

人怎麼會記錄著「千」這個聲音呢？它們不是差得挺遠的嗎？那是因為隨著時間的變化，語音也發生了變化，原本它們的讀音是挺接近的，在周朝編定的《詩經》裡，人和千兩個字還在同一首詩裡一起押韻，所以我們知道，它們曾經是很相似的一對「堂兄弟」。

清版《百家姓》書影

千字到了隸書裡還寫成 千，和原來「一」和「人」字多少還有點兒接近，到了楷書裡，寫成千，已是改頭換面，不容易和原貌連起來了。

千字本是表示一千，所以在甲骨文裡，二千只是在上面再加一橫，寫成 ㇝，三千是 ㇝。這些當然只是古代的寫法。

千，上面說到常用於虛指，就是說不是真指千這個數。《千家詩》不是一千首；萬紫千紅，誰能保證春天一定只有一千朵紅花呢？同樣道理，說千秋萬歲、千古興亡、千門萬戶、千方百計，都是極言其多，相近似的還有，像千載一時，載就是年，一時就是一次，一千年才碰到一次。千慮一得，則出在《史記》，原話是：「智者千慮，必有一失；愚者千慮，必有一得。」意思是說：「聰明人再精明也難免百密一疏，有個考慮不周到之處。愚笨的

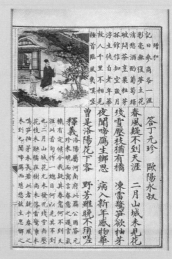

《千家詩》內頁書影

人呢，再不成也有偶爾可取的意見。「千慮一得」常常用來作為人們的自謙之辭。至於「千夫所指」，則是漢朝時的一句俗語，原句是：「**千夫所指，無病而死。**」可見我們的先人早就注意到了輿論的力量。

我們平時稱呼人家的女兒，常用一個詞叫：千金。千金本來就是千金市骨的千金，是一千斤黃金的意思。後來富有人家的孩子被作千金之子，再後來，被用來專門表示人家的女兒，也是含有尊貴的意思在內。

千字的字義很多，不僅如此，千還是姓，中國人這麼多，姓千的人大概有千千萬萬吧。

▌「萬」變不離其宗 ‧‧‧‧‧‧

從前，有個孩子，自己認為很聰明，作什麼事情都不耐心。他老爸讓他去學校學習。

一天他背上書包去了。這天老師正在教寫數目字。老師用粉筆在黑板上畫了一下說，這是個「一」字，又畫了兩下說，這是個「二」字，又畫了三下說，這是個「三」字。這時，這個孩子就不耐煩了，拿起書包對老師說：「老師，寫字很容易，我都會了！」說完就回家了。

回家告訴他老子說中文字很容易學，去學校上課既費時間，又要交學費，他不想去了。他老子雖然很有錢，但是很吝嗇，害怕交學費，也就同意孩子不去學校了。」

一天，老子要請一個名叫「萬百千」的朋友來他家作客，讓兒子寫個請貼，兒子答應照辦。

但是老子等了半天還不見兒子寫完拿來，就去兒子住的屋子找他。一進門就看見兒子正在一張大紙上畫槓。兒子看見老子不高興地說：「你的朋友為什麼叫『萬百千』為我畫了半天才畫了五千個『一』，要劃完『萬』『百』『千』還要花很多很多時間呢！」

這是古代的一個文字笑話。天下傻到真的劃一萬劃來表示萬的，怕是沒有。但真要是沒有這個萬字，要想發明一個，怕也未必容易。

幾千年來，「萬」始終是常用字。計算數目，幾千幾萬，十萬百萬，不用說了；凡要形容數量之多，範圍之大，程度之達於極點，總是離不開萬，如萬安、萬全、萬人、萬戶、萬家、萬國、萬方、萬卉、萬金、萬貫、萬卷、萬里、萬水、萬山、萬仞、萬丈、萬古、萬年、萬歲、萬壽、萬劫、萬死、萬惡、萬分、萬般……可是人們萬萬想不到，這司空見慣、常掛嘴邊的萬字，它的本來面目卻並不惹人喜愛，而是以毒著稱的蠍子的象形！說起來似乎有點聳人聽聞，然而這是千真萬確的事實。

話還得從最古老的甲骨文談起，因為甲骨文的「萬」字便是貨真價實的蠍子形狀：

上圖字形雖稍有差異，但巨首、修身、屈尾、觸角前伸，蠍子的主要特徵總是基本上具備的。蠍子又稱鉗蠍，尾刺內具毒腺，能向前彎曲，棲於乾燥地帶，晝伏夜出。中醫用它的乾燥蟲體入藥，可治驚風抽搐、頭風疼痛與風濕等症。現今河南等省還用人工飼養。在古代中原地區，這種小動物大概隨處可見，成千上萬地存在著。說不定有些氏族（部落）還把它當作圖騰來崇拜呢。卜辭裡「萬」字便常用作地名，有稱「往萬」的，有稱「在萬」的；還有占卜「萬」是否「受年」（得到好年成）的。拿蠍子作為自己氏族（部落）名，亦即地名，現在看來不可思議。

所以，數目字的「萬」，可說是「本無其字，依聲托事」，是從蠍子的象形字假借而來的。

卜辭有「一萬」和「三萬」，都是合文。

自西周以至戰國的青銅器，不論鍾鼎盤盂，或簋尊卣，凡銘文稍長一點的，大多數要用一個萬字。

如「其萬年永用」，「其萬年寶用」，「其萬年子子孫孫永寶用享」，「其萬年無疆」，「萬年無期」，「萬年眉壽無疆」，等等，都是常見的套語，表示鑄器者的一種願望。此外，還有稱「萬億年」「萬人」「萬歲」的，用例非常廣泛。《金文編》（第三版）收錄有代表性的各種形體的萬字一百七十多個，其基本形體和甲骨文一脈相承，同樣是蠍子的形狀，如：

在尾部著一橫畫，最初大概是為了標明「一萬」這一概念，後為求勻稱美觀，又在橫畫上增加一小筆，繼而演變為一小折，並將原來的一橫延伸乃至微微下彎，於是又有等形體。又有一些萬字還加上彳或止或是烽，成為後世用為邁開、邁步、年邁的邁，但在金文裡卻是「萬」的異體字。

金文在蠍子的尾部增加了些筆畫，漸趨繁複，上舉最後兩文就與石鼓文字所從

和小篆十分接近了。如：

　　石鼓文的萬字離蠍形已漸遠，至小篆，蠍子的觸角與頭部若即若離，而其尾部演變成，同禽、離、禹等字的半部分一樣。字形既已大變，便難於「見形知義」。漢朝人大概已不大明白「萬」的本義，只是籠籠統統地知道它是一種蟲而已。隸變以後，字形更成了草字頭中間一個田，下面有的萬了。人們但知萬年、萬歲、千秋萬代、萬紫千紅……再也不管它的來歷。

　　忘了來歷也好。「萬」專用為代表「十千」的數目字，便在它下面再加一條蟲，新造一個蠆。另外，還造一個蠍，一半形，一半聲，倒也好認好記。

「萬歲」一詞用來稱呼皇帝，最早見於唐代時的記載，圖為《唐太宗納諫圖》。

　　萬字在語言裡常表示極多。比如，說：「萬水千山走遍」，那是說走遍天下山山水水，千和萬都表示多。說：「天下萬事萬物」，天下又豈止萬事和萬物為萬字仍是表示極多。萬一是說萬分之一，可能性極小，那稍有點近於實指。萬全之計，是表示萬無一失，絕對不會出問題，萬字還是表虛。至於「萬方」、「萬類」、「萬象」（天下的一切事物和現象）、「萬福」（很多很多的福氣）等等中的萬，大體都是這種近於虛指的意思。

　　與此相類的還有一個「萬歲」。「萬歲」本來只是一個歡呼詞，就像俄國人一高興就要叫的「烏拉」一樣，並非實在地指一萬歲，也不一定用在天子、國君身上。到了秦朝建立，立下規矩，只有皇帝才能做那活一萬歲的夢，其他人都不准表此奢望。「萬歲」才成

了見皇帝時的專用祝頌詞，有時也借來直接表示皇帝了，等而下之的，就是九千歲、八千歲之類。不過，世上誰也沒見過真能活上一萬歲的，任你怎麼山呼，怎麼頌禱，「萬歲」，依然如海上仙山，可望而永不可及。

▎中國商人的「價目析字語」

在中國，當商人作買賣雙方討價還價，不願讓第三者知道時，有時就用一種少數人懂的「價目析字語」來表示。下面簡單介紹一下：

「一」字叫作「旦底」，意思取「旦」字的底，自然是「一」字；「二」字叫作「中工」，意思是這個數字的中間加一畫就是「工」字，自然，這字是「二」字；「三」叫「倒川」或「橫川」，意思是把「川」字倒（橫）過來就是「三」字；「四」叫作「橫目」，意思是把「目」字橫過來就是「四」；「五」字叫作「缺丑」，意思是把「丑」字右上角缺寫一筆就是「五」字；「六」字叫作「撇大」或「斷大」，意思是「六」字中間加一撇就是「大」，反過來就是「六」字；「大」字中間切斷也是「六」；「七」字叫作「毛尾」，意思是從「毛」字裡取去尾巴，剩的就是「七」字；「八」字叫作「分頭」，意思是取「分」字的頭就是「八」字；「九」字叫作「旭」邊，意思是取「旭」的右邊就是「九」

字；「十」叫作「早下」，意思是取「早」字的下邊，就是「十」字。「二十五」可以說成「中工缺丑」，「八十四」可以說成「分頭橫目」。

這種「價目析字語」正是利用中文字方塊表意的特徵，採用字謎謎面式的語言，暗示出要表達的價格。這在其他語言中是不可能有的。

▎中文字與「干支」

人過了六十歲，稱做年逾花甲。俗話說六十花甲子，「花甲」是什麼意思？《唐詩紀事》中引趙牧詩：「手六十花甲子，迴圈落落如弄珠」。宋代范成大《丙午新正書懷》詩：「行年六十舊曆日，汗腳尺三新杖藜。祝我剩周花甲子，謝人深勸玉東西。」

說明唐宋時已有「花甲」一詞。花甲是因干支紀年來的。

中國曆法中的十「天干」和十二「地支」都是代替季節的變動。雖然這二十二中文字不是數字，但它們在「天干」、「地支」中卻是表示時間的，與數字有點密不可分的關係，也可以說它們是在表時間這種特定情況下的數字，如辛亥年、戊戌年、子時、午時，都代表著曆法在本應用數字的時間。

因此，我們把「干支」放在本章來討論。現試用文字學上的音韻與「六書」來加以說明。

十「天干」：

- 「甲」就是鎧甲，指萬物衝破其「甲」而突出的意思。
- 「乙」就是軋，指萬物伸長的意思。
- 「丙」為炳字，指萬物茂盛的意思。
- 「丁」為壯，指達到「壯丁」的時候。
- 「戊」為茂字，也是指萬物茂盛的意思。
- 「己」為「起」字，指萬物奮然而起。
- 「庚」為「更」字，指萬物更新的意思。
- 「辛」為「新」字，為萬物一新的意思。
- 「壬」為「任」或「妊」字，為萬物被養育的意思。
- 「癸」為「揆」字，萬物萌芽的意思。

十二「地支」：

- 「子」就是「孳」，表示萬物繁茂的意思。
- 「丑」就是「紐」，是用繩子捆住的意思。
- 「寅」就是「演」或「螾」，為萬物開始伸長的意思。
- 「卯」就是「茂」，為萬物茂盛的意思。
- 「辰」就是「伸」或「震」或「蜄」，就是萬物震動伸長的意思。

- 「巳」就是「已」，為萬物已成的意思。
- 「午」是「仵」，為萬物已過極盛之時，又是陰陽相交的時候。
- 「未」就是「味」，是萬物成有滋味。
- 「申」就是「身」，是萬物粗具形體的意思。
- 「酉」就是「老」或「鮑」，指萬物十分成熟的意思。
- 「戌」就是「滅」，為萬物消滅歸土的意思。
- 「亥」就是「核」，為萬物成種子的意思。

干支，古人用以紀年、月、日的十干、十二支的合稱。取義於樹木的幹枝，後人省文，以幹為干，以枝為支，用天干配地支。如甲子、乙丑、戊戌、辛亥等六十年重復一次俗稱六十花甲子。

古人本用干支紀日，後用「歲陽歲陰」名目以紀年。有人提出為什麼天干是「十」之數，地支是「十二」之數」這是因為天干用甲、乙、丙、丁、戊、己、庚、辛、壬、癸十個中文字組成。

地支用子、醜、寅、卯、辰、巳、午、未、申、酉、戌、亥十二中文字組成。但還有很多說法：如十天干，古今中外都有十進位制計數，人有十個手指便於這樣數數。還有五行的相生相剋正是十之數，即。相生相剋，循環往

復。如十二地支，一年是十二月；地球繞太陽一圈，月亮繞地球十二圈；太陽黑子周期為十二年；一日有十二時辰；十二種生肖動物都有屬相的聯繫；人有十二經脈與十二時辰都有對應關係。而唯一根據的是《爾雅·釋天》與《史記·曆書》的記載：「十干是十個歲陽名目而定的，十二支是十二個歲陰名目而定的。」

中國古代用十天干、十二地支相配來紀年，自甲子到癸亥順次組合為六十個紀序名號如下：（順序為每列由左而右。）

甲子	乙丑	丙寅	丁卯	戊辰	己巳	庚午	辛未	壬申	癸酉
甲戌	乙亥	丙子	丁丑	戊寅	己卯	庚辰	辛巳	壬午	癸未
甲申	乙酉	丙戌	丁亥	戊子	己丑	庚寅	辛卯	壬辰	癸巳
甲午	乙未	丙申	丁酉	戊戌	己亥	庚子	辛丑	壬寅	癸卯
甲辰	乙巳	丙午	丁未	戊申	己酉	庚戌	辛亥	壬子	癸丑
甲寅	乙卯	丙辰	丁巳	戊午	己未	庚申	辛酉	壬戌	癸亥

十和十二的最小公倍數是六十，六十年便是一個循環。一個人如果是甲戌年出生的，那麼當他六十歲那年，又遇上了甲戌年，「循環落落如弄珠」，一點不假。當滿六十歲時，生命中便度過了六個「甲某」年，也就是逢過六甲。古人發現，一般的花，都是五個花瓣，只有少數植物同雪花一樣，難得是六瓣的。花既以六瓣為珍奇，於是將六甲稱做了花甲，這裡既含有六十歲彌足珍貴的意思，也有表示吉慶的意味。

國家圖書館出版品預行編目資料

中文字的故事／李梵 編著.
——初版.——臺中市：好讀，2016.2
面：　　公分，——（圖說歷史；48）

ISBN 978-986-178-376-5（平裝）

1.中文字　2.文字學

802　　　　　　　　　　　　　　104029301

好讀出版

圖說歷史48

中文字的故事

編　　著／李梵
總 編 輯／鄧茵茵
文字編輯／莊銘桓
美術編輯／林姿秀

發 行 所／好讀出版有限公司
台中市407西屯區何厝里19鄰大有街13號
TEL:04-23157795　FAX:04-23144188
http://howdo.morningstar.com.tw
（如對本書編輯或內容有意見，請來電或上網告訴我們）
法律顧問／陳思成律師

戶名：知己圖書股份有限公司
劃撥專線：15060393
服務專線：04-23595819轉230
傳真專線：04-23597123
E-mail：service@morningstar.com.tw
如需詳細出版書目、訂書，歡迎洽詢
晨星網路書店 http://www.morningstar.com.tw

印刷／上好印刷股份有限公司 TEL:04-23150280
初版／西元2016年2月1日
定價：339元
如有破損或裝訂錯誤，請寄回臺中市407工業區30路1號更換（好讀倉儲部收）

Published by How-Do Publishing Co., Ltd.
2016 Printed in Taiwan
All rights reserved.
ISBN 978-986-178-376-5

讀 者 回 函

只要寄回本回函，就能不定時收到晨星出版集團最新電子報及相關優惠活動訊息，並有機會參加抽獎，獲得贈書。因此有電子信箱的讀者，千萬別吝於寫上你的信箱地址

書名：中文字的故事

姓名：＿＿＿＿＿＿＿ 性別：□男□女 生日：＿＿年＿＿月＿＿日

教育程度：＿＿＿＿＿＿＿＿＿＿＿

職業：□學生 □教師 □一般職員 □企業主管
　　　□家庭主婦 □自由業 □醫護 □軍警 □其他＿＿＿＿＿＿＿＿

電子郵件信箱（e-mail）：＿＿＿＿＿＿＿＿＿＿ 電話：＿＿＿＿＿

聯絡地址：□□□＿＿＿＿＿＿＿＿＿＿＿＿＿＿＿＿＿＿

你怎麼發現這本書的？
□書店 □網路書店（哪一個？）＿＿＿＿＿＿＿ □朋友推薦 □學校選書
□報章雜誌報導 □其他＿＿＿＿＿＿＿＿＿＿＿＿＿＿

買這本書的原因是：＿＿＿＿＿＿＿＿＿＿＿＿＿
□內容題材深得我心 □價格便宜 □封面與內頁設計很優 □其他＿＿＿＿

你對這本書還有其他意見嗎？請通通告訴我們：
＿＿＿＿＿＿＿＿＿＿＿＿＿＿＿＿＿＿＿＿＿＿＿＿＿

你買過幾本好讀的書？（不包括現在這一本）
□沒買過 □1～5本 □6～10本 □11～20本 □太多了

你希望能如何得到更多好讀的出版訊息？
□常寄電子報 □網站常常更新 □常在報章雜誌上看到好讀新書消息
□我有更棒的想法＿＿＿＿＿＿＿＿＿＿＿＿＿＿＿＿＿

最後請推薦五個閱讀同好的姓名與E-mail，讓他們也能收到好讀的近期書訊：
1.＿＿＿＿＿＿＿＿＿＿＿＿＿＿＿＿＿＿＿＿＿＿＿
2.＿＿＿＿＿＿＿＿＿＿＿＿＿＿＿＿＿＿＿＿＿＿＿
3.＿＿＿＿＿＿＿＿＿＿＿＿＿＿＿＿＿＿＿＿＿＿＿
4.＿＿＿＿＿＿＿＿＿＿＿＿＿＿＿＿＿＿＿＿＿＿＿
5.＿＿＿＿＿＿＿＿＿＿＿＿＿＿＿＿＿＿＿＿＿＿＿

我們確實接收到你對好讀的心意了，再次感謝你抽空填寫這份回函
請有空時上網或來信與我們交換意見，好讀出版有限公司編輯部同仁感謝你！
好讀的部落格：http://howdo.morningstar.com.tw/
好讀的臉書粉絲團：http://www.facebook.com/howdobooks

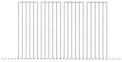
購買好讀出版書籍的方法：

一、先請你上晨星網路書店 http://www.morningstar.com.tw
　　檢索書目或直接在網上購買

二、以郵政劃撥購書，帳號：15060393　戶名：知己圖書股份有限公司
　　並在通信欄中註明你想買的書名與數量

三、大量訂購者可直接以客服專線洽詢，有專人爲您服務：
　　客服專線：04-23595819轉230　傳眞：04-23597123

四、客服信箱：service@morningstar.com.tw